Das Buch
Im Sommer 1144 kehrt Bruder Cadfael zusammen mit dem jungen Diakon Mark in seine Heimat Wales zurück. Sie begegnen der schönen Heledd, der geheimnisumwitterten schwarzen Keltin.
Als Cadfael und Mark eine Nacht am Hof des Fürsten Owain verbringen, geraten sie ins Zentrum aufregender Ereignisse. Der Abgesandte von Cadwaladr, Owains hinterhältigem Bruder, wird ermordet. Cadwaladr fällt darauf mit einem Trupp Wikingersöldnern in Nordwales ein. Und als dann auch noch Heledd verschwindet, macht Bruder Cadfael sich auf die Suche nach ihr und wird selbst in die Fehde zwischen Owain und seinem Bruder hineingezogen: Er und Heledd landen als Geiseln im Lager der Wikinger.

Die Autorin
Ellis Peters, als Edith Pargeter 1913 in England geboren, war zunächst Apothekenhelferin, bevor sie während des Zweiten Weltkriegs im Women's Royal Naval Service tätig war. Schon vor dem Krieg veröffentlichte sie ihren ersten Roman, und danach widmete sie sich hauptberuflich der Schriftstellerei und dem Übersetzen von Büchern aus dem Tschechischen ins Englische.
1951 begann sie Kriminalromane zu schreiben, deren Hauptfigur Inspektor George Felse ist. Der weltweite, ganz große Erfolg kam 1977 mit dem ersten ihrer Bruder-Cadfael-Romane *Im Namen der Heiligen* (01/6475). Seitdem sind 20 historische Kriminalromane um den Detektiv im Mönchsgewand erschienen und wurden in mehr als 15 Sprachen übersetzt. Es entstand auch eine Fernsehserie mit Derek Jacobi als Bruder Cadfael, die mittlerweile in 29 Länder, darunter Deutschland, verkauft wurde. Ellis Peters erhielt eine ganze Reihe von Preisen für ihr schriftstellerisches Werk und wurde von der englischen Königin geadelt.
Die Autorin starb am 14. Oktober 1995.
Im Wilhelm Heyne Verlag liegen mehr als zwanzig Bände mit spannenden Fällen um den beliebten mittelalterlichen Detektiv in der Mönchskutte vor.

ELLIS PETERS

BRUDER CADFAEL UND DIE SCHWARZE KELTIN

Ein mittelalterlicher Kriminalroman

Aus dem Englischen
von David Eisermann

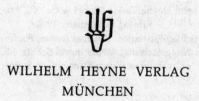

WILHELM HEYNE VERLAG
MÜNCHEN

HEYNE ALLGEMEINE REIHE
Nr. 01/9988

Titel der Originalausgabe:
THE SUMMER OF THE DANES
erschienen 1991 bei Headline Book Publishing plc, London

Umwelthinweis:
Dieses Buch wurde auf
chlor- und säurefreiem Papier gedruckt.

2. Auflage

Copyright © 1991 by Ellis Peters
Copyright © 1995 der deutschen Ausgabe
by Hoffmann und Campe Verlag, Hamburg
Wilhelm Heyne Verlag GmbH & Co. KG, München
Printed in Germany 1996
Umschlagillustration: Andreas Reiner, Fischbachau
Umschlaggestaltung: Atelier Ingrid Schütz, München
Gesamtherstellung: Elsnerdruck, Berlin

ISBN 3-453-10817-5

Bruder Cadfael und die schwarze Keltin

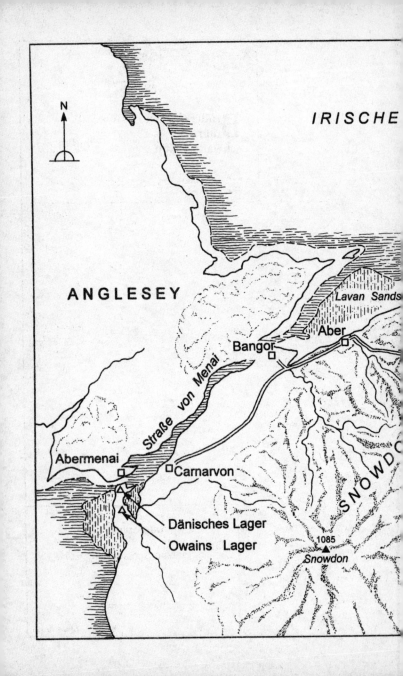

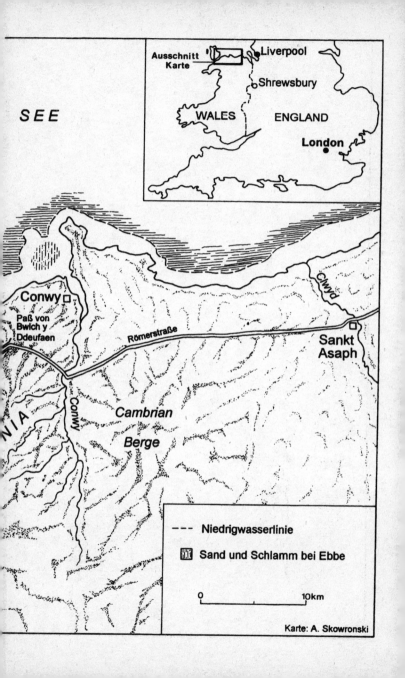

Erstes Kapitel

Von den außergewöhnlichen Geschehnissen im Sommer jenes Jahres 1144 läßt sich eigentlich sagen, daß sie im Jahr zuvor begonnen hatten, in einem Gewirr aus Fäden sowohl kirchlicher wie weltlicher Art, einem Netz, in dem eine Anzahl ganz unterschiedlicher Menschen gefangen wurden, Geistliche vom Erzbischof bis hinab zum niedersten Diakon von Bischof Roger de Clinton und Laien von den Fürsten von Nordwales bis zu den bescheidensten Landarbeitern, Hüttenbewohnern und Zinsbauern in den Keltendörfern von Arfon. In die Sache war auch ein Benediktinermönch von fortgeschrittenen Jahren verwickelt, der zur Abtei Sankt Peter und Paul in Shrewsbury gehörte.

Bruder Cadfael hatte jenen April in einer Stimmung leicht ruheloser Hoffnung erwartet, so wie es ihm gewöhnlich ging, sobald die Vögel ihre Nester bauten und die Wiesenblumen gerade begannen, ihre Knospen aus dem frischen Gras zu strecken, und sich die Bahn der Sonne Mittag für Mittag ein wenig höher erhob. Gewiß, es gab Mühsal in der Welt, wie das schon ewig so gewesen war. In den vertrackten Angelegenheiten Englands war noch immer keine Lösung absehbar. Das Land war geteilt. Zwei Verwandte wetteiferten um den Thron. König Stephan von Blois konnte sich noch immer im Süden und meistenteils im Osten behaupten; Mathilde, »Herrscherin Englands« und Witwe des deutschen Kaisers Heinrich V., hatte dank ihres treuergebenen Halbbruders Robert von Gloucester im Südwesten unangefochten das Sagen und hielt ungestört Hof in Devizes. Aber seit einigen Monaten hatte es zwischen ihnen so gut wie keine Kämpfe mehr gegeben, sei es aus Erschöpfung oder aus politischer Absicht, und eine merkwürdige Ruhe hatte sich im Land ausgebreitet, beinahe Frieden. Im Sumpfland der Fens wütete immer noch der gesetzlose Geoffrey de Mandeville, jedes Menschen

Feind. Er war frei, aber seine Freiheit wurde durch die neuen Festungen des Königs eingeschränkt. Er war zunehmend verwundbar geworden. Alles in allem gab es durchaus Raum für Zuversicht, und die ganze Frische und der Glanz des Frühjahrs verboten Trübsinn, falls es überhaupt Cadfaels Neigung gewesen wäre, Trübsal zu blasen.

So kam er zum Kapitel, an diesem besonderen Tag Ende April, in der allerheitersten und gleichmütigsten Verfassung voll milder Absichten gegen jedermann und zufrieden, daß alles so ruhig und ereignislos durch den Sommer und in den Herbst weiterlaufen würde. Gewiß dachte er keinesfalls an eine baldige Störung dieser Idylle, noch weniger an die Instanz, die sie herbeiführen sollte.

Als ob sich das Kapitel von ebendieser prekären, aber willkommenen Ruhe leiten ließ, verlief es an diesem Tag bescheiden und ohne Disput. Niemand war abwesend, und es gab nicht einmal eine kleine Sünde unter den Novizen, die Bruder Jerome hätte beklagen können, und die Schulknaben – berauscht von Frühling und Sonnenschein – schienen sich wie die Engel aufzuführen, die sie keinesfalls waren. Das Kapitel der Ordensregel war zudem das 34., vorgetragen im eintönigen, quengelnden Tonfall von Bruder Francis: eine sanfte Erläuterung, daß die Doktrin sich nicht immer aufrechterhalten ließ, nach der jeder einen gleichen Anteil erhalten soll, mögen doch die Bedürfnisse des einen die des anderen übersteigen, und der, dem mehr zuteil wird, soll sich nicht damit brüsten, daß er mehr erhält als seine Brüder, und der, dem weniger und doch genug zuteil geworden ist, soll sich nicht um das kümmern, das seine Brüder zusätzlich erhalten haben. Und vor allem kein Murren und kein Neid. Alles war friedfertig, versöhnlich, maßvoll. Vielleicht sogar eine Idee langweilig?

Es war insgesamt schon ein Segen, in etwas langweiligen Zeiten zu leben, besonders wenn sie auf solche voller Unordnung, Belagerung und bitterem Zwist folgten. Doch irgendwo in Cadfael gab es da noch etwas, das ihn juckte, wenn die Ruhe zu lange anhielt. Ein wenig Aufregung mußte nichts Schlechtes bedeuten und mochte einen angenehmen Kontrapunkt zu der starren Ordnung im Kloster setzen, wie sehr er sie auch liebte und wie sorgfältig er auch um sie bemüht war.

Sie waren am Ende des gewohnten Ablaufs, und Bruder Cadfael hörte den einzelnen Aufstellungen des Kellermeisters nicht mehr zu, seit er selbst keine solche Funktion mehr hatte und zufrieden war, diese Angelegenheiten denen zu überlassen, die den Auftrag dazu hatten. Abt Radulfus wollte das Kapitel gerade mit einem Blick durch den ganzen Saal schließen, um sicherzustellen, daß keiner vor sich hinbrütete, der eigentlich einen Widerspruch oder Vorbehalt hegte, als der Pförtner, der während Gottesdienst oder Kapitellesung am Torhaus diente, seinen Kopf auf eine Art zur Tür hereinsteckte, die vermuten ließ, daß er außer Sichtweite auf genau diesen Augenblick gewartet hatte.

»Vater Abt, hier ist ein Gast aus Lichfield. Bischof de Clinton hat ihn beauftragt, nach Wales zu reisen, und er bittet hier für eine Nacht oder zwei um Unterkunft.«

Bei jedem geringeren Anlaß, überlegte Cadfael, hätte der Abt gewartet, bis wir alle den Raum verlassen hätten, doch wenn es um eine bischöfliche Angelegenheit geht, kann es sich gut um eine ernste Sache handeln, die öffentlich behandelt werden muß, bevor wir uns alle zerstreuen. Er erinnerte sich gern an Roger de Clinton, einen Mann der Entscheidung und des soliden Menschenverstands mit einem Blick für das Echte und das Falsche in anderen Menschen, der sich mit Fragen der Doktrin nicht lange aufhielt. Obgleich Radulfus' Gesicht gleichmütig blieb, glitzerte sein Blick doch, da er sich des letzten Besuchs des Bischofs mit Wertschätzung erinnerte.

»Der Gesandte des Bischofs ist sehr willkommen«, sagte er, »und mag hierbleiben, so lange er wünscht. Hat er sofort einen Wunsch an uns, bevor ich dieses Kapitel schließe?«

»Ehrwürdiger Vater, er möchte Euch sofort die Reverenz erweisen und auch wissen lassen, was sein Auftrag sei. Ihr entscheidet, ob dies hier oder unter vier Augen geschehen soll.«

»Laß ihn hereinkommen«, sagte Radulfus.

Der Torwächter verschwand, und das leise, verstohlene

Gemurmel von Neugier und Spekulation, das durch das Kapitelhaus wie ein Wellenkreis auf einem Teich lief, verebbte zu erwartungsvoller Stille, als der Gesandte des Bischofs hereinkam und sich vor sie stellte.

Er war ein kleiner Mann, schlank und mager gebaut, doch drahtig, schmal wie ein Sechzehnjähriger. Er wirkte ganz wie ein Junge, bis der Charakter und die Reife des ovalen, bartlosen Gesichts bei genauerem Hinsehen deutlich wurden. Ein Benediktiner wie diese seine Brüder, mit Tonsur und Habit, stand er aufrecht in der Würde seines Amtes und der Bescheidenheit und Schlichtheit seiner Natur, zart wie ein Kind und dauerhaft wie ein Baum. Mit seinem kurzgeschnittenen, strohfarbenen Haarkranz wirkte er stachelig wie ein Igel. Das Haar stand so unbeherrschbar ab wie bei einem Kind. Doch ein Blick in seine grauen, klaren Augen zeigte einem gleich, daß er ein Mann war.

Ein kleines Wunder! Cadfael fand sich unvermutet mit einem Geschenk beschert, nach dem er sich in den vergangenen Jahren oft gesehnt hatte. Jetzt kam es ihm plötzlich und unwahrscheinlich wie ein Wunder vor. Roger de Clinton hatte als seinen akkreditierten Sendboten nicht irgendeinen dicken imposanten Kanoniker aus der inneren Hierarchie seiner weitgespannten Diözese gewählt, sondern den jüngsten und bescheidensten Diakon an seinem Hof. Cadfael dachte gern an die zwei Jahre zurück, als dieser Bruder Mark ihm im Garten der Abtei Shrewsbury beim Bereiten von Kräutern und Arzneien zur Hand gegangen war.

Bruder Mark verneigte sich mit großer Feierlichkeit vor dem Abt, wobei er seine Tonsur tief beugte. Als er sich wieder aufgerichtet hatte, war seinen klaren Augen ein schwaches Echo jenes spöttischen Charmes anzumerken, den Mark schon besessen hatte, als Cadfael ihn vor Jahren als stummes Waisenkind kennengelernt hatte. Er würde stets sowohl Mann wie Kind sein, von diesem Tag an bis zu dem Tag, an dem er Priester würde, was sein leidenschaftliches Verlangen war. Und das würde noch einige Jahre dauern, denn er war noch nicht alt genug, um aufgenommen zu werden.

»Mein Herr«, sagte er, »mein Bischof schickt mich mit

einer Botschaft des guten Willens nach Wales. Er bittet darum, daß Ihr mich aufnehmt und mich für eine Nacht oder zwei bei Euch unterbringt.«

»Mein Sohn«, sagte der Abt und lächelte, »hier brauchst du kein anderes Beglaubigungsschreiben als deine Anwesenheit. Hast du denn gedacht, wir könnten dich so bald vergessen haben? Du hast hier so viele Freunde, wie es Klosterbrüder gibt, und in nur zwei Tagen wird es dir schwerfallen, sie alle zufriedenzustellen. Und was deinen Auftrag anbelangt, oder den deines Herrn, so werden wir alles tun, um ihn voranzubringen. Willst du darüber sprechen? Hier oder unter vier Augen?«

Der feierliche Ausdruck auf Bruder Marks Gesicht verwandelte sich in ein erfreutes Lächeln. Der Abt hatte ihn nicht nur nicht vergessen, sondern erinnerte sich seiner offensichtlich mit Vergnügen. »Das ist keine lange Geschichte, Vater«, sagte er, »und ich mag sie gern hier erklären und würde doch später Euren Rat und Beistand einholen, denn so eine Botschaft ist neu für mich, und es gibt keinen, der mir besser als Ihr beistehen könnte, sie getreu zu überbringen. Ihr wißt, daß die Kirche im vergangenen Jahr beschlossen hat, den Bischofssitz von Sankt Asaph zu Llanelwy wieder aufzurichten.«

Radulfus neigte zustimmend den Kopf. Die vierte unter den Diözesen von Wales war seit gut siebzig Jahren verwaist, und sehr wenige Menschen waren noch am Leben, die sich an einen Bischof auf dem Stuhl zu Sankt Kentigern erinnern konnten. Seine Lage jeweils zu beiden Seiten der Grenze und mit der ganzen Macht von Gwynedd im Westen hatte es immer schwierig gemacht, das Bistum aufrechtzuerhalten. Die Kathedrale stand auf Land, das dem Earl von Chester gehörte, doch das ganze Clwyd-Tal darüber lag in Owain Gwynedds Gebiet. Wieso genau Erzbischof Theobald sich entschlossen hatte, die Diözese zu dieser Zeit wieder zu beleben, war niemandem so richtig klar, vielleicht nicht einmal dem Erzbischof. Anscheinend verlangten Kirchenpolitik und weltliche Absichten einen festen englischen Zugriff auf dieses Grenzland, denn der vorgesehene Mann war Normanne. In so einer Wahl lag nicht viel Feingefühl, überlegte Cadfael traurig.

»Letztes Jahr ist Bischof Gilbert bei Lambeth von Erzbischof Theobald geweiht worden. Der Erzbischof wünscht, daß unser Bischof ihn seiner Unterstützung versichert. Früher sind in dieser Gegend die pastoralen Verpflichtungen in die Zuständigkeit der Diözese von Lichfield gefallen. Ich bin der Überbringer von Briefen und Geschenken nach Llanelwy im Auftrag meines Herrn.«

Das ergab Sinn, falls es die Absicht der Kirche war, ihre Stellung im Lande Wales zu festigen und zu demonstrieren, daß sie bewahrt und verteidigt werden sollte. Ein Wunder, überlegte Cadfael, daß es irgendeinem Bischof einmal gelungen war, eine so riesige Teilkirche wie die ursprüngliche Diözese Mercia zu verwalten. Im Lauf der Zeit war ihr Zentrum von Lichfield nach Chester und zurück nach Lichfield und nun nach Coventry versetzt worden, stets in dem Bemühen, mit einer so unterschiedlich gescheckten Herde in Verbindung zu bleiben, wie sie nur je ein Hirte umsorgt hatte. Roger de Clinton dürfte es nicht leid tun, diese Grenzpfarreien los zu sein, ob er der Strategie nun zustimmte oder nicht, mit der sie ihm entzogen wurden.

»Der Auftrag, der dich zu uns zurückbringt, und sei es auch nur für ein paar Tage, ist sehr begrüßenswert«, sagte Radulfus. »Wenn meine Zeit und Erfahrung für dich von Nutzen sein können, gehören sie dir, wenngleich ich finde, daß du dir gut genug ohne jeden Beistand durch mich oder sonst jemand zu behelfen weißt.«

»Die Ehre Eures Vertrauens wiegt schwer«, sagte Mark voller Ernst.

»Wenn der Bischof keine Zweifel hat«, sagte Radulfus, »hast du sie auch nicht nötig. Ich halte ihn für einen Mann, der sehr wohl weiß, in wen er sein Vertrauen setzt. Wenn du von Lichfield hergeritten kommst, hast du etwas Ruhe und Erfrischung nötig, denn es ist offensichtlich, daß du früh losgeritten bist. Kümmert sich schon jemand um dein Pferd?«

»Ja, Vater.« Die alte Form der Anrede kam von selbst zurück.

»Dann komme mit mir zu meiner Unterkunft und mach es dir etwas bequem und verwende meine Zeit, wie du magst. Was ich an Weisheit habe, steht zu deiner Verfügung.« Cadfael ging es wie dem Abt – ihm war genau bewußt, daß diese scheinbar so schlichte Mission zu dem neuernannten und fremden Bischof von Sankt Asaph viele Risiken und heikle Themen einschloß. Mark war so weise, wie er unschuldig war. Er würde sich Schritt für Schritt seinen Weg durch einen Sumpf suchen müssen, durch Gelände, wo der Boden auf jeder Seite nachgeben konnte. Um so beeindruckender war es, daß Roger de Clinton seine Hoffnung in den Jüngsten und Letzten im Gefolge seiner Kleriker gesetzt hatte.

»Das Kapitel ist beendet«, sagte der Abt und ging zur Tür. Als der Besucher die Versammlung durchquerte, stand es ihm endlich frei, sich weiter nach alten Freunden umzusehen. Seine grauen Augen erblickten Cadfael und erwiderten sein Lächeln. Dann wandte der junge Mann sich ab und folgte seinem Superior. Sollte Radulfus ihn für eine Weile haben und es genießen, von ihm Neuigkeiten zu erfahren. Mark hatte eine Reise mit komplizierten Einzelheiten vor sich. Der lebenskluge Abt verfügte über lange Erfahrung. Später würde Mark von selbst den Weg zurück in den Kräutergarten finden.

»Der Bischof ist sehr gut zu mir gewesen«, sagte Mark, dem die Idee fremd war, daß ihm mit dieser Mission ein besonderer Gunstbeweis zuteil geworden war, »aber so ist er gegen jeden in seiner nächsten Umgebung. Er wollte mir damit nicht einfach einen Gefallen tun. Nun, da er Bischof Gilbert in Sankt Asaph eingesetzt hat, weiß der Erzbischof sehr gut, wie wacklig dessen Stellung ist, und möchte sicherstellen, daß sein Sitz auf jede erdenkliche Unterstützung rechnen kann. Es ist sein Wunsch, ja sein Befehl gewesen, daß unser Bischof dem neuen Mann einen Höflichkeitsbesuch abstatten möge, da Gilberts neuem Bistum das meiste von unserer Diözese zugeschlagen worden ist. Die Welt soll sehen, welche Harmonie unter Bischöfen herrscht – sogar unter Bischöfen, denen einfach ein Drittel ihres Gebiets abgenommen wird. Was immer er davon gedacht haben mag, wie klug es war, einen Normannen, der kein Wort Walisisch spricht, mit einer Diözese zu betrauen, die zu neun Zehnteln aus Walisern besteht, Bischof Roger hat sich dem Erzbischof schließlich nicht widersetzen können. Aber es ist ihm überlassen geblieben, wie er den Befehl ausführt. Ich glaube, er hat mich ausgesucht, weil er der Mission nicht zuviel Gewicht geben und Bischof Gilbert nicht zu sehr schmeicheln will. Sein Brief ist förmlich und wunderschön ausgeführt, sein Geschenk ist mehr als geeignet. Doch ich – ich bin bloß ein unwichtiger kleiner Mensch!«

Sie hatten sich um einen der Tische versammelt, die an dem Parkweg im Norden standen, wo die Frühlingssonne sogar am späten Nachmittag noch mit schrägen Fingern von blassem Gold hinreichte, ungefähr eine Stunde vor der Vesper. Hugh Beringar war aus der Stadt gekommen. Doch er war von seinem Haus nicht hierher geritten, um sich als Sheriff mit dem Abgesandten der Kirche amtlich zu befassen. Er war einem starken Gefühl der Zuneigung gefolgt. Ihm ging es um das Vergnügen, einen jungen Mann wiederzusehen, den er gut in Erinnerung behalten hatte. So, wie es jetzt aussah, konnte Mark vielleicht Hughs Hilfe oder doch einen Ratschlag gebrauchen. Hugh hatte gute Beziehungen nach Nordwales. Er hatte ein freundschaftliches Einvernehmen mit Owain Gwynedd, da keiner von ihnen ihrem gemeinsamen Nachbarn traute, dem Earl von Chester, und sie jeweils das Wort des anderen ohne Frage akzeptierten. Die Beziehung, die der Sheriff zu Madog ap Meredith von Powis unterhielt, war prekärer. Die Grenze von Shropshire war in ständiger Alarmbereitschaft gegen sporadische und beinahe spielerische Überfälle von der anderen Seite der Grenze zwischen England und Wales, wiewohl zu dieser Zeit alles vergleichsweise ruhig war. Wenn es um die Bedingungen ging, die auf dem Ritt nach Sankt Asaph zu berücksichtigen sein würden, war Hugh der Mann, der sie noch am ehesten kannte.

»Ich glaube, du bist zu bescheiden«, sagte er ernst. »Ich schätze, wenn er dich ständig um sich gehabt hat, kennt dich der Bischof mittlerweile gut genug, um sehr viel von deinem

Verstand zu halten. Er traut dir zu, sanft aufzutreten, wo ein Botschafter von mehr Gewicht zuviel reden und zuwenig zuhören könnte. Cadfael wird dir mehr über die walisischen Gefühle in Angelegenheiten der Kirche erklären, als ich es vermag, doch ich weiß, wo die Politik hereinspielt. Du kannst sicher sein, daß Owain Gwynedd ein scharfes Auge auf das wirft, was Erzbischof Theobald in seinem Herrschaftsbereich tut und läßt, und mit Owain ist stets zu rechnen. Erst vor vier Jahren ist in seiner eigenen Heimatdiözese Bangor ein neuer Bischof geweiht worden, wo jeder Einwohner Waliser ist. Dort zumindest haben sie einen Waliser zugelassen, einen, der sich zuerst geweigert hat, dem König Stephan die Treue zu schwören oder die Vorherrschaft von Canterbury anzuerkennen. Bischof Meurig ist kein Held gewesen, und hat schließlich eingelenkt und beides getan, und das hat ihn damals Owains Langmut und Wohlwollen gekostet. Es hat starken Widerstand gegeben, ihn seine Stelle einnehmen zu lassen. Doch sie haben sich seitdem geeinigt und ihre Meinungsverschiedenheiten beigelegt, was soviel heißt, daß sie bestimmt zusammenarbeiten, wenn es darum geht, Gwynedd davor zu bewahren, ganz unter Theobalds Einfluß zu geraten. Wenn zu Sankt Asaph jetzt ein Normanne zum Bischof geweiht worden ist, liegt darin eine Herausforderung für Fürsten wie Prälaten, und wer immer da eine diplomatische Mission unternimmt, wird auf beide ein scharfes Auge haben müssen.«

»Und Owain zumindest«, fügte Cadfael schlau hinzu, »wird ein scharfes Auge darauf haben, wie seine Leute empfinden, und ein offenes Ohr für das, was sie sagen. Gilbert wäre klug beraten, dasselbe zu tun. Gwynedd hat keine Lust, Canterbury nachzugeben. Sie haben ihre eigenen Heiligen, Gewohnheiten und Riten.«

»Ich habe gehört«, sagte Mark, »daß früher, vor langer Zeit, St. David seinen eigenen Erzbischof gehabt hat und der maßgebliche Bischofssitz für Wales gewesen ist, ohne Canterbury unterworfen zu sein. Es gibt in der Kirche von Wales einige Männer, die diese Verhältnisse wiederherstellen wollen.«

Cadfael schüttelte darüber nur den Kopf. »Blicken wir besser nicht zu genau in die Vergangenheit. Je mehr Canterbury uns seinen Willen deutlich macht, um so mehr werden wir von solchen Ansprüchen hören. Doch Owain wird den neuen Bischof sicher beeindrucken wollen, schon, um ihn daran zu erinnern, daß er auf fremdem Boden ist und besser auf seine Manieren achtgeben sollte. Ich hoffe, er wird sich klug verhalten und sich sanft um seine Herde kümmern.«

»Unser Bischof ist ganz deiner Meinung«, sagte Mark, »und ich bin gut vorbereitet. Ich habe im Kapitel nicht alles über meinen Auftrag mitgeteilt, obgleich ich mittlerweile dem Vater Abt davon berichtet habe. Ich habe noch einen Brief und ein weiteres Geschenk zu überbringen. Ich soll weiter bis nach Bangor reisen – oh, nein, das geschieht bestimmt nicht auf Anordnung von Erzbischof Theobald! – und Bischof Meurig dieselbe Aufmerksamkeit erweisen wie Bischof Gilbert. Wenn Theobald der Ansicht ist, Bischöfe sollten zusammenstehen, dann ist es Roger de Clintons Überzeugung, dieses Prinzip auf Normannen wie auf Waliser anzuwenden. Wir schlagen daher vor, sie gleich zu behandeln.«

Das »wir«, das Mark verwendete, um die Gemeinsamkeit mit seinem illustren Vorgesetzten zum Ausdruck zu bringen, schlug eine vertraute Saite in Cadfaels Ohren an. Ihm war wieder eingefallen, wie Mark vor einigen Jahren genauso unschuldig von einer Partnerschaft gesprochen hatte. Langsam hatte dieser Junge damals sein wohlbegründetes Mißtrauen allen Menschen gegenüber abgelegt und Wärme und Zuneigung und eine impulsive Loyalität denen gegenüber gezeigt, die er bewunderte. Sein »wir« hatte damals ihn selbst und Cadfael gemeint, als wären sie zwei Reisegefährten, die sich gegen die Welt gegenseitig den Rücken freihielten.

»Mehr und mehr«, sagte Hugh dankbar, »erwärme ich mich für unseren Bischof. Aber schickt er dich sogar auf eine so weite Reise allein?«

»Nicht ganz allein.« Für einen Augenblick blitzte in Bruder Marks schmalem, klugem Gesicht ein durchtriebenes Lächeln auf, als verfüge er noch über eine geheimnisvolle Karte im Ärmel. »Doch *er* würde nicht zögern, allein durch Wales zu reiten, und ich auch nicht. Für ihn ist es selbstverständlich, daß der Kirche und Kutte Respekt bezeugt werden. Doch sicher werde ich für jeden Rat dankbar sein, den ihr mir geben könnt. Ihr beide wißt viel besser als mein Bischof oder ich, welche Bedingungen in Wales gelten mögen. Ich habe vor, direkt über Oswestry und Chirk zu reiten. Was meinst du?«

»Da oben ist es ruhig«, stimmte Hugh zu. »In jedem Fall ist Madog in bezug auf Männer der Kirche eine fromme Seele, wie immer er auch Englands Laienschaft behandeln mag. Und zur Zeit führt er all die kleinen Häuptlinge von Powys Fadog an einer straffen Leine. Ja, auf dem Weg wirst du sicher genug sein, und es ist der schnellste Weg für dich, obwohl du zwischen Dee und Clwyd durch etwas rauhes Hochland reiten wirst.«

Marks helle graue Augen zeigten seine Erwartung. Er freute sich auf sein Abenteuer. Es war großartig, eine wichtige Aufgabe anvertraut zu bekommen, als Jüngster und Niedrigster unter den Dienern seines Herrn, und so sehr ihm auch bewußt war, daß gerade sein bescheidener Rang das Kompliment dämpfen sollte, war ihm doch klar, wieviel von dem Geschick abhing, mit dem er sich seiner Aufgabe entledigen würde. Er sollte weder schmeicheln noch übertreiben, aber doch in seiner Person die wirkliche und starke Solidarität von Bischof zu Bischof repräsentieren.

»Über welche Angelegenheiten in Gwynedd sollte ich Bescheid wissen?« fragte er. »Die Politik der Kirche muß mit der Politik des Staates rechnen, und über Wales weiß ich nicht gut Bescheid. Ich muß wissen, bei welchen Themen ich besser den Mund halte und wann ich ihn besser aufmachen sollte und was zu sagen ratsam wäre. Um so mehr, als ich nach Bangor komme. Was, wenn der Hof dort sein sollte? Es mag sein, daß ich mich vor Owains Gefolgsleuten erklären muß. Sogar vor Owain selbst!«

»Schon richtig«, sagte Hugh, »denn für gewöhnlich stellt er es so an, daß er jeden Fremden in Augenschein nimmt, der seinen Boden betritt. Du wirst ihn umgänglich finden, falls du ihm begegnest. Was das angeht, magst du ihm meine Grüße und Empfehlungen ausrichten. Cadfael ist ihm auch schon begegnet, mindestens zweimal. Ein großer Mann, in jeder Hinsicht! Aber sag bloß kein Wort über Brüder! Das dürfte für ihn noch ein wunder Punkt sein.«

»Brüder haben für walisische Fürstentümer zu allen Zeiten den Ruin bedeutet«, bemerkte Cadfael mit Bedauern. »In Wales sollten die Fürsten immer nur einen Sohn haben. Erst baut der Vater ein anständiges Fürstentum und eine starke Herrschaft auf, und nach seinem Tod fordern seine drei oder vier oder fünf Söhne, ehelich oder nicht, jeweils gleiche Anteile, und das Gesetz gibt ihnen recht. Dann schießt einer den anderen ab, um seinen Anteil zu vergrößern, und es würde mehr als das Gesetz brauchen, um dem Toten Einhalt zu gebieten. Manchmal frage ich mich, was geschehen wird, wenn Owain nicht mehr da ist. Er hat bereits Söhne und noch Zeit genug, mehr in die Welt zu setzen. Ich frage mich, ob sie alles zunichte machen werden, was er geschaffen hat?«

»Lieber Gott«, sagte Hugh entschieden, »Owain mag noch dreißig Jahre oder mehr vor sich haben. Er ist ja kaum über vierzig. Mit Owain kann ich umgehen, er hält sein Wort und er hält Maß. Wäre Cadwaladr der ältere und hätte die Herrschaft erhalten, dann hätten wir entlang dieser Grenze Krieg, jahrein, jahraus.«

»Dieser Cadwaladr ist der Bruder, den es nicht zu erwähnen gilt?« fragte Mark. »Was hat er angestellt, das ihn so unaussprechlich macht?«

»Eine ganze Menge im Lauf der Jahre. Owain muß ihn lieben, oder er hätte schon vor langer Zeit jemand gebeten, ihn von diesem Mistkerl zu befreien. Diesmal ist es allerdings Mord. Vor einigen Monaten, im letzten Herbst, haben eine Reihe von Cadwaladrs engsten Gefolgsleuten den Fürsten von Deheubarth überfallen und umgebracht. Weiß Gott nur aus welchem verrückten Grund! Der junge Bursche war eng mit ihm verbündet und verlobt mit Owains Tochter. Die Tat war ohne jeden Sinn. Cadwaladr ist dabei selbst nicht in Erscheinung getreten, doch Owain hat keinen Zweifel, daß es auf seinen Befehl hin geschah. Keiner von ihnen hätte das aus eigenem Antrieb gewagt.«

Cadfael erinnerte sich an den Schock, den der Mord ausgelöst hatte, und an die schnelle und gründliche Vergeltung. Owain Gwynedd hatte seinen Sohn Hywel geschickt, um Cadwaladr leibhaftig von jedem Stück Land zu vertreiben, das er in Ceredigion besaß, und sein Schloß Llanbadarn zu verbrennen. Der junge Hywel, kaum über zwanzig, hatte seine Aufgabe mit Leidenschaft und Gründlichkeit erfüllt. Ohne Zweifel hatte Cadwaladr Freunde und Anhänger, die ihm zumindest ein Dach über dem Kopf als Zuflucht bieten konnten, doch er blieb ohne Land und ausgestoßen. Cadfael fragte sich nicht nur, wo der Übeltäter sich jetzt verborgen hielt, sondern auch, ob er nicht in den Fens enden mochte wie Geoffrey von Mandeville, der den Abschaum von Nordwales um sich versammelt hatte, Verbrecher, Unzufriedene, geborene Gesetzlose. Sie vergriffen sich an Menschen, die die Gesetze achteten.

»Was ist aus diesem Cadwaladr geworden?« fragte Mark mit verständlicher Neugier.

»Er ist vollständig enteignet worden. Owain hat ihn vertrieben. Nicht ein Stück Land ist ihm in Wales geblieben.«

»Und doch ist er irgendwo immer noch auf freiem Fuß«, stellte Cadfael etwas betroffen fest »Er ist auf keinen Fall der Mann, der so eine Strafe einfach hinnimmt. Das kann noch übel ausgehen. Ich sehe, du bist auf dem Weg in ein gefährliches Labyrinth, und ich denke, du solltest nicht allein gehen.«

Hugh studierte Marks Gesichtsausdruck. Mark sah ihn gleichmütig an, doch seine Augen funkelten dabei vor Spaß. »Wie ich mich erinnere«, erklärte Hugh milde, »sagte er, er würde nicht ganz allein gehen!«

»Das hat er!« Cadfael starrte in das junge Gesicht, das ihm feierlich vorgekommen wäre, hätten die Augen nicht so verräterisch geblitzt. »Was ist es, Junge, das du uns nicht erzählt hast? Heraus damit! Wer geht mit dir?«

»Aber ich habe euch doch gesagt«, sagte Mark, »daß ich weiter nach Bangor reise. Bischof Gilbert ist Normanne und spricht sowohl Französisch als auch Englisch, doch Bischof

Meurig ist Waliser, und er und viele seiner Leute sprechen kein Englisch, und mein Latein würde mir nur bei den Geistlichen helfen. Also ist mir ein Dolmetscher gestattet worden. Bischof Roger hat in seiner Umgebung niemand, der Walisisch spricht und ihm nahe steht oder doch sein Vertrauen verdient. Ich habe ihm daraufhin einen Namen vorgeschlagen, den er noch gut in Erinnerung hat.« Das Funkeln war zu einem Strahlen geworden, das sein Gesicht erleuchtete. Sein Abglanz erhellte auch Cadfaels verblüffte Augen. »Ich habe das Beste bis zum Schluß aufgespart«, sagte Mark begeistert. »Ich habe die Erlaubnis, mir meinen Mann selbst auszusuchen. Falls Abt Radulfus zustimmt, kann ich selbst meinen Reisegefährten bestimmen. Ich habe dem Abt versprochen, daß ich seinen Mann nicht länger als zehn Tage brauche. Wie kann ich denn überhaupt Schiffbruch erleiden«, fragte Mark vernünftig, »wenn du mich begleitest?«

Es war für Bruder Cadfael eine Sache des Prinzips, oder vielleicht der Ehre, wenn sich vor ihm eine Tür plötzlich und unerwartet öffnete, so ein Angebot anzunehmen und hindurchzugehen. Wenn sich die Tür mit Ausblick auf Wales öffnete, war er sogar stets besonders behende gewesen und geradezu in Laufschritt verfallen, bevor die Tür sich vor dem bezaubernden Ausblick wieder schließen konnte. Hier ging es nicht einfach auf einen Sprung über die Grenze nach Powys, sondern um einen Ritt von einigen Tagen in genau der Gesellschaft, die er sich selbst gern ausgesucht hätte, durch das Küstenland von Gwynedd, von Sankt Asaph nach Carnarvon, vorbei an Aber of the Princes und dem gewaltigen Massiv von Moel Wnion. Sie würden Zeit haben, jeden Tag zu bereden, den sie getrennt gewesen waren, und sie würden Zeit haben, wieder in das freundliche Schweigen zu verfallen, nachdem alles gesagt war, das gesagt werden mußte. Und all das war ein Geschenk von Bruder Mark. Wunderbar, welche Reichtümer ein Mann bescheren konnte, der aus freiem Entschluß oder Berufung nichts sein eigen nannte! Die Welt war doch voller kleiner, wohltätiger Wunder.

»Sohn«, sagte Cadfael herzhaft, »für diese Wohltat werde

ich unterwegs gern dein Pferdeknecht und auch dein Dolmetscher sein. Es gibt nichts, womit du oder sonst jemand mir ein größeres Vergnügen hätte bereiten können. Hat Radulfus denn wirklich zugestimmt, daß ich mitkommen kann?«

»Das hat er«, versicherte ihm Mark, »und du hast die freie Auswahl, dir aus den Ställen ein Pferd auszusuchen. Du hast noch heute und morgen, um deine Vorbereitungen mit Edmund und Winfrid für die Zeit zu treffen, die du abwesend sein wirst, und die Stunden des Gebets so genau einzuhalten, daß sogar eine verirrte Seele wie deine sicher nach Bangor und zurückgelangen sollte.«

»Ich habe mich sehr gebessert und bin ganz tugendhaft«, sagte Cadfael unendlich zufrieden. »Hat das nicht der Himmel gerade gezeigt, indem er mich freigibt nach Wales? Glaubst du, ich riskiere jetzt seine Mißbilligung?«

Da zumindest der erste Teil von Marks Mission öffentlich und demonstrativ gemeint war, gab es keinen Grund, wieso nicht jede Seele in der Enklave ein gesteigertes Interesse daran haben sollte. Es gab keinen Mangel an ungebetenen Ratschlägen von allen Seiten, wie Mark am besten vorgehen sollte. Besonders der alte Bruder Dafydd im Siechenhaus tat sich dabei hervor, der seinen walisischen Geburtsort Duffryn Clwyd seit vierzig Jahren nicht gesehen hatte, doch immer noch überzeugt war, ihn so gut zu kennen wie die Innenfläche seiner alten Hand. Sein Vergnügen an der Wiederbelebung des alten Bistums wurde ihm durch die Ernennung eines Normannen ein wenig versalzen, doch die leichte Aufregung hatte ihm ein neues Interesse am Leben verschafft, und er verfiel gern in seine Muttersprache und war redselig, als Cadfael ihn aufsuchte. Im Gegensatz dazu hatte Abt Radulfus nichts außer seinem Segen beizutragen. Die Mission gehörte Mark und mußte sorgfältig in seinen Händen gelassen werden. Prior Robert ersparte sich jeden Kommentar, obwohl in seinem Schweigen eine gewisse Mißbilligung lag. Ein Gesandter von seiner Würde und Präsenz wäre an bischöflichen Höfen passender gewesen!

Bruder Cadfael überprüfte seine Arzneibestände, übertrug Bruder Winfrid frohgemut seinen Garten und stattete vorsorglich Sankt Giles einen Besuch ab, um sicher zu sein, daß die Krankenhausschränke entsprechend ausgestattet waren und Bruder Oswin heiter das Kommando über seine Herde führte. Dann wandte er sich den Ställen zu, um sich sein Reittier für die Reise auszusuchen. Dort fand Hugh ihn am frühen Nachmittag, wie er sich froh mit einem eleganten, schmalen Rotschimmel beschäftigte. Das Tier hatte eine sahnefarbene Mähne und rieb sich behaglich an Cadfaels streichelnder Hand.

»Zu groß für dich«, sagte Hugh über die Schulter. »Dafür brauchst du jemand, der dir in den Sattel hilft, und das würde Mark nie schaffen.«

»Ich bin noch nicht so dick oder vom Alter so verschrumpelt, daß ich nicht mehr auf ein Pferd steigen könnte«, sagte Cadfael würdevoll. »Was bringt dich dazu, daß du schon wieder nach mir schaust?«

»Na, ein guter Einfall von Aline, als ich ihr berichtet habe, was Mark und du vorhabt. Der Mai steht schon vor der Tür, und in ein oder höchstens zwei Wochen sollte ich Giles und sie für den Sommer nach Maesbury bringen. Er darf dort die Aufsicht über das Landhaus führen, und für ihn ist es besser, aus der Stadt raus zu sein.« Es war bei ihm Sitte, seine Familie aufs Land zu bringen, bis die Schafe geschoren und die Felder abgeerntet waren, während er seine Zeit zwischen zu Hause und den Geschäften seiner Grafschaft aufteilte. Cadfael war diese Gewohnheit vertraut. »Sie meint, warum ziehen wir den Umzug nicht um eine Woche vor und reiten morgen mit euch und begleiten euch bis Oswestry? Der Rest meiner Leute kann später folgen, und wir hätten mindestens einen Tag eurer Gesellschaft, und ihr könnt, wenn ihr wollt, bei uns in Maesbury übernachten. Was sagst du dazu?«

Cadfael sagte herzlich gerne ja, und Mark genauso, als er den Vorschlag zu hören bekam, obgleich er mit Bedauern die Unterkunft für die Nacht ablehnte. Er war entschlossen, Llanelwy in zwei Tagen zu erreichen und zu einer zivilen Zeit einzutreffen, spätestens um die Mitte des Nachmittags, um vor der Abendmahlzeit Zeit für die Annehmlichkeiten der Gastfreundschaft zu haben. Also zog er es vor, vor der Nachtruhe über Oswestry hinaus und ein Stück nach Wales hineinzureiten, um für den zweiten Tag einen leichten Abschnitt übrigzulassen. Wenn sie das Tal des Dee erreichten, konnten sie dort bei einer der Kirchen Unterkunft finden und am frühen Morgen den Fluß überqueren.

So schien alles bereits ausgemacht zu sein, und es blieb nichts mehr zu tun, als ehrfürchtig zu Vesper und Komplet zu gehen und dieses Unternehmen wie alle anderen dem Willen Gottes zu unterwerfen, vielleicht auch mit einer sanften Mahnung an Sankt Winifred, daß sie in ihre Heimat reisten. Falls sie geneigt war, unterwegs ihre zarte Hand über sie zu halten, würden sie diese Geste sehr zu schätzen wissen.

Am Morgen der Abreise begab sich ein kleiner Zug von sechs Pferden und einem kleinen Packpferd über die Brücke nach Westen und aus der Stadt heraus auf die Straße nach Oswestry. Da waren Hugh auf seinem bevorzugten eigenwilligen Grauen mit seinem Sohn vor sich im Sattel und nach ihnen Aline auf ihrem weißen Maultier, trotz der hastigen Vorbereitungen ganz gelassen, schließlich ihre Zofe und Freundin Constance, die hinter einem der Knechte im Damensattel ritt. Ein zweiter Pferdeknecht ritt hinterher und führte das Packpferdchen an einem Zügel mit. Ihm folgten schließlich die beiden Pilger nach Sankt Asaph, die von der Familie ein Stück weit auf ihrem Weg begleitet wurden. Es war der letzte Tag im April, ein Morgen ganz grün und silbrig. Cadfael und Mark waren vor dem Morgengrauen aufgebrochen, um Hugh mit seiner Reisegesellschaft im Ort zu treffen. Ein fast unmerklich feiner Nieselregen erfüllte die Luft, verfolgte sie über die Brücke, unter der der Severn voll, aber friedlich strömte, und ließ Blätter und Gräser funkeln, als die Sonne hervorkam. Mit jeder Welle erschien der Fluß in dem eigenwillig funkelnden Licht wie vergoldet. Ein guter Tag, um aufzubrechen, und dabei war es nicht wichtig, warum und wohin.

Die Sonne stand hoch, und der silbrig-dunstige Morgennebel löste sich auf, als sie bei Montford den Fluß überquerten. Die Straße war gut, ein Teil der Wegstrecke von weiten Grasrändern gesäumt, wo sie bequem und schnell vorankamen. Giles verlangte gelegentlich nach einem langsamen Galopp. Er war viel zu stolz, um bei jemand anderem als seinem Vater mitzureiten. Waren sie erstmal in Maesbury, würde das ruhige und verträgliche Packpferdchen den Sommer über sein Reitpferd werden, und der Knecht, der es führte, würde sein zurückhaltender Wächter auf seinen Ausflügen sein. Wie die meisten Kinder, die noch niemals Grund zur Angst gehabt haben, war er zu Pferde furchtlos. Aline nannte es tollkühn, doch zögerte sie, Warnungen auszusprechen, vielleicht, weil sie nicht sicher war, daß sie auch befolgt würden.

Um die Pferde auszuruhen und sich etwas zu erfrischen, hielten sie mittags unten am Hügel bei Ness, wo ein Pächter von Hugh wohnte. Bevor der Nachmittag zur Hälfte um war, hatten sie Felton erreicht, und von dort machten Aline und ihre Begleiter sich auf den Weg nach Maesbury. Hugh entschied sich jedoch, mit seinen Freunden noch bis zu den Ausläufern von Oswestry zu reiten. Giles fügte sich quengelnd und wurde in die Arme seiner Mutter übergeben.

»Gott behüte euch auf euren Wegen!« sagte Aline. Ihr blonder Kopf wirkte zart und hell wie der eines Kindes. Der Abglanz des Frühlings lag auf ihrer Miene und in ihrem sonnigen Lächeln. Sie machte vor ihnen das kleine Kreuzzeichen in die Luft, bevor sie ihr Maultier nach links wendete.

Befreit von Gepäck und Weibervolk, ritten sie rasch die wenigen Meilen weiter bis Whittington, wo sie unter den Mauern des kleinen hölzernen Wehrturms anhielten. Oswestry selbst lag zu ihrer Linken, auf Hughs Heimweg. Mark und Cadfael mußten weiter nach Norden. Hier waren sie genau im Grenzland, einem Gebiet, das schon Jahrhunderte vor den Normannen abwechselnd walisisch oder englisch gewesen war. Die Namen der Dörfer und Menschen klangen eher walisisch als englisch. Hugh lebte zwischen den beiden ausgedehnten Trennwällen, die die Könige von Mercia vor langer Zeit errichtet hatten, um festzulegen, wo sie herrschten und das Sagen hatten. Keine Streitmacht sollte hier eindringen können, und keiner, der von der einen auf die andere Seite wechselte, sollte irgendeinen Zweifel daran haben, unter welchem Gesetz er hier stand. Nicht weit von dem Landhaus entfernt lag im Osten der niedrigere Erdwall, schon verwittert und streckenweise abgetragen. Nach Westen hin war der höhere Wall errichtet worden. Dort war es Mercia einst gelungen, seine Herrschaft noch tiefer hinein nach Wales auszudehnen.

»Hier muß ich euch verlassen«, sagte Hugh, der über den Weg, den sie gekommen waren, und nach Westen auf Stadt und Burg zurückschaute. »Schade! Bei diesem Wetter wäre ich gern mit euch bis nach Sankt Asaph geritten, aber Gefolgsleute des Königs sollten sich von den Angelegenheiten der Kirche besser fernhalten, um nicht ins Kreuzfeuer zu geraten. Ich möchte Owain um keinen Preis auf die Zehen treten.«

»Du hast uns jedenfalls so weit begleitet, wie Bischof Gilberts Wort gilt«, sagte Bruder Mark und lächelte. »Sowohl diese Kirche wie auch eure zu Sankt Oswald unterstehen jetzt dem Bischof von Sankt Asaph. Ist dir das aufgefallen? Hier im Nordwesten hat Lichfield einen großen Streifen von Gemeinden verloren. Ich denke, Canterbury verfolgt mit Absicht die Politik, ein grenzüberschreitendes Bistum zu schaffen, um der Trennung zwischen Engländern und Walisern ihre Bedeutung zu nehmen.«

»Owain wird auch etwas dazu zu sagen haben.« Hugh grüßte sie mit einer erhobenen Hand und begann, sein Pferd zu wenden, um die Straße zurückzureiten, heimwärts. »Geht mit Gott und gute Reise! Wir werden euch so in zehn Tagen wiedersehen.« Er war schon einige Schritte entfernt, als er über die Schulter zurückschaute und ihnen nachrief: »Paß auf, daß er nichts anstellt! Wenn du kannst!« Doch es war nicht klar, an wen er seine Aufforderung nun gerichtet hatte, oder wem seine Zweifel galten. Das konnten sie unter sich ausmachen.

Zweites Kapitel

Ich bin eigentlich zu alt«, stellte Bruder Cadfael selbstzufrieden fest, »um auf solche Abenteuer auszuziehen.«

»Du arme alte Seele«, sagte Mark und sah ihn von der Seite an, »davon hast du keinen Ton gesagt, bis wir Shrewsbury ganz hinter uns gelassen hatten und dich keiner mehr beim Wort nehmen und bitten konnte, doch daheim zu bleiben.«

»Was bin ich doch für ein Narr gewesen!« stimmte Cadfael ihm bereitwillig zu.

»Immer wenn du beginnst, über dein Alter zu klagen, weiß ich, womit ich es zu tun habe. Dann legst du dich ins Zeug wie ein Pferd, das der Hafer gestochen hat. Wir haben es mit Bischöfen und Kanonikern zu tun«, sagte Mark streng, »und die können einem schon genug Kopfzerbrechen machen. Bitte erspare mir Schlimmeres.« Doch das klang nicht besonders ernst. Der Ritt hatte Farbe in sein schmales, blasses Gesicht und Glanz in seine Augen gebracht. Mark war mit Bauernpferden aufgewachsen, als er wie ein Leibeigener für einen Onkel arbeiten mußte, der ihm den Schlafplatz im Haus und das Essen nicht gegönnt hatte. Jetzt, wo ihn der Stall des Bischofs mit einem schönen großen Wallach versehen hatte anstelle eines schwerfälligen Arbeitstiers, ritt er immer noch wie ein Bauer, ohne Eleganz, aber ausdauernd. Unter Marks leichtem Gewicht war das Pferd lebhaft. Sein nußbraunes Fell glänzte wie Kupfer.

Auf dem Kamm des Höhenzugs hielten sie an und blickten auf das Tal des Dee in seinem saftigen, satten Grün. Tief im Westen leuchtete die Sonne – nicht mehr goldhell wie am Mittag, sondern in einem weicheren Bernsteinton – über dem Fluß, dessen Schleifen zwischen den waldigen Ufern abwechselnd aufblitzten und verschwanden. Hier war er noch ein Hochlandfluß. Sein Wasser tanzte sprühend durch ein felsiges Bett, und wo sich das Sonnenlicht darin brach, gab es Regenbogen. Irgendwo da unten würden sie eine Unterkunft für die Nacht finden.

Sie machten sich einträchtig Seite an Seite auf den Weg. Der grasbewachsene Weg war breit genug für beide. »Trotzdem«, sagte Cadfael, »habe ich nie damit gerechnet, noch in meinem Alter zu einem derartigen Auftrag herangezogen zu werden. Ich schulde dir mehr, als du weißt. Shrewsbury ist mein Zuhause, und ich würde es für keinen Ort der Welt aufgeben, aber dann und wann reizt es mich, anderswo einen Besuch zu machen. Die Rückkehr in die Heimat ist eine feine Sache, aber eine Reise ist auch ein Vergnügen. Beides, das Weggehen und das Wiederkommen, ist eine Freude. Gut für mich, daß Theobald daran gedacht hat, für seinen neuen Bischof Verbündete zu gewinnen. Und was schickt ihm Roger de Clinton außer einem förmlichen Brief?« Er hatte bisher keine Zeit gehabt, diesbezüglich neugierig zu werden. Marks Sattelrolle war zu bescheiden, um etwas Sperriges zu enthalten.

»Ein Brustkreuz, gesegnet am Schrein des Heiligen Chad. Einer der Chorherren hat es gemacht, ein guter Silberschmied.«

»Und dasselbe für Meurig in Bangor, mit Rogers brüderlichen Gebeten und Empfehlungen?«

»Nein, Meurig kriegt ein Gebetbuch, ein besonders schönes. Unser bester Buchmaler hatte es schon so gut wie fertig, als der Erzbischof seine Befehle gab. Er hat ein besonderes Blatt mit einem Bild von Sankt Deiniol hinzugefügt, Meurigs Stifter und Schutzpatron. Ich selbst hätte lieber das Buch«, sagte Mark auf seinem kurvenreichen Ritt das steile Waldland hinab und hinaus ins Tal und in die untergehende Sonne. »Doch das Kreuz ist als der förmlichere Tribut gemeint. Wir haben schließlich unsere Befehle gehabt. Aber zeigt das nicht, daß Theobald weiß, was für einen schwierigen Posten er Gilbert übertragen hat?«

»Ich möchte nicht in seinen Schuhen stecken«, stimmte Cadfael zu. »Doch wer weiß, vielleicht macht ihm so eine Aufgabe ja Freude. Es gibt Leute, die Auseinandersetzungen brauchen, um aufzublühen. Falls er sich zu sehr in walisische Dinge einmischt, wird er allerdings noch mehr als genug davon bekommen.«

Sie ritten am Fluß entlang, durch grüne, auf- und absteigende Auen. Durch die Büsche am Ufer blitzte es vom Fluß her orange auf, wo das Wasser das Licht der sinkenden Sonne zurückwarf. Auf der gegenüberliegenden Seite erhob sich ein großer, grasbewachsener Hügel. Seinen Umrissen nach hatten ihn Menschen der Vorzeit aufgeschüttet. Unter der niedrigen Holzbrücke spritzte und tanzte das Flußwasser des Dee durch sein steiniges Bett. Hier in der Kirche von Sankt Collen fragten sie und fanden bei dem örtlichen Priester eine Unterkunft für die Nacht.

Am folgenden Tag überquerten sie den Fluß und ritten über das baumlose Hochland vom Tal des Dee zum Tal des Clwyd. Diesem Fluß folgten sie den ganzen Morgen über und bis in den Nachmittag hinein, als bei strahlender Sonne ein sanfter Regen einsetzte, der dem Licht einen eigentümlichen Glanz verlieh. Sie kamen durch Ruthin, vorbei an der Felsnase aus rotem Sandstein, die von einer niedrigen flachen Holzfestung gekrönt wurde, und schließlich in das Tal selbst, das im frischen Grün junger Blätter breit und schön vor ihnen lag. Vor Sonnenuntergang erreichten sie die zugespitzte Landzunge zwischen dem Clwyd und dem Elwy, wo die beiden Flüsse sich auf der Höhe von Rhuddlan trafen, um vereint in die trichterförmige Flußmündung zu fließen. Und dazwischen, bequem geborgen in dem grünen geschützten Tal, lag der Ort Llanelwy mit dem Dom von Sankt Asaph.

So klein und überschaubar, wie Llanelwy dalag, konnte man es kaum eine richtige Stadt nennen. Die einzige Straße führte mitten hinein zwischen die niedrigen, eng zusammengedrängten Holzhäuser, bis das unverwechselbare Langdach und der gezimmerte Glockenturm der Kathedrale im Dorfkern sichtbar wurden. Bescheiden, wie es war, stellte es doch das größte Gebäude in Sichtweite dar und das einzige, dessen Wände aus Stein gemauert waren. Die meisten anderen niedrigen Dächer, die sie sahen, waren hastig ausgebessert worden, und auf einigen Dächern waren Männer noch eifrig bei der Arbeit. Obwohl die große Kirche immer in Gebrauch gewesen war, hatte die Diözese selbst doch siebzig Jahre lang geruht. Falls es hier überhaupt noch Stiftsherren gab, die dem neuen Kapitel dienen konnten, mußte ihre Zahl sehr stark abgenommen haben, und ihre Häuser mußten baufällig geworden sein. Das Bistum war viele Jahrhunderte zuvor von Sankt Kentigern nach der Mönchsregel der alten keltischen Kanoniker, der Clas, gegründet worden – ein Stift von Brüdern und Geistlichen unter einem Priester-Abt, mit einem anderen Priester oder mehreren unter den Mitgliedern. Die Normannen verachteten die Clas und waren eifrig bemüht, alle religiösen Angelegenheiten in Wales dem römischen Ritus von Canterbury zu unterwerfen. Das war schwere Arbeit, doch die Normannen besaßen Ausdauer.

Doch erstaunlich an dieser abgelegenen und ländlichen Gemeinde war, daß sie in einem verblüffenden Ausmaß übervölkert war. Sobald sie in die Ortsmitte vorstießen, fanden sie sich mitten in einem zielgerichteten Tun und Treiben wieder, wie es eher zu einem Fürstensitz als zu einer Pfarrgemeinde paßte. Außer den geschäftigen Zimmerleuten und Maurern eilten Männer und Frauen mit Wasserkrügen vorbei, die Arme voller Bettzeug, gefalteten Vorhängen, Tragbrettern mit frisch gebackenem Brot und Körben mit Essen, und ein besonders kräftiger Bursche trug eine Schweineseite auf den Schultern.

»Hier hält nicht bloß ein Bischof Hof«, sagte Cadfael und starrte auf das ganze Treiben. »Die füttern ja eine Armee durch! Hat Gilbert dem Tal von Clwyd den Krieg erklärt?«

»Ich glaube«, sagte Mark und blickte über den Strudel von geschäftigen Menschen zu dem sanft ansteigenden Hügel darüber, »die empfangen hier wichtigere Gäste als uns.«

Cadfael folgte Marks Blick und erkannte auf dem hohen grünen Hügel über der Stadt ein Muster aus farbigen Punkten. Die hellen Zeltpavillons und flatternden Banner, die er bei genauerem Hinsehen ausmachen konnte, entsprachen nicht den groben und einfachen Zelten eines soldatischen Lagers, sondern der Ausstattung eines Fürstenhofs. »Keine

Armee«, sagte Cadfael, »sondern ein Hof. Da sind wir in hoher Gesellschaft. Sollten wir nicht besser schnell herausfinden, ob zwei mehr noch willkommen sind? Denn da mag etwas im Gange sein, das mehr als herzhafte Bruderschaft unter Bischöfen betrifft. Und eine Erinnerung von Canterbury mag nicht ungelegen kommen, wenn die Männer des Fürsten Bischof Gilbert zu sehr bedrängen sollten. Wie kühl sie das auch immer aufnehmen mögen!«

Sie ritten voran und schauten sich um. Der Palast des Bischofs war ein frisch aus Holz errichtetes Gebäude mit Saal und Kammern und auf jeder Seite einer Reihe neuer kleiner Wohngebäude. Es war schon beinahe ein Jahr her, seit Gilbert zu Lambeth geweiht worden war, und um ihn ordentlich zu empfangen, war auch die Kirche mit dem Holzturm dem Anschein nach auf hastige Weise wieder instand gesetzt worden. Cadfael und Mark stiegen auf dem Hofgelände ab, als ein junger Mann durch das Gedränge schnell auf sie zukam und einen Knecht mitbrachte, um ihnen die Pferde abzunehmen.

»Brüder, kann ich euch helfen?« Er war jung, sicher nicht über zwanzig, und wohl kaum einer von Gilberts Kirchenleuten. So wie er gekleidet war, hatte er eher etwas von einem Höfling. An seinem feinen, kräftigen Hals trug er Schmucksteine. Seine Art zu reden und sich zu bewegen bewies Selbstvertrauen und Anmut. Sein Gesicht und seine Haut waren hell, sein Haar hellbraun bis rötlich. Etwas an diesem großen Burschen kam Cadfael entfernt vertraut vor, obgleich er ihn sicher nie zuvor getroffen hatte. Er hatte sie zuerst auf walisisch angesprochen, war aber locker ins Englische verfallen, nachdem er Mark mit einem strahlenden Blick von Kopf bis Fuß gemustert hatte.

»Männer in eurem Habit sind immer willkommen. Seid ihr weit geritten?«

»Von Lichfield«, sagte Mark, »mit einem brüderlichen Brief und einem Geschenk für Bischof Gilbert von meinem Bischof von Coventry und Lichfield.«

»Das wird ihn herzlich freuen«, sagte der junge Mann mit erstaunlichem Freimut, »denn er kann wohl gerade jetzt Unterstützung gut gebrauchen.« Sein blitzendes Grinsen war frech, aber liebenswert. »Laßt mich noch jemand rufen, der uns eure Sattelrollen nachträgt, und ich bringe euch dahin, wo Ihr euch ausruhen und erfrischen könnt. Bis zum Abendessen ist noch eine Weile Zeit.«

Auf einen Wink von ihm liefen Diener herbei, die Gepäckrollen abzuschnallen, und folgten den Besuchern dicht auf den Fersen, als der junge Mann sie über den Platz zu einer der neuen Wohnkammern führte, die an den Hof gebaut worden waren.

»Ich bin hier ohne Befehlsgewalt, da ich selber Gast bin, aber sie haben sich an mich gewöhnt.« Das sagte er mit sicherem und etwas amüsiertem Selbstvertrauen, als ob er einen guten Grund wüßte, warum die Leute des Bischofs sich bemühen sollten, ihn zufriedenzustellen, und er war umsichtig genug, darin nicht zu weit zu gehen. »Wird das genügen?«

Die Unterkunft war klein und doch angemessen ausgerüstet mit Betten, Bank und Tisch. Sie roch würzig nach frisch zugeschnittenem Holz. Frische Brychans wurden auf die Betten gestapelt, und der Geruch der warmen Wolldecken vermischte sich mit dem von frischem Holz.

»Ich werde jemand mit Wasser schicken«, sagte ihr Führer, »und einen der Kanoniker holen. Der Bischof hat schon ausgesucht, wo er kann, aber seine Ansprüche sind hoch. Er hat Schwierigkeiten, geeignete Männer für sein Domkapitel zu finden. Fühlt euch hier ganz zu Hause, Brüder, gleich wird jemand zu euch kommen.«

Und dann war er fort mit seinen munteren, langen Schritten und seinem federnden Gang. Sie waren sich selbst überlassen und konnten sich nach einem Tag im Sattel endlich ausstrecken.

»Wasser?« fragte Mark und wunderte sich über diese ungewöhnliche und augenscheinlich wesentliche Höflichkeit. »Ist das hier in Wales eine Schutzmaßnahme gegen Krankheit?«

»Nein, Junge, ein Volk, das meist zu Fuß geht, kennt eben den Wert der Füße und den Staub und die Beschwernisse der Reise. Es ist eine höfliche Art zu fragen: Habt ihr vor, die Nacht hier zu bleiben? Falls wir das nicht annehmen, dann bleiben wir nur kurz zu einem Höflichkeitsbesuch. Nehmen wir aber an, sind wir von diesem Augenblick an Gäste des Hauses.«

»Und dieser junge Edelmann? Für einen Diener ist er zu fein, und ein Geistlicher ist er sicher auch nicht. Ein Gast, hat er gesagt. In was für eine Versammlung sind wir denn da hineingeraten, Cadfael?«

Sie hatten die Türe weit aufgelassen, um das Abendlicht zu genießen und das Leben auf dem Hof zu verfolgen. Eine junge Frau suchte sich mit weiten, anmutigen Schritten ihren Weg durch das heftige Gedränge. Sie trug eine Kanne auf einer Schale vor sich her. Die Wasserträgerin war groß und wirkte lebhaft. Ein Zopf von blauschwarz schimmerndem Haar, dick wie ihr Handgelenk, hing ihr über die Schulter, und einzelne Locken wehten in der Brise um ihre Schläfen. Es war ein Vergnügen, sie anzusehen, dachte Cadfael, als sie näher kam. Sie verbeugte sich tief vor ihnen, als sie eintrat, und hielt den Blick sittsam gesenkt, als sie ihnen Wasser eingoß und ihnen die Sandalen mit ihren langen, wohlgeformten Händen öffnete. Sie verbeugte sich vor ihnen, um sie zu bedienen, doch nicht als Dienerin, sondern als ansehnliche Gastgeberin, ohne sich dabei auch nur das Geringste zu vergeben. Als sie Marks schlanke Fußgelenke und seine feinen, fast mädchenhaften Füße berührte, lief er davon bis zu den Augenbrauen feuerrot an, und sie blickte auf, als hätte sein Blick ihre Stirn verbrannt.

Dieser Blick war vollkommen offen und eindringlich, obgleich er nur einen Augenblick dauerte. Bisher hatte sie eine gelassene und nüchterne Miene zur Schau getragen. Jetzt wechselten in ihrem Gesicht die unterschiedlichsten Ausdrücke blitzartig einander ab. Mit einem Wimpernschlag hatte sie Mark eingeschätzt, und sein Unbehagen bereitete ihr sichtliches Vergnügen. Sie überlegte einen Augenblick, ob sie ihm ihr Lächeln zeigen sollte, womit sie seine Verlegenheit noch gesteigert hätte, doch dann gab sie den Gedanken aus Mitgefühl für seine Jugend und seine zerbrechlich wirkende Unschuld auf und sah ihn wieder mit ernster Miene an.

Ihre Augen waren von einem so dunklen Violett, daß sie im Schatten nahezu schwarz wirkten. Sie konnte nicht älter als achtzehn Jahre sein. Vielleicht jünger, denn ihre Größe und ihr Auftreten gaben ihr die Sicherheit einer Frau. Sie hatte Leinentücher auf der Schulter mitgebracht und hätte sich gern einen Spaß daraus gemacht, Mark einen Gefallen zu tun und ihm eigenhändig die Füße abzutrocknen, aber das ließ er nicht zu. Mit einer Autorität, die weniger mit seiner eigenen kleinen Person als mit der Ernsthaftigkeit seines Auftrags zu tun hatte, streckte er die Hand nach ihr aus und gab ihr auf bestimmte Weise zu verstehen, daß sie aufstehen sollte. Sie erhob sich gehorsam. Nur ein Blitzen ihrer dunklen Augen durchbrach kurz ihre Feierlichkeit. Er selbst war außer Gefahr, überlegte Cadfael, aber junge Kleriker mochten mit dieser Frau hier noch mehr Sorgen haben, als ihnen lieb sein konnte. Ältere Geistliche eigentlich auch, wenn auch auf etwas andere Weise.

»Nein«, sagte Mark nun fest. »Das ziemt sich nicht. Unsere Rolle in der Welt ist es, zu dienen, nicht bedient zu werden. Und nach allem, was wir hier gesehen haben, habt Ihr dort draußen schon mehr als genug Gäste, und anspruchsvollere obendrein, als wir es zu sein wünschen.«

Da lachte sie unerwartet, und offensichtlich nicht über Mark, doch über etwas, das seine Worte in ihrem Kopf ausgelöst hatten. Bis dahin hatte sie außer ihrem auf der Schwelle gemurmelten Gruß kein Wort gesprochen. Jetzt brach ein perlender Redeschwall aus ihr hervor, der den Singsang ihrer walisischen Ausdrucksweise wie Poesie wirken ließ.

»Mehr als genug für den Bischof Gilbert, und mehr als er erwartet hat! Stimmt es denn, was Hywel gesagt hat, daß die englischen Bischöfe Euch mit Grußbotschaften und Geschenken schicken? Dann seid Ihr heute abend die beiden willkommensten Besucher in Llanelwy. Unser neuer Bischof hat das Gefühl, er braucht jede Unterstützung, die er kriegen kann. Eine öffentliche Erinnerung, daß hinter ihm ein Erzbischof steht, kommt ihm jetzt sehr recht. Er hat es hier schließlich mit dem Fürsten und seinem Gefolge zu tun. Er wird Gewinn aus Eurem Besuch ziehen. Ihr findet Euch heute abend sicher am Ehrentisch im Festsaal wieder.«

»Fürsten!« wiederholte Cadfael. »Und Hywel? Ist das denn Hywel gewesen, der uns angesprochen hat, als wir ankamen? Hywel ab Owain?«

»Habt Ihr ihn denn nicht erkannt?« fragte sie erstaunt.

»Kind, ich habe ihn doch noch nie zuvor gesehen. Aber wir kennen schließlich seinen Ruf.« Das also war der junge Bursche, den sein Vater ausgeschickt hatte, mit einem Heer über den Aeron vorzustoßen, das Schloß Llanbadarn in Schutt und Asche zu legen und Cadwaladr aus Ceredigion zu jagen. Er hatte das anscheinend sehr zügig und mit Verstand besorgt, ohne dabei die Haltung oder auch nur eine seiner Locken zu verlieren. Dabei sah er kaum alt genug aus, um schon selbst Waffen zu tragen!

»Ich habe mir schon gedacht, über den sollte ich besser Bescheid wissen! Owain bin ich früher schon begegnet. Wir haben vor drei Jahren miteinander zu tun gehabt. Da ging es um einen Austausch von Gefangenen. Jetzt hat er also seinen Sohn geschickt, um nachzusehen, wie Bischof Gilbert seine pastoralen Pflichten erfüllt, nicht wahr?« wunderte sich Cadfael. Der Fürst und sein Sohn verstanden sich nicht nur auf weltliche, sondern auch auf kirchliche Angelegenheiten, und wie es schien, verfolgten sie beiderlei gleichermaßen gründlich.

»Es kommt noch besser«, sagte die junge Frau und lachte. »Er ist selbst hier! Habt Ihr oben auf den Wiesen nicht seine Zelte stehen sehen? Für ein paar Tage hat Owain Llanelwy zu seiner Pfalz gemacht, und damit ist hier immerhin der Hof für ganz Gwynedd. Das ist eine Ehre, ohne die Bischof Gilbert gut hätte auskommen können. Der Fürst tut nichts, um den Bischof einzuschränken oder einzuschüchtern, außer einfach hier zu sein. Bei allem, was der Bischof sagt und tut, ist der Fürst dabei. Der Bischof muß ständig auf der Hut sein. Der Fürst ist die Höflichkeit und Rücksichtnahme in Person! Er erwartet vom Bischof bloß, ihn selbst und seinen

Sohn zu beherbergen und sorgt für alle anderen selbst. Heute abend werden sie alle im großen Saal zusammen essen. Ihr seht schon, Ihr seid genau zur rechten Zeit gekommen.«

Sie hatte die Leinentücher beim Reden über den Arm genommen und das Kommen und Gehen im Hof dabei scharf im Auge behalten. Cadfael folgte ihrem Blick und bemerkte einen kräftigen Mann in einem schwarzen Talar, der in seinem bis zu den Knöcheln reichenden Gewand über die Wiese auf ihre Unterkunft zukam.

»Ich werde euch noch Met und etwas zu essen bringen«, sagte die junge Frau und kehrte abrupt zu handfesten Dingen zurück. Sie nahm Schale und Kanne und war schon zur Tür hinaus, bevor der Geistliche sie noch erreicht hatte. Cadfael sah, wie sie sich im Vorbeigehen begegneten, wie der Mann ihr ein Wort sagte und sie dazu stumm den Kopf senkte. Ihm kam es vor, als ob zwischen ihnen eine merkwürdige Spannung herrschte, der Mann mühsam beherrscht, das Mädchen kalt und pflichtbewußt. Bei seinem Näherkommen hatte sie sich mit dem Abschied beeilt, doch die Art, wie er im Vorübergehen mit ihr sprach, und besonders, wie er sich, bevor er Cadfaels Unterkunft erreichte, noch einmal nach ihr umdrehte, um ihr nachzusehen, machte den Eindruck, daß er vor ihr mehr Respekt hatte als umgekehrt und sie ihm etwas nachtrug, das sie nicht vergessen konnte. Sie hatte nicht nach oben geschaut, um ihn anzusehen und auch den heiligen Rhythmus ihres Schritts nicht verlangsamt. Er ging jetzt langsamer in Cadfaels Richtung, vielleicht um seine Würde zu sammeln, bevor er bei den Fremden eintrat.

»Guten Tag und willkommen, Brüder!« sagte er auf der Schwelle. »Ich hoffe doch, meine Tochter hat recht für euer Wohl gesorgt?«

Damit war die Beziehung zwischen den beiden sofort eindeutig. Die Feststellung geschah ernsthaft und klar, als ob stillschweigend auch andere Möglichkeiten denkbar wären und von vornherein ausgeräumt werden sollten. Der Mann trug schließlich die Tonsur, hatte hier etwas zu sagen und war Priester. Deshalb wählte er auch die einfache Feststellung: »Ich heiße Meirion und habe dieser Pfarre hier schon viele Jahre gedient. Unter dem neuen Dispens bin ich der Kanonikus des Domkapitels. Falls es an etwas fehlt, womit wir euch versorgen können, solange ihr bei uns seid, dann sagt es nur, und ich werde dafür sorgen.«

Er sprach ein steifes Englisch, etwas zögernd, denn er war ganz offensichtlich Waliser. Er war ein kräftiger, muskulöser Mann und in seiner dunklen Art durchaus gutaussehend, mit scharf geschnittenen Zügen und einer sehr aufrechten Haltung. Sein kurzgeschnittener Haarkranz war kaum mit Grau gesprenkelt. Das Mädchen hatte ihre Farben und die dunklen strahlenden Augen von ihm, doch in ihrem Blick lag ein Funke Fröhlichkeit, sogar Schalk. Sein Blick hinterließ unter den gebieterischen Brauen den Eindruck von Unsicherheit – ein stolzer, ehrgeiziger Mann, der sich selbst und seiner Stellung nicht ganz sicher war. War er vielleicht in einer delikaten Lage, da er als Kanoniker nun zum Gefolge eines normannischen Bischofs gehörte? Das war durchaus möglich. Wo es eine eheliche Tochter gab, mußte es auch eine Ehefrau geben. Canterbury wäre darüber kaum erfreut.

Mark und Cadfael versicherten Meirion, die Unterkunft sei für sie in jeder Hinsicht zufriedenstellend, nach mönchischen Klostermaßstäben sogar üppig. Bereitwillig holte Mark aus seiner Sattelrolle Bischof Rogers versiegelten Brief, edel beschriftet und adressiert, dazu den kleinen verschließbaren Holzkasten, verziert mit Schnitzereien, der das Silberkreuz enthielt. Kanonikus Meirion zog entzückt die Luft ein, denn der Silberschmied von Lichfield war ein geschickter Künstler, und seine Arbeit war sehr schön.

»Er wird erfreut und frohgestimmt sein, dessen könnt ihr gewiß sein. Vor euch als Männern der Kirche brauche ich nicht zu verbergen, daß unser Herr Bischof hier alles andere als in einer einfachen Lage ist und ihm jede Geste der Unterstützung eine Hilfe bedeutet. Falls ihr mir den Vorschlag erlaubt, wäre es gut, wenn ihr ganz förmlich auftretet, sobald alle bei Tisch versammelt sind und dann eure Botschaft öffentlich entrichtet. Ich werde euch als Euer Herold in die

Halle begleiten und Plätze am Tisch des Bischofs freihalten.«
Er teilte ihnen vollkommen offen mit, daß aus dieser Botschaft der größte Vorteil gezogen werden müßte, kam sie doch nicht bloß aus Lichfield, sondern aus Canterbury, von Theobald selbst, der hier in Sankt Asaph nach römischem Ritus einen normannischen Prälaten installiert hatte. Wo der Fürst seine eigene Macht und Ritterschaft eingesetzt hatte, wollte Kanonikus Meirion auf der anderen Seite Bruder Mark zum Einsatz bringen, wie inadäquat er als Symbol auch erscheinen mochte.

»Und Bruder, obgleich der Bischof dessen sicher nicht bedarf, wäre es gut, wenn Ihr auf Walisisch wiederholt, was Diakon Mark in der Halle auszurichten hat. Der Fürst versteht ein wenig Englisch, aber bei seinen Leuten ist das anders.« Es war die feste Absicht von Domkapitular Meirion, daß sich jeder, bis zum letzten Mitglied der Wache, dessen wohlbewußt sein sollte, was vor sich ging. »Dem Bischof gebe ich vorher über Euer Kommen Bescheid, doch sagt noch niemand sonst ein Wort.«

»Hywel ab Owain weiß schon Bescheid«, sagte Cadfael.

»Dann hat er es bestimmt auch seinem Vater gesagt. Aber das wird das Schauspiel kaum mindern. Es ist wirklich ein glücklicher Zufall, daß ihr von allen Tagen an diesem gekommen seid, denn morgen soll das königliche Gefolge nach Aber zurückkehren.«

»In dem Fall«, sagte Mark, der sich entschieden hatte, offen gegenüber einem Gastgeber zu sein, der zweifellos auch zu ihnen offen war, »können wir uns dem Gefolge anschließen, denn ich überbringe auch einen Sendbrief an Bischof Meurig in Bangor.«

Der Kanonikus nahm dies mit einer kurzen Denkpause hin und nickte dann zustimmend. Er war schließlich selbst Waliser, wenn er auch sein Bestes tat, um in der Gunst seines normannischen Superiors zu bleiben. »Gut! Das ist weise von eurem Bischof und wird dem Fürsten zusagen. Wie der Zufall es will, werden auch meine Tochter Heledd und ich die Reisegesellschaft begleiten. Sie soll mit einem Gefolgsmann des Fürsten vermählt werden, der Landbesitz auf der

Insel Anglesey hat und uns in Bangor treffen will. Dann sind wir ja unterwegs Reisegefährten.«

»Wir reiten sehr gern in Gesellschaft«, sagte Mark.

»Ich werde euch holen, sobald alle ihre Plätze an der Tafel eingenommen haben«, versprach der Kanonikus ganz zufrieden und ließ ihnen für eine Stunde Ruhe. Erst als er fort war, kam das Mädchen mit einem Teller Honigkuchen und einem Krug Met zurück. Sie bediente sie schweigend, machte aber keine Anstalten, wieder zu gehen. Nach einem Moment mürrischen Nachdenkens fragte sie unvermittelt: »Was hat er euch gesagt?«

»Daß er und seine Tochter morgen nach Bangor reisen, genau wie wir zwei. Es scheint so«, sagte Cadfael gleichmütig und sah in ihr regungsloses Gesicht, »daß wir bis Aber in fürstlicher Begleitung sein werden.«

»Dann gibt er wenigstens noch zu, daß er mein Vater ist«, sagte sie und verzog die Oberlippe.

»Das tut er, und warum soll er sich nicht stolz dazu bekennen? Wenn Ihr mal in den Spiegel schaut«, sagte Cadfael offen, »werdet Ihr einen sehr guten Grund dafür erkennen, daß er sich rühmen kann.« Das entlockte ihr ein widerstrebendes Lächeln. Er nutzte diesen kleinen Erfolg: »Was ist denn mit euch beiden los? Hat euch der neue Bischof etwa gedroht? Falls er unbedingt alle verheirateten Geistlichen in seinem Bistum loswerden will, kommen schwere Zeiten auf ihn zu. Und Euer Vater scheint mir doch ein fähiger Mann zu sein, den zu verlieren sich der neue Prälat schlecht leisten kann.«

»Das ist er auch«, stimmte sie ihm zu und wurde freundlicher, »und der Bischof will ihn halten. Sein Fall wäre auch viel schlimmer gewesen, hätte meine kranke Mutter nicht schon in den letzten Zügen gelegen, als Bischof Gilbert hergekommen ist. Es schien, sie würde nicht mehr lange leben. Da haben sie einfach abgewartet! Könnt Ihr Euch das vorstellen? Sie haben darauf gewartet, bis die Frau gestorben war, damit der Bischof sich nicht von einem Priester zu trennen brauchte, der ihm nützlich war! Und sie ist allerdings gestorben, letzte Weihnachten, und seitdem habe ich ihm den Haushalt geführt, gekocht, geputzt und geglaubt, wenigstens so könnten wir nun weiterleben. Aber nein – ich bin eine lebendige Erinnerung an eine Ehe, die der Bischof für ungesetzlich und für ein Sakrileg hält. Seiner Meinung nach wäre ich besser nie geboren worden! Sogar, wenn mein Vater den Rest seines Lebens im Zölibat verbringt, bin ich noch da und erinnere ihn an das, was er vergessen will. Ja, auch er, nicht bloß der Bischof! Ich stehe seinem Fortkommen im Weg.«

»Ihr tut ihm sicher Unrecht«, sagte Mark erschrocken. »Ich bin sicher, daß er väterliche Zuneigung für Euch empfindet, so wie Ihr für ihn die Gefühle einer Tochter hegt.«

»Die Probe darauf ist noch nie gemacht worden«, antwortete sie nur. »Unsere Gefühle mißgönnt uns keiner. Ach, mein Vater wünscht mir nichts Schlechtes, genausowenig wie der Bischof. Aber ganz herzlich wünschen die beiden sich, ich soll es mir woanders gutgehen lassen, so weit weg, daß ich ihnen kein Kopfzerbrechen mehr bereite.«

»Das ist also der Grund, aus dem sie vorhaben, Euch mit einem Mann aus Anglesey zu verheiraten«, stellte Cadfael betrübt fest. »Soweit weg, wie es in Nordwales nur möglich ist. Ja, das würde den Bischof gewiß beruhigen. Aber was ist denn mit Euch? Kennt Ihr den Mann, den sie für Euch ausgesucht haben?«

»Nein, das hat der Fürst getan, und er hat es gut gemeint, und so habe ich es auch aufgefaßt. Der Bischof wollte mich ja eigentlich nach England in ein Kloster schicken und eine Nonne aus mir machen. Owain Gwynedd hat gesagt, falls ich nicht selbst den Wunsch hätte, wäre das eine arge Verschwendung, und er hat mich vor jedermann im Saal gefragt, ob ich das überhaupt wolle, und ich habe sehr laut und klar nein gesagt. Dann hat er mir diese Heirat vorgeschlagen. Owains Mann sucht eine Frau, und mir ist gesagt worden, er sei ein ansehnlicher Bursche, nicht mehr besonders jung, aber kaum über dreißig, und das ist ja noch nicht so alt. Er soll auch gut aussehen und einen guten Ruf haben. Immer noch besser«, meinte sie ohne großen Schwung, »als in einem englischen Kloster hinter Gittern weggeschlossen zu werden.«

»Stimmt«, sagte Cadfael aus vollem Herzen, »es sei denn, Euer eigenes Herz treibt Euch dazu, und ich bezweifle, daß es Euch je so gehen wird. Sicher auch besser, als hier ausgestoßen und in dem Gefühl weiterzuleben, anderen zur Last zu fallen. Ihr seid nicht ganz gegen die Ehe eingestellt?«

»Nein!« sagte sie vehement.

»Und Ihr wißt nichts, das gegen diesen Mann spricht, den sich der Fürst ausgesucht hat?«

»Ich habe ihn nun einmal nicht selber ausgesucht«, sagte sie und verzog störrisch den Mund.

»Wenn Ihr ihn seht, mögt Ihr ihm zustimmen. Es wäre nicht das erste Mal«, sagte Cadfael weise, »daß ein geschickter Kuppler das Gleichgewicht richtig ausgewogen hätte.«

»Wie dem auch sei«, sagte sie und erhob sich mit einem Seufzer, »ich habe keine andere Wahl als zu gehen. Mein Vater kommt mit mir, um darauf zu achten, daß ich mich ordentlich benehme und Kanonikus Morgant, der so hartherzig ist wie der Bischof selbst, geht mit uns, um auf uns beide aufzupassen. Jedes zusätzliche Aufsehen hätte zur Folge, daß an eine weitere Beförderung meines Vaters nicht mehr zu denken wäre. Wenn ich das so wollte, könnte ich ihn zerstören«, entfuhr es ihr. Aber sie wußte, daß es nie, bei allem Zorn, bei aller Empörung, so weit kommen würde. Und im Abendlicht sah sie sich in der Tür um und fügte hinzu: »Ich kann gut ohne ihn leben. Früher oder später wäre ich zu einem Ehemann gegangen. Aber wißt Ihr, worüber ich mich am meisten gräme? Daß er mich so einfach aufgibt und so dankbar ist, mich los zu sein.«

Wie versprochen, kehrte Kanonikus Meirion nach Ablauf einer Stunde zu ihnen zurück. Der Betrieb auf dem Hof hatte sich beruhigt, die Bauarbeiten für den Tag waren eingestellt worden und alle Vorbereitungen für das abendliche Fest bei Hofe waren abgeschlossen. Das kleine Heer der Bediensteten war angetreten, so daß der Hofstaat nun von den Fürsten bis zu den Knechten vollständig im Festsaal versammelt war. Draußen war es noch hell, aber das Licht war so sanft wie die vergoldete Stille vor Sonnenuntergang.

Der Domkapitular hatte sich für den festlichen Anlaß gebürstet und fleckenlos rein, aber schlicht gekleidet, vielleicht um der kargen Nüchternheit seines Amtes willen, vielleicht, um die vielen Jahre, die er mit seiner Frau verheiratet gewesen war, noch sorgfältiger aus der Erinnerung zu tilgen. Vor langer Zeit einmal, als die Heiligen noch unter den Menschen lebten, war von allen keltischen Priestern verlangt worden, im Zölibat zu leben, genau so eindringlich, wie Bischof Gilbert das heute forderte. Der einfache Grund dafür hatte in dem mönchischen Ideal gelegen, auf das die gesamte keltische Kirche einst aufgebaut war. Jede Abweichung hätte dem frommen Streben nach diesem heiligen Vorbild nur geschadet. Aber seit sogar die Erinnerung an diese Zeit nachgelassen hatte und so gut wie verschwunden war, würde die Erneuerung des Zölibats eine ebensolche empörte Wirkung hervorrufen, wie es sie gegeben haben mußte, als es langsam aufgegeben worden war. Seit Jahrhunderten hatten die Priester nun als anständige Ehemänner gelebt und Familien großgezogen wie ihre Gemeindemitglieder. Sogar in England gab es in entlegeneren Orten auf dem Land eine Menge braver und verheirateter Priester, und gewiß dachte keiner schlecht von ihnen. In Wales kam es durchaus vor, daß in einer Gemeinde der Sohn dem Vater im Priesteramt nachfolgte und, schlimmer noch, daß die Söhne von Bischöfen wie selbstverständlich erwarteten, daß ihre Väter ihnen Mitra und Bischofsstab weiterreichten, als wären die höchsten Ämter der Kirche etwa zu Lehen geworden, die vererbt werden könnten. Nun kam hier dieser Ausländer, der von auswärts zum Bischof eingesetzt worden war, verurteilte diese ganzen Gebräuche als verabscheuungswürdige Sünden und wollte sein Bistum auch noch von allen Klerikern säubern, die nicht im Zölibat lebten.

Dieser fähige und auf seine Weise beeindruckende Mann, der Cadfael und Mark abholte, damit sie seinen Bischof unterstützten, hatte nicht vor, sich als Priester zurücksetzen zu lassen, weil die fortgesetzte Existenz einer Tochter ihn anklagte, obschon er doch seine Ehefrau rechtzeitig hatte begraben können. Nichts gegen das Mädchen – er würde zusehen, daß für sie gesorgt sein würde, aber an einem Ort, wo sie ihm aus den Augen und dem Sinn sein würde.

Gerechterweise mußte man zugeben, daß er auch gar keinen Zweifel daran ließ, was ihm den größten Vorteil zu versprechen schien, und daß er direkt auf sein Ziel losging. Er hatte vor, aus dem Besuch der beiden Mönche und aus ihrer Mission zur Freude und Zufriedenheit seines Bischofs Gewinn zu ziehen.

»Sie haben eben Platz genommen. Es wird Stille herrschen, bis Fürst und Bischof zur Ruhe gekommen sind. Ich habe darauf geachtet, vor der Ehrentafel freien Raum zu lassen, wo alle euch sehen und hören können.«

Man mußte Meirion weiterhin zugute halten, daß er das keineswegs geringschätzig meinte. Er war weder von Bruder Marks kleiner Statur noch von dem schlichten Habit der Benediktiner enttäuscht. Tatsächlich nickte er zufrieden und war über Marks Auftreten erfreut, das trotz seiner Schlichtheit vorzüglich wirken würde.

Mark nahm die bunt bemalte Schriftrolle mit Roger de Clintons Brief und die kleine geschnitzte Schatulle, die das Kreuz enthielt, und sie folgten Meirion über den Hof zur Tür der Bischofshalle. Die Luft im Saal roch nach dem schweren, würzigen Geruch von gebeiztem Holz und dem harzigen Rauch der Fackeln, und als die drei hereinkamen, Kanonikus Meirion vorneweg, ließ das gedämpfte Stimmgemurmel an den Tischen nach. Von der Ehrentafel aus, am anderen Ende des Saals, schaute eine Reihe vom Licht der Fackeln hell beleuchteter Gesichter der kleinen Prozession zu, die auf den freien Raum mit der niedrigen hölzernen Plattform zuschritt. Der Bischof saß in der Mitte. Auf diese Entfernung waren seine Gesichtszüge nicht zu erkennen. Ihm zur Seite saßen die Fürsten, dann, jeweils abwechselnd, weitere Kleriker und walisische Adlige aus Owains Gefolge. Alle Blicke waren auf die kleine, aufrechte Statur von Bruder Mark gerichtet, der einsam vor ihnen stand, nachdem Kanonikus Meirion zur Seite getreten war, um ihm den Platz allein zu überlassen. Cadfael war einige Schritte zurückgeblieben.

»Mein Herr und Bischof, hier ist Diakon Mark vom Hof des Bischofs von Lichfield und Coventry und bittet um Gehör.«

»Der Sendbote meines Amtsbruders von Lichfield ist sehr willkommen«, sagte der Bischof von der Tafel aus in einem förmlichen, erhabenen Ton.

Mark hielt seine Ansprache mit klarer Stimme und richtete den Blick dabei fest auf das lange, schmale Antlitz gegenüber, das ihm entgegenblickte. Die gewölbte Tonsur des Bischofs wurde von drahtigem, stahlgrauem Haar bekränzt. Er hatte eine messerscharfe, lange Nase mit weitgeblähten Nasenlöchern und einen stolzen, schmallippigen Mund, den er zu einem wenig überzeugenden Lächeln verzerrt hatte. Offenbar war er im Lächeln nicht sehr geübt.

»Mein Herr, der Bischof Roger de Clinton, hat mir aufgetragen, Euch in seinem Namen als seinen Bruder in Christo und seinen Nachbarn im Dienst der Kirche verehrungsvoll zu grüßen und wünscht Euch ein langes und fruchtbares Wirken in der Diözese von Sankt Asaph. Und durch meine Hand schickt er Euch voll brüderlicher Liebe diesen Brief und diese Schatulle und bittet Euch, beides in Freundlichkeit anzunehmen.«

Cadfael machte eine kurze Pause, um die Wirkung noch zu steigern und wiederholte dann alles in klingendem Walisisch. Das brachte ihm ein zustimmendes Scharren und Murmeln seiner Landsleute unter den Zuhörern ein.

Der Bischof hatte sich von seinem Stuhl erhoben, kam hinter der Tafel hervor und ging auf das Podium zu. Mark ging ihm entgegen und beugte vor ihm das Knie, um Brief und Schatulle in die großen, muskulösen Hände zu übergeben, die hinunterlangten, um beides in Empfang zu nehmen.

»Wir empfangen die Liebenswürdigkeit unseres Bruders mit Freude«, sagte Bischof Gilbert mit wohlgefälliger, überlegter Dankbarkeit, denn Gwynedds weltliche Machthaber saßen in Hörweite und verpaßten nichts von dem, was geschah. »Und seinen Sendboten empfangen wir mit nicht geringerer Freude. Erhebe dich, Bruder, und sei ein weiterer geehrter Gast an unserem Tisch. Und dein Gefährte ebenso.

Es war allerdings aufmerksam von Bischof de Clinton, dir einen Begleiter mitzugeben, der Walisisch spricht.«

Cadfael blieb still im Hintergrund und verfolgte das Gespräch beim Podium auf Entfernung. Mark sollte ruhig alle Aufmerksamkeit ernten und sich zu einem Ehrenplatz neben Hywel ab Owain führen lassen, der zur Linken des Bischofs saß. Hatte Kanonikus Meirion das bewirkt, hatte der Bischof selbst es so entschieden, um dem Besuch die größtmögliche Wirkung zu verleihen, oder hatte Hywel dabei seine Hand im Spiel gehabt? Es mochte gut sein, daß Hywel mehr darüber erfahren wollte, was andere Kathedralkapitel von der Entscheidung hielten, das Bistum zu Sankt Kentigern nicht nur wieder zu errichten, sondern diese Aufgabe auch noch einem Prälaten zu übertragen, der kein Waliser war. Von Hywel war auch zu erwarten, daß seine Fragen argloser beantwortet würden, als wenn sein einschüchternder Vater sie stellte, und das Gespräch würde entsprechend ergiebiger verlaufen. Eine erste Gelegenheit für Mark, so schien es, wenig zu sagen und viel zu hören.

Cadfael wurde ein Platz zugewiesen, der viel weiter von der Mitte mit Fürsten und Bischof entfernt und näher am Ende der Tafel lag, der allerdings einen ausgezeichneten Blick auf die Gesichter der aufgereihten Ehrengäste bot. Dem Bischof zur Rechten saß Owain Gwynedd, in jeder Hinsicht ein großer Mann, groß, was das Ausmaß seines Verstandes und seiner Fähigkeiten anging, groß aber auch darin, daß er, flachsblond im Gegensatz zu ihren dunklen Farben, seine eigenen Leute im Durchschnitt um Haupteslänge überragte. Seine Großmutter Ragnhild war eine Prinzessin im dänischen Königreich von Dublin gewesen, mehr Skandinavierin als Irin, eine Enkelin von König Sitric Seidenbart. Seine Mutter Angharad war unter den dunkelhaarigen Frauen von Deheubarth für ihr goldenes Haar bekannt gewesen. Links vom Bischof saß in gelöster Haltung Hywel ab Owain, der Bruder Mark mit liebenswürdiger Miene willkommen hieß. Die Ähnlichkeit war klar zu sehen, wenngleich der Sohn dunklere Farben aufwies und nicht die Körpergröße seines Vaters erreichte. Cadfael dachte mit einem leisen Lächeln daran, daß ein Sohn, der seinem Vater so sehr aus dem Gesicht geschnitten war, von dem Kirchenmann neben ihm als unehelich angesehen wurde, war Hywel doch geboren worden, bevor Owain geheiratet hatte. Zudem war seine Mutter eine Irin. Für die Waliser galt ein anerkannter Sohn nicht weniger als ein ehelich geborener, und Hywel war mit Erreichen des Mannesalters ehrenvoll in Ceredigion eingesetzt worden. Jetzt, nachdem sein Onkel gestürzt war, hatte er die Herrschaft über ganz Ceredigion und war dem Anschein nach recht gut in der Lage, sich dort zu halten. In Owains Gefolge gab es noch drei oder vier Waliser, die abwechselnd zwischen Gilberts Stiftsherren und Kaplane gesetzt worden waren. Weltliche und geistliche Würdenträger saßen damit Schulter an Schulter und waren so gezwungen, sich vorsichtig kennenzulernen. Die gerade geöffnete Schatulle und das filigrane Silberkreuz gaben für ihre Unterhaltung allerdings ein unverfängliches Thema ab. Gilbert hatte die Schatulle geöffnet und vor sich auf den Tisch gestellt, um sie bewundern zu lassen. Die Schriftrolle von Bischof de Clinton hatte er daneben gelegt. Wenn das Essen dem Ende zuging, war zweifellos eine feierliche Lesung zu erwarten.

Inzwischen ölten Met und Wein die Räder der Diplomatie und, dem sich erhebenden Stimmengewirr nach, auch mit Erfolg. Cadfael wandte sich ab, um seine Aufmerksamkeit auf die Rolle zu richten, die er selbst bei diesem gesellschaftlichen Anlaß zu spielen hatte, und begann pflichtbewußt, sich den Männern zu widmen, die neben ihm saßen. Rechts von ihm hatte ein Geistlicher in mittleren Jahren, wohlbeleibt und stattlich, seinen Platz, bestimmt ein Kanoniker, der dabei eine Miene von so kompromißloser Selbstgefälligkeit zur Schau trug, daß Cadfael sogleich dachte, dies müsse Morgant sein, der auf der Reise, auf der Heledd ihrem Ehemann zugeführt werden sollte, Vater und Tochter beaufsichtigen würde. Seine schmale Nase und seine kalten, scharf blickenden Augen wirkten auf Cadfael, als sei der Mann nur schwer zufriedenzustellen – genau der Richtige für so eine Aufgabe. Doch seine Stimme und seine Art gegenüber dem Gast hatten durchaus etwas Angenehmes. Er wäre in jeder

Lage den Ereignissen gewachsen und würde den richtigen Ton anschlagen, aber er machte nicht den Eindruck, als ob er anderen ihre Fehler nachsehen würde.

Cadfael zur Linken saß ein Mann aus dem fürstlichen Gefolge, als echter Waliser stämmig und kompakt gebaut, sehr sorgfältig gekleidet, mit dunklem Haar und dunklen Augen. Sein schwarzer, eindringlicher Blick war in die Ferne gerichtet und sah durch das, was vor ihm lag, Menschen wie Gegenstände, eher hindurch, als sie anzuschauen. Erst als er zur Ehrentafel hinaufblickte, wo Owain und Hywel saßen, wurde sein Blick fester, und Wärme, Wiedererkennen und Anerkennung traten in seine Augen, und sein breiter, voller Mund entspannte sich, lächelte beinahe. Einen ergebenen Gefolgsmann besaßen die Fürsten von Gwynedd zumindest. Cadfael beobachtete den jungen, gutaussehenden Mann von der Seite. Er wirkte zurückhaltend und still. In seiner dunklen, brütenden Art schien er es Cadfael durchaus wert, studiert zu werden. Als er dann höflich mit dem neuen Gast sprach, kam Cadfael seine ruhige, wohlklingende Sprechweise in ihrer abfallenden Klangfolge so vor, als ob der Mann aus einer anderen Gegend als Gwynedd stammen mußte. Aber die bemerkenswerteste Eigenschaft an diesem Menschen enthüllte sich lange nicht, denn er trank und aß wenig und verwendete nur die rechte Hand, die vor Cadfaels Augen entspannt auf dem Tisch ruhte. Erst als er sich seinem Nachbarn geradewegs zuwandte und den linken Ellenbogen auf den Tischrand schob, wurde deutlich, daß sein linker Unterarm wenige Zoll unter dem Ellbogengelenk aufhörte und ein feines Leinentuch wie ein Handschuh über den Stumpf gezogen worden war, befestigt mit einem dünnen Armreif aus Silber.

Unmöglich, da nicht hinzustarren, so unerwartet kam die Enthüllung; aber Cadfael schaute gleich wieder weg und versagte sich jede Bemerkung, obwohl er nicht widerstehen konnte, die Verstümmelung verdeckt zu studieren, als er sich unbeobachtet glaubte. Doch sein Nachbar hatte mit seinem Verlust lange genug gelebt, um mit der Wirkung auf andere Menschen vertraut zu sein.

»Du kannst ruhig fragen, Bruder«, sagte er und lächelte bitter. »Ich schäme mich nicht zuzugeben, wo ich das eingebüßt habe. Das war mal meine gute Hand, obwohl ich Beidhänder war. Ich habe noch eine übrig. Ich kann mir damit immer noch helfen.«

Da die Neugier verstanden und von ihm erwartet wurde, machte Cadfael auch kein Hehl daraus, obschon er auch von selbst einige Vermutungen hätte anstellen können. Denn er war fast sicher, daß dieser junge Mann aus Südwales stammte und hier in Gwynedd von seiner gewohnten Umgebung weit entfernt war.

»Ich bin nicht im Zweifel«, sagte Cadfael vorsichtig, »daß, wo immer du sie gelassen hast, dir die Gelegenheit nur zur Ehre gereicht haben kann. Ich habe zu meiner Zeit auch Waffen getragen und Hiebe ausgeteilt und Verletzungen im Feld eingesteckt. Wo du mich einweihst, kann ich dir folgen, und nicht als Fremder.«

»Ich habe mir das schon gedacht«, sagte der junge Mann und schätzte ihn mit einem Blick seiner glänzenden schwarzen Augen ab, »du siehst nicht wie ein bloßer Klosterbruder aus. Folge mir dann und sei willkommen. Ich habe meinen Arm auf dem Leichnam meines Herrn liegen gelassen, das Schwert noch in der Hand.«

»Letztes Jahr«, sagte Cadfael langsam und folgte seiner eigenen Ahnung, »in Deheubarth.«

»Du sagst es.«

»Anarawd?«

»Mein Fürst und Stiefbruder«, sagte der verstümmelte Mann. »Der Schlag, der letzte Schlag, der ihm das Leben nahm, hat mich den Arm gekostet.«

Drittes Kapitel

»Wie viele«, fragte Cadfael vorsichtig, nach einem Augenblick des Schweigens, »sind da bei ihm gewesen?«

»Drei von uns. Das war eine einfache und kurze Reise, und wir haben an nichts Böses gedacht. Es sind von denen acht gewesen. Von uns, die wir mit Anarawd geritten sind, bin ich als einziger noch am Leben.« Er sprach leise und ruhig, hatte nichts vergessen und nichts vergeben, und seine Stimme und Miene dabei doch vollkommen im Zaum.

»Ich staune«, sagte Cadfael, »daß du überlebt hast, um davon Bericht zu geben. Es braucht nicht viel Zeit, um an so einer Wunde zu verbluten.«

»Und noch viel weniger Zeit, um von neuem zuzuschlagen und das Werk zu vollenden«, stimmte ihm der junge Mann mit einem bitteren Lächeln zu. »Genau das hätten sie bestimmt getan, wären unsere Leute nicht aufmerksam geworden und hinzugeeilt. Die Mörder haben mich im Sterben liegen lassen und sind weggeritten. Nachdem sie geflohen waren, konnte ich verarztet werden. Und als Hywel mit seinem Heer gekommen ist, um den Mord zu rächen, hat er mich mit hergebracht, und Owain hat mich in seinen Dienst aufgenommen. Auch mit einem Arm ist ein Mann noch zu gebrauchen. Und er kann immer noch hassen.«

»Hast du deinem Fürsten nahegestanden?«

»Ich bin mit ihm groß geworden. Ich habe ihn geliebt.« Seine schwarzen Augen ruhten auf den lebhaften Zügen von Hywel ab Owain, der gewiß in seiner Loyalität Anarawds Platz eingenommen hatte, soweit ein Mensch überhaupt an die Stelle eines anderen treten kann.

»Darf ich deinen Namen wissen?« fragte Cadfael. »Meiner ist – oder war es in der Welt einmal – Cadfael ap Meilyr ap Dafydd, selbst ein Mann aus Gwynedd, geboren in Trefriw.

Auch wenn ich Benediktiner bin, habe ich meine Herkunft doch nicht vergessen.«

»Das solltest du auch nicht, nicht in dieser Welt noch im Kloster. Ich heiße Cuhelyn ab Einion, ein jüngerer Sohn meines Vaters und ein Leibwächter meines Fürsten. Früher«, sagte er und wurde finsterer, »ist es für einen Leibwächter eine Schande gewesen, lebendig aus dem Feld zurückzukehren, auf dem sein Herr gefallen war. Doch ich hatte und habe noch immer guten Grund zu leben. Die unter den Mördern, die ich Hywel mit Namen genannt habe, haben ihren Preis bereits entrichtet. Doch die anderen habe ich nicht gekannt. Ich bewahre ihre Gesichter im Gedächtnis bis zu dem Tag, an dem ich sie von neuem sehe und die Namen erfahre, die zu den Gesichtern gehören.«

»Da ist auch noch ein anderer, der Anführer, der für Blut nur mit Land gezahlt hat«, sagte Cadfael. »Was ist mit ihm? Ist es überhaupt sicher, daß er den Überfall befohlen hat?«

»Ganz sicher! Sonst hätten sie es nie gewagt. Daran hat Owain Gwynedd auch gar keinen Zweifel.«

»Und wo, glaubst du, steckt dieser Cadwaladr jetzt? Hat er sich mit dem Verlust von allem, das er je sein eigen nennen konnte, abgefunden?«

Der junge Mann schüttelte den Kopf. »Das weiß wohl keiner, wo der steckt. Auch nicht, welchen bösen Plan er als nächstes hegt. Aber mit seinem Verlust abgefunden? Das glaube ich kaum! Hywel hat Geiseln unter den rangniedrigeren Häuptlingen genommen, die unter Cadwaladr gedient haben, und sie nach Norden gebracht, um sicherzustellen, daß es in Ceredigion nicht weiter zu Widerstand kommt. Die meisten von ihnen sind inzwischen wieder freigelassen worden, nachdem sie geschworen hatten, weder gegen Hywels Herrschaft ins Feld zu ziehen noch wieder in Cadwaladrs Dienste zu treten, es sei denn, er sollte in Zukunft Wiedergutmachung zusagen und wieder eingesetzt werden. Ein Gefangener ist noch übrig in Aber, er nennt sich Gwion. Er hat sein Ehrenwort gegeben, keinen Fluchtversuch zu unternehmen, doch er weigert sich, seiner Gefolgschaftstreue zu Cadwaladr abzuschwören oder Hywel Frieden zu geloben.

Ein anständiger Bursche«, sagte Cuhelyn duldsam, »aber seinem Herrn noch ergeben. Kann ich dem Mann das vorwerfen? Aber was für ein Herr! So treu, wie Gwion ist, hätte er einen besseren verdient.«

»Du hegst keinen Haß gegen ihn?«

»Nein, dafür gibt es keinen Grund. Er hat keine Rolle bei dem Überfall gespielt, er ist zu jung und zu anständig, um in so ein Schurkenstück hineingezogen zu werden. Auf eine Weise mag ich ihn so, wie er mich mag. Wir sind uns gleich. Könnte ich ihm vorwerfen, an seiner Treue so festzuhalten, wie ich an meiner festhalte? Er würde für Cadwaladr töten, so wie ich es für Anarawd tun würde und es auch getan habe. Aber nicht heimtückisch, in doppelter Überzahl gegen leichtbewaffnete Männer, die mit keiner Gefahr rechnen. Ehrlich, auf freiem Feld, das ist eine andere Sache!«

Das lange Mahl war fast zu Ende, nur Wein und Met machten noch die Runde, und das Geräusch der Stimmen war zu einem leisen, zufriedenen Summen geworden, wie ein Stock glücklicher Bienen, die sich an Sommerwiesen berauschten. In der Mitte der Ehrentafel hatte sich Bischof Gilbert erhoben, das Siegel des edlen Briefes erbrochen und die Schriftrolle aus Pergament entrollt. Roger de Clintons Grußworte waren dazu gedacht, öffentlich deklamiert zu werden, um ihre volle Wirkung zu entfalten. Sie waren sorgfältig formuliert, um die Laien nicht weniger zu beeindrucken als die keltischen Kleriker, die eine Mahnung zur Vorsicht wohl am nötigsten hatten. Gilberts sonore Stimme machte das meiste daraus. Cadfael hörte zu und dachte dabei, wie hochzufrieden Erzbischof Theobald mit dem Ergebnis seiner Gesandtschaft sein würde.

»Und jetzt, Lord Owain«, fuhr Gilbert fort und nützte die gehobene Stimmung, auf die er das Fest über gewartet haben mußte, »bitte ich Euch, einen Bittsteller vorzulassen, der Euch um Nachsicht bitten will – nicht für sich selbst, sondern für einen anderen. Durch mein Amt hier bin ich dazu bestimmt und in mancher Hinsicht auch berechtigt, für den Frieden zu sprechen – Frieden zwischen einzelnen Männern und Frieden unter den Völkern. Es ist nicht gut, daß unter

Brüdern Zorn herrscht. Hier ist bittere Rache geübt worden, die zu Anfang noch ihre Berechtigung gehabt haben mag. Doch in jedem Streitfall und auch für jede Ungesetzlichkeit sollte die Strafe eine Grenze haben. Ich bitte um Audienz für einen Botschafter, der für Euren Bruder Cadwaladr spricht, damit Ihr mit ihm versöhnt werden mögt, wie es angemessen ist, und ihm seinen verlorenen Platz in Eurer Gunst wiedergebt. Darf ich Bledri ap Rhys aufrufen?«

Unvermittelt verstummte alles und jeder Blick richtete sich auf das Gesicht des Fürsten. Cadfael konnte fühlen, wie sich der junge Mann neben ihm verkrampfte und vor Empörung über diesen bitteren Bruch der Gastfreundschaft zitterte, denn dieser Schachzug war ganz offensichtlich vorbereitet worden, ohne dem Fürsten zuvor ein Wort davon zu sagen. Sogar wenn privat um diese Audienz nachgesucht worden wäre, hätte Cuhelyn das als zutiefst beleidigend empfunden. Sie so öffentlich herbeizuführen, vor dem versammelten Hofstaat im Saal, war ein Bruch der Höflichkeit, wie er nur einem unempfindlichen Normannen möglich war, über ein Volk zum Bischof eingesetzt, von dem er keinen Begriff hatte. Doch wenn Owain die Audienz so unangenehm war wie Cuhelyn, ließ er es sich nicht anmerken. Er ließ das Schweigen genau lange genug anhalten, um leichte Zweifel aufkommen zu lassen und vielleicht Gilberts wackere Selbstsicherheit zu erschüttern, und dann sagte er deutlich:

»Wie Ihr wünscht, Herr Bischof, werde ich Bledri ap Rhys gewiß anhören. Jeder Mann hat das Recht auf Fürbitte und Gehör. Ohne Vorurteil über das Ergebnis!«

Sobald der Hofmeister des Bischofs den Bittsteller in die Halle führte, stand zweifelsfrei fest, daß der nicht gerade eben mit der Bitte um Audienz vom Pferd gesprungen war. Er hatte seinen Auftritt irgendwo in der Nähe des Bischofssitzes bequem abgewartet, jedes Staubkorn von der Kleidung gebürstet und sich auf den heutigen Abend sorgfältig vorbereitet. Sein feiner Aufzug und seine Erscheinung waren sehr beeindruckend. Er war groß und breitschultrig, mit schwarzem Haar und schwarzem Schnurrbart, seine Nase ein hochmütiger Schnabel, eher aufreizend als verbindlich im Auftreten. Er eilte mit langen Schritten in die Mitte des offenen Raumes gegenüber dem Podium und machte eine ausführliche Verbeugung vor Fürst und Bischof. Die Geste schien Cadfael eher der eigenen Verherrlichung dessen zu dienen, der sie leistete, als irgendeinen besonderen Respekt zu bezeugen. Er hatte jedermanns Aufmerksamkeit.

»Mein Fürst, mein Herr Bischof, euer ergebener Diener! Ich trete hier als Bittsteller vor euch.« Er sah kaum danach aus, noch drückte seine Stimme voller Selbstvertrauen eine Bitte aus.

»Das habe ich gehört«, sagte Owain. »Du hast eine Bitte an uns. Du kannst sie offen stellen.«

»Mein Lord, ich war und stehe noch in Gefolgschaftstreue zu Eurem Bruder Cadwaladr, und ich wage, für sein Recht zu sprechen. Er ist seiner Ländereien verlustig gegangen und zum Fremden gemacht worden und enterbt in seiner Heimat. Was immer Ihr ihm anlastet, ich wage zu bitten, daß solch eine Strafe mehr ist, als er verdient hat, und so hart, wie der Bruder sie dem Bruder nicht erteilen sollte. Ich bitte Euch um so viel Großmut und Vergebung, ihn in seinem eigenen Land wieder einzusetzen. Er ist schon seit einem Jahr all seiner Güter beraubt. Laßt das genug sein, und setzt ihn wieder in seine Ländereien in Ceredigion ein. Der Herr Bischof wird seine Stimme der meinen zur Versöhnung hinzufügen.«

»Der Herr Bischof hat vor dir gesprochen«, sagte Owain kühl, »und eloquent in gleichem Maß. Ich bin nicht hart gegen meinen Bruder und bin es nie gewesen, was für Narreteien er auch immer begangen hat, doch Mord ist schlimmer als Narretei und verlangt ein Maß der Reue, bevor Vergebung an der Zeit ist. Getrennt sind die beiden ohne Wert, und wo das eine fehlt, werde ich das andere nicht verschwenden. Hat Cadwaladr dich beauftragt?«

»Nein, mein Lord, und er weiß nicht einmal, daß ich hergekommen bin. Er ist es, der einen schweren Verlust erleidet, und ich, der dafür appelliert, daß sein Recht wiederhergestellt wird. Wenn er in der Vergangenheit Schlechtes getan hat, soll das ein Grund sein, ihm die Möglichkeit zu verwehren, in Zukunft Gutes zu tun? Was ihm angetan worden ist, ist das Äußerste, denn man hat ihn in seinem eigenen Land zum Ausgestoßenen gemacht, ohne ihm einen Fußbreit Halt auf seinem eigenen Land zu lassen. Ist das gerecht gehandelt?«

»Das ist nicht so schlimm«, sagte Owain kalt, »wie das, was Anarawd angetan worden ist. Ländereien können zurückgegeben werden, wenn einer das verdient hat. Hat einer aber erst sein Leben eingebüßt, kann er es nicht zurückerhalten.«

»Das stimmt, mein Lord, doch sogar eine Blutschuld kann mit Geld beglichen werden. Alles weggenommen zu kriegen, und das lebenslang, ist auch eine Art Tod.«

»Hier geht es nicht einfach um Totschlag, sondern um Mord«, sagte Owain, »wie du wohl weißt.«

Links von Cadfael saß steif und bewegungslos Cuhelyn und rührte sich nicht von seinem Platz. Seine Augen waren fest auf Bledri gerichtet. Er schien ihn mit seinem Blick durchbohren zu wollen. Sein Gesicht war blaß, und seine eine Hand umklammerte fest die Tischkante, bis die Knöchel scharf und schneeweiß hervortraten. Er sagte kein Wort und gab keinen Laut von sich, starrte aber düster und unbeirrbar geradeaus.

»Dieser Ausdruck ist zu hart«, sagte Bledri, »für eine Tat, die in hitzigster Erregung begangen worden ist. Mein Lord, Ihr habt auch nicht gehört, was mein Fürst zu diesem Streit zu sagen hat.«

»Für eine Tat, die in hitzigster Erregung begangen worden ist«, sagte Owain unerschütterlich, »ist diese gut vorbereitet gewesen. Acht Mann, die getarnt auf der Lauer für vier ahnungslose und unbewaffnete Reisende liegen, sind nicht heißblütig. Du tust der Sache deines Herrn keinen Gefallen, wenn du sein Verbrechen noch verteidigst. Du sagst, du bist gekommen, um zu bitten. Mein Sinn ist gegen Versöhnung, wird sie höflich erbeten, nicht verschlossen. Drohungen sind da nicht nötig.«

»Doch, Owain«, rief Bledri aus und seine Erregung loderte auf wie eine harzgetränkte Fackel, »sogar für Euch ziemt es sich, abzuwägen, welche Folgen es haben kann, falls Ihr unversöhnlich bleibt. Ein kluger Mann weiß schon, wann er nachgibt, bevor ihm die Folgen seines Handelns ins Gesicht zurückschlagen.«

Cuhelyn wollte auffahren und war zitternd vor Erregung schon halb auf den Füßen, als er sich noch einmal in den Griff bekam und stumm und bewegungslos auf seinen Platz zurücksank. Hywel hatte sich weder gerührt noch die Miene verzogen. Er besaß die ausgezeichnete Haltung seines Vaters. Und Owains unerschütterliche Ruhe dämpfte augenblicklich das unbehagliche Scharren und Murmeln, das um den Tisch gelaufen war und weiter hinten im Saal lauteren Widerhall fand.

»Soll ich das als Drohung auffassen oder als Versprechen oder als Ankündigung eines Schlages aus heiterem Himmel?« fragte Owain in ganz liebenswürdigem Ton, doch klang dabei eine Schärfe an, die seiner süßen Liebenswürdigkeit eine durchdringende Note gab. Das gab Bledri Anlaß, wie vor einem drohenden Schlag den Kopf ein wenig einzuziehen, seinen schwelenden, feurigen Blick zurückzunehmen und den verzerrten Ausdruck seiner Lippen zu mäßigen. Etwas vorsichtiger gab er schließlich zurück:

»Ich habe damit nur sagen wollen, daß Bruderzwist sich unter Männern nicht ziemt und Gott keine Freude daran hat. Das kann nichts als entsetzliche Frucht tragen. Ich bitte Euch, setzt Euren Bruder wieder in seine Rechte ein.«

»In der Sache«, sagte Owain nachdenklich, während er den Bittsteller forschend ansah und über das hinaus, was er vorgetragen hatte, an ihm Maß zu nehmen schien, »bin ich noch nicht bereit, nachzugeben. Doch wir sollten diesen Sachverhalt mit mehr Muße betrachten. Morgen früh werden meine Leute und ich gemeinsam mit dem Hofstaat des Herrn Bischofs und diesen Besuchern aus Lichfield nach Aber und Bangor reiten. Ich stelle mir vor, Bledri ap Rhys, daß du am besten mit uns reitest und auf Aber unser Gast sein wirst, und auf dem Weg und dort in meiner Pfalz magst du deine Bitte besser aussprechen, und ich kann besser die

Folgen bedenken, die du erwähnst«, sagte Owain honigsüß. »Ich möchte kein Unglück herbeiführen, weil ich zuvor nicht genug überlegt habe. Sag ja zu meiner Gastfreundschaft und setz dich zu uns an den Tisch unseres Gastgebers.«

Es war Cadfael vollkommen klar, daß Bledri zu diesem Zeitpunkt kaum mehr eine Wahl hatte. Owains Leibwächter hatten die Natur dieser Einladung sofort verstanden. Seinem angespannten Lächeln nach hatte das auch Bledri, obgleich er sie mit dem vollen Anschein von Freude und Befriedigung annahm. Zweifellos war es ihm recht, ob als Gast oder als Gefangener, im Gefolge des Fürsten mitzureisen und seine Augen und Ohren auf dem Ritt nach Aber offenzuhalten. Um so mehr, falls hinter seinem Hinweis auf schlimme Folgen mehr steckte als der Schatten göttlicher Mißbilligung über die Feindschaft zweier Brüder. Wenn er auch ein wenig mehr gesagt hatte, als seine Worte dem ersten Eindruck nach zu bedeuten schienen, blieb doch seine eigene Sicherheit garantiert. Er nahm am Tisch des Bischofs den Platz ein, der für ihn freigemacht wurde und trank mit diskreter Contenance und leichtem Lächeln auf das Wohl des Fürsten.

Der Bischof tat sichtlich einen tiefen Atemzug, erlöst, daß sein gutgemeinter Versuch, Frieden zu stiften, schließlich das erste Scharmützel überstanden hatte. Ob er die mitschwingenden Untertöne verstanden hatte, war zweifelhaft. Die Feinheiten der Waliser waren vermutlich an einen geradlinigen und gottesfürchtigen Normannen verschwendet, überlegte Cadfael. Um so besser für den Bischof. Seine Gäste würden mit einem zusätzlichen Mann abreisen, er konnte sie segnen und sich selbst trösten, alles Menschenmögliche getan zu haben, um Versöhnung herbeizuführen. Was immer jetzt folgen mochte, lag nicht in seiner Verantwortung.

Der Met kreiste freundschaftlich und der Harfenspieler des Fürsten besang die Größe und Tugenden von Owains Stamm und die Schönheit von Gwynedd. Und nach ihm erhob sich zu Cadfaels respektvoller Überraschung Hywel ab Owain, nahm die Harfe und sang klangvolle Improvisationen auf die Frauen im Norden. Dichter und Barde und Krieger, das war zweifellos ein bewundernswerter Sproß aus diesem bewundernswerten Stamm. Er wußte, was er mit seiner Musik bewirkte. Alle Spannungen des Abends lösten sich auf in Freundschaft und Gesang. Oder, falls sie anhielten, entging das zumindest ganz der Aufmerksamkeit des versöhnten und entspannten Bischofs.

Die Tür seiner Behausung stand halb offen, in der Nacht draußen schien noch eine leise Unruhe zu herrschen, und Bruder Mark saß einige private Augenblicke lang stumm und nachdenklich auf der Kante seines Betts. Er dachte über all das nach, was geschehen war, bis er schließlich mit der Überzeugung desjenigen, der alle Umstände durchdacht hat und zu einem festen Entschluß gekommen ist, sagte: »Er hat es bloß gut gemeint. Er ist ein guter Mensch.«

»Aber kein kluger«, sagte Cadfael von der Tür her. Die Nacht draußen war mondlos dunkel, doch die Sterne füllten sie mit einem fernen blauen Schimmern, das erkennen ließ, wo gelegentlich Leute auf dem Heimweg wie Schatten von Gebäude zu Gebäude huschten. Das Durcheinander des Tages hatte sich so beruhigt, daß jetzt fast Stille herrschte, in der ab und zu das Murmeln leiser Stimmen zu hören war, die sich gegenseitig gute Nacht wünschten. Es war kaum ein hörbares Geräusch, mehr ein Zittern, das in der Luft lag. Es war windstill. Noch die sanftesten Bewegungen schienen die Nervenbahnen zum Schwingen zu bringen und der Stille einen Ausdruck zu verleihen.

»Der Bischof vertraut zu leicht«, stimmte Mark mit einem Seufzer zu. »Anstand erwartet Anstand.«

»Und den vermißt du bei Bledri ap Rhys?« fragte Cadfael respektvoll. Bruder Mark konnte ihn noch dann und wann überraschen.

»Ich habe Zweifel an ihm. Er tritt zu unverfroren auf, er weiß, daß ihm bei Hof kein Haar gekrümmt wird, nachdem er einmal zur Audienz empfangen worden ist. Und in walisischer Gastfreundschaft fühlt er sich sicher.«

»Unverfroren ist er wirklich«, sagte Cadfael nachdenklich. »Und hat noch so getan, als sei alles nur eine Warnung vor dem göttlichen Zorn. Was hältst du davon?«

»Er hat seine Hörner eingezogen«, sagte Mark zustimmend. »Ihm ist klar geworden, daß er einen Schritt zu weit gegangen war. Doch das war mehr als eine pastorale Warnung. Ich frage mich wirklich, wo dieser Cadwaladr jetzt steckt und was er vor hat. Denn ich glaube, die Drohung war ernstgemeint, jetzt und hier Ärger zu machen, falls Owain seine Forderungen abschlägt. Der führt etwas im Schilde, und dieser Bledri weiß davon.«

»Ich denke«, sagte Cadfael beruhigend, »daß der Fürst deine Meinung teilt oder zumindest die Möglichkeit bedenkt. Du hast ihn gehört. Er hat allen seinen Männern Bescheid gesagt, daß Bledri ap Rhys hier, in Aber und auf der Strecke dazwischen beim Hofstaat bleiben soll. Falls ein Hinterhalt geplant ist und Bledri nicht dazu gebracht werden kann, ihn zu verraten, muß er abgehalten werden, irgendwie dazu beizutragen oder Cadwaladr Bescheid zu geben. Der Fürst ist gewarnt, und er ist auf der Hut. Jetzt frage ich mich, ob Bledri das auch so verstanden hat, oder ob er das Wagnis eingehen will und es auf den Versuch ankommen läßt?«

»Mir ist es nicht so vorgekommen, als ob ihn das aus der Fassung gebracht hätte«, sagte Mark zweifelnd. »Wenn er das so aufgefaßt hat, hat es ihn nicht beunruhigt. Ob er das mit Absicht provoziert hat?«

»Wer weiß? Es mag ihm passen, mit uns nach Aber zu gehen und auf dem Weg dahin und bei Hof Augen und Ohren offenzuhalten, falls er die Maßnahmen des Fürsten für seinen Herrn ausspäht. Oder für sich selbst!« sagte Cadfael nachdenklich. »Obwohl ich zugeben muß, ich sehe darin keinen Vorteil für ihn, es sei denn den, sich aus dem Kampf heraushalten zu können. Denn einem Gefangenen, der offiziell als Gast gilt, darf nichts angetan werden, was auch geschehen mag. Gewinnt sein eigener Herr, wird er ohne Vorwurf freigesetzt, und wenn Owain Sieger bleibt, ist er genauso vor Verletzungen im Kampf oder Vergeltungsmaßnahmen danach gefeit. Doch mir ist er nicht wie ein vorsichtiger Mann vorgekommen«, gab Cadfael zu und wies die Vorstellung zurück, obwohl ein Rest von Zweifel blieb.

In der zunehmenden Dunkelheit waren nur wenige Menschen unterwegs. Die offene Tür der großen bischöflichen Halle ließ ein Rechteck von schwachem Licht frei, drinnen waren die meisten Fackeln schon gelöscht worden, das Feuer glühte noch auf kleiner Flamme, und in der Stille waren kaum das Stimmgemurmel und die Bewegungen im Hintergrund zu merken, als die Bediensteten die Tische wegräumten und was darauf nach dem Fest liegen geblieben war.

Eine große dunkle Figur erschien breitschultrig und aufgerichtet gegen das blasse Licht in der Tür der Halle, machte für einen Augenblick eine Pause, wie um die nächtliche Kühle einzuatmen und bewegte sich dann lässig die Stufen hinab, langsam und gestreckt wie ein Mann, der seine Muskeln anspannt, nachdem er eine Weile zu lang gesessen hat. Cadfael öffnete die Tür ein wenig mehr.

»Wo gehst du hin?« fragte Mark hinter ihm, der gescheit und hellwach mitgedacht hatte.

»Nicht weit«, sagte Cadfael. »Ich will nur sehen, was unser Freund Bledri im Schilde führt. Und wie man hier darauf reagiert!«

Er stand einen Augenblick lang bewegungslos draußen und zog die Tür hinter sich zu. Er wollte seine Augen an die Nacht gewöhnen, wie es zweifellos auch Bledri ap Rhys tat, der sich in seinen Mantel gewickelt hatte und an dem offenen Stadttor vorbeiging. Der Boden war fest genug, um seine festen, entschiedenen Schritte so deutlich hörbar zu machen, wie sie gemeint waren. Doch nichts rührte sich und keiner nahm von ihm Notiz, nicht einmal die paar Diener, die auf dem Weg ins Bett waren, bis er sich absichtlich umdrehte und genau auf das geöffnete Tor zumarschierte. Cadfael war entlang der Zeile bescheidener Kanonikerhäuser und Unterkünfte für die Gäste langsam weitergegangen, um das Geschehen im Blick zu behalten.

Mit bewundernswertem Schwung erhoben sich aus dem Feld draußen vor dem Tor zwei Gestalten, die freundschaftlich den Arm umeinander legten, mitten auf ihrem Weg mit Bledri zusammenstießen und sich schnell voneinander lösten, um ihn in die Mitte zu nehmen.

»Was denn, Herr Bledri!« dröhnte eine muntere walisische Stimme. »Seid Ihr das? Nehmt noch einen Atemzug vor dem Schlafengehen! Das ist auch eine feine Nacht dazu!«

»Wir leisten Euch gern Gesellschaft«, bot die zweite Stimme herzlich an. »Es ist noch zu früh, um ins Bett zu gehen. Und wir bringen Euch sicher zu Eurer eigenen Bettstatt, damit Ihr Euch im Dunkeln nicht verirrt.«

»Ich bin nicht so betrunken, daß ich verloren gehe«, gab Bledri zu, ohne Überraschung oder Betroffenheit. »Heute abend verspricht es ja noch einmal richtig gemütlich zu werden. Ich werde aber wohl doch besser ins Bett gehen. Ihr Herren braucht sicher auch euren Schlaf, wenn wir früh am Morgen abreisen.« Seiner Stimme war klar anzumerken, daß er dabei lächelte. Er hatte die Antwort, nach der er gesucht hatte, und das verursachte ihm kein Unbehagen, eher ein leichtes Vergnügen, vielleicht sogar Zufriedenheit. »Gute Nacht, ihr zwei!« sagte er und drehte sich, um zurück zur Tür der bischöflichen Halle zu eilen, die innen immer noch schwach erleuchtet war.

Jenseits der Stadtmauer war es ganz still, obwohl es nicht weit bis zu den ersten Zelten von Owains Lager war. Die Mauer war nicht so hoch, daß sie nicht zu übersteigen war, doch wo immer ein Mann hochkletterte, würde einer auf der anderen Seite unten auf ihn warten. Bledri ap Rhys hatte das gar nicht vor, doch hatte er die Bestätigung dafür gesucht, daß jeder Versuch, sich davonzumachen, ganz einfach und sauber verhindert werden würde. Falls Bledri daran noch irgendeinen Zweifel gehabt haben sollte, wußte er es jetzt besser. Und was die beiden geselligen Wächter anging, war es fast schon beleidigend, wie die beiden sich ohne den geringsten Vorwand wieder in die Nacht zurückzogen.

Wie es aussah, war die Sache damit beendet. Doch Cadfael wartete noch ab, ungerührt und ohne sich zu bewegen, so daß er vor dem dunklen, breiten Umriß des Holzgebäudes nicht zu erkennen war, neugierig, als wartete er noch auf eine Art Schlußepisode, um die Abendunterhaltung abzurunden.

In dem Rechteck aus schwachem Licht oben auf der Treppe erschien Heledd. Das Ungestüme und die Anmut dieser jungen Frau waren schon im Schattenriß ihrer hohen, schlanken Gestalt zu erkennen. Sie hatte den ganzen Abend lang Gäste und Mitglieder des bischöflichen Hofstaats bewirtet. Doch sie bewegte sich so gelöst wie ein Rehkitz. Wo Cadfael ihre Erscheinung schon mit interesselosem Wohlgefallen betrachtete, schaute auch Bledri ap Rhys anerkennend nach ihr.

Er war gerade am Fuß der Treppe angelangt, und seine verblüffte Bewunderung war weniger unpersönlicher Natur, hatte er sich doch keine mönchischen Zügel angelegt, die ihn zurückgehalten hätten. Er wußte nun Bescheid, daß er – freiwillig oder nicht – zumindest bis Aber ein Mitglied des fürstlichen Hofstaats sein würde. Nach aller Wahrscheinlichkeit wußte er schon, daß dieses vielversprechende Mädchen im Morgengrauen mit der Gesellschaft reiten würde. Was er hier sah, ließ ihn auf ein wenig Vergnügen hoffen, um die Zeit unterwegs angenehmer zu verbringen. Zumindest schien ihm das hier der Augenblick zu sein, den ereignisreichen und durchaus fröhlichen Abend abzurunden. Sie stieg die Treppe hinunter auf ihrem Weg zu den gegenüberliegenden Kanonikerhäusern und trug aufgerollt in den Armen eine der bestickten Tischdecken der Ehrentafel. Vielleicht war auf dem Tuch Wein verschüttet worden, oder einige der goldglänzenden Zierfäden waren von einer Gürtelschnalle oder einem ungeschickt abgelegten Dolch oder Armreif angerissen worden, und sie hatte die Aufgabe bekommen, das zu flicken. Er wollte eben selbst die Treppe hinaufsteigen, wartete jedoch statt dessen, um ihr mit Vergnügen zuzuschauen, wie sie ihm entgegenkam. Sie hatte den Blick gesenkt, um sicher zu sein, wo sie hintrat. Er war so still und sie so beschäftigt, daß sie ihn nicht bemerkte. Und als sie die dritte Stufe vom Boden erreicht hatte, griff er plötzlich nach ihr und faßte sie sehr sauber um die Taille und schwenkte sie im Halbkreis und hielt sie so, daß sie beide mit dem Gesicht auf einer Höhe waren und sich für einen langen Augenblick sehr nahe kamen, bevor er sie sanft auf die Füße setzte. Dabei ließ er sie jedoch nicht los.

Das war ganz leicht und spielerisch abgelaufen, und nach

allem, was Cadfael sehen konnte, und das war nur ein Schattenspiel gewesen, hatte Heledd es ohne eine Spur von Mißvergnügen und sicher ohne jede Furcht aufgenommen, als die erste Überraschung verflogen war. Sie hatte kurz verblüfft gekeucht, als er sie emporgehoben hatte, doch das war alles, und nachdem er sie einmal wieder abgesetzt und sie ihm nach oben in die Augen gesehen hatte, machte sie keine Anstalten, wegzulaufen. Die meisten Frauen lassen sich gern von einem gutaussehenden Mann bewundern. Sie sagte etwas zu ihm, die Worte waren nicht auszumachen, aber für Cadfaels Ohr klang der Ton leicht und nachsichtig, ohne Bledri regelrecht zu ermutigen. Und in dem, was er ihr erwiderte, war zumindest kein Anzeichen der Entmutigung hörbar. Ohne Zweifel hatte Bledri ap Rhys von sich selbst und seinen Vorzügen eine sehr gute Meinung, doch Cadfael kam es so vor, daß Heledd, so sehr sie seine Aufmerksamkeit auch freuen mochte, ganz gut in der Lage war, sie in geziemenden Grenzen zu halten. Cadfael hatte Zweifel, ob sie ihn sehr weit gehen lassen würde. Von diesem angenehmen Zusammenstoß mit ihm konnte sie sich befreien, wann immer sie wollte. Keiner von beiden nahm die Sache ernst.

In diesem Fall sollte sie nicht die Gelegenheit haben, es auf ihre Weise abzuschließen. Denn das Licht von der offenen Türe wurde unvermutet vom Umriß eines großen Mannes verdunkelt, und so lag auf dem miteinander verbundenen Paar plötzlich ein Schatten. Kanonikus Meirion verhielt einen Augenblick, um seine Augen an die Nacht zu gewöhnen und begann die Stufen mit seiner gewohnten selbstbewußten Würde hinabzusteigen.

Es kam Bruder Cadfael vor, der schamlos neugierig aus seiner dunklen Ecke zuschaute, daß sie beide sehr wohl merkten, was für ein Sturm sich über ihnen zusammenbraute, und keiner von ihnen hatte vor, dem Sturm auszuweichen oder ihn zu besänftigen. Statt dessen fiel ihm auf, daß Heledd ihre Haltung noch eine Idee lockerte, ihren Kopf eine Spur zu Bledri neigte und dabei ein angeregtes, schon verwegenes Lächeln aufsetzte, mit dem sie eher ihren Vater berunruhigen wollte als Bledri zufriedenzustellen. Sollte er um seine Stellung und die erhoffte Beförderung schwitzen! Sie hatte gesagt, sie könne ihn zerstören, falls sie das wolle. Das würde sie niemals tun, aber wenn er so ungeschickt war und von ihr so wenig wußte, um zu glauben, sie sei dazu fähig, ihn zu ruinieren, sollte er für diese Dummheit bezahlen.

Der Augenblick intensiver Stille zerriß förmlich, als Kanonikus Meirion wieder Luft bekam und in einem Wirbel von Bewegung und Priesterschwarz wie ein plötzliches Gewitter die Treppe herunterstürzte, seine Tochter beim Arm faßte und sie Bledris Griff resolut entwand. Sie befreite sich gekonnt aus diesem neuen Zugriff und wischte noch die Berührung seiner Hand von ihrem Arm. Vater und Tochter durchbohrten sich im Dunkeln mit Blicken, die nur von der Nacht gemildert wurden. Bledri duldete seinen Verlust mit Anmut, ohne sich zu rühren, und lachte ganz leise.

»Ach, entschuldigt, wenn ich Euer Sorgerecht übertreten habe«, sagte er absichtlich vage. »Mit einem Rivalen in Eurer Kutte habe ich nicht gerechnet. Nicht hier am Hof von Bischof Gilbert. Ich sehe schon, er denkt großzügiger, als ich angenommen habe.«

Er war natürlich absichtlich aufreizend. Selbst wenn er nicht gewußt hätte, daß dieser empörte ältere Mann der Vater des Mädchens war, wußte er mit Sicherheit, daß diese Einmischung nicht aus dem Motiv heraus geschah, das er unterstellte. Doch kam der Anstoß für diese Frechheit nicht von Heledd? Es gefiel ihr nicht, daß der Kanonikus so wenig Vertrauen in ihr Urteil haben sollte, um anzunehmen, sie käme hier nicht ohne Hilfe zurecht. Als ob sie sich nicht der Unverschämtheit erwehren könnte, die sich dieser fragwürdig-willkommene Besucher im Vorübergehen leistete! Und Bledri verstand allemal genug von Frauen, um zu wissen, daß sie aus einer milden Boshaftigkeit heraus handelte. Er mimte für sie den Spießgesellen, nicht bloß, um ihr zu gefallen, sondern genauso zu seinem eigenen Vergnügen.

»Herr«, sagte Meirion gewichtig und mit einschüchternder Würde, um seinen Zorn zu mäßigen, »meine Tochter ist verlobt und wird bald heiraten. Hier am Hof unseres Herrn werdet Ihr sie und alle anderen Frauen mit Achtung behandeln.« Und zu Heledd sagte er schroff und deutete mit einer scharfen Geste seiner Hand auf ihre Unterkunft unter der gegenüberliegenden Mauer der Enklave: »Geh, Mädchen! Es ist schon spät, und du solltest im Haus sein.«

Heledd nickte jedem von ihnen kurz zu, ohne Hast, ohne die Ruhe zu verlieren, drehte sich um und ging davon. Noch im Weggehen war ihr von hinten deutlich anzumerken, was sie von ihnen beiden und von Männern allgemein hielt.

»Was für ein schönes Mädchen«, sagte Bledri, der ihr anerkennend nachsah. »Ehrwürdiger Vater, Ihr könnt stolz auf Euren Nachwuchs sein. Hoffentlich verheiratet Ihr sie mit einem Mann, der Schönheit zu schätzen weiß. Die kleine Höflichkeit, das Mädchen die Stufen hinunter auf ebene Erde zu setzen, kann den Handel kaum beeinträchtigt haben.« Mit seiner klaren, durchdringenden Stimme betonte er genüßlich das Wort Vater, war er sich doch der doppelten Anspielung gut bewußt. »Na, was einer nicht weiß, macht ihn nicht heiß, und ich höre, der Bräutigam ist weit weg in Anglesey. Was diese Verbindung angeht, wird es Euch nicht schwerfallen, Stillschweigen zu bewahren.« In diesem Hinweis lag süß verpackt eine unverhohlene Unterstellung. Nein, es war ganz und gar unwahrscheinlich, daß Kanonikus Meirion einen Schritt getan hätte, der seine gereinigte, zölibatäre und vielversprechende Zukunft in Frage stellte. Bledri ap Rhys hatte das schnell begriffen, und er wußte über die klerikale Reform durch den Bischof gut Bescheid. Er hatte sogar Heledds Ressentiment spüren können, so rücksichtslos abgeschoben zu werden und sich dafür rächen zu wollen.

»Herr, Ihr seid ein Gast von Fürst und Bischof, von dem erwartet wird, daß er sich an die Regeln der Gastfreundschaft hält.« Meirion stand unbeweglich da wie eine Lanze. Seine Stimme klang dünn und stählern wie eine Schwertklinge. In seiner Person steckte ein wüstes walisisches Temperament, das er nur mühsam beherrschte. »Tut Ihr das nicht, werdet Ihr's bereuen. Was immer meine Lage sei, ich werde mich darum kümmern. Kommt meiner Tochter nicht zu nahe oder versucht, noch irgendwelchen Umgang mit ihr zu haben. Eure Höflichkeiten sind unerwünscht.«

»Nicht, glaube ich, bei der Dame«, sagte Bledri in einem Ton, dem anzumerken war, daß er dabei hochzufrieden lächelte. »Sie besitzt schließlich eine Stimme und zwei Hände und ich glaube, sie hätte davon längst Gebrauch gemacht, falls ich ihr Mißfallen erregt hätte. Ich mag ein Mädchen mit Temperament. Falls sie mir Gelegenheit gibt, werde ich ihr das sagen. Warum sollte sie die Bewunderung, auf die sie einen Anspruch hat, während der letzten Stunden auf dem Weg zur Hochzeit nicht genießen?«

Die kurze Stille zwischen ihnen wog schwer wie ein Stein; Cadfael fühlte die Luft zittern, so still und angespannt waren beide. Dann sagte Kanonikus Meirion mit zusammengebissenen Zähnen, während der Zorn ihm fast die Kehle zuschnürte: »Mein Herr, glaubt ja nicht, diese Kutte, die ich trage, wird Euch vor irgend etwas bewahren, wenn Ihr meine Ehre oder den guten Namen meiner Tochter angreift. Seid gewarnt und haltet Euch von ihr fern, oder Ihr werdet ausgezeichneten Grund haben, das zu bedauern. Obwohl, vielleicht«, endete er, noch leiser und böser, »zu wenig Zeit!«

»Zeit genug«, sagte Bledri, durch die fühlbare Drohung nicht merklich beunruhigt, »falls es da viel zu bedauern geben wird. Darin habe ich wenig Übung. Gute Nacht, ehrwürdiger Vater!« Er ging vielleicht mit Absicht so dicht an Meirion vorbei, daß sich ihre Ärmel berührten und stieg die Stufen zur Tür des Saals hinauf. Der Domherr aber mußte sich selbst aus seiner Wutlähmung reißen, nahm wieder, so gut er konnte, eine würdevolle Haltung ein und stolzierte zu seiner eigenen Tür.

Cadfael kehrte sehr nachdenklich in sein Quartier zurück und berichtete den ganzen Vorfall Bruder Mark, der nach dem Gebet noch mit weit geöffneten Augen wach auf dem Bett lag. Auf seine besonders empfindliche Art hatte er schon gespürt, was für stürmische Entladungen die Nachtluft zum Schwingen gebracht hatten. Er hörte wenig überrascht zu.

»Cadfael, wieviel, würdest du sagen, kümmert ihn nur sein eigenes Fortkommen, wieviel das seiner Tochter? Er fühlt sich ihr gegenüber schuldig. Es ist ja seine Schuld, wenn er sie zurückweist, weil sie seine Aussichten behindert, und er hat ein schlechtes Gewissen, weil er sie weniger liebt als sie ihn. Deshalb ist es ihm so wichtig, sie aus den Augen zu haben, weit weg, in der Obhut eines anderen.«

»Wer kann einem Mann schon hinter die Stirn schauen?« sagte Cadfael resigniert. »Viel weniger einer Frau. Aber ich sage dir eins, sie würde gut daran tun, ihn nicht zu weit zu treiben. Der Mann hat einen gewalttätigen Kern. Ich möchte nicht dabei sein, wenn der zum Ausbruch kommt. Das könnte eine tödliche Kraft sein.«

»Und wen«, fragte sich Mark und starrte in das Dunkel des Daches über ihnen, »würde der Blitz treffen, wenn der Sturm je losbricht?«

Viertes Kapitel

Das Gefolge des Fürsten sammelte sich im Morgengrauen. Als Cadfael und Mark vor dem Aufsatteln zum Gebet in die Kirche gingen, hatte ein kurzer Schauer das Gras durchnäßt, doch in den Regentröpfchen fing sich bereits das Sonnenlicht, und am Himmel oben herrschte bald das blasseste und klarste Blau. Nur im Osten schienen feine, dünne Wolken das leuchtende Rund der Sonne wie mit Fingern zu streifen.

Als die beiden Mönche wieder hinaus in den Hof traten, hallte der schon von Geschäftigkeit wider, die Packpferde wurden beladen und die wackere Zeltstadt auf dem Hügel oben verpackt und abtransportiert. Im glänzenden Sonnenlicht lösten sich die Federwolken auf.

Mark sah den Vorbereitungen für die Abreise mit Vergnügen zu, sein Gesicht gerötet und hell, ein Kind unterwegs in ein Abenteuer. Bis zu diesem Augenblick, dachte Cadfael, hatte er sich die Möglichkeiten, die Faszination, sogar die Gefahren der Reise nicht wirklich vor Augen geführt, auf die er sich gemacht hatte. Mit Fürsten zu reiten war nicht mehr als die Hälfte der Geschichte, irgendwo konnte eine Drohung lauern, ein feindlicher Bruder, ein Prälat, der darauf versessen war, zu reformieren, was in den Augen der Bevölkerung keiner Erneuerung bedurfte. Und wer ahnte schon, was zwischen hier und Bangor, auf dem Weg von Bischof zu Bischof, dem fremden und dem einheimischen, passieren konnte?

»Ich habe Sankt Winifred ein Wort ins Ohr gesprochen«, sagte Mark und wurde dabei fast schuldbewußt rot, als ob er sich eine Schutzheilige angeeignet hätte, die eigentlich Bruder Cadfael gehörte. »Ich habe gedacht, wir müssen ihr hier sehr nahe sein, und es schien mir nur angemessen, ihr unsere Anwesenheit und unsere Hoffnungen mitzuteilen und um ihren Segen zu bitten.«

»Falls wir ihn verdienen!« sagte Cadfael, obgleich er wenig Zweifel daran hatte, daß eine so sanfte und empfindsame Heilige einen derart unschuldigen und klugen Mann mit Nachsicht behandeln mußte.

»Das ist richtig. Cadfael, wie weit ist es von hier bis zu ihrer heiligen Quelle?«

»Das werden so an die vierzehn Meilen sein, von hier aus in Richtung Osten.«

»Stimmt es, daß sie niemals zufriert? Wie kalt der Winter auch sein mag?«

»Das stimmt. Keiner hat sie je zugefroren erlebt. In der Mitte hat es immer noch gesprudelt.«

»Und Gwytherin, wo du sie aus dem Grab genommen hast?«

»Das liegt von uns aus im Südwesten«, sagte Cadfael und verzichtete auf die Erwähnung, daß er sie an demselben Ort auch wieder in ihr Grab gelegt hatte. »Versuch niemals, ihr Schranken zu setzen«, riet er zur Vorsicht. »Wo immer du sie anrufen magst, wird sie anwesend sein und dir zuhören, sobald du deine Not herausrufst.«

»Das habe ich nie bezweifelt«, sagte Mark bloß und ging mit federnden und hoffnungsvollen Schritten davon, um seine kleinen Habseligkeiten zusammenzusuchen und den glänzenden nußbraunen Wallach zu satteln. Cadfael wartete ein paar Augenblicke, um den Trubel um sich herum zu genießen und folgte dann langsam zu den Ställen. Vor der Stadtmauer waren Owains Wächter und Adlige schon mit den Vorbereitungen beschäftigt. Die Zelte verschwanden eines nach dem anderen von der Grünfläche und ließen nur blassere Flecken von niedergedrücktem Gras zurück, sich bald wieder zu frischem Grün aufrichten und sogar die Erinnerung an ihren Besuch löschen würden. Innerhalb der Mauern waren die Pferdeknechte mit ihren Pfiffen und Zurufen zu hören, der Klang des Pferdegeschirrs und der lebhafte Rhythmus stampfender Hufe auf dem festgetretenen Erdboden. Über dem allgemeinen Durcheinander der Männer waren die hellen Stimmen der Mägde zu hören. Der leichte Staub, den all diese Bewegungen aufwirbelten, stand im Sonnenlicht wie goldener Nebel in der Luft.

Die Gesellschaft versammelte sich heiter und gleichmütig, als ob sie ausziehen wollte, um Feldblumen zu sammeln, und hell wie der Morgen war, hätte er sicher auch zu einem so angenehmen Zeitvertreib eingeladen. Doch als sie die Pferde bestiegen, gab es bestimmte Hinweise, daß es um ernstere Dinge ging. Heledd war im Mantel erschienen, reisefertig, heiter und in bescheidener Haltung. Doch Kanonikus Meirion, schmallippig, mit zusammengezogenen Brauen, hielt sich dicht an ihrer Seite. Auf der anderen Seite folgte der Domherr Morgant. Er musterte beide mit scharfen Blicken. Seine Miene wirkte nicht weniger streng, doch lag in seinen zusammengekniffenen Brauen ein Ausdruck von kompromißloser Härte, der für Vater und Tochter wenig Zustimmung verhieß. Und trotz all ihrer Vorsicht machte Bledri ap Rhys doch im letzten Augenblick einen Schritt zwischen sie und hob das Mädchen mit seinen großen und möglicherweise gierigen Händen, mit einer so weidlichen Höflichkeit aufs Pferd, die schon an Dreistigkeit oder an Schlimmeres grenzte, und Heledd ließ sich diesen Dienst mit einer so anmutigen Neigung ihres Kopfs und einem so kühlen und verhaltenen Lächeln gefallen, daß ein zwiespältiger Eindruck zurückblieb, halb keuscher Tadel, halb diskrete Schadenfreude. So gut wie die beiden den Anschein von Anstand wahrten, wäre es närrisch gewesen, laut Mißfallen zu äußern. Auch wenn sie den Mund hielten, nahmen beide Kanoniker den Vorfall doch gereizt und mit Stirnrunzeln zur Kenntnis.

Das war nicht die einzige unvermutete Wolke, die diesen klaren Morgen überschattete, denn nun ritt Cuhelyn auf seinem Pferd durch das Tor. Er kam zu spät, um noch irgendeinen offensichtlichen Anlaß für die gespannte Stimmung erkannt zu haben. So hielt er sein Pferd an und musterte die ganze Gesellschaft mit eindringlichem Blick, bis er Bledri entdeckte und ihn brütend ansah. Cuhelyn, ein Mann mit einem langen Gedächtnis und starken Leidenschaften, nahm Maß an einem Feind. Als er das Bild, das sich ihm bot, nachdenklich überblickte, hatte Cadfael den Eindruck, daß Mißgunst und Vorwürfe das reichhaltige Gepäck der fürstlichen Reisegesellschaft zusätzlich belasten würden.

Der Bischof kam in den Hof, um von seinen vornehmen Gästen Abschied zu nehmen. Das erste Treffen mit dem Fürsten war recht erfolgreich verlaufen, wenn er bedachte, was für eine Belastung es bedeutet hatte, Cadwaladrs Sendboten vor die Versammlung einzuladen. Er war nicht so unempfindlich, daß er die augenblickliche Spannung und das Mißvergnügen nicht gespürt hätte, und zweifellos atmete er jetzt erleichtert auf, da er die Gefahr überstanden hatte. Ob er die Demut hatte, sich klarzumachen, daß er das der Umsicht des Fürsten verdankte, war eine andere Frage, überlegte Cadfael. Und hier kam Owain Seite an Seite mit seinem Gastgeber und Hywel nach ihm. Bei seiner Ankunft erwachte das ganze bunte Gefolge zu erwartungsvollem Leben, und als er nach Zügel und Steigbügel griff, taten es ihm alle nach. Zu groß für mich, was, Hugh? dachte Cadfael und schwang sich mit einer Leichtigkeit in den Sattel seines Rotschimmels, die ihn zufrieden und ein wenig hochmütig stimmte. Ich werde dir noch zeigen, ob ich meine Reiselust verloren und alles vergessen habe, was ich im Osten gelernt habe, als du noch gar nicht auf der Welt warst!

So ritten sie los, durch das weitgeöffnete Tor und westwärts, dem hohen blonden Haupt des Fürsten nach, der in der Morgensonne keine Kopfbedeckung trug. Der Bischof blieb mit seinen Leuten zurück, um die Abreise mit der skeptischen Zufriedenheit desjenigen zu beobachten, der ein diplomatisches Zusammentreffen erfolgreich hinter sich gebracht hat. Die Drohungen aus dem Gespräch vom Vorabend lagen noch unbehaglich in der Luft und warfen ihre Schatten jetzt auf die abreisenden Gäste. Selbst wenn Bischof Gilbert sie ernstgenommen hätte, konnte er die Gäste doch leichten Herzens ziehen lassen, denn es waren ja keine Drohungen gegen ihn.

Als die Reiter aus der Stadt heraus über die grünen Felder zogen, stießen vom Lagerplatz her Owains Männer dazu und folgten ihnen zu beiden Seiten in klarer Marschordnung. Cadfael beobachtete mit Interesse, aber ohne Überraschung, daß unter ihnen Bogenschützen waren und zwei sich ständig einige Armlängen links hinter Bledri ap Rhys hielten. Bei der schnellen Auffassungsgabe, die dieser Gast zweifellos besaß, bemerkte er sie ebenfalls und schien keinen Einwand gegen sie zu haben, denn schon auf der ersten Meile ließ er sich nicht davon abbringen, seine Stellung zwei oder drei Mal zu verändern, um ein artiges Wort in Domherr Morgants Ohr zu sprechen oder mit Hywel ab Owain Höflichkeiten auszutauschen, der dicht hinter seinem Vater ritt. Doch er machte keine Anstalten, sich durch die Reihe der sie begleitenden Wachen zu drängen. Falls sie ihn daran erinnerten, daß er eigentlich ein Gefangener war, hatte er fest vor, ihnen zu zeigen, daß er damit vollkommen zufrieden war und keine Absicht hatte, sich abzusetzen. In der Tat schaute er einige Male nach rechts und nach links, um die Reichweite der Bogenschützen zu erkunden, und schien beeindruckt zu sein.

All dies war von beträchtlichem Interesse für einen neugierigen Mann, selbst wenn er in diesem Stadium noch keinen rechten Sinn darin sah. Cadfael nahm sich vor, alle ungewöhnlichen Vorfälle auf dieser Reise im Kopf zu behalten. Die Zeit würde kommen, wenn ihm ihre Bedeutung klar werden würde. Mark ritt unterdessen still und glücklich an seiner Seite. Die Straße nach Westen lag vor ihnen, und an der Spitze des Zugs leuchtete Owains helles Haar wie ein Banner in der Sonne. Was konnte man an einem schönen Morgen im Mai mehr verlangen?

Sie ritten nicht, wie es Mark erwartet hatte, leicht nordwärts in Richtung auf das Meer, sondern hielten sich nach Westen, über sanfte Hügelwellen und durch mit Bäumen bestandene Täler, einer Spur durch das Grün folgend, die manchmal deutlich als Pfad, manchmal kaum zu erkennen war, aber doch merklich über die Hügel hinweg einer geraden Linie folgte. Das Land lag offen vor ihnen. Die leichten Steigungen machten das Reiten angenehm.

»Die Straße ist uralt«, sagte Cadfael. »Sie beginnt bei Chester und führt geradewegs zu der Bucht, wo der Fluß Conwy in die Irische See mündet und es einmal, wie man sagt, eine ähnliche Festung wie Chester gegeben hat. Wenn du die

Sandbänke der Furt kennst, kannst du bei Ebbe durch den Fluß waten, doch bei Flut ist der Fluß schiffbar.«

»Und nach der Furt?« fragte Mark aufmerksam und neugierig.

»Dann steigen wir an. Wenn du von dort nach Westen schaust, glaubst du, da führt kein Weg hinüber, aber es gibt doch einen, hinauf in die Berge und wieder hinunter ans Meer. Hast du jemals das Meer gesehen?«

»Nein. Wie denn? Bevor ich an den Hof des Bischofs gekommen bin, bin ich keine zehn Meilen aus der Grafschaft herausgekommen, in der ich geboren bin.« Er blickte beim Reiten jetzt angestrengt nach vorn, mit Sehnsucht und Freude, durstig auf alles, das er noch nie gesehen hatte. »Die See muß ein großes Wunder sein«, sagte er mit verhaltenem Atem.

»Ein guter Freund und ein schlimmer Feind«, sagte Cadfael und dachte dabei an früher Erlebtes. »Respektiere sie, und sie wird Gutes für dich bewirken, aber fordere sie niemals heraus.«

Der Fürst hatte kein schnelles, aber doch ein zügiges Tempo vorgelegt, das sich in diesem welligen Land Meile um Meile halten ließ.

In den Tälern der sattgrünen Landschaft waren kleine Dörfer auszumachen. Die Hütten, jeweils eng um die Kirche gedrängt, waren von bebautem Ackerland umgeben, in dem die einzelnen Felder ein gewobenes Muster bildeten. Außerhalb davon standen die Einzelhöfe freier Bauern und jeweils einsam dazwischen ihre Pfarrkirche.

»Diese Leute leben abgeschieden«, sagte Mark etwas verwundert bei diesem Anblick.

»Das sind die Freien des Stammes. Sie besitzen ihr Land selbst, doch nicht, um damit zu tun, was ihnen beliebt. Das Land wird in der Familie nach strengem Erbgesetz übertragen. Gemeinsam pflügen die Bauern das Land und zahlen ihre Abgaben, doch jeder Bauer besitzt seine Wohnung, sein Vieh und seinen gerechten Anteil Land. Das stellen wir sicher, indem wir regelmäßig die Verteilung überprüfen. Sobald Söhne zu Männern geworden sind, erhalten sie bei der nächsten Überprüfung ihren Anteil.«

»Damit keiner einfach bloß erbt«, zog Mark den vernünftigen Schluß.

»Keiner außer dem jüngsten Sohn, dem letzten, der das Alter erreicht, in dem er seinen eigenen Anteil erhält. Der erbt dann das Land und das Haus des Vaters. Zu dieser Zeit haben die älteren Brüder schon Frauen genommen und eigene Häuser gebaut.« Das erschien Cadfael und augenscheinlich auch Mark ein gerechtes, wenn auch sehr handfestes Verfahren, um jedem Mann ein Auskommen zu verschaffen, einen gerechten Anteil an der Arbeit und am Gewinn des Landes.

»Und du?« fragte Mark. »Hast du hierher gehört?«

»Ich gehörte hierher und konnte es doch nicht«, gab Cadfael zu und schaute etwas überrascht auf seine eigene Herkunft zurück. »Ja, ich bin in genauso einem Keltendorf zur Welt gekommen, und als ich vierzehn wurde, erhielt ich mein kleines Stück eigenes Land. Und würdest du das heute glauben? Ich habe es nicht gewollt! Gute walisische Erde, aber ich habe dafür nichts übrig gehabt. Als ein Wollhändler aus Shrewsbury Gefallen an mir gefunden und mir Arbeit angeboten hat, die mir die Freiheit geben würde, wenigstens ein paar Meilen mehr von der Welt zu sehen, bin ich durch diese geöffnete Tür gegangen, wie ich auf meinem Weg durch viele andere gegangen bin. Ich habe einen jüngeren Bruder gehabt, der zufrieden war, sein Leben auf einem Stück Land zu verbringen. Ich habe mich davongemacht, soweit die Straße nur reichte, und sie hat mich halb um die Erde geführt, bevor ich es verstanden habe. Junge, das Leben verläuft nicht in einer geraden Linie, sondern im Kreis. In der ersten Hälfte unseres Lebens laufen wir der Ruhe, dem Zuhause und der Familie bis ans Ende der Welt davon, und doch führt uns die zweite Lebenshälfte im Kreis zurück in den Zustand, aus dem wir einmal aufgebrochen sind. So bin ich am Ende durch Eid wieder an einen kleinen Ort gebunden, von der seltenen Gelegenheit abgesehen, für unser Kloster einmal eine geschäftliche Reise zu unternehmen, und bearbeite ein kleines Fleckchen Erde, in der Gesellschaft meiner engsten Angehörigen. Und bin zufrieden«, sagte Cadfael und atmete erleichtert auf.

Noch am Vormittag überquerten sie die Kuppe einer hohen Hügelkette. Vor ihnen öffnete sich das Flußtal des Conwy, und jenseits davon stieg der Boden zunächst sanft an. Doch über diesen grünen Ebenen türmten sich in der Ferne die gewaltigen Berge von Eryi auf, die wie polierter Stahl gegen das blasse Blau des Himmels leuchteten. Der Fluß erschien als ein vielfach gekrümmter Silberfaden, der sich auf seinem Weg nach Norden zum Meer mühsam seinen Weg zwischen Massen von Sand und schlammigem Watt bahnte. Er führte zur Zeit so wenig Wasser mit sich, daß er hier leicht zu überqueren war. Und nach der Furt ging es, wie Cadfael vorhergesagt hatte, bergauf.

Auf dem ansteigenden Weg war es grün und sonnig. Erst folgten sie einem kleinen Zufluß, dann ging es steil hinauf, bis die Bäume zurückwichen und sie allmählich eine luftige Hochwelt erreichten, ein mit Stechginster und Zwergsträuchern bewachsenes Heideland, offen und bloß wie der Himmel selbst. Hier hatte kein Pflug je den Boden aufgebrochen, hier gab es keine sichtbare Bewegung außer plötzlichen Windstößen, die an den Ginstersträuchern und dem Heidekraut zerrten, keine Bewohner außer Vögeln, die vor den vordersten Reitern aufflogen, und den Falken, die nahezu bewegungslos in der Luft zu stehen schienen. Und doch führte durch diese verlassene, aber wunderschöne Wildnis ein erkennbarer Weg, gepflastert mit Steinen und rauhem Gras, der deutlich höher lag als die gelegentlichen sumpfigen Stellen mit ihren Pfützen von torfbraunem Wasser und schnurgerade auf den hohen Wall von schroffem Fels zuführte, der Bruder Mark völlig undurchdringlich vorkam. Da, wo der feste Fels das Erdreich durchbrach und festen Halt bot, brauchte die Straße keine Rampe aus Steinen, blieb aber gleichwohl als ausgetretener Pfad sichtbar, der immerzu seine unbeirrbare, nie abweichende Richtung beibehielt.

»Das haben Riesen gebaut«, sagte Bruder Mark voll Ehrfurcht.

»Das haben Menschen gebaut«, sagte Cadfael. Die Straße, wo sie klar zu erkennen war, war breit genug für eine sechs Mann breite Marschreihe, obgleich nur drei Reiter nebeneinander paßten und Owains Bogenschützen, die das Gelände gut kannten, zu beiden Seiten ausschwärmten und die Pflasterstraße der Gesellschaft überließen, die sie bewachten. Eine Straße, dachte Cadfael, nicht zum Vergnügen errichtet, nicht für die Falknerei oder sonst für die Jagd, sondern als Mittel, eine große Zahl von Männern so schnell wie möglich von einem Stützpunkt zum nächsten zu bringen. Sie nahm wenig Rücksicht auf Steigungen, sondern verfolgte ihr Ziel gerade, wich nur ab, wo unmöglich eine schnurgerade Linie durchgehalten werden konnte, und dann auch nur, bis das Hindernis umgangen war.

»Aber durch so ein Massiv«, staunte Mark und starrte nach vorn auf den Sperriegel der Berge, »kommen wir bestimmt nicht durch.«

»Doch, du wirst sehen, es gibt einen Durchgang, eng, aber noch breit genug, auf dem Pass von Bwlch y Ddeufaen. Wir schlängeln uns durch diese Hügel, bleiben auf dem Plateau drei oder vier Meilen lang und beginnen danach abzusteigen.«

»Zum Meer?«

»Zum Meer«, sagte Cadfael.

Sie kamen an den ersten Hang, das erste geschützte Tal mit Büschen und Bäumen, und im Herzen sprudelte eine Quelle, die zu einem lebhaften Bach wurde, der sie den Hügel abwärts allmählich zur Küste begleitete. Sie hatten schon lange die Flüßlein hinter sich gelassen, die nach Osten auf den Conwy zuflossen; hier erwachten die Ströme sprudelnd zu kurzem, hastigem Leben und stürzten kopfüber zum Meer. Die Römerstraße folgte diesem noch so spärlichen Fluß, sie lag deutlich höher als der Wasserspiegel, entlang einer baumbestandenen Felskluft. Der Abstieg wurde weniger steil, der Bach führte etwas fort von dem Pfad, und plötzlich öffnete sich der Blick weit vor ihnen, und dort war tatsächlich das Meer.

Unmittelbar unter ihnen war ein Dorf zu erkennen, umgeben von einem Muster aus Äckern, an das sich ein schmaler Streifen Weideland anschloß, der in Salzsümpfe und Kieselstrand überging. Jenseits davon dehnte sich das Meer, und in weiter Ferne, aber im späten Nachmittagslicht klar erkennbar, verlief die Küstenlinie von Anglesey in nördlicher Richtung bis zu dem winzigen Eiland Ynys Lanog. Sie bewegten sich auf die Küste zu. Das Niedrigwasser im Kanal schimmerte, beinahe soweit das Auge die Farbe noch ausmachen konnte, aquamarin, unterlegt mit dem blassen Gold von Lavan Sands, das sich den größeren Teil des Weges bis zur Küste von Anglesey erstreckte. Erst in der Ferne verdunkelte sich das Wasser zu dem reinen, tiefen Blaugrün der Hochsee. Beim Anblick dieses Wunders, das er sich den ganzen Tag über erträumt und ausgemalt hatte, hielt Mark sein Pferd für einen Augenblick an und starrte mit heißen Wangen und glänzenden Augen, verzaubert von der Schönheit und Vielfalt der Welt.

Cadfael drehte sich um, weil er sehen wollte, wer sonst noch in diesem Augenblick, hingerissen vor Vergnügen, angehalten haben mochte. Heledd hatte zwischen den beiden Kanonikern, die sie bewachten, ihr Pferd gezügelt und starrte vor sich hin, doch ihr Blick deutete über das kristallklare Wasser und den Goldsand hinaus, über den kobaltblauen Kanal zu der fernen Küste von Anglesey, und ihr Mund war streng und angespannt und die Brauen ebenmäßig, ohne etwas preiszugeben. Sie sah auf das Land ihres Bräutigams, des Mannes, von dem sie nichts wußte, über den sie nur Gutes gehört hatte; sie sah die Ehe viel zu schnell auf sich zukommen, und in ihrem Gesicht zeichnete sich eine so verblüffte und vorwurfsvolle Traurigkeit ab, eine so hartnäckige Zurückweisung ihres Schicksals, daß Cadfael darüber staunte, daß niemand sonst ihren brennenden Zorn spürte und nach der Quelle dieser intensiven Beunruhigung suchte.

Dann gab sie, so plötzlich, wie sie angehalten hatte, den Zügeln einen Ruck und lenkte ihr Pferd in einem ungeduldigen Trott den Hügel hinab, ließ ihre Eskorte in den schwarzen Kutten zurück und fädelte sich nach vorn in den Zug von Reitern ein, um die beiden zumindest für einige wenige rebellische Augenblicke abzuschütteln.

Als er beobachtete, wie zielstrebig sie sich ihren Weg durch das Gefolge des Fürsten bahnte, sprach Cadfael sie von jedem Versuch frei, eng neben dem Pferd von Bledri zu reiten. Er war zufällig dort, wo sie vorbeiritt, und in einem Augenblick würde sie an ihm vorbei sein. Doch in der opportunistischen Behendigkeit, mit der Bledri eine Hand nach ihrem Zügel ausstreckte, sie im Vorbeireiten, Knie an Knie mit ihm, anhielt, und in dem vertraulichen, sicheren Lächeln, das er an sie richtete, als sie sich überzeugen ließ, lag genügend Absicht. Einen Augenblick lang schien es Cadfael so, als wolle sie ihn abschütteln, den Mund in dem nachsichtigen Spott verziehen, der alles war, was sie tatsächlich für ihn empfand. Dann, während sie sich aus der muskulösen Hand befreite, die sie festhielt, lächelte sie ihn vorsätzlich, gegen ihre Natur an und willigte ein, ohne Eile neben ihm zu reiten. Sie ritten in freundlichem Einvernehmen, in abgestimmtem Tempo und lockerem Gespräch zusammen. Als er ihnen von hinten zusah, schien es Cadfael nicht mehr zu sein als die Fortsetzung eines etwas boshaften, doch vergnüglichen Spiels, das die beiden trieben, doch als er sich umdrehte, um zu sehen, welche Wirkung der Vorfall auf die beiden Kanoniker aus Sankt Asaph gehabt hatte, war nur zu deutlich, daß er für sie etwas ganz anderes bedeutete. Während Meirions hochgezogenen Augenbrauen und seinem zusammengepreßtem Mund der drohende Ausbruch gegen Heledd und der Zorn auf Bledri anzumerken war, verbarg sich hinter der beherrschten, vorgeblich so rechtschaffenen Miene von Morgant nicht weniger Besorgnis.

Ach ja! Noch zwei Tage, und all das würde vorbei sein. Dann würden sie sicher in Bangor sein, der Bräutigam würde übers Meer kommen und Heledd mit sich nehmen, sie über das blaßgoldeneisblaue Küstengewässer in das nebelblaue Anglesey entführen, und der Kanonikus Meirion würde endlich befreit ausatmen können.

Als sie den Rand der Salzsümpfe erreicht hatten, wendeten sie sich nach Westen. Rechts von ihnen warf die glitzernde Fläche des Niedrigwassers das Sonnenlicht zurück, links waren grüne Felder und Baumgruppen zu erkennen, die sich Stufe um Stufe die Hügel hinaufzogen. Ein- oder zweimal durchquerten sie spritzend kleine Wasserläufe, die aus dem Marschland hinab zum Meer sprudelten. Schon nach einer Stunde hatten sie die hohe Holzbefestigung von Owains Herrschersitz Aber erreicht, und die Wächter und Diener am Tor erkannten sie an ihren leuchtenden Bannern und riefen ihre Ankunft nach hinten durch.

Aus allen Gebäuden, die sich zwischen den Palisaden von Owains großem Fürstenhof befanden, aus den Ställen, aus dem Zeughaus und dem Saalbau und den aufgereihten Unterkünften für Gäste strömten Gesinde und Hofstaat herbei, um den Fürsten zu Hause willkommen zu heißen und seinen Gästen den gebührenden Empfang zu bereiten. Knechte beeilten sich, um die Pferde entgegenzunehmen, Knappen kamen mit Krügen und Trinkhörnern. Hywel ab Owain, der die Reise über sorgfältig gastfreundliche Aufmerksamkeiten ausgeteilt und sich von Reiter zu Reiter bewegt hatte, um im Namen seines Vaters Höflichkeiten zu erweisen und in dessen Auftrag zweifelsohne dabei von allen Spannungen Kenntnis bekommen hatte, die unter den Mitreisenden herrschten, war als erster aus dem Sattel und lief direkt auf den Fürsten zu, um ihm in einer eleganten Geste, voller Respekt des Sohnes vor dem Vater, die Zügel abzunehmen, dem wartenden Pferdeknecht zu übergeben und der Dame, die zur Begrüßung ihres Herrn aus dem hölzernen Saalbau gekommen war, die Hand zu küssen. Hywels leibliche Mutter war sie nicht! Die beiden kleinen Jungen, die nach ihr die Treppe vom Eingang zum Saal herabgesprungen kamen, gehörten zu ihr, flinke, dunkle Kobolde von etwa sieben und zehn Jahren, die sich mit schrillem, aufgeregtem Geschrei mit einem Knäuel von Hunden zu ihren Füßen balgten. Owains Frau war Tochter eines Fürsten von Arwystli aus dem mittleren Wales, und ihre lebhaften Söhne besaßen ihre kräftigen Farben. Nach ihnen kam ein junger Mann von vielleicht fünfzehn oder sechzehn Jahren mit mehr Reserviertheit die Stufen herab und ging mit Autorität und Zutrauen stracks auf Owain zu, der ihn mit einer Zuneigung umarmte, die keinen Zweifel offen ließ. Dieser Sohn besaß die helle Haarfarbe seines Vaters, vertieft zu reinem Gold, und das eindrucksvolle Ebenmaß der Gesichtszüge erschien hier verfeinert zu bestürzender Schönheit. Groß, in aufrechter Haltung, bewegte er sich mit der Anmut eines Athleten. Er konnte in keiner Gesellschaft auftreten, ohne aufzufallen, und sogar auf diese Entfernung wirkte das strahlende nördliche Blau seiner Augen so klar, als ob Saphirkristalle im Licht der Sonne leuchteten. Bruder Mark sah ihn und hielt den Atem an.

»Sein Sohn?« fragte er in einem ehrfürchtigen Flüstern.

»Aber nicht ihrer«, sagte Cadfael. »Noch einer wie Hywel.«

»Davon kann es auf der Welt nicht viele geben«, sagte Mark und starrte. Schönheit nahm er an anderen Menschen mit einer besonderen neidlosen Freude auf, war er sich selbst doch immer als der schlichteste und unbedeutendste Sterbliche vorgekommen.

»Den da gibt's nur einmal, Junge, und das weißt du auch. Schließlich ist jeder Mensch für sich einmalig, dunkel oder blond. Allerdings«, gab Cadfael zu und bedachte die Einzigartigkeit der körperlichen Hülle, wenn nicht der sie bewohnenden Seele, »kommen wir doch nah an diesen hier heran, daheim in Shrewsbury. Der Junge hier heißt Rhun. Du könntest dir unseren Bruder Rhun anschauen, seit die heilige Winifred ihn vollkommen gemacht hat, und einen von den beiden für einen wunderbaren Doppelgänger des anderen halten.«

Sogar derselbe Name! Ja, dachte Mark und rief sich mit Vergnügen den jüngsten der Brüder in Erinnerung, die er in Shrewsbury gekannt hatte, so sollte das Abbild eines Fürsten, sein Sohn, ein Prinz, aussehen – und nicht weniger auch ein Heiliger oder doch der Schützling einer Heiligen. Das Gesicht strahlend und klar, vollständig offen und heiter. Kein Wunder, daß sein Vater in ihm das Wunschkind sah und ihn noch mehr als die anderen liebte.

»Ich frage mich«, sagte Cadfael halb zu sich selbst, ohne zu wissen, daß er dabei einen Schatten auf Marks frohe Gedanken warf, »was ihre Söhne von ihm halten werden, wenn sie alle einmal groß sind.«

»Unmöglich«, sagte Mark entschlossen, »daß sie ihm jemals Schlechtes wünschen sollten, sogar wenn die Gier nach Land und Macht Brüder schon zu Feinden gemacht hat. Diesen Jungen kann niemand hassen.«

Eng an seiner Seite stellte eine kühle, trockene Stimme mit Bedauern fest: »Bruder, um deine Sicherheit beneide ich dich, aber teilen möchte ich sie um nichts in der Welt. Die Sünde ist dafür zu sterblich. Es gibt niemand, den nicht jemand hassen kann, sei er auch noch so beliebt. So wie es niemand gibt, der nicht doch, wider alle Vernunft, geliebt werden kann.«

Cuhelyn hatte sich durch das Gedränge von Männern und Pferden, Jagdhunden, Dienern und Kindern einen Weg gebahnt und war unbemerkt an sie herangetreten. So dunkel und eindringlich er auch wirkte, war er ein ganz ruhiger Mensch, der lautlos kam und ging. Bei dieser unerwarteten Bemerkung drehte Cadfael sich so rechtzeitig um, daß er mitbekam, wie der Ausdruck in Cuhelyns klugen Augen, die zunächst den jungen Rhun mit zurückhaltender, nachsichtiger Anteilnahme beobachtet hatten, umschlug, schärfer und kühler wurde, als sich eine andere Gestalt zwischen sie schob. Cuhelyns Blick folgte starr dem Fremden, so daß Cadfael darin zuerst nichts als distanziertes Interesse vermutete, dann aber im Handumdrehen eisige Feindseligkeit erkannte, wohl beherrscht, aber unverkennbar. Vielleicht sogar nicht einfach Feindseligkeit, sondern tiefes, gar nicht zu besänftigendes Mißtrauen.

Ein junger Mann, ungefähr in Cuhelyns Alter und ihm in Körperbau und Farben gar nicht unähnlich, doch mit schmaleren Gesichtszügen und etwas größer von Statur, hatte am Rand gestanden und sich, mit gefalteten Armen, die Schultern gegen die Palisade gelehnt, den ganzen Betrieb angesehen, als ginge ihn diese turbulente Ankunft weniger an als jeden anderen im Haushalt des Fürsten. Plötzlich löste er sich aus seiner abwartenden Haltung und ging zwischen Cuhelyn und dem Vater, der den Sohn umarmte, vorbei, so daß er Cuhelyn den Blick auf Rhuns strahlendes Gesicht verstellte. Etwas war hier zu sehen, das für den jungen Mann offenbar wichtig war. Er hatte jemand ausgemacht, den er mehr zu sehen wünschte als Geistliche aus Sankt Asaph oder die jungen Adligen von Owains Wache. Cadfael sah zu, wie sich der Mann heftig durch die Menschenansammlung drängte und bemerkte, wie er einen Reiter, der gerade abgestiegen war, beim Ärmel nahm. Schon diese Berührung, das bloße Zusammentreffen der beiden ließ Cuhelyns Gesichtsausdruck straff und angespannt werden. Bledri ap Rhys drehte sich um, stand Auge in Auge mit dem jungen Mann, der ihn angesprochen hatte, erkannte in ihm sichtlich einen Bekannten und grüßte ihn verhalten. Kein überschwengliches Willkommen, aber doch für einen Augenblick herzliches Wiedererkennen, erst dann zog Bledri absichtlich eine unbeteiligte Miene, und der junge Mann ging darauf mit den geläufigsten höfischen Floskeln ein. Offenbar war es für die beiden nicht nötig, ihre Bekanntschaft miteinander ganz zu verbergen, doch schien es auf jeden Fall nötig, die Bekanntschaft im Bereich bloßer Höflichkeiten zu belassen.

Cadfael sah über die Schulter kurz nach Cuhelyn und fragte bloß: »Gwion?«

»Gwion!«

»Die sind Freunde? Die beiden?«

»Nein. Jedenfalls nicht mehr, als Männer es sein müssen, die demselben Herrn dienen.«

»Das langt allemal für einen bösen Plan«, sagte Cadfael schroff. »Wie du mir gesagt hast, hat euer Mann sein Wort gegeben, keinen Fluchtversuch zu machen. Aber er hat doch nicht der Treue zu seinem Herrn abgeschworen.«

»Es verwundert nicht, daß er sich freut, einen Gefolgsmann zu sehen«, sagte Cuhelyn ruhig. »Gwion wird sein Wort schon halten. Was aber Bledri ap Rhys angeht, werde ich schon darauf achten, daß die Bedingungen seines Aufenthalts eingehalten werden.« Die Anspannung ließ ihn kurz erzittern, dann nahm er sie beide beim Arm. Der Fürst, seine Frau und die Söhne stiegen die Stufen zum Saal hinauf, und die engsten Mitglieder ihres Hofstaats folgten ihnen ohne Hast. »Kommt nur, Brüder, und laßt mich hier euer Herold sein. Ich bringe euch zu eurer Unterkunft und zeige euch die Kapelle. Macht davon Gebrauch, wie es euch beliebt, der Kaplan des Fürsten wird sich persönlich bei euch melden.«

In der Abgeschiedenheit der ihnen zugeteilten Unterkunft, geborgen an der Burgmauer, saß Bruder Mark erfrischt und nachdenklich und grübelte über alles nach, das ihnen seit ihrer Ankunft in Aber zugestoßen war. Und schließlich sagte er: »Was mich am meisten erstaunt hat, war, wie ähnlich die beiden sich doch sind – die jungen Gefolgsleute von Owain und Cadwaladr. Ich meine damit nicht nur, wie sehr sie sich vom Alter, vom Wuchs und ihren Gesichtszügen her ähneln, sondern die gleiche Leidenschaft, die in ihnen steckt. Cadfael, hier in Wales versteht man unter Treue zum Lehnsherrn noch etwas anderes als unter den Normannen. Jedenfalls ist das mein Eindruck. Sie sind Gegner, dein Cuhelyn und dieser Gwion, und doch könnten sie Brüder sein.«

»Und wie Brüder das tun sollten und es gelegentlich versäumen, mögen und achten die beiden sich. Was sie aber nicht davon abhalten könnte«, räumte Cadfael ein, »sich gegenseitig umzubringen, falls ihre jeweiligen Herren je miteinander kämpfen sollten.«

»Genau das kommt mir so falsch vor«, sagte Mark ernsthaft. »Wie kann einer den anderen anschauen und in ihm nicht sein Spiegelbild sehen? Um so mehr, als die beiden jetzt an einem Hof zusammen gelebt und gelernt haben, sich zu mögen?«

»Sie sind wie Zwillinge, der eine als Linkshänder, der andere als Rechtshänder geboren, zugleich Doppelgänger und Gegensätze. Sie könnten ohne Böswilligkeit töten, und ohne bösen Willen sterben. Gott verhüte«, sagte Cadfael, »daß es je dazu kommen sollte. Doch eins ist sicher. Immer, wenn Gwion, sein Spiegelbild, sich Bledri ap Rhys nähert, wird Cuhelyn jeden Augenblick und jeden Wortwechsel zwischen den beiden verfolgen. Denn ich glaube, daß er über Cadwaladrs persönlichen Gesandten mehr weiß, als er uns bisher gesagt hat.«

Beim Abendmahl in Owains Festsaal gab es gut zu essen und Met und Ale im Überfluß und ausgezeichnete Harfenmusik. Hywel ab Owain sang dazu aus dem Stegreif über das schöne und geschichtsträchtige Land Gwynedd, und für eine halbe Stunde war Cadfael aufsässig genug, um keinen

Gedanken mehr an seinen Orden zu verschwenden, sondern den Versen weit in die Berge oberhalb von Aber und über das spiegelklare Meer zur königlichen Begräbnisstätte bei Llanfaes auf Anglesey zu folgen. In seiner Jugend hatten seine Abenteuerfahrten alle nach Osten geführt, doch in reiferen Jahren hatte er sich mit Augen und Herz mehr nach Westen gewandt. Der Himmel unserer Vorstellungen und Legenden, jedes Gefilde der Seligen liegt im Westen, zumindest für Menschen keltischer Herkunft. Cadfael empfand diese Gedanken als angemessen für einen Mann an der Schwelle zum Alter, doch hier, am Fürstenhof von Gwynedd, fühlte er sich nicht wirklich alt.

Noch waren seine Sinne allerdings weder betäubt noch abgestumpft, auch wenn er seinen Träumen nachhing, denn er war aufmerksam genug, um den Augenblick zu entdecken, in dem Bledri einen Arm um Heledds Taille legte, als sie ihm Met auftischte. Noch war ihm die eisigstrenge Miene entgangen, die der Domherr Meirion bei diesem Anblick aufsetzte, oder der Mutwillen, mit dem es Heledd, die Meirions bösen Blick sehr wohl bemerkt hatte, versäumte, sich sofort aus Bledris Griff zu lösen und ihm mit einem Lächeln etwas ins Ohr sagte, das ein Kompliment, genauso aber auch ein Fluch hätte sein können, obwohl es keinen Zweifel daran geben konnte, wie es ihr Vater aufgenommen hatte. Ja, wenn das Mädchen mit dem Feuer spielte, wer war denn Schuld daran? Sie hatte mit ihrem Vater viele Jahre treu und liebevoll zusammengelebt. Er hätte sie besser kennen müssen, genug um ihr zu trauen. Für Bledri ap Rhys hatte sie keine andere Verwendung, als sich an dem Vater zu rächen, dem es so eilig war, sie loszuwerden.

Wenn Cadfael es genau bedachte, schien auch Bledri ap Rhys kaum ernsthaft an Heledd interessiert zu sein. Er machte die Geste der Bewunderung und Verehrung fast beiläufig, als ob sie nach der Sitte von ihm erwartet würde und obgleich er das mit einem Lächeln und einem Kompliment begleitete, ließ er Heledd in dem Augenblick los, als sie sich abwandte, und schaute wieder nach einem bestimmten jungen Mann, der unter den adligen Leibwächtern an einem

Tisch weiter hinten saß. Gwion, der, als letzte, unbeugsame Geisel seiner unbedingten Treue zu Cadwaladr nicht abschwören mochte, saß still unter den Männern, die seinesgleichen waren und doch seine Feinde. Einige, wie Cuhelyn, waren seine Freunde geworden. Das ganze Fest über blieb er für sich, verbarg seine Gedanken und sogar seine Augen. Doch wann immer er zur Ehrentafel aufschaute, blieb sein Blick an Bledri ap Rhys hängen, und zweimal mindestens sah Cadfael sie einen kurzen und blitzenden Blick wechseln, so wie Verbündete es wagen mochten, um größte Bedeutung zu signalisieren, wo es unmöglich war, offen zu reden.

Den beiden wird es schon gelingen, insgeheim die Köpfe zusammenzustecken, bevor der Abend zu Ende ist, dachte Cadfael. Und zu welchem Zweck? Bledri ist es nicht, der da so leidenschaftlich bemüht ist, sich zu treffen, obgleich ihm das freisteht und er im Verdacht steht, eine geheime Botschaft übermitteln zu wollen. Nein, es ist Gwion, der wünscht, fordert und darauf vertraut, Bledris Ohr zu erreichen. Gwion verfolgt einen weitreichenden und dringenden Plan und hat einen Verbündeten nötig, um ihn auszuführen. Gwion, der sein Wort gegeben hat, Owains leichter Haft nicht zu entfliehen. Was Bledri ap Rhys nicht getan hat.

Zwar hatte Cuhelyn sich dafür verbürgt, daß Gwion anständig war, und zugesagt, Bledri ständig zu überwachen. Doch Cadfael kam es so vor, daß der Hof des Fürsten groß und unübersichtlich genug war, um diese Überwachung schwierig zu machen, sollten die beiden es darauf anlegen, ihr zu entgehen.

Die Fürstin hatte sich mit den Kindern zurückgezogen und nicht am Essen teilgenommen, und der Fürst zog sich ebenfalls früh in die eigenen Räume zurück, war er doch tagelang von seiner Familie getrennt gewesen. Seinen meistgeliebten Sohn nahm er mit sich und überließ Hywel an der Tafel den Vorsitz, bis es seinen Gästen beliebte zu gehen. Jedesmal, wenn ein Mann seinen Platz verließ und hinaus in die frische Luft des späten Abends ging, gab es beträchtliche Bewegung im Saal, und wer wollte, im Lärm vieler Gespräche und der Musik der Harfenspieler, einen jungen Mann unter so vielen ständig im Auge behalten, im Qualm der Fackeln und in den obskuren schattigen Ecken? Cadfael bemerkte, wie Gwion sich von den anderen jungen Männern des Hofstaats absetzte, doch Bledri ap Rhys saß auf seinem bescheidenen Platz am Fuß der Ehrentafel und genoß heiter seinen Met – allerdings in Maßen, wie Cadfael auffiel – und beobachtete dabei alles ganz genau, was um ihn vorging. Er schien auf zurückhaltende Weise beeindruckt zu sein von der Stärke und strikten Ordnung des fürstlichen Hofstaats und der Anzahl, der Disziplin und dem Selbstvertrauen der jungen Leibwächter.

»Ich glaube«, sagte Bruder Mark leise Cadfael ins Ohr, »wenn wir jetzt gehen, haben wir die Kapelle für uns.«

Es war gegen die Stunde des Nachtgebets. Bruder Mark würde keine Ruhe geben, wenn er sein Amt vernachlässigte. Cadfael erhob sich und ging ihm nach, durch das Tor des großen Saales in die Kühle und Frische der Nacht und über den Innenhof zu der Holzkirche an der Außenmauer. Es war noch nicht vollkommen dunkel oder besonders spät, im Saal würden sich die entschlosseneren Trinker noch nicht losreißen wollen, aber in den verschatteten Durchgängen zwischen den Gebäuden des Hofs waren die, die hier arbeiteten, ohne Hast und still unterwegs und gingen ihren gewohnten Aufgaben in der lässigen Ruhe am Ende eines langen und befriedigenden Tags nach.

Sie waren noch einige Schritte von der Tür zur Kapelle entfernt, als ein Mann herauskam und an der Reihe von Unterkünften, die die Mauer des Burghofs säumten, entlangging, um in einem der engen Durchgänge hinter dem großen Saal zu verschwinden. Er kam nicht sehr nahe an ihnen vorbei, und er mochte irgendeiner der größeren und älteren Gefolgsmänner von Owains Hof gewesen sein. Der Mann war nicht in Eile, geruhsam und einigermaßen müde war er unterwegs zu seinem Nachtlager. Cadfael hatte sich aber in Gedanken so ausdauernd mit Bledri ap Rhys beschäftigt, daß er sich, sogar in der zunehmenden Dunkelheit, der Identität des Mannes so gut wie sicher war.

Cadfael war sich vollkommen sicher, als er mit Mark die Kapelle betrat, die von dem rosigen Licht der ewigen Lampe auf dem Altar schwach erleuchtet war. Er nahm schattenhaft den Umriß eines Mannes wahr, der am Rande des kleinen Lichtflecks kniete. Der Mann hatte Cadfael und Mark nicht sofort bemerkt, jedenfalls schien es so, obwohl sie sich beim Hereinkommen nicht bemüht hatten, jeden Laut zu unterdrücken; und als sie innehielten und regungslos zurückblieben, um seine Gebete nicht zu unterbrechen, gab er kein Zeichen, sondern kniete weiter, in sich gekehrt, sein Gesicht im Schatten. Schließlich rührte er sich, seufzte und erhob sich und ging auf seinem Weg hinaus an ihnen vorbei. Ohne Überraschung sagte er leise: »Gute Nacht, Brüder!« Das kleine rote Altarlicht ließ sein Profil deutlich erkennen, wenn auch nur für einen Augenblick: Das war ganz offensichtlich das junge, eindringlich-brütende Gesicht von Gwion.

Die Komplet war lange vorbei und Mitternacht vorüber, und sie schliefen beide friedlich in ihrer kleinen gemeinsamen Unterkunft, als der Alarmruf ertönte. Die ersten Anzeichen, plötzlicher Lärm am großen Burgtor, das dumpfe, näherkommende Getrommel von Pferdehufen, die aufgeregten Wortwechsel zwischen Wächter und Reiter drangen nur von fern und wie im Traum zu Cadfael, ohne ihn aus dem Schlaf zu reißen. Doch Marks jüngeres Gehör und seine von der Aufregung des Tages noch überempfindlichen Sinne ließen ihn schon aufwachen, bevor noch das Stimmengemurmel zu lauten Befehlsrufen angeschwollen war und sich die Männer der Burg im Hof zu sammeln begannen, prompt, doch noch schläfrig von der Nachtruhe in den vielen Räumen am Fürstenhof und auf den Binsenmatten im Saal. Dann wurde, was von der Ruhe noch übrig war, dreist durch einen Hornstoß erschüttert, und Cadfael rollte von seiner Wolldecke auf die Füße, hellwach und bereit zu handeln.

»Was ist los?«

»Gerade ist ein Reiter angekommen. Mit was für einer Eile! Ein einziger Reiter!«

»Die werden den ganzen Hof nicht wegen einer Kleinigkeit wecken«, sagte Cadfael, zog sich die Sandalen an und lief zur Tür. Wieder wurde das Horn geblasen, das Echo schlug zwischen den Mauern der fürstlichen Burganlage hin und her und verlor so seinen scharfen Klang. Auf das Signal hin drängten sich die jungen Männer in Waffen in den Hof, und das Durcheinander vieler Stimmen, mit Rücksicht auf die Nachtruhe zuerst noch leise, schwoll an zu einer Sturmflut von Geschrei. Aus jeder Tür, die geöffnet wurde, ließen hastig entzündete Lampen und Kerzen einen Streifen Licht ins Dunkel fallen, um hier oder dort in der Menge ein vertrautes Gesicht ausfindig zu machen. Ein erschöpftes Pferd, das schlimm geritten worden war, wurde mit gesenktem Kopf zu den Ställen geführt und sein Reiter, ohne sich um die vielen Menschen zu kümmern, die ihn anzuhalten und anzusprechen bemüht waren, schob sich durch die Menge auf den großen Saal zu. Kaum hatte er den Fuß der Treppe erreicht, als sich über ihm das Tor zum Saal öffnete und Owain in seinem pelzbesetzten Bettmantel herauskam, groß und dunkel gegen das Licht von hinten, der Knappe, der gelaufen war, um ihn mit der Nachricht von der Ankunft des Botens zu wecken, dicht hinter ihm.

»Hier bin ich«, sagte der Fürst, laut und deutlich und hellwach. »Wer will mich denn sprechen?« Er machte einen Schritt nach vorn, so daß Licht aus dem Saal auf das Gesicht des Boten fiel und Owain ihn erkannte. »Du bist es, Goronwy? Aus Bangor? Was für Nachrichten bringst du?«

Der Bote nahm sich kaum Zeit, das Knie zu beugen. Er war bekannt und vertrauenswürdig, und jede Feierlichkeit bedeutete, kostbare Zeit zu verschwenden. »Mein Herr, heute früh am Abend ist aus Carnarvon die Meldung eingetroffen, und so schnell es zu Pferde möglich war, bringe ich Euch die Botschaft. Um die Vesperzeit sind westlich vor Abermenai Schiffe gesehen worden, eine große Flotte in Schlachtordnung. Die Seeleute sagen, es sind dänische Wikingerschiffe aus dem Königreich Dublin, die gekommen sind, um Gwynedd zu überfallen und Euch zu bezwingen. Denn sie haben Cadwaladr bei sich, Euren Bruder! Er hat sie selbst geholt, damit sie ihn rächen und wieder einsetzen, Euch zum Trotz. Die Treue, die er aus Liebe nicht halten konnte, hat er mit dem Versprechen auf Gold gekauft.«

Fünftes Kapitel

In Owains Herrschaftsbereich mochte der Einbruch der Unordnung momentane Verwirrung herbeiführen, konnte aber kaum neue Unordnung schaffen. Von seiner Art her war Owain zu schnell und zu entschlossen, um ein Durcheinander zuzulassen. Bevor noch der mühsam gebremste Aufschrei von Zorn und Erbitterung im ganzen Hof die Runde gemacht hatte, stand der Hauptmann der Leibwache schon an der Seite des Fürsten und wartete auf seine Befehle. Beide verstanden sich gut genug, um nicht viele Worte machen zu müssen.

»Stimmt dieser Bericht?« fragte Owain.

»Sicher, mein Lord. Der Bote, von dem ich ihn erhalten habe, hat die Schiffe selbst von den Dünen aus gesehen. Sie waren zu weit entfernt, um ihre Zahl sicher abzuschätzen, aber keine Frage, woher sie stammen und kaum Zweifel, wieso sie hier sind. Es ist ja bekannt gewesen, daß Cadwaladr zu den Wikingern geflohen ist. Warum soll er mit so einer Streitmacht zurückkehren, wenn nicht für eine Abrechnung?«

»Die will ich ihm nicht verwehren«, sagte Owain gefaßt. »Wann werden sie an Land gehen?«

»Sicher noch vor dem Morgen, mein Lord. Sie haben die Segel gesetzt, und der Wind bläst durchweg von Westen.«

Einen tiefen Atemzug lang dachte Owain nach. Vielleicht ein Viertel der Pferde in seinen Ställen war am Tag zuvor lange, obgleich nicht hart geritten worden, und von seinen Bewaffneten hatten ebenso viele die Reise gemacht und gutgelaunt bis spät in die Nacht im Saal gefeiert. Und der Ritt, den sie jetzt vor sich hatten, würde dringend und eilig sein.

»Wir haben nicht genug Zeit«, sagte er nachdenklich, »um Gwynedd auch nur zur Hälfte aufzuwecken, doch wir werden uns unserer Reserven versichern, und auf unserem Weg von hier nach Carnarvon jeden Mann einsammeln, den wir kriegen können. Ich brauche sechs Kuriere, einen, der uns jetzt vorausgeht, die anderen, um meine Befehle nach Arlechwedd und Arfon zu bringen. Ruf sie nach Carnarvon. Es kann sein, daß wir sie nicht brauchen, aber es ist nicht falsch, wenn wir sie in der Hinterhand haben.« Seine Schreiber nahmen seine Anweisungen entgegen und verschwanden mit lobenswerter Gelassenheit, um die versiegelten Sendschreiben vorzubereiten, die die Kuriere zu den Häuptlingen der zwei Vasallengebiete bringen würden, bevor die Nacht herum war. »Also, jeder Mann, der Waffen trägt«, sagte Owain und hob die Stimme, damit sie bis an die Mauern trug und widerhallte, »geht wieder ins Bett und ruht sich aus, so gut es geht. Sobald es hell wird, sammeln wir uns.«

Cadfael, der am Rand der Menge zugehört hatte, fand das richtig. Die Kuriere sollten auf jeden Fall bei Nacht ausreiten, aber die Truppen bei Dunkelheit in Marschordnung über Land zu schicken, war verschwendete Zeit, die sich besser nutzen ließ, um Kräfte zu sammeln. Die Kämpfer im Hof zerstreuten sich, wenn auch zögernd; nur der Hauptmann von Owains Leibwache versicherte sich erst des strengen Gehorsams seiner Leute und kehrte dann an die Seite seines Fürsten zurück.

»Die Frauen sollen sich zurückziehen«, sagte Owain über die Schulter. Oben, an dem geöffneten Eingang zum Saal hatten seine Frau und ihre Damen stumm abgewartet. Nur die jüngeren Dienerinnen flüsterten untereinander. Sie zögerten, als sie sich entfernten und sahen sich mehrfach um, eher neugierig und angeregt als alarmiert, doch sie entfernten sich. Die Fürstin hatte ihr eigenes Gefolge so fest im Griff wie Owain seine Krieger. Zurück blieben die Dienstleute, Verwalter und älteren Ratgeber und solche Männer, die in Zeughaus und Lager, zum Brauen und Backen gebraucht wurden. Kriegsleute hatten mehr als bloß Schwerter und Bögen zu versorgen, und Owains Garnison um mehrere hundert Mann zu verstärken hieß auch, ihr einen Zug mit Nachschub hinterherzuschicken.

Cadfael bemerkte Cuhelyn in der kleiner gewordenen

Gruppe, die jetzt noch um den Fürsten versammelt war. So, wie er aussah, war er geradewegs aus dem Bett, wenn nicht aus dem Schlaf gerissen worden, hatte er sich doch, der sich sonst elegant zu präsentieren wußte, nur hastig angezogen. Hywel, wach und seinem Vater stets zur Seite, war ebenfalls da. Gwion hielt sich aufmerksam und still am Rand, wie Cadfael ihn das erstemal gesehen hatte, so als wolle er sich von den Sorgen Owains und Gwynedds möglichst fernhalten, wie ehrenwert sie ihm auch erscheinen mochten. Auch die beiden Kanoniker Meirion und Morgant waren da, die hier einmal eine Krise erlebten, die nichts mit Heledd zu tun hatte und keinen von ihnen unmittelbar bedrohte. Hier waren sie Zuschauer und nicht Beteiligte. Ihre Aufgabe war es, die widerwillige Braut sicher nach Bangor und in die Arme ihres Bräutigams zu bringen, und die dänischen Schiffe lagen nicht vor Bangor und würden auch nicht dorthin kommen. Heledd war für die Nacht sicher bei den Frauen der Fürstin untergebracht worden und schnatterte jetzt zweifelsohne aufgeregt mit ihnen über das, was ihnen fast eine willkommene Ablenkung bedeuten mochte.

»Das also«, sagte Owain, nachdem es vergleichsweise still geworden war, als warteten alle auf seine Entscheidung, »sind die schlimmen Folgen, an die Bledri ap Rhys gedacht hat. Er hat ungefähr gewußt, was mein Bruder vorhatte. Er hat mich rechtzeitig gewarnt. Gut, bevor es Tag wird, haben wir noch genug Arbeit vor uns. Warten wir ab. Falls er jetzt noch sicher in seinem Bett liegt, wird er dort auch bleiben.«

Die ausgesuchten Kuriere an seine Vasallen erschienen in den Mänteln für den Nachtritt, und aus den Pferdeställen kamen für sie die Knechte mit den gesattelten Pferden. Der Stallmeister, der schon das Leitpferd im Trab herbeiführte, stieß in mühsam beherrschter Aufregung, noch bevor er das Pferd angehalten hatte, in einem Atemzug hervor:

»In den Ställen fehlt uns ein Pferd, mein Lord, und Zaumzeug und Sattel dazu! Wir haben es nachgeprüft, weil wir Euch am Morgen das beste Tier bereithalten wollten. Ein guter junger Fuchs ohne jeden weißen Flecken, mit Satteldecke, Sattel, Zügel und allem, was dazugehört.«

»Was ist denn mit dem Pferd, auf dem Bledri ap Rhys hergekommen ist? Sein eigenes Pferd, auf dem er nach Sankt Asaph geritten ist?« fragte Hywel in scharfem Ton. »Ein tiefes Grau, und an den Flanken leicht gescheckt? Ist der noch da?«

»Den kenne ich, mein Lord. Kein Vergleich zu diesem Fuchs. Noch ganz erschöpft von gestern. Der ist noch da. Wer immer das Pferd gestohlen hat, wußte eine gute Wahl zu treffen!«

»Und wählte sich das schnellste Tier!« sagte Hywel scharf. »Der ist bestimmt weg und unterwegs, um sich bei Abermenai mit Cadwaladr und den Wikingern aus Irland zu treffen. Wie zum Teufel ist er bloß zum Tor hinaus gekommen? Auch noch zu Pferd!«

»Ein paar von euch, geht los und befragt die Wachen«, ordnete Owain an, ohne sich auch nur darum zu kümmern, wer von ihnen seinen Befehl ausführte. An jedem Tor seiner Burg standen Männer auf Wache, auf die er bauen konnte, was schon der Umstand zeigte, daß von ihnen keiner seinen Posten verlassen hatte, wie groß auch die Neugier sein mochte, die er bei dem Durcheinander verspürt haben mochte, das sich gerade außer seiner Hörweite abgespielt hatte. Nur hier am Haupttor, wo der Bote aus Bangor hereingeritten war, hatte sich ein Mann entfernt, und zwar der Führer der Leibwache. »Kein Mann läßt sich einsperren«, philosophierte Owain laut, »falls er nur genug Kraft hat und entschlossen genug ist, um herauszukommen. Jede Mauer, die überhaupt gebaut wird, ist auch zu ersteigen, wenn das Ziel hoch genug ist. Und dieser hier ist ganz und gar der Gefolgsmann meines Bruders!« Jetzt drehte er sich zu dem erschöpften Boten um. »Im Dunkeln würde sich ein kluger Mann an die Straßen halten. Ist dir auf deinem Ritt nach Osten ein Mann entgegengekommen?«

»Nein, mein Lord, nicht einer. Schon seit ich den Cegin-Fluß durchquert habe, ist mir keiner mehr begegnet, und vorher nur unsere eigenen Leute, die es gar nicht eilig hatten.«

»Der wird jetzt schon längst außer Reichweite sein, aber

Einion soll sich wenigstens mit einem Steckbrief an die Verfolgung machen. Wer weiß? Ein Pferd kann plötzlich lahmen auf so einem harten Ritt durch die Nacht, und ein Mann kann sich in einer Gegend, die er nicht kennt, verirren. Vielleicht können wir ihn noch aufhalten«, sagte Owain und sprach den Mann an, den er zu den Wachen an den rückwärtigen Toren der Burganlage geschickt hatte. »Na?«

»Die haben keinen Mann angerufen und keinen durchgelassen. Sie kennen ihn ja mittlerweile auch vom Sehen, selbst wenn er hier ein Fremder ist. Wie immer er entkommen ist, durch die Tore ist er nicht gelangt.«

»Das hätte ich auch nie erwartet«, stimmte der Fürst düster zu. »Die Männer haben immer gründlich Wache gestanden. Gut, Hywel, dann schick jetzt die Kuriere los und komm mit mir nach drinnen in meine eigene Kammer. Cuhelyn, du kommst mit uns.« Als seine Boten auf die Pferde stiegen, sah er sich kurz um. »Gwion, das hier ist weder dein Versäumnis noch laß es deine Sorge sein. Geh zu Bett. Und behalte dein Ehrenwort gut im Gedächtnis. Oder nimm es ganz zurück«, fügte er trocken hinzu, »und bleib hinter Schloß und Riegel, solange wir fort sind.«

»Ich habe mein Wort gegeben«, sagte Gwion hochfahrend, »und werde es auch halten.«

»Und ich habe es angenommen«, sagte der Fürst etwas versöhnlicher, »und vertraue darauf. Nun geh schon, was gibt es hier für dich zu tun?«

Was, in der Tat, dachte Cadfael nüchtern, außer uns allen die Freiheit zu neiden, die er sich selbst verweigert? Sofort kam ihm der Gedanke, daß Bledri ap Rhys, dieser hitzige Vertreter seines Herrn, der so schnell bereit gewesen war, ihn zu entschuldigen und in seinem Namen noch zu drohen, keinerlei Ehrenwort ausgesprochen hatte. Ganz sicher hatte er aber vor wenigen Stunden in der Hofkapelle mit Gwion ein dringendes Zwiegespräch geführt und war nun auf und davon, um Cadwaladr bei Abermenai zu treffen, gut informiert über Owains Pläne, seine Streitkräfte und Maßnahmen zur Verteidigung. Gwion hatte nie etwas versprochen, außer nicht zu fliehen. Innerhalb der Burg konnte er sich frei bewegen. Vielleicht reichte diese Freiheit sogar bis zu der Siedlung, die vor dem Tor lag. Im Gegenzug hatte er freiwillig zugestimmt, nicht zu entkommen. Bledri ap Rhys hatte freilich gar kein Versprechen abgegeben. Und Gwion hatte aus seiner ehernen Treue zu Cadwaladr kein Hehl gemacht. Konnte man ihm Wortbruch vorwerfen, falls er seinem unerwarteten Verbündeten geholfen hatte, auszubrechen und zu seinem Fürsten zurückzukehren? Ein schöner Zug! Gwions sture und wilde Treue war bekannt, wenngleich nur aus zweiter Hand durch Cuhelyn. Es war sogar vorstellbar, daß Gwion Cuhelyn und seine Leute vor den Grenzen gewarnt hatte, die er seinem Ehrenwort gesetzt hatte, und vor der Leidenschaft, mit der er jede Gelegenheit ergreifen würde, Cadwaladr zu dienen, an dem er so hartnäckig, sogar auf diese Entfernung, hing.

Gwion hatte sich langsam und zögernd abgewendet und seine Entlassung akzeptiert, zögerte dann aber doch noch, stand mit gesenktem Kopf, in unentschlossener Haltung, um nach einem Augenblick abrupt in Richtung Kapelle zu eilen; durch die offene Tür zog ihn der schwache rote Punkt an wie ein Magnet. Und wofür konnte Gwion jetzt noch beten? Für eine geglückte Landung von Cadwaladrs Wikinger-Söldnern und eine schnelle und unblutige Einigung unter Brüdern statt eines verheerenden Kriegs? Oder um etwas Trost für den eigenen Seelenfrieden? So unbeugsam wie er war, mochte Gwion sogar seine Treue für eine Sünde halten, wo sie unvermeidlich sein Ehrenwort beeinträchtigte. Ein schwieriges Gemüt, gegen jeden Selbstvorwurf empfindlich, wie läßlich die Sünde auch immer sein mochte.

Cuhelyn, der ihn vielleicht am besten verstehen konnte und ihm am ähnlichsten war, hatte zugesehen, wie Gwion mit einem nachdenklichen Stirnrunzeln fortgegangen war, und sogar ein paar schnell entschlossene Schritte getan, um ihm nachzueilen, bevor er es sich besser überlegte und sich wieder Owain zuwandte. Fürst, Hauptleute und Ratgeber stiegen entschlossen die Stufen zum großen Saal und den fürstlichen Wohngemächern hinauf und verschwanden darin.

Cuhelyn ging ihnen nach, ohne noch einen Blick zurück zu werfen, und Cadfael und Mark und ein paar herumstehende Diener und Gefolgsleute blieben in dem fast leeren Burghof zurück, und auf den Lärm und die Bewegung folgte die Stille, die lastende Stille nach dem Sturm. Alles war nun bekannt und verstanden, alles war im Griff und würde auf fähige, verständige Weise erledigt werden.

»Hier gibt es für uns nichts mehr zu tun«, sagte Bruder Mark ruhig von der Seite zu Cadfael.

»Außer morgen zu satteln und nach Bangor zu reiten.«

»Ja, das muß ich wohl«, stimmte Mark ihm zu. In seiner Stimme lag ein merkwürdiger Ton von Unbehagen und Bedauern, so als hielte er es fast für pflichtvergessen, sich in dieser Krise einfach seines eigenen Auftrags wegen zu entfernen und alle Angelegenheiten hier in Verwirrung und unerledigt zurückzulassen. »Was ich mich frage, Cadfael ... Ist an den Toren, an allen Toren wirklich an genügend Wachen gedacht worden? Glaubst du, daß es für den Mann selbst einen Aufpasser gegeben hat, hier in der Burg, oder sollten dafür die Mauern ausreichen? An der Tür zu seiner Unterkunft hat doch kein Mann Wache gestanden, und vom Festsaal an sein Bettlager ist ihm niemand nachgegangen.«

»Von der Kapelle an sein Bettlager«, ergänzte Cadfael, »wenn überhaupt ein Mann diese Aufgabe gehabt hat. Nein, Mark, wir haben ihn ja gehen sehen. Da war keiner, der ihm auf den Fersen war.« Er schaute über den Burghof, zu dem Gang, in dem Bledri verschwunden war, als er aus der Kapelle kam. »Halten wir alle nicht zuviel für selbstverständlich? Der Fürst hat zwar dringendere Angelegenheiten zu erledigen, aber sollte nicht mal jemand nachschauen, nachdem wir schon alle dasselbe vermuten?«

Gwion trat langsam und still aus dem offenen Tor der Kapelle und zog die Tür hinter sich zu, so daß der kleine Strahl von Rot verschwand. In schleppendem Gang kam er über den Hof und war sich offenbar nicht bewußt, daß Cadfael und Mark stumm und bewegungslos im Schatten standen, bis Cadfael auf ihn zuging, um ihn anzuhalten und milde Auskünfte von jemand zu erhalten, von dem man sie erwarten konnte: »Augenblick! Weißt du, in welcher von den vielen Unterkünften hier Bledri ap Rhys die Nacht verbracht hat?« Und als der junge Mann abrupt stehenblieb und ihm eine verblüffte und vorsichtige Miene zuwandte: »Ich habe gesehen, wie du ihn begrüßt hast, als er gestern eingetroffen ist, und habe gedacht, du weißt Bescheid. Du mußt ja froh gewesen sein, dich mal mit einem alten Bekannten unterhalten zu können, solange er hier war.«

Irgendwie war die hinausgezogene Stille vielsagender als das, was schließlich als Antwort kam. Es wäre natürlich gewesen, sofort zu antworten: »Wieso wollt Ihr das wissen? Was hat es jetzt noch für eine Bedeutung?«, da die Unterkunft ja leer sein mußte, falls der Mann, der darin geschlafen hatte, in die Nacht hinaus geflohen war. Die Pause machte ausreichend deutlich, daß Gwion wohl wußte, wer ihn da am Abend in der Kapelle überrascht hatte, und sich ebenso bewußt war, daß sie gesehen haben mußten, wie Bledri wegging. Er hatte Zeit nachzudenken, bevor er sprach, und was er sagte, war: »Ich bin froh gewesen, einen Mann aus meinem Stamm zu sehen. Ich bin hier schon über ein halbes Jahr als Geisel. Das werden sie Euch auch erzählt haben. Der Verwalter hat ihm eine der Unterkünfte an der Nordmauer gegeben. Die kann ich Euch zeigen. Aber welchen Unterschied macht das jetzt noch? Er ist weg. Die anderen mögen ihm das vorwerfen«, sagte er hochnäsig, »aber ich nicht. Wäre ich frei, ich hätte es ihm nachgetan. Ich habe nie ein Geheimnis daraus gemacht, wem meine Treue gilt. Und immer noch gilt!«

»Gott behüte, daß jemand einen Mann verdammen sollte, der seine Treue hält«, sagte Cadfael gleichmütig. »Hat Bledri eine Kammer für sich allein gehabt?«

»Ja.« Gwion zog die Schultern hoch und schüttelte eine Frage ab, die er anscheinend nicht verstand, die aber diesen herumziehenden Benediktinern etwas zu bedeuten schien, das ihm völlig entging. »Es ist niemand bei ihm gewesen, um zu verhindern, daß er weggeht, falls Ihr das meint.«

»Ich habe mich eher gefragt«, sagte Cadfael bescheiden, »ob wir nicht zuviel annehmen, nur weil ein Pferd fehlt.

Wenn er in einer abgelegenen Ecke der Burg untergebracht war, durch etliche Mauern getrennt, könnte er diese ganze Aufregung nicht einfach verschlafen haben und immer noch in aller Unschuld schnarchen? Wenn er allein untergebracht war, ist ja auch keiner dagewesen, um ihn zu wecken, falls er so einen guten Schlaf haben sollte.«

Gwion stand da und starrte ihn an, Auge in Auge, die dichten schwarzen Augenbrauen angehoben. »Ja, stimmt schon, abgesehen von dem Hornstoß könnte ein Mann, der genug getrunken hat, alles verschlafen haben. Ich glaube das nicht, aber wenn Ihr selbst nachschauen wollt ... Ich muß nicht in diese Richtung, doch ich werd's Euch zeigen.« Ohne ein weiteres Wort machte er sich auf den Weg durch den Gang zwischen der Rückwand des Festsaals und den gezimmerten Bretterwänden von Vorratslager und Zeughaus. Sie folgten seiner wendigen Gestalt in dem trüben Licht bis zu der langen Zeile von Gebäuden im Schutz der Außenmauer.

»Die dritte Tür ist seine.« Sie stand leicht offen, kein Strahl Licht fiel durch den Spalt. »Geht hinein, Brüder und schaut Euch selbst um. Aber, so wie's ausschaut, werdet Ihr ihn kaum noch finden und auch nicht sein Zaumzeug.«

Unter dem Wehrgang entlang der Burgmauer und tief in seinem Schatten lagen, eng nebeneinander gebaut, die Wohnkammern. Cadfael konnte nur eine breite und gut erreichbare Treppe zu dem Wehrgang sehen, die aber voll in Sichtweite des Haupttors lag. Es war auch bestimmt nicht einfach, außen die Mauer hinabzusteigen, es sei denn mit einem langen Seil, denn der Wehrgang auf der Mauer ragte nach außen vor, und unten war ein Graben.

Cadfael legte eine Hand an die Tür und stieß sie ins Dunkel auf. Seine Augen, die sich mittlerweile an die Nacht und an das Licht des sternenklaren, aber mondlosen Himmels gewöhnt hatten, waren sofort wieder blind. Innen gab es keine Bewegung und kein Geräusch. Er ging ein oder zwei Schritte weit in die schmale Kammer hinein.

»Wir hätten besser eine Fackel mitgenommen«, sagte Mark an seiner Seite.

Wie es schien, war das nicht nötig, um zu erkennen, daß

in der Kammer kein Leben herrschte. Aber Gwion bewies gegenüber diesen anstrengenden Besuchern Geduld und bot von der Schwelle aus an: »Im Wärterhaus ist bestimmt noch Feuer im Kohlenbecken. Ich hole eine Fackel.«

Cadfael hatte noch einen Schritt getan und war beinahe gestolpert, als er sich mit dem Fuß in der Falte irgendeines Stoffs verfangen hatte, wie eine Wolldecke, die jemand vom Bett auf den Boden geworfen hatte. Er bückte sich, griff nach dem rauhen Stoff und spürte darin etwas Festes. Er hatte einen Ärmel zu fassen gekriegt. Er hob ihn an und spürte, wie in dem warmen Tuch, das nach Wolle roch, ein Gewicht an einem Gelenk baumelte und schwang. Ein Ärmel in der Tat und ein Arm darin und eine große, sehnige Hand am Ende des Arms. Sanft legte er ihn wieder hin und tastete ihn ab, bis er ein starkes Handgelenk und jenseits davon die glatte, nachgiebige Haut eines Menschen spürte, erkaltend, aber noch nicht kalt.

»Tu das«, sagte er über die Schulter. »Hol eine Fackel. Wir werden soviel Licht brauchen, wie wir kriegen können.«

»Was ist denn?« fragte Mark gespannt und leise hinter ihm.

»Ein Toter, allen Anzeichen nach. Tot seit ein paar Stunden. Falls er nicht geflohen ist und mit jemand gekämpft hat, der ihn daran hindern wollte und den er hier zurücklassen mußte – wer könnte es dann sein außer Bledri ap Rhys?«

Gwion kam mit einer Fackel gelaufen und steckte sie in die Halterung an der Mauer, die eigentlich nur für eine kleine Laterne gedacht war. In so engen Räumen war eine Fackel sonst nicht zulässig, aber das hier war ein Notfall. Der spärliche Inhalt der Kammer trat in scharfen Umrissen aus dem Dunkel – eine Bettbank an der Rückwand, zerwühlte und auf dem Boden liegende Wolldecken und eine Strohmatratze, in deren Decke sich noch der Abdruck eines langen Körpers abzeichnete. Auf einem Brett neben dem Kopfende, dem Gast bequem zur Hand, stand eine kleine Öllampe. Sie war nicht ausgedrückt worden, sondern ausgebrannt und hatte nur einen Schmierfleck und ein Stück verkohlten Docht zurückgelassen. Unter dem Brett lag ledernes Sattelzeug und achtlos darüber geworfen das ärmellose Kleid eines Mannes, dazu enge Hosen, ein Hemd und der eingerollte Mantel, den er auf dieser Reise nicht gebraucht hatte. Und in der Ecke seine Reiterstiefel, einer umgefallen und verschoben, als hätte ihn jemand mit dem Fuß zur Seite getreten.

Zwischen Tür und Bett, Cadfael zu Füßen, lag rücklings, Arme und Beine weit ausgestreckt, Bledri ap Rhys mit halboffenen Augen, den Mund mit den großen, gleichmäßigen Zähnen zu einem verzerrten Grinsen breitgezogen, den Kopf gegen die Holzwand geschoben, als hätte ihn ein gewaltiger Schlag angehoben und zurückgeworfen. Im Stürzen war sein Gewand verrutscht. Seine entblößte Brust zeigte, daß er unter dem aufgebauschten Stoff nackt war. Im flackernden Fackellicht war schwer zu sagen, ob der dunkle Fleck links auf Kiefer und Wange ein Schatten oder eine Blessur war, aber bei der Wunde über seinem Herzen und dem ausgetretenen Blut gab es keinen Zweifel. Ihm das Leben zu nehmen hatte nicht länger gedauert, als den Dolch herauszuziehen, mit dem ihm dieser Stich zugefügt worden war.

Cadfael kniete sich neben die Leiche. Er zog Bledris wollenes Gewand sanft ein Stück zurück, damit mehr Licht auf die Wunde in der Brust fiel. Hinter ihm an der Tür stand Gwion, der zögerte, die Kammer zu betreten. Er atmete tief durch und ließ den Atem in einem schweren Seufzer wieder fahren. Die Fackel loderte davon auf. Es hatte den Anschein, als liefe ein Schauer über das tote Gesicht.

»Nur ruhig«, sagte Cadfael geduldig und beugte sich vor, um die halbgeöffneten Augen zu schließen. »Auch er hat jetzt seine Ruhe gefunden. Ich weiß, er ist Gefolgsmann deines Herrn gewesen. Es tut mir leid!«

Mark stand still und ruhig da und schaute ihn voller Mitleid an. »Ich frage mich, ob er Frau und Kinder hatte«, sagte er schließlich. Cadfael merkte ihm an, daß er begann, wie ein Priester zu denken und stimmte ihm innerlich zu. Christus hätte vielleicht ganz ähnlich empfunden. Er hätte nicht gesagt: »Ohne Sakramente und unter diesen Umständen«, nicht einmal »Wann hat er zuletzt gebeichtet und Absolution gefunden«, sondern »Wer wird für seine Kinder sorgen.«

»Beides!« sagte Gwion sehr leise. »Er hat Frau und Kinder gehabt. Das weiß ich. Ich kümmere mich darum.«

»Der Fürst wird dir freies Geleit geben«, sagte Cadfael. Ein wenig steif erhob er sich von den Knien. »Wir müssen gehen und ihm erzählen, was sich zugetragen hat. Er hat hier das Sagen und wir alle sind Gäste in seinem Haus, nicht zuletzt auch Bledri, und hier handelt es sich um Mord. Gwion, nimm die Fackel und geh voraus, ich mache die Tür zu.«

Gwion folgte Cadfael widerspruchslos, obwohl Cadfaels Stimme über ihn keine Autorität außer der besaß, die er ihr aus eigenem freiem Willen zugestand. Er stolperte auf der Schwelle, schließlich trug er ja die Fackel. Mark faßte ihn beim Arm, bis er das Gleichgewicht wiedergefunden hatte und ließ ihn höflich wieder los, als sein Schritt sicher war. Gwion sagte kein Wort und machte keine Geste des Dankes, die Mark auch nicht brauchte. Er ging wie ein Herold voraus, die Fackel in der Hand, geradewegs zu den Stufen in den großen Saal und leuchtete ihnen hinein.

»Mein Lord, wir haben uns alle geirrt«, sagte Cadfael, »als wir angenommen haben, Bledri ap Rhys sei vor Eurer Gastfreundschaft geflohen. Er ist nicht weit gekommen und hat für seine Reise auch kein Pferd gebraucht, obgleich es die längste ist, auf die ein Mann sich begeben kann. Er liegt tot in der Unterkunft, wo Euer Verwalter ihn untergebracht hat. Nach allem, was wir dort gesehen haben, hat er nie vorgehabt zu fliehen. Ich will nicht sagen, daß er geschlafen hat. Doch er hat bestimmt in seinem Bett gelegen und bestimmt das Gewand über seine Blöße gezogen, um dem entgegenzutreten, der gekommen war, ihn in seiner Ruhe zu stören, wer immer es gewesen sein mag. Die beiden Männer hier haben gesehen, was ich gesehen habe und werden es bestätigen.«

»So war es«, sagte Bruder Mark.

»So war es«, sagte Gwion.

Owain hatte sich in seinem spärlich möblierten Quartier mit seinen Hauptleuten beraten. Um den Tisch, an dem sie saßen, blieb es lange still, und jeder schien darauf zu warten, daß erst der Fürst sich rührte. Hywel, an der Seite seines Vaters, war im Begriff gewesen, Owain einen Bogen Pergament vorzulegen und hatte innegehalten, den Bogen halb entrollt in den Händen, um Cadfael gespannt, mit großen Augen ins Gesicht zu sehen.

Als wolle er die plötzliche Nachricht erst verdauen, stellte Owain keine Fragen, sondern sagte nur nachdenklich: »Tot. Na schön!« Und einen Augenblick später: »Und wie ist dieser Mann gestorben?«

»Durch einen Dolchstoß ins Herz«, sagte Cadfael mit Bestimmtheit.

»Von vorn? Von Angesicht zu Angesicht?«

»Wir haben ihn liegen lassen, wie wir ihn gefunden haben, mein Lord. Euer Leibarzt kann ihn so in Augenschein nehmen«, sagte Cadfael. »Ich nehme an, daß ihn ein starker Schlag getroffen und gegen die Wand geworfen hat, so daß er davon ohnmächtig wurde. Mit Sicherheit hat, wer immer ihn niedergeschlagen hat, ihm gegenübergestanden. Das war eine Konfrontation, kein Angriff von hinten. Zuerst ohne Waffe. Jemand hat mit der Faust nach ihm geschlagen, in heller Wut. Doch als er dann dalag, ist er erstochen worden. Sein Blut ist herabgelaufen und hat sich in den Falten seines Mantels unter seiner linken Seite gesammelt. Es hat keine Bewegung gegeben. Er ist nicht bei Bewußtsein gewesen, als jemand ihn getroffen und erstochen hat!«

»Derselbe jemand?« fragte Owain.

»Wer kann das sagen? Möglich ist es. Sicher ist es nicht. Aber ich bezweifle, daß er länger als einen Augenblick so hilflos dagelegen hätte.«

Owain spreizte die Hände vor sich auf dem Tisch und schob die dort verstreuten Pergamentrollen zur Seite. »Ihr sagt, daß Bledri ap Rhys ermordet worden ist. Unter meinem Dach. In meiner Obhut, wie immer er auch in meine Obhut gelangt sein mag, Freund oder Feind, er war ein Gast in meinem Haus. Das werde ich nicht hinnehmen.« Er sah an Cadfael vorbei in Gwions düstere Miene. »Du brauchst nicht zu befürchten, daß ich das Leben meines ehrlichen Feindes weniger schätze als das von irgendeinem meiner eigenen Männer«, versicherte er ihm großmütig.

»Mein Lord«, sagte Gwion sehr leise, »daran habe ich nie gezweifelt.«

»Wenn ich mich auch jetzt um andere Dinge kümmern muß«, sagte Owain, »soll ihm doch Gerechtigkeit widerfahren, wenn ich es nur irgendwie bewerkstelligen kann. Wer hat den Mann zuletzt lebendig gesehen?«

»Ich habe ihn aus der Kapelle kommen sehen, als es schon spät war«, sagte Cadfael. »Er ist zu seiner Unterkunft gegangen. Bruder Mark auch, denn er ist bei mir gewesen. Weiter kann ich nichts sagen.«

»Um diese Zeit«, sagte Gwion, vor Anspannung ein wenig heiser, »bin ich in der Kapelle gewesen. Ich habe mit ihm gesprochen. Ich bin froh gewesen, ein Gesicht zu sehen, das ich kannte. Aber als er weggegangen ist, bin ich ihm nicht gefolgt.«

»Alle Bediensteten bei Hof sollen befragt werden«, sagte Owain, »wer in der Burg als letzter wach geblieben ist. Hywel, kümmere du dich darum. Falls einer zufällig dort vorbeigekommen ist und entweder Bledri ap Rhys oder einen anderen Mann gesehen hat, wie er zu später Stunde durch seine Tür gegangen ist, dann bringt den Zeugen her.«

Auf sein Wort hin ging Hywel weg, nachdem er seinen Bogen Pergament auf den Tisch gelegt und aus der Gruppe von Owains Hauptleuten ein paar Männern gewinkt hatte, um die Suche zu beschleunigen. Diese Nacht würden die Diener, Stewards und Mägde an Owains Hof keine Ruhe finden, genausowenig die Männer der Leibwache oder die jungen Männer, die ihm als Krieger folgten. Bledri ap Rhys war nach Sankt Asaph gekommen und hatte Böses vorgehabt, Böses angedroht und nun den Lohn für diesen Undank erhalten, doch die Folgen dieser Untat würden sich ausbreiten wie Wellenkreise auf einem Teich, in den man einen Stein geworfen hatte, und jeden hier beunruhigen, bis der Mord gesühnt sein würde.

»Der Dolch, der verwendet worden ist«, sagte Owain und kehrte zu seinen Überlegungen zurück, »ist er in der Wunde zurückgelassen worden?«

»Nein. Ich habe die Wunde auch nicht so genau untersucht, daß ich zu raten wage, welche Art Klinge er gehabt haben mag. Eure eigenen Männer, mein Lord, werden in der Lage sein, das so gut zu ermessen wie ich. Wenn möglich besser«, sagte Cadfael, »denn sogar Dolche wechseln mit den Jahren, und ich habe mit Waffen schon lange keine Übung mehr.«

»Ihr habt gesagt, in dem Bett habe einer geschlafen. Oder mindestens dann gelegen. Der Mann hat keine Vorbereitungen getroffen, wegzureiten und kein Anzeichen hinterlassen, daß er überhaupt vorgehabt hat, zu fliehen. Die Sache ist mir nicht so wichtig gewesen, daß ich ihm die Nacht über eine Wache zur Seite gestellt hätte. Doch hier gibt es noch ein anderes Rätsel«, sagte der Fürst. »Denn wenn nicht er sich auf einem unserer Pferde davongemacht hat, wer dann? Es steht außer Frage, das Tier ist weg.«

Das war ein Punkt, den Cadfael noch nicht einmal bedacht hatte, so beschäftigt war er mit Bledris Tod gewesen. Die ganze Zeit hatte ihn der hartnäckige, schwer greifbare Gedanke verfolgt, daß noch etwas geklärt werden mußte, bevor die Nacht um war, doch in den kurzen Momenten, als er versucht hatte, sich näher mit der Sache zu beschäftigen, schien sie verschwunden und nicht mehr greifbar zu sein. Plötzlich mit dem Puzzle konfrontiert, das ihm entgangen war, sah er eine lange und sorgfältige Zählung jeder Seele in der Burganlage voraus, um die eine, einzige spurlos entflohene unter ihnen ausfindig zu machen. Jemand anders würde sich darum kümmern müssen, denn die Abreise des Fürsten bei Morgengrauen ließ sich keinesfalls verschieben.

»Das liegt in Eurer Hand, mein Lord«, sagte er, »wie wir alle in Eurer Hand sind.«

Owain streckte eine seiner großen und wohlgeformten Hände vor sich auf dem Tisch aus. »Mein Kurs steht fest und wird sich nicht mehr ändern, bis Cadwaladrs Wikinger mit kurzgeschnittenen Ohren in ihre Heimat Dublin zurückgeschickt worden sind, falls es dazu kommt. Und ihr, Brüder, müßt euch selbst auf den Weg machen, nicht ganz so eilig wie ich, aber verschieben läßt sich das genausowenig. Euer Bischof verdient es, daß ihr ihm so strikt folgt, wie es sonst

Fürsten erwarten. Laßt uns auf jeden Fall genau untersuchen, in der wenigen Zeit, die uns noch verbleibt, wer unter uns diesen Mord begangen haben könnte. Auch wenn wir die Frage diesmal noch nicht lösen können, soll sie bestimmt nicht vergessen werden. Kommt jetzt! Ich werde mir diese böse Sache selbst anschauen und zusehen, daß der Tote versorgt und seine Angehörigen auf gebührende Weise entschädigt werden. Mein Gefolgsmann ist er nicht gewesen, aber er hat uns nichts getan, und was ich an ihm noch Gutes tun kann, will ich tun.«

Nahezu eine Stunde später kehrten sie zu der Versammlung in der Ratskammer zurück. Inzwischen war der Leichnam von Bledri ap Rhys in der Kapelle unter der Obhut des fürstlichen Kaplans angemessen untergebracht worden. In der spärlich ausgestatteten Kammer, in der er zu Tode gekommen war, gab es keine weiteren Spuren. Es waren weder eine Waffe noch Blutspuren gefunden worden, denn er hatte nicht einmal stark geblutet, und die Stichwunde hatte sich als sauber, eng und genau erwiesen. Es war nicht schwierig, einen Mann sauber und exakt zu erstechen, wenn er bereits bewußtlos vor einem lag. Bledri konnte kaum gespürt haben, wie ihn der Tod aus dieser Welt geholt hatte.

»Er ist kein Mann gewesen, dem sehr viel Liebe entgegen gebracht worden sein dürfte«, sagte Owain, als sie einmal mehr auf den Saal zugingen. »Viele hier werden ihn abgelehnt haben, denn er hat sich sehr hochmütig gezeigt. Danach wäre nur ein Streit nötig gewesen, ein zufälliges Treffen, um einen Mann im Zorn zuschlagen zu lassen. Doch um zu töten? Würde irgendein Mann von mir es so weit treiben, wo ich Bledri doch als Gast geladen hatte?«

»Dazu brauchte es einen sehr zornigen Mann«, gab Cadfael ihm Recht, »um Euch zum Trotz so weit zu gehen. Doch es braucht nur einen Augenblick, um zuzuschlagen, und weniger als einen Lidschlag, um alle Vorsicht fahren zu lassen. Er hatte sich ja in der kurzen Zeit, in der wir alle zusammen geritten sind, schon eine Anzahl Feinde gemacht.« Er wollte um keinen Preis jemand beim Namen nennen, doch er dachte dabei an den düsteren, mörderischen Blick, mit dem Domherr Meirion Bledris Vertrautheit mit Heledd verfolgt hatte, in der eine Bedrohung seiner Laufbahn gelegen hatte, auf die es der gute Kanonikus auf keinen Fall ankommen lassen wollte.

»Ein offener Streit wäre kein Rätsel«, sagte Owain. »Das hätte ich lösen können. Selbst wenn es zu einem Todesfall gekommen wäre, hätte ein Blutpreis dafür bezahlt werden können, und die Schuld hätte nicht ganz auf einer Seite gelegen. Er hat Haß hervorgerufen. Aber ihn in seine Bettkammer zu verfolgen und aus dem Bett zu ziehen? Das ist eine ganz andere Angelegenheit.«

Sie gingen durch den Saal und gelangten in die Ratskammer. Als sie hereinkamen, richteten alle Augen sich auf sie. Mark und Gwion hatten mit den anderen gewartet. Sie standen eng zusammen, stumm, als ob die schiere Tatsache, gemeinsam einen Todesfall entdeckt zu haben, sie zu Gefährten gemacht hätte und von den Hauptleuten rings um den Tisch des Rats unterschied. Hywel war vor seinem Vater zurückgekehrt und hatte einen Küchenjungen mitgebracht, einen zotteligen kleinen Jungen mit schwarzem Haar, das Gesicht vom Schlaf verquollen, dessen Augen aber schon wieder aufmerksam glänzten, jetzt, wo er von dem plötzlichen Todesfall wußte und dazu etwas mitzuteilen hatte, wie gering es auch immer sein mochte.

»Mein Lord«, sagte Hywel, »Meurig hier ist der letzte, den ich habe finden können, der an den Kammern vorbeigekommen ist, wo Bledri ap Rhys untergebracht gewesen ist. Er wird dir sagen, was er gesehen hat. Er hat es noch nicht erzählt. Wir haben damit auf dich gewartet.«

Der Junge sprach laut und recht mutig. Cadfael kam es so vor, als sei er nicht ganz von der Bedeutung dessen, was er zu erzählen hatte, überzeugt, obwohl es ihm schon Vergnügen machte, hier zu sein und es zu berichten. Die Entscheidung, ob und wie wichtig es war, würde er gern seinem Fürsten überlassen.

»Mein Lord, es ist nach Mitternacht gewesen, bevor ich mit der Arbeit fertig war und durch den Gang da zu meinem

Bett gegangen bin. Da ist um die Zeit niemand gewesen, und ich war unter den letzten. Ich habe keine Seele gesehen, bis ich an der dritten Tür in der Reihe vorbeigekommen bin, wo, wie ich jetzt erfuhr, dieser Bledri untergebracht war. Da hat ein Mann im Eingang gestanden, der in die Kammer geschaut hat, mit dem Riegel in der Hand. Als er mich kommen gehört hat, hat er die Tür geschlossen und ist den Gang runter weggegangen.«

»In Eile?« fragte Owain scharf. »Verstohlen? Im Dunkeln hat er ja gut unerkannt weglaufen können.«

»Nein, mein Lord, so ist es nicht gewesen. Er hat einfach bloß die Tür zugezogen und ist weggegangen. Ich hab mir auch nichts dabei gedacht. Er hat sich auch nicht so benommen, als ob er nicht gesehen werden wollte. Er hat mir im Gehen noch gute Nacht gewünscht. Als ob er sich darum gekümmert hätte, einen Gast sicher ins Bett zu bringen – vielleicht jemand, der nicht mehr ganz sicher auf den Beinen war oder der die Richtung nicht genau gewußt hat.«

»Du hast ihm auch geantwortet?«

»Sicher, mein Lord.«

»Dann sag mir jetzt seinen Namen«, sagte Owain, »denn ich glaube, du hast ihn schon gut genug gekannt, um ihn mit seinem Namen anzureden.«

»Das habe ich getan, mein Lord. Mittlerweile hat ihn hier auf der Burg Aber jedermann kennen und schätzen gelernt, obwohl er als Fremder hergekommen ist, als ihn der Prinz Hywel aus Deheubarth mitgebracht hat. Es ist Cuhelyn gewesen.«

Die Männer um die Tafel zogen scharf die Luft ein. Jeder drehte den Kopf und alle sahen auf Cuhelyn, der so ruhig dasaß, als mache es ihm nichts aus, sich plötzlich und ausdrücklich im Mittelpunkt der gespannten Aufmerksamkeit zu finden. Er zog die dichten, schwarzen Augenbrauen hoch, leicht verblüfft, sogar etwas belustigt.

»Das stimmt«, sagte er bloß. »Das hätte ich dir selbst sagen können, aber soviel ich gewußt habe oder doch jetzt weiß, können andere nach mir bei Bledri gewesen sein. Einer ist es bestimmt gewesen, nämlich der letzte, der ihn noch lebendig gesehen hat. Aber ich bin das nicht gewesen.«

»Du hast uns davon aber von dir aus kein Wort gesagt«, wies ihn der Fürst ruhig zurecht. »Warum nicht?«

»Stimmt, das habe ich nicht besonders geschickt gemacht. Es ist mir ziemlich unangenehm gewesen«, sagte Cuhelyn. »Einmal habe ich den Mund aufgemacht, um etwas zu sagen, und habe ihn dann wieder zugemacht und nichts gesagt. Die einfache Wahrheit ist, daß ich schon an den Tod dieses Mannes gedacht hatte, auch wenn ich ihn niemals angefaßt habe oder auch nur zu ihm in die Kammer gegangen bin, und als Bruder Cadfael uns dann erzählt hat, daß Bledri tot in seiner Kammer lag, hat mir eine Ahnung von Schuld den Hals zugeschnürt. Aber wenn nicht zufällig dieser Junge vorbeigekommen wäre, ja, dann wäre ich womöglich zu Bledris Mörder geworden. Bin ich aber nicht, Gott sei's gedankt!«

»Wieso bist du zu ihm gegangen, noch dazu um diese Zeit?« fragte Owain, ohne zu zeigen, ob er Cuhelyn glaubte oder nicht.

»Ich bin hingegangen, um ihn zu stellen. Ich habe ihn im Zweikampf töten wollen. Wieso um diese Zeit? Weil ich innerlich stundenlang vor Haß gekocht habe und erst dann an dem Punkt war, wo ich ihn umbringen wollte. Ich wollte außerdem jenseits jeden Zweifels sicherstellen, daß kein anderer in meine Auseinandersetzung mit ihm hineingezogen wird und kein anderer überhaupt auch nur als Mitwisser meiner Tat angeklagt werden kann.« Cuhelyn sprach gleichmäßig, ruhig und beherrscht, doch seine Miene spannte sich so an, daß sich über den Wangenknochen und dem runden, starken Vorsprung seines Kinns deutlich blasse Linien abzeichneten.

Hywel sagte leise, um die Pause zu füllen und erträglicher zu machen: »Ein Einarmiger gegen einen erfahrenen Krieger mit zwei Armen?«

Cuhelyn sah gleichgültig herunter auf den Silberreif, mit dem das Leinen befestigt war, das den Stumpf seines linken Arms bedeckte. »Ein Arm oder zwei Arme, es wäre aufs gleiche herausgekommen. Doch als ich die Tür geöffnet habe, lag er da und schlief fest. Ich habe seine Atemzüge gehört, lang und ruhig. Kann es recht sein, einen Mann aus dem Schlaf zu reißen und ihn zum Duell auf Tod und Leben zu fordern? Während ich so an der Tür gestanden habe, ist Meurig hier vorbeigekommen. Ich habe die Tür wieder zugezogen und bin fortgegangen und habe Bledri schlafen lassen. Mein Vorhaben habe ich damit nicht aufgegeben«, sagte er und hob stolz den Kopf. »Wenn er am nächsten Morgen noch am Leben gewesen wäre, mein Lord, dann hätte ich ihm seine todeswürdige Beleidigung öffentlich vorgeworfen und ihn herausgefordert, um sein Leben zu kämpfen. Wenn du es mir gestattet hättest, hätte ich ihn getötet.«

Owain sah ihn fest und unablässig an, wohl um den Mann zu begreifen, der diese verbitterte Rede gehalten und ihr so leidenschaftliche Kraft verliehen hatte. Mit unerschütterlicher Ruhe sagte er: »Soweit ich weiß, hat mir dieser Mann kein schweres Leid zugefügt.«

»Dir nicht, mein Lord, abgesehen von seinem Hochmut. Aber mir hat er das Schlimmste angetan, das ein Mann einem anderen antun kann. Er ist einer von den acht gewesen, die uns damals überfallen und den Fürsten an meiner Seite umgebracht haben. Als Anarawd ermordet und diese Hand hier abgeschlagen wurde, ist Bledri ap Rhys schwerbewaffnet dabeigewesen. Bis er in den Saal des Bischofs gekommen ist, habe ich seinen Namen nicht gewußt. Sein Gesicht aber hatte ich niemals vergessen. Das hätte ich auch nie gekonnt, bevor er mir nicht für Anarawd mit seinem Blut bezahlt hätte. Doch das hat für mich nun schon ein anderer getan. Und ich bin Bledri los.«

»Sag mir noch einmal«, forderte Owain, als Cuhelyn seine Erklärung beendet hatte, »daß du den Mann lebend zurückgelassen hast und an seinem Tod keine Schuld trägst.«

»So habe ich ihn zurückgelassen. Ich habe ihn nie berührt, und an seinem Tod trage ich keine Schuld. Falls du mich darum bittest, schwöre ich es auf dem Altar.«

»Ich werde gezwungen sein«, sagte der Fürst mit tiefem Ernst, »diese Frage eine Zeitlang unbeantwortet zu lassen, bis ich aus Abermenai zurückgekehrt bin, wo ich eine dringendere Angelegenheit zu erledigen habe. Doch ich muß wissen, wer die Tat begangen hat, die du nicht getan hast, denn nicht jeder hier hat so einen edlen Grund gehabt, auf Bledri zornig zu sein. Und wenn auch ich für meinen Teil dein Wort akzeptiere, mag es viele geben, die Zweifel an dir haben. Wenn du mir dein Wort gibst, mit mir zurückzukehren und dich dem zu unterwerfen, das noch herausgefunden werden mag, bis alle damit zufrieden sind, dann komme mit mir. Ich brauche dich, wie ich jeden guten Mann brauche.«

»Gott ist mein Zeuge«, sagte Cuhelyn, »ich werde dich nicht verlassen, aus jedwelchem Grund, bis du mich fortschickst. Und um so lieber, wenn du das nie tust.«

Es war Owains Verwalter, der in dieser Nacht voller unerwarteter Ereignisse das letzte und unerwartetste Wort behalten sollte. Er betrat die Ratskammer gerade, als sich der Fürst erhob, um seine Männer rechtzeitig zu entlassen, damit sie den Aufbruch im Morgengrauen vorbereiten konnten. Für den Toten waren entsprechende Riten bereits vorbereitet worden. Gwion würde seinem Eid gemäß in der Burg Aber bleiben und hatte angeboten, Bledris Ehefrau in Ceredigion Nachricht zu geben und für den Toten das Notwendige zu tun, wie sie es verlangte. Das war eine traurige Pflicht, doch war es besser, wenn sie durch einen Mann derselben Gefolgschaft ausgeführt wurde. Am Morgen lief dann alles nach einem genauen Plan ab. Der Gesandte des Bischofs von Lichfield würde sich auf den Weg nach Bangor machen, und es war Befehl gegeben worden, ihm bei der Abreise zu helfen. Unterdessen würde die Streitmacht des Fürsten auf direktem Weg nach Carnarvon marschieren, über den alten Heerweg, der die großen Festungen miteinander verband, von denen aus ein fremdes Volk einst über Wales geherrscht hatte. Die Orte, in denen die Römer gelebt hatten, trugen noch immer lateinische Namen, doch verwendeten nur noch Priester und Gelehrte sie. Die Waliser kannten sie unter anderen Namen. Alles war bis ins kleinste vorbereitet worden. In der allgemeinen Aufregung und Besorgnis war das fehlende Pferd allerdings wieder vergessen worden. Da erschien Goronwy ab Einion, der den gesamten Hof innerhalb der Burgmauern lange und gründlich abgesucht hatte.

»Mein Lord, der Herr Hywel hat mich vor das Rätsel gestellt, den einen Menschen zu finden, der hier sein sollte und es nicht ist. Ich habe es für das Beste gehalten, unsere eigenen Gefolgsleute und Diener außer acht zu lassen. Warum sollte sich einer von denen davonmachen? Mein Lord, die Kammerfrau unserer Fürstin führt die Aufsicht über sämtliche Frauen hier, und falls wir weibliche Gäste haben, kommen sie in ihre Obhut. Es gibt ein Mädchen, das gestern in Eurem Reiterzug gekommen ist, mein Lord, das ist nicht mehr in der Unterkunft, die ihm zugeteilt wurde. Sie ist mit ihrem Vater hergekommen, einem Domherrn aus Sankt Asaph, und ein zweiter Kanoniker dieses Bistums hat sie begleitet. Den Vater haben wir noch nicht geweckt. Ich warte noch auf Euren Befehl. Aber es gibt keinen Zweifel, die junge Frau ist fort. Seit die Tore geschlossen wurden, hat niemand sie mehr gesehen.«

Owain, hin- und hergerissen zwischen Lachen und Ernüchterung, fluchte bei den Wundmalen Christi: »Es stimmt, was man mir gesagt hat! Das Mädchen mit dem schwarzen Haar, das keine Nonne in England werden wollte – Gott schütze sie, wieso sollte sie auch, wo sie so schön und schwarz ist wie nur je ein Keltenmädchen gewesen ist? Zu Ieuan ab Ifor hat sie ja gesagt, weil er das kleinere Übel ist! Du sagst mir also, sie hat ein Pferd gestohlen und sich in der Nacht davongemacht, bevor die Wachen unsere Tore noch geschlossen haben? So ein Satansbraten!« sagte er und schnippte mit den Fingern. »Wie heißt das Kind?«

»Sie heißt Heledd«, sagte Bruder Cadfael.

Sechstes Kapitel

Keine Frage, Heledd war verschwunden. Sie war hier weder Gastgeberin gewesen noch hatte sie Verpflichtungen gehabt. Vielleicht war sie in der Gruppe der eingetroffenen Gäste sogar im Rang die niedrigste gewesen. Jedenfalls hatte sie sich von der Kammerfrau der Fürstin ferngehalten und, wie es schien, die richtige Gelegenheit zur Flucht abgepaßt. Nach dem unbekannten Bräutigam aus Anglesey hatte es sie sowenig verlangt wie nach einer Klosterzelle unter fremden Menschen in England. Bevor sie für die Nacht geschlossen wurden, war Heledd durch eines der Tore von Aber geschlüpft und hatte sich auf die Suche nach einer Zukunft gemacht, die sie selbst bestimmen würde. Dabei hatte sie im Tausch für ihr eigenes Pferd ein ausgesuchtes Tier mitgenommen, samt Sattel und Zaumzeug.

Sie war zum letztenmal gesehen worden, als sie die Halle mit einer leeren Karaffe verlassen hatte. Das Fest des Fürsten war kaum zur Hälfte vorüber gewesen, und alle vornehmen Männer hatten noch beschäftigt zu Tisch gesessen. Als sie den Vorhang hinter sich geschlossen hatte, hatte ihr Vater ihr mit düsterem Gesichtsausdruck nachgeschaut. Mag sein, daß sie tatsächlich vorgehabt hatte, die Kanne wieder zu füllen und zurückzukehren und die walisischen Trinkhörner von neuem zu füllen, wenn auch nur, um Kanonikus Meirion zuzusetzen. Doch seitdem hatte sie niemand mehr gesehen. Und als der Tag anbrach und die Streitkräfte des Fürsten sich auf mehreren Plätzen in der Burg zu versammeln begannen, und Betrieb und Lärm bald jeden in der Festung auf die Beine brachten, wer sollte da dem guten Kanonikus erzählen, daß seine Tochter in der Dunkelheit vor dem Kloster, vor der Ehe und vor der sehr unvollkommenen Liebe und Fürsorge ihres Vaters geflohen war?

Owain entschied, diese unvermeidliche Aufgabe selbst zu

übernehmen. Als das Licht aus dem Osten die äußere Burgmauer erreichte und sich der Hof mit Pferden und Knechten, mit Bewaffneten und Bogenschützen zu füllen begann, ließ er die beiden Kanoniker aus Sankt Asaph an das Torhaus bestellen, wo er mit klugem Blick die Aufstellung und das Aufsitzen seiner Männer verfolgte und ein wachsames Auge auf den Himmel und die Lichtverhältnisse hatte. Es versprach, ein guter Tag zum Reiten zu werden. Niemand war Owain mit den schlechten Nachrichten zuvorgekommen. Soviel war klar, als Meirion mit heiterer und selbstsicherer Miene den Hof überquerte, schon ein höfliches guten Morgen auf den Lippen und bereit, den Fürst angemessen zu segnen, sobald er aufsitzen und abreiten würde. Hinter ihm kam der Kanonikus Morgant, kurzbeiniger und rundlicher als Meirion und weniger unbefangen als dieser, aufgeblasen vor Würde und mit undurchdringlicher Miene.

Es war nicht Owains Art, viele Worte zu machen. Die Zeit war knapp, und die Aufgaben drängten. Jetzt kam es ihm darauf an, soweit wie möglich einzurenken, was offenkundig schiefgegangen war, und die verlorene Tochter dieses starrsinnigen Stiftsherrn wieder aus der Gefahr zu befreien.

»Heute nacht hat sich eine neue Lage ergeben«, sagte der Fürst schnell, sobald die beiden Geistlichen näherkamen, »die Euer Ehrwürden nicht gefallen wird und mir nicht gefällt.«

Cadfael schaute vom Tor aus zu und konnte im Gesicht von Kanonikus Meirion bei dieser Eröffnung noch keine Unruhe erkennen. Ohne Zweifel dachte er, die Ankündigung beziehe sich nur auf die Bedrohung der Wikinger-Flotte und möglicherweise die Flucht von Bledri ap Rhys, denn die beiden Kleriker waren ins Bett gegangen, bevor aus der angeblichen Flucht ein Todesfall geworden war. Daß Bledri fort war, bot Meirion genaugenommen auch Erlösung und Befriedigung, denn Bledri hatte ihn im Verein mit Heledd um seine kirchliche Laufbahn zittern lassen. Mit strengen Blicken hatte Kanonikus Morgant auf jeden unziemlichen Blick und jedes eitel lüsterne Wort gelauert, um alles seinem Bischof zu berichten. Meirion machte den Eindruck, als ob er die schlechten Nachrichten noch nicht erfahren hätte. Ob Bledri nun geflohen oder gestorben war, würde ihn in seiner Zufriedenheit allerdings kaum beeinträchtigen.

»Mein Lord«, fing er gütig an, »wir sind zugegen gewesen, als die Kunde von der Bedrohung Eurer Küste eingetroffen ist. Sicher wird sie sich abwenden lassen, ohne daß jemand ein Leid geschieht ...«

»Darum geht es nicht«, sagte Owain schroff. »Es geht um Euch. Sir, Eure Tochter ist in der Nacht geflohen. Ich bedaure, das sagen zu müssen und den Fall hier ungelöst zurückzulassen, doch es hilft nichts. Ich habe dem Hauptmann meiner Garnison Befehl gegeben, Euch bei der Suche nach ihr jede erdenkliche Hilfe zu leisten. Bleibt hier, so lange Ihr hier bleiben müßt, und verfügt über meine Männer und die Ställe so gut wie möglich. Ich und alle, die mit mir reiten, werden ein wachsames Auge haben und uns auf unserem Weg westwärts nach Carnarvon nach dem Mädchen erkundigen. Ich denke, Diakon Mark und Bruder Cadfael werden auf ihrem Ritt nach Bangor das gleiche tun. Gemeinsam dürften wir so das Land im Westen abgedeckt haben. Ihr solltet in der Gegend um Aber und falls nötig auch im Osten und Süden herumfragen und suchen. Ich komme sobald wie möglich zurück, um mit Euch nach ihr zu suchen.«

Owain war nur soweit gekommen, ohne unterbrochen zu werden, weil Kanonikus Meirion schon beim ersten Wort verstummt war und ihn nur verblüfft, mit aufgerissenen Augen und offenem Mund, angestarrt hatte und dabei so blaß geworden war, daß sich in seinem angespannten Gesicht die Wangenknochen scharf und weiß unter der Haut abzeichneten. Maßlose Verwirrung hatte ihm den Atem verschlagen.

»Meine Tochter!« wiederholte er schließlich langsam und formte die Worte fast lautlos. Und dann sagte er so heiser, daß es wie ein Pfeifen klang: »Fort? Meine Tochter allein unterwegs und diese Seeräuber unterwegs an Land?«

Wenn Heledd jetzt hier wäre, dachte Bruder Cadfael bei sich, würde sie endlich hören können, daß sich ihr Vater stets wirklich um sie sorgte. Seine ersten aufgeregten Worte hatten ihrer Sicherheit gegolten. Plötzlich schien er sein eigenes Fortkommen vergessen zu haben. Wenn auch nur für einen Augenblick!

»Die Wikinger sind noch auf der anderen Seite von Wales«, sagte Owain entschlossen, »und ich werde dafür sorgen, daß sie nicht näherkommen. Wenn Heledd den Boten gehört hat, wird sie sich hüten, ihnen in die Arme zu reiten. Ihr habt das Mädchen nicht zur Närrin erzogen.«

»Aber sie ist eigensinnig!« klagte Meirion, dessen Stimme sich erholt hatte und nun laut und besorgt klang. »Wer weiß, auf welches Wagnis sie sich noch einlassen mag? Wenn sie jetzt vor mir geflohen ist, wird sie sich auch vor mir verstecken. Ich weiß nicht, was in sie gefahren sein könnte. Ich habe das nicht vorhergesehen.«

»Ich sage es noch einmal«, sagte Owain fest, »verfügt über meine Garnison, meine Ställe, meine Männer, wie Ihr wollt, und laßt überall nach ihr fragen, denn sie kann bestimmt nicht sehr weit sein. Was die Straßen nach Westen angeht, werden wir unterwegs nach ihr schauen. Aber wir müssen fort. Ihr wißt selbst, wie sehr die Zeit drängt.«

Meirion machte einen Schritt zurück. Er richtete sich zu seiner vollen Größe auf und zuckte mit den breiten Schultern.

»Geht mit Gott, mein Lord, etwas anderes könnt Ihr nicht tun. Das Leben meines Mädchens ist nur eines, und von Euch hängen viele ab. Sie soll meine Sorge sein. Ich fürchte, in der letzten Zeit habe ich mich um sie nicht so gut gekümmert wie um mich selbst, sonst hätte sie mich nie auf diese Weise verlassen.«

Und er drehte sich mit einer hastigen Ehrbezeugung um und ging in Richtung auf den Saal davon. Cadfael konnte noch sehen, wie Meirion sich entschlossen seine Stiefel anzog, zum Stall marschierte, um sein Pferd zu satteln und fortzureiten und jeden außerhalb der Burgmauern und im Dorf nach seiner schwarzhaarigen Tochter zu befragen, die er nun so begierig war wiederzubekommen, nachdem er zuvor soviel Aufwand getrieben hatte, sie soweit wie möglich aus ihrer Heimat fortzubringen. Ihm folgte, immer

noch still, steinern, ausdruckslos und möglicherweise voll
Mißbilligung, Kanonikus Morgant, der schwarze Engel und
Aufpasser.

Sie waren schon über eine Meile die Küste entlang nach Bangor geritten, bevor Bruder Mark sein tiefes und nachdenkliches Schweigen brach. Nachdem sie Aber verlassen hatten, waren der Fürst und seine Krieger nach Südwesten geschwenkt, um möglichst geradlinig auf Carnarvon zu marschieren, während Cadfael und Mark in Küstennähe blieben.

»Hat er gewußt«, wunderte sich Mark mit einem Mal laut, »daß der Mann tot ist?«

»Wer? Meirion? Wer kann das sagen? Er ist bei uns gewesen, als der Pferdeknecht die Nachricht brachte, daß ein Pferd fehlte und man Bledri für den hielt, der das Pferd genommen hat, um damit zu seinem Herrn zu reiten. Soviel hat Meirion auch gewußt. Er ist nicht bei uns gewesen, als wir den Mann gesucht und ihn tot aufgefunden haben, und am Rat des Fürsten hat er auch nicht teilgenommen. Wenn die beiden Kanoniker ruhig in ihren Betten gelegen haben, können sie die Nachricht nicht vor heute morgen gehört haben. Spielt das eine Rolle? Tot oder geflohen, jedenfalls ist der Mann Meirion nicht mehr im Weg, und Morgant braucht sich nicht mehr seinetwegen zu empören. Kein Wunder, daß er es so ruhig aufgenommen hat.«

»Das habe ich nicht gemeint«, sagte Mark. »Hat er es selbst bereits gewußt? Bevor überhaupt eine andere Seele davon gewußt hat?« Als Cadfael nichts sagte, setzte er zögernd nach: »Hast du das noch nicht in Betracht gezogen?«

»Der Gedanke ist mir schon gekommen«, gab Cadfael zu. »Meinst du, er ist fähig, jemand umzubringen?«

»Nicht kaltblütig, nicht hinterrücks. Aber so heißblütig, wie er ist, gerät sein Blut allzu schnell in Wallung. Manche Menschen werden ihren Ärger los, indem sie rot anlaufen und schreien. Nicht er! Er behält ihn für sich, und in ihm kocht es. Wahrscheinlich zieht er es vor zu handeln, statt großen Lärm zu machen. Ja, ich halte ihn für fähig, jemand umzubringen. Und wenn er Bledri ap Rhys gestellt hat, wäre

Bledri ihm nur geringschätzig und aufreizend gegenübergetreten. Das hätte schon gereicht, um es gewalttätig ausgehen zu lassen.«

»Wenn es so gewesen wäre, hätte er dann gleich danach ins Bett gehen können, in Morgants Nähe, die für ihn so eine Anspannung bedeutet, und bei allem noch die Fassung bewahren können? Sogar schlafen?«

»Wer sagt denn, daß er geschlafen hat? Er hat sich nur still und ruhig verhalten müssen. Kanonikus Morgant hat ja keinen Grund gehabt, wachsam zu bleiben.«

»Ich frage dich mal etwas anderes«, sagte Cadfael. »Würde Cuhelyn lügen? Er hat sich seines Vorhabens nicht geschämt. Warum sollte er also deswegen lügen, nachdem die Sache einmal ans Licht gekommen ist?«

»Der Fürst glaubt ihm«, sagte Mark und zog nachdenklich die Stirn in Falten.

»Und du?«

»Jeder Mensch kann lügen, sogar ohne schwerwiegenden Grund. Sogar Cuhelyn. Doch glaube ich nicht, daß er Owain anlügen würde. Oder Hywel. Er hat Owain die Treue geschworen, und das so ausschließlich wie zuvor Anarawd. Aber es gibt noch eine Frage, die wir uns in bezug auf Cuhelyn stellen müssen. Nein, es gibt zwei. Hat er jemand davon berichtet, was er über Bledri ap Rhys wußte? Und falls er Hywel nicht anlügen würde, der ihm damals zu Hilfe gekommen ist und ihm einen ehrenwerten Dienst am Hof verschafft hat, würde er für ihn lügen? Wenn er überhaupt irgend jemand erzählt hätte, daß er in Bledri einen der Mörder seines Herrn erkannt hat, dann Hywel. Der wiederum keinen Grund gehabt hat, die Männer, die diesen Anschlag verübt haben, mehr zu lieben als Cuhelyn selbst.«

»Genauso wenig wie jeder andere Mann, der mit Hywel gegangen ist, um Cadwaladr aus Ceredigion zu vertreiben«, stimmte Cadfael resigniert zu, »oder sonst jemand, der gehört hatte, wie drohend und trotzig Bledri an dem Abend im Saal vor Owain für Cadwaladr eingetreten war. Ohne Zweifel ist hier ein Mann umgekommen, der zu Lebzeiten verhaßt gewesen ist und der keine Rücksicht darauf genommen hat, ob er sich noch verhaßter machte oder nicht. Ist es denn ein Wunder, daß er, bei so vielen Menschen innerhalb der Burg, für die schon seine Anwesenheit eine Herausforderung bedeutet hat, ein schnelles Ende gefunden hat? Doch der Fürst wird die Sache nicht auf sich beruhen lassen.«

»Und wir können nichts tun«, sagte Mark und seufzte. »Wir können nicht einmal nach dem Mädchen suchen, bevor ich nicht meinen Auftrag erledigt habe.«

»Fragen können wir«, sagte Cadfael.

Und Fragen stellten sie allerdings, in jedem Weiler und bei jeder Behausung, ob auf dieser Straße nicht eine junge Frau vorbeigeritten sei, ein Waliser Mädchen mit langem schwarzem Haar auf einem jungen Pferd, einem ganz dunkelbraunen, nußfarbenen Tier? Ein Pferd aus fürstlichem Stall würde nicht unbemerkt bleiben, besonders mit einem einsamen Mädchen im Sattel. Doch der Tag schritt voran, und sanfte Bewölkung zeigte sich am Himmel und löste sich wieder auf, und um die Mitte des Nachmittags ritten sie in Bangor ein; doch niemand konnte ihnen ein Wort über Heledd sagen.

Bischof Meurig von Bangor empfing sie, sobald sie sich durch die Straßen der Stadt den Weg zu seinem Dombezirk gebahnt und sich selbst bei seinem Archidiakon gemeldet hatten. Es schien, als würde hier alles kurz und knapp erledigt, mit wenig Rücksicht auf die geplante und öffentliche Feier, die Bischof Gilbert vorgezogen hätte. Denn hier war man den dänischen Seeräubern schon viele Meilen näher, und für den Fall, daß sie bis hierher vordringen sollten, war es sehr vernünftig, Schutzmaßnahmen zu ergreifen, um möglichst mit ihnen fertig zu werden. Obendrein war Meurig als geborener Waliser hier zu Hause und hatte keinen Bedarf für die vorsichtigen Manöver, wie Gilbert sie für notwendig hielt, um seine Stellung abzusichern. Es mochte stimmen, daß er für seinen Fürsten zuerst eine Enttäuschung gewesen war, indem er normannischem Druck nachgegeben und sich Canterbury unterworfen hatte, doch er hielt kraftvoll an seiner Waliser Art fest und leistete auf Umwegen weiterhin Widerstand, wenn auch mit feinsinnigeren Mitteln. Meurig empfing sie in Privataudienz. Cadfael hatte den Eindruck, dieser Mann würde seine Waliser Art und seine Zugehörigkeit zur keltischen Kirche lange und hinhaltend zu verteidigen wissen.

Der Bischof war ein ganz anderer Mann als sein Amtsbruder zu Sankt Asaph. Statt dem großen, würdigen Gilbert, der äußerlich selbstbewußt, vornehm und streng erschien, innerlich aber einfach unsicher war, trat ihnen hier ein kleiner, runder Geistlicher von Mitte Vierzig entgegen, der in seiner umtriebigen und redegewandten Art doch schnell auf den Punkt zu kommen wußte, ein Mann mit schnellen Bewegungen, der ein wenig zerzaust und ungepflegt, aber dabei wie ein Jagdhund wirkte, der geschäftig und ausgelassen einer Fährte folgte. Schon die Tatsache ihrer Ankunft bereitete ihm offenbar ein größeres Vergnügen als das Gebetbuch, das Mark ihm überbrachte, wiewohl er zweifellos ein Auge für die wohlgeformte Handschrift hatte und mit seinen kräftigen Fingern liebevoll in den Seiten blätterte.

»Ihr habt schon von der Drohung für unsere Küsten gehört, Brüder, und versteht, daß wir uns um unsere Verteidigung kümmern. Gott verhüte, daß es den Wikingern überhaupt gelingt, zu landen oder etwa bis hierher vorzustoßen, doch falls dies geschieht, müssen wir unsere Stadt verteidigen, die Männer der Kirche genau wie alle anderen. Darum machen wir zur Zeit keine großen Umstände oder Feierlichkeiten, aber ich hoffe, ihr werdet für ein oder zwei Tage meine Gäste sein, bevor ihr mit Briefen und einer Grußbotschaft zu eurem Bischof zurückkehrt.«

Es war an Mark, auf diese Einladung einzugehen. Der Bischof brachte sie zwar recht freundlich vor, aber in seinen klugen Augen lag dabei ein abwesender, beschäftigter Ausdruck. Zumindest ein Teil seiner Gedanken war mit der Küstengegend beschäftigt, an die das Gebiet seiner Stadt grenzte. Die Meerenge, die hier sehr schmal war, wurde bei Ebbe nur von einem schmalen Streifen Watt gesäumt. Von hier aus reichte die Meerenge zwar noch mindestens fünfzehn

Meilen weiter westlich bis nach Abermenai, doch in ihren kleineren Booten, mit wenig Tiefgang und je zwanzig Ruderern, konnten die Dänen so eine Entfernung schnell überwinden. Eine Schande, daß die Waliser nie wirklich zur See gefahren waren! Bischof Meurig würde alle Hände voll damit zu tun haben, seine Schäfchen zu beschützen. Es hatte wenig Sinn, ihn in seinem Schwung jetzt durch andere Sorgen ablenken zu wollen. Es würde ihm nicht leid tun, seine Besucher aus England zurück nach Lichfield zu schicken, um die Hände frei zu haben. Hände, die so aussahen, als könnten sie sehr gut mit Schwert und Bogen umgehen, falls es nötig werden sollte.

»Mein Lord«, sagte Bruder Mark, nach kurzem, nachdenklichem Zögern, »ich glaube, wir sollten morgen abreisen, wenn Euch das nicht zuviel Unbequemlichkeit verursacht. So gern ich länger bleiben würde, habe ich doch versprochen, schnell zurückzukehren. Außerdem hat es in der Gruppe, mit der wir aus Sankt Asaph hergekommen sind, eine junge Frau gegeben, die unter Owain Gwynedds Schutz gestanden hat und uns hierher nach Bangor hätte begleiten sollen. Der Fürst ist jedoch gezwungen worden, nach Carnarvon zu eilen, und da ist sie unklugerweise schutzlos und allein aus. Aber weggeritten und hat sich unterwegs irgendwo verirrt. Von Aber aus wird nach ihr gesucht. Wo wir jetzt schon bis hierher nach Bangor gekommen sind, möchte ich die Gelegenheit dazu benutzen, auch in dieser Gegend nach ihr Ausschau zu halten. Wenn Ihr mir erlaubt, meinen Aufenthalt bei Euch abzukürzen, werde ich die ein oder zwei gewonnenen Tage zum Wohle dieser Frau verwenden.«

Während Cadfael Marks Worte ins Walisische übersetzte, stimmte er ihm innerlich zu. Mark hatte keinen der Gründe für Heledds Flucht preisgegeben und schonte auf diese Weise nicht nur ihren Ruf, sondern auch die Hilfsbereitschaft dieses rechtschaffenen Bischofs. Er betonte alles sorgfältig, und da Mark für ihn beim Sprechen keine Pausen gelassen hatte, improvisierte er ein wenig, wo ihn das Gedächtnis verließ. Der Bischof nickte sofort und hatte verstanden und fragte ganz praktisch: »Hat die Dame über diese Bedrohung aus Dublin Bescheid gewußt?«

»Nein«, sagte Mark, »der Bote aus Carnarvon ist erst später eingetroffen. Sie kann nichts davon erfahren haben.«

»Und sie steckt irgendwo zwischen hier und Aber und ist ganz allein? Ich wünschte, ich hätte mehr Männer, um sie nach ihr auszuschicken«, sagte Meurig und runzelte die Stirn, »doch wir haben bereits alle kampffähigen Männer nach Carnarvon geschickt, die wir entbehren können, um dort den Fürsten zu verstärken. Die wir noch übrig haben, werden wir hier brauchen.«

»Wir wissen nicht«, sagte Cadfael, »in welche Richtung sie geritten ist. Sie kann gut und gerne hinter uns im Osten sein, nach allem, was wir wissen, und bereits in Sicherheit. Doch wenn wir auch nicht mehr tun können, so können Bruder Mark und ich doch auf dem Rückweg getrennt reiten und überall nach ihr fragen.«

»Falls sie inzwischen von der drohenden Gefahr gehört hat«, fügte Mark eilfertig hinzu, »und sich klugerweise nach einer sicheren Zuflucht umschaut, gibt es denn in dieser Gegend irgendwelche Häuser für fromme Frauen, wo sie Zuflucht finden könnte?«

Auch das übersetzte Cadfael, obwohl er darauf selbst eine allgemeine Antwort hätte geben können, ohne den Bischof zu behelligen. In Wales hatte die Kirche nie Nonnenklöster eingerichtet, so wie auch das Zusammenleben frommer Ordensbrüder hier nie dem klösterlichen Muster Englands entsprochen hatte. Wer hier ein echtes Nonnenkloster suchte, das mit richtiger Autorität und nach einer anerkannten Regel geführt wurde, würde in Wales stets nur ein kleines Bethaus aus Holz und Lehm finden, in der abgelegensten und einsamsten Wildnis. Darin lebte für gewöhnlich eine einzelne, schlichte heilige Frau, eine Heilige nach dem Dispens alter Ordnung, ohne Heiligsprechung oder sonst ein Dazutun des Papstes, die für ihre Ernährung ein wenig Gemüse und Kräuter anbaute und Beeren und wildes Obst sammelte und sich mit den kleineren Tieren des Waldes in liebevoller Weise angefreundet hatte. Wenn auf sie Jagd gemacht wurde, liefen die Tierchen zu ihr, um sich unter ihren weiten Röcken zu verbergen, und weder Jäger noch Hornstoß konnten die Hunde dazu treiben, der Frau zuzusetzen oder ihren kleinen Schützlingen Leid zuzufügen. Obwohl Cadfael nachdachte und zugeben mußte, daß die Dänen aus Dublin vor so ungewohnten Beweisen von Heiligkeit nicht den gebotenen Respekt zeigen mochten.

Der Bischof schüttelte den Kopf. »Unsere heiligen Frauen versammeln sich nicht in Gemeinschaften wie eurer, sondern errichten ihre Behausungen allein in der Einöde. Solche Einsiedlerinnen würden sich nicht in der Nähe einer Stadt niederlassen. Eher schon weiter entfernt, um sich in die Berge zurückziehen zu können. Wir kennen eine, die ihre Einsiedelei nahe an der Küste hat, ein paar Meilen westlich von hier, nahe dem engsten Stück der Meerenge von Menai. Sobald wir von der Bedrohung durch die Seeräuber gehört hatten, habe ich nach ihr schicken lassen, um sie zu warnen und sie hierher in Sicherheit zu bringen. Sie ist auch vernünftig genug gewesen, zu kommen und sich deswegen nicht zu beklagen. Gott ist die erste und beste Verteidigung für einsame Frauen, aber ich sehe keine Tugend darin, ihm alles zu überlassen. Ich will in meinem Bistum keine Märtyrer, und Heiligkeit ist dabei nur ein geringer Schutz.«

»Dann steht ihre Zelle ja leer«, sagte Mark und seufzte. »Doch wenn das Mädchen so weit geritten sein sollte und in ihrer Not vergeblich nach einem Freund gesucht hat, wohin mag sie sich als nächstes wenden?«

»Bestimmt landeinwärts, in den Schutz des Waldlands. Ich kenne an der Küste keinen Ort, der hinreichend Schutz bietet, aber falls die Wikinger einmal gelandet sind, werden sie sich auch nicht zu weit von ihren Schiffen entfernen. In Arfon wird eine junge Frau in jedem Haus Zuflucht finden. Obwohl sich die Leute, die der Küste am nächsten wohnen und selbst am meisten in Gefahr sind«, fügte er knapp hinzu, »wohl in die Hügel zurückgezogen haben dürften. Dein Kamerad hier weiß, wie leicht wir uns im Notfall in Luft auflösen können.«

»Ich bezweifle, daß sie sich sehr weit von uns entfernt

hat«, sagte Cadfael und bedachte die Möglichkeiten. »Nach allem, was wir wissen, kann sie eigene Pläne haben und sich sehr gut überlegt haben, zu wem sie flieht. Zumindest können wir überall fragen, wo wir auf dem Rückweg Halt machen.« Es war auch immer möglich, daß der Domherr Meirion seine Tochter bereits gefunden hatte, in der Umgebung des Fürstenhofes von Aber.

»Ich kann zu ihrem Schutz Gebete sprechen lassen«, sagte der Bischof schnell, »aber ich muß mich um die Menschen kümmern, die mir selbst anvertraut worden sind, und kann mich jetzt nicht um ein entlaufenes Schäfchen kümmern, so gern ich das auch möchte. Brüder, verbringt diese Nacht bei uns, bevor ihr euch wieder auf den Weg macht, und mögt ihr sicher reiten und gute Nachrichten über die junge Frau erhalten, die ihr sucht.«

Wenn Bischof Meurig auch mit den Schutzvorkehrungen für die vielen Menschen beschäftigt war, die sich an seinen Hof geflüchtet hatten, ließ er sich davon doch nicht in seiner Gastfreundlichkeit beirren. An seinem Tisch wurde reichhaltig getafelt, und es gab Fleisch und Met, und alles war gut zubereitet, und am nächsten Morgen ließ er seine Gäste nicht abreisen, ohne selbst im Morgengrauen aufzustehen und sie zu verabschieden. Es war ein nasser Morgen, nachdem es in der Nacht mehrfach geregnet hatte, und die Sonne ging strahlend auf und vergoldete das Meer.

»Geht mit Gott!« sagte der Bischof, der untersetzt und kompakt im Tor seines Dombezirks stand, als ob er ihn mit bloßen Händen gegen alle Angreifer verteidigen wollte. Seine Grußbriefe steckten in Marks Rolle, wo sie zusammen mit einem Fläschchen aus goldverziertem Glas verpackt waren, das Likör enthielt, den der Bischof selbst aus Honig herstellen ließ. Cadfael trug einen Korb vor sich, der einen Tagesvorrat mit Lebensmitteln enthielt, die allerdings eher für sechs Männer als für zwei bemessen zu sein schienen. »Kehrt wohlbehalten in euer Kloster und zu eurem Bischof zurück, den Gott segnen möge. Ich bin mir sicher, daß wir uns eines Tages wiedersehen werden.«

Als sie von der Straße aus noch einmal zu ihm zurückschauten, eilte er zielstrebig über den Platz, den Kopf nach vorn gerichtet und dabei gesenkt, wie ein kleiner, entschlossener Stier, der noch nicht zum Kampf gereizt worden, aber bestimmt nicht zu unterschätzen war.

Sie hatten das Randgebiet von Bangor hinter sich gelassen und die Landstraße erreicht, als Mark anhielt und stumm und nachdenklich auf seinem Pferd saß, zuerst die Straße nach Aber entlang blickte und dann nach Westen, wo von hier aus unsichtbar die gewundene Meerenge verlief, die Anglesey von Arfon trennte. Cadfael hielt neben ihm an und wartete. Er wußte, was seinen Freund bewegte.

»Könnte sie über diese Stelle hinaus gelangt sein? Sollten wir nicht weiter nach Westen reiten? Sie hat Aber doch Stunden vor uns verlassen. Wann, frage ich mich, mag sie von der Landung der Dänen erfahren haben?«

»Wenn sie die Nacht über geritten ist«, sagte Cadfael, »hat sie vor dem Morgen kaum etwas davon erfahren, denn es ist ja niemand unterwegs gewesen, der sie hätte warnen können. Bis zum Morgen kann sie schon ein gutes Stück nach Westen gelangt sein, und falls sie der arrangierten Heirat zu entfliehen sucht, wird sie kaum in die Nähe von Bangor gekommen sein, denn dort sollte sie ihren Bräutigam treffen. Ja, du hast recht, es kann gut sein, daß sie hier nach Westen und in die Gefahr geritten ist. Ich bin mir auch nicht sicher, daß sie umkehren würde, selbst wenn sie Bescheid wüßte.«

»Worauf warten wir dann noch?« fragte Mark nur und wendete sein Pferd nach Westen.

An der Kirche von Sankt Deiniol, einige Meilen südwestlich von Bangor und vielleicht zwei Meilen vom Meer entfernt, erfuhren sie endlich von ihr. Sie mußte sich an die alte, direkte Straße gehalten haben, die, die später auch Owain und seine Streitmacht genommen hatten, doch Stunden vor ihnen. Das einzige Rätsel war, warum sie so lange gebraucht hatte, um diese Stelle zu erreichen, denn als sie den Priester nach ihr fragten, zögerte der nicht und meinte, doch ja, sie hatte erst spät am Abend zuvor hier angehalten, um nach dem Weg zu fragen, um die Vesperzeit.

»Eine junge Frau auf einem braunen Pferd, und ganz allein. Sie hat nach dem Weg zu der Einsiedlerin Nonna gefragt. Ihre Klosterzelle liegt von hier aus im Westen, in der Nähe des Wassers. Ich habe ihr für die Nacht eine Unterkunft angeboten, doch sie hat gesagt, sie würde zu der heiligen Frau gehen.«

»Die Zelle hätte sie verlassen vorgefunden«, sagte Cadfael. »Bischof Meurig hat sich um die Einsiedlerin Sorgen gemacht und sie nach Bangor holen lassen. Von wo aus ist das Mädchen denn hergeritten?«

»Herunter aus dem Wald, von Süden her. Ich habe nicht gewußt«, sagte der Priester niedergeschlagen, »daß sie dort niemand vorfinden würde. Ich frage mich, was das arme Kind da bloß hat machen können? Es wäre ja immer noch genug Zeit gewesen, um Zuflucht in Bangor zu finden.«

»Ich bezweifle, ob sie das tun würde«, sagte Cadfael. »Wenn sie erst so spät zu der Einsiedelei gekommen ist, kann es gut sein, daß sie dort die Nacht verbracht hat, um in der Dunkelheit kein Risiko einzugehen.« Er sah Mark an und hatte bereits jetzt keinen Zweifel, was der junge Mann dachte. Auf dieser Reise hatte Mark die Befugnis, zu entscheiden. Um nichts in der Welt hätte Cadfael ihn in Wort oder Tat darin beschränken wollen.

»Wir werden gehen und bei der Einsiedelei nach ihr suchen«, sagte Mark bestimmt, »und wenn sie dort nicht mehr ist, trennen wir uns und versuchen herauszufinden, in welcher anderen Richtung sie möglicherweise Zuflucht gefunden hat. Das Land hier ist flach, und wo es Viehweiden gibt, muß es Einzelhöfe geben. Sie mag es dort versucht haben.«

»Viele Bauern haben sich schon zurückgezogen«, gab der Priester zu bedenken und schüttelte zweifelnd den Kopf. »In ein paar Wochen hätten sie auch ohne diese Drohung ihre Rinder- und Schafherden in das Hochland gebracht. Einige haben sich vielleicht eher aufgemacht als Gefahr zu laufen, ausgeplündert zu werden.«

»Wir können nur den Versuch unternehmen«, sagte Mark kraftvoll. »Falls nötig, werden wir uns selbst aufmachen, um in den Hügeln nach ihr zu suchen.« Und damit erwies er dem Priester eine flüchtige Ehrbezeugung, schwenkte sein Pferd herum und ritt pfeilgerade nach Westen. Der Pfarrer von Sankt Deiniol schaute ihm mit hochgezogenen Augenbrauen nach und schüttelte noch einmal, halb belustigt und halb besorgt, den Kopf.

»Sucht dieser junge Mann das Mädchen, weil er so ein gutes Herz hat? Oder für sich selbst?«

»Sogar für diesen jungen Mann«, sagte Cadfael vorsichtig, »würde ich das nicht ganz und gar ausschließen. Doch kommt es bei ihm wohl auf dasselbe hinaus. Jedes Geschöpf, dem der Tod oder doch schlimmes Leid droht, ob Mann, Frau, Ackergaul oder der Hase des heiligen Melangell, brächte ihn dazu, Morast oder Treibsand zu durchqueren. Ich weiß, daß ich ihn niemals zurück nach Shrowsbury kriegen würde, solange Heledd sich verirrt hat.«

»Du selbst machst hier kehrt?« fragte der Priester trocken.

»Von wegen! Wenn er sich als ihr Reisegefährte an sie gebunden fühlt, bin ich doch genauso an ihn gebunden. Ich bringe ihn wieder heim!«

»Schön, wenn seine Sorge um sie reiner wäre als Tau«, sagte der Priester mit Überzeugung, »dann wird er sich am besten an sein Gelübde halten, sobald er sie getroffen hat. Denn die schwarzhaarige Frau ist ein junger Schatz, wenn ich je einen gesehen habe. Die Nacht, in der ich es gewagt habe, ihr Unterkunft bei mir anzubieten, bin ich froh gewesen, ein alter Mann zu sein. Und dankbar, als sie es nicht angenommen hat. Das hier ist aber ein ganz frischer junger Bursche, Tonsur oder nicht.«

»Um so mehr sollte ich ihm jetzt folgen«, stimmte Cadfael ihm zu. »Und meinen Dank an dich für den guten Rat. Für alle deine guten Ratschläge! Ich werde sie ihm genauso überbringen, wenn ich ihn erst eingeholt habe.«

»Die heilige Nonna«, belehrte Cadfael sich im Selbstgespräch, als er sich auf den schmalen Weg in das Waldland machte, das sich vom Meer aus mehr als eine Meile landeinwärts erstreckte, »war die Mutter des Schutzheiligen von

Wales, Sankt David. Hier in der Gegend sind ihr zahlreiche Quellen geweiht, die besonders für die Augen heilsam sind und sogar gegen Blindheit helfen sollen. Wahrscheinlich hat sich diese Einsiedlerin nach dem Vorbild der Heiligen benannt.«

Bruder Mark ritt auf dem eingeschlagenen, engen Weg und sagte kein einziges Wort. Zu beiden Seiten glänzten die regennassen Bäume im Licht des frühen Nachmittags. Der Weg war so eng, daß sie hintereinander reiten mußten. Der Mischwald stand im ersten, frischen Laub und hallte wider von den Rufen der Vögel. Jedes Jahr, dachte Cadfael, der sich trotz aller Sorgen mit Freude umschaute, brach das neue Leben so über einen herein, als sei es noch nie zuvor geschehen, als habe Gott eben erst herausgefunden, wie er das Unmögliche Wirklichkeit werden lassen konnte. Vor ihm hatte Mark in dem ausgetretenen Gras des Reiterwegs angehalten und sah nach vorn. Durch die hier weiter auseinander stehenden Bäume waren glitzernde Reflexe zu sehen, die auf einer Wasserfläche funkelten. Sie näherten sich dem Meer. Links von Mark zweigte ein schmaler Fußweg ab und führte durch die Bäume zu einer Hütte mit einem niedrigen Dach, einige Schritte vom Reitweg entfernt.

»Das ist die Hütte.«

»Sie ist auch hier gewesen«, sagte Cadfael. Das Gras erschien silbergrün, und seine frische Farbe war vom sanften Tau des Regens gedämpft, der am Boden, wo kein Wind ging, haften geblieben war. Doch hier hatte zweifellos ein Pferd eine Spur aus dunkleren Stellen hinterlassen, wo die frischen Halme umgetreten waren, denn der Pfad zu der Behausung war sehr schmal. Der Reiterweg, auf dem sie haltgemacht hatten, war regelmäßig in Gebrauch, und sie hatten nicht daran gedacht, hier nach Spuren zu suchen. Doch seit dem Regen war hier bestimmt ein Pferd an den Büschen vorbeigekommen, denn ein paar junge Triebe waren mit der Spitze abgebrochen worden, und die Hufspuren im hohen Gras wiesen deutlich die Richtung, in die das Tier gelaufen war. »Sie ist schon heute früh hier durchgeritten«, sagte Cadfael.

Sie stiegen ab und näherten sich der Zelle zu Fuß. Es war ein einzelner, niedriger Raum, für eine Frau gebaut, die so gut wie nichts zum Leben brauchte außer ihrem kleinen, aus Steinen errichteten Wandaltar und ihrer schlichten Strohpritsche an der Wand gegenüber und draußen dem kleinen Garten für Kräuter und Gemüse. Die Tür war zugezogen, besaß aber kein Schloß, das von außen zu erkennen gewesen wäre und innen auch keine Klinke, bloß einen Riegel, den jeder Reisende lösen konnte, um dann einzutreten. Der Ort war jetzt leer. Nonna hatte dem ausdrücklichen Wunsch des Bischofs gehorcht und sich in eine sichere Unterkunft nach Bangor bringen lassen. Wie freiwillig sie das getan hatte, war nicht mehr auszumachen. Wenn während ihrer Abwesenheit ein Besucher hier gewesen war, hatte er sich unterdessen auch wieder entfernt. Doch an einer freien Stelle zwischen den Bäumen hatte ein Pferd Spuren hinterlassen, das hier offenbar Gras gefressen und sich an der langen Leine bewegt hatte, noch vor dem Regen, denn an den Grashalmen hafteten noch frische Wassertropfen. Und an einer Stelle hatte das Tier seine Pferdeäpfel fallen lassen, frisch und noch feucht, aber bereits kalt.

»Sie hat hier die Nacht verbracht«, sagte Cadfael, »und ist am nächsten Morgen nach dem Regen aufgebrochen. Wer weiß, in welche Richtung! Sie ist aus dem Landesinneren gekommen, aus den Hügeln und durch den Wald, so hat es der Priester gesagt. Hat sie da oben an einen Zufluchtsort gedacht, einen Verwandten von Meirion, der sie aufnehmen mochte? Und hatte sie auch diesen Ort bereits verlassen vorgefunden und an die Einsiedlerin als ihre nächste Hoffnung gedacht? Das würde erklären, warum sie so lange gebraucht hat, um hierher zu kommen. Doch wie können wir sagen, wohin sie jetzt gegangen ist?«

»Jetzt weiß sie über die Gefahr Bescheid, die vom Meer aus droht«, sagte Mark. »Bei solch einer drohenden Gefahr würde sie sich doch bestimmt nicht nach Westen wenden? Aber zurück nach Bangor und zu ihrem Bräutigam? Sie hat schon soviel riskiert, um ihm zu entkommen. Würde sie sich denn zurück auf den Weg nach Aber und zu ihrem Vater machen? Das würde sie vor dieser Heirat nicht bewahren, gegen die sie doch soviel einzuwenden hat.«

»Das würde sie«, entgegnete Cadfael, »in gar keinem Fall tun. So merkwürdig es auch sein mag, liebt sie ihren Vater doch genausosehr, wie sie ihn haßt. Das eine Gefühl ist ein Spiegelbild des anderen. Sie haßt ihn, weil ihre Liebe weit stärker ist als irgendein Gefühl, das er für sie hegt, weil er so sehr willens und bereit zu sein scheint, sie aufzugeben, sie unter allen Umständen wegzugeben, damit sie nicht länger seinem Ruf und seinem Fortkommen als Kirchenmann im Wege ist. Sie hat das einmal sehr deutlich ausgesprochen, wie ich mich erinnere.«

»Wie ich mich ebenfalls erinnere«, sagte Mark.

»Wie dem auch sei, sie wird nichts tun, um ihm ein Leid zuzufügen. Das Nonnenkloster hat sie ausgeschlagen. Auf diese Heirat ist sie nur ihm zuliebe eingegangen, weil sie ihr als das kleinere Übel erschienen ist. Aber sobald sich die Gelegenheit geboten hat, ist sie auch davor weggelaufen und hat entschieden, eher selbst fortzugehen als ihrem Vater im Weg zu sein oder andere Menschen Pläne schmieden zu lassen, um sie loszuwerden. Von diesem Entschluß wird sie jetzt nicht mehr abgehen.«

»Aber Meirion ist nicht frei«, sagte Mark und berührte damit den empfindlichen, schmerzhaften Kern dieser schwierigen Beziehung zwischen Vater und Tochter. »Jetzt, wo sie fort ist, denkt er mehr an sie als in der Zeit als sie ihm noch Tag für Tag zur Hand gegangen ist. Er wird keinen Frieden haben, bis er weiß, daß sie sicher ist.«

»Nun denn«, sagte Cadfael, »dann machen wir uns mal besser daran, nach ihr zu suchen.«

Als sie zurücktritten, achtete Cadfael auf das Meer, das zwischen den Bäumen zu erkennen war, wie es im Sonnenlicht glitzerte. Jenseits davon lag die Insel Anglesey. Ein leichter Wind war aufgekommen und ließ das Laub wie einen Vorhang flattern, doch durch die Lücken leuchteten die fernen Lichtreflexe auf dem Wasser noch heller als die hellgrünen Blätter. Und da gab es noch etwas, das erschien und verschwand, während die Zweige es enthüllten und wieder verbargen, aber fest am selben Platz verblieb, nur schien es auf und nieder zu schwanken, als ob es mit der Tide schwimmen und wogen würde. Etwas helles, rotes, das seinen Umriß veränderte, je nachdem, wie sich Blätter und Zweige bewegten.

»Warte!« rief Cadfael und hielt an. »Was ist das?«

Dieses Rot kam in der Natur nicht vor, jedenfalls nicht im Frühsommer, wenn sich sonst nur blasse Farbtöne von Gold, Violett oder Weiß gegen das jungfräuliche Grün abzeichneten. Dieses Rot hatte eine harte, undurchdringliche Festigkeit an sich. Cadfael stieg vom Pferd, wendete sich um und lief zwischen den Bäumen hindurch bis zu einer erhöhten Stelle, wo er selbst noch gut getarnt blieb, aber schon durch den Waldrand bis aufs Meer schauen konnte, das etwa dreihundert Schritte entfernt war. Neben dem grünen Weideland waren ein paar Felder und eine Behausung zu erkennen, die ohne Zweifel jetzt verlassen war. Dahinter glitzerte silberblau die Meerenge, die hier zwar fast ihre schmalste Stelle hatte, aber immer noch eine halbe Meile breit war. Und jenseits davon lag die reiche, fruchtbare Ebene von Anglesey, der Kornkammer von Wales. Es war Ebbe und an der gegenüberliegenden Küste war ein breiter Streifen aus Kies und Sand freigelegt.

Auf Cadfaels Höhe, unmittelbar vor der Küste, lag ein schlankes, langes Boot, vorne und hinten mit einem Drachenkopf, das leicht im Tidewasser auf und ab stieg, das große Segel heruntergelassen, die Ruder eingeholt und entlang der niedrigen Seite dicht an dicht mit rotbemalten Schilden geschmückt. Der Schiffsmast war aus seiner Halterung nach achtern gekippt worden, was den leichten, schmalen Rumpf, der sanft an seiner Verankerung schaukelte, wie eine Seeschlange erscheinen ließ, ein schlafendes Reptil, anmutig und nicht gefährlich. Von der Mannschaft waren nur drei Leute zu sehen. Zwei ruhten sich auf dem engen Achterdeck aus, hinter den Ruderbänken. Einer der beiden trug lange geflochtene Zöpfe. Der Dritte schwamm nackt und träge im Meer. Cadfael konnte entlang der ihm zugewandten Steuerbordseite ausmachen, wo die Hülle entlang der dritten Plankenreihe jeweils einen Durchlaß für die Ruder bot und zählte davon zwölf. Zwölf Ruder auf jeder Seite ließen auf eine Mannschaft schließen, zu der vierundzwanzig Ruderer und noch mehr Männer außer diesen drei gehörten, die als Wachen zurückgeblieben waren. Der Rest konnte nicht weit sein.

Bruder Mark hatte die Pferde angeleint und sich auf den Weg zu Cadfael gemacht, bis er an seiner Seite stand. Er sah, was Cadfael gesehen hatte und stellte keine Fragen.

»Das«, sagte Cadfael leise, »ist ein Dänenboot aus Dublin!«

Siebtes Kapitel

Zwischen ihnen wurde kein Wort mehr gesprochen. In stillem Einvernehmen drehten sie sich um, liefen hastig zu den Pferden zurück und führten sie landeinwärts auf den Waldpfad, bis sie weit genug von der Küste entfernt waren, um aufsitzen und reiten zu können. Wenn Heledd nach ihrer Nacht in der Einsiedelei die Ankunft dieses Seeräuberschiffs mit einer ganzen Anzahl furchterregender Krieger beobachtet hatte, war es nicht verwunderlich, wenn sie sich beeilt hatte, sich aus ihrer Nähe zu entfernen. Ebenso war es keine Frage, daß sie sich ins Landesinnere zurückziehen würde, so schnell und so weit sie konnte, um erst einmal in einer Stadt Zuflucht zu suchen. Das war zumindest das, was jede junge Frau tun würde, die ihre sieben Sinne beisammen hatte. Sie war hier auf halbem Weg zwischen Bangor und Carnarvon. Welche Richtung würde sie nehmen?

»Ein Schiff allein«, sagte Mark schließlich, als der Pfad breiter wurde und es möglich machte, zu zweit nebeneinander zu reiten. »Ist das vernünftig? Können die Wikinger da nicht auf Widerstand stoßen und sogar in Gefangenschaft geraten?«

»Durchaus möglich, daß sie das jeden Augenblick gewärtigen«, stimmte Cadfael zu, »aber hier gibt es niemand, der es versuchen will. Sie sind nachts an Carnarvon vorbeigefahren, und nachts werden sie auch wieder verschwinden. Das wird eins der kleinsten und schnellsten Boote in ihrer Flotte sein. Die haben mehr als zwanzig Krieger an den Rudern. Keines unserer Schiffe könnte die Verfolgung aufnehmen. Du hast gesehen, wie das Boot gebaut ist. Es kann in beide Richtungen gerudert werden und wenden wie der Blitz. Gefahr besteht für sie nur, wenn die Mannschaft an Land ist, um Verpflegung aufzuspüren. Darin sind sie aber schnell – schnell an Land und schnell wieder auf dem Wasser.«

»Aber warum schicken sie nur ein kleines Schiff allein aus? Wie ich habe erzählen hören«, sagte Mark, »greifen sie mit voller Kraft an und plündern nicht nur, sondern machen auch Gefangene, die sie als Sklaven mit sich nehmen. Das kann ihnen aber nicht gelingen, wenn sie nur ein Schiff einsetzen.«

»Diesmal«, sagte Cadfael und überlegte, »verhält es sich anders. Wenn Cadwaladr sie hergeholt hat, dann hat er ihnen für ihre Dienste eine reiche Belohnung versprochen. Sie sind hier, um Owain zu überzeugen, daß es klug wäre, seinen Bruder wieder zum Herrn seiner Ländereien einzusetzen. Sie erwarten, dafür gut bezahlt zu werden, und wenn sich das billig erledigen läßt, indem sie durch ihre bloße Anwesenheit drohen, ohne einen Mann im Kampf zu verlieren, werden sie das vorziehen, und Cadwaladr wird dagegen nichts einzuwenden haben, solange dabei dasselbe Ergebnis herauskommt. Wenn er kriegt, was er verlangt, und auf sein Land zurückkehrt, muß er in Zukunft schließlich noch mit seinem Bruder leben, warum also die Beziehungen zwischen ihnen noch mehr verschlechtern als notwendig? Nein, sie werden diesmal nicht wahllos brennen und morden, und sie werden auch niemand verschleppen, es sei denn, ihr Geschäft läuft schief.«

»Warum dann dieser Vorstoß mit einem einzelnen Schiff so tief in die Meerenge hinein?« fragte Mark vernünftig.

»Die Wikinger müssen schließlich auch essen, und es ist nicht ihre Art, ihren eigenen Proviant mit sich zu führen, wenn sie in ein Land kommen, wo sie sich kostenlos ernähren können. Mittlerweile kennen sie die Waliser gut genug, um zu wissen, daß wir ohne viel Gepäck leben und reisen und unsere Familien und unser Vieh schon bei wenigen Stunden Vorwarnung in die Berge bringen können. Das kleine Schiff da hat wenig Zeit verloren und, sobald die Küste bei Abermenai in Sicht gekommen war, gerade auf solche kleinen Dörfer zugehalten, die die Nachricht erst spät bekamen oder Zeit brauchten, ihr Vieh zusammenzutreiben. Sie werden heute nacht zu ihren Kameraden zurückkehren und ihr Schiff mit soviel Schlachtvieh und soviel an Mehl und

Korn beladen, wie sie kriegen konnten. Und irgendwo inmitten dieser Wälder und Felder sind sie gerade damit beschäftigt, ihre Beute aufzutreiben.«

»Und wenn sie auf eine einzelne Frau stoßen?« wollte Mark wissen. »Würden sie sich dann auch beherrschen und sie nicht mißbrauchen?«

»In dem Fall möchte ich mich für keinen Mann verbürgen, sei er Däne, Waliser oder Normanne«, gab Cadfael zu. »Wäre sie eine Prinzessin von Gwynedd, dann wäre sie ein höheres Lösegeld wert, wenn sie jungfräulich und bei guter Gesundheit bliebe, statt verletzt und mißbraucht zu werden. Nun ist Heledd zwar nicht aus fürstlicher Familie, doch sie kann sehr gut für sich selber sprechen und deutlich machen, daß sie unter Owains Schutz steht und sie dafür werden einstehen müssen, wenn sie ihr ein Leid antun. Doch selbst dann ...«

Sie hatten eine Stelle erreicht, wo sich der Waldpfad gabelte. Eine Abzweigung führte nach Westen ins Landesinnere, die andere mehr geradeaus nach Osten.

»Wir sind näher an Carnarvon als an Bangor«, rechnete Cadfael nach und hielt an der Weggabelung an. »Aber hat Heledd das gewußt? Was jetzt, Mark? Osten oder Westen?«

»Am besten teilen wir uns auf«, sagte Mark und erschrak ein wenig über seinen eigenen Mut. »Sie kann nicht sehr weit sein. Sie muß sich ja verborgen halten. Heute abend verläßt das Schiff diese Gegend. Vielleicht findet sie solange ein sicheres Versteck, bis die Wikinger fort sind. Nimm du den einen Weg und ich den anderen.«

»Wir können es uns nicht leisten, die Verbindung zu verlieren«, warnte Cadfael ernstlich. »Wenn wir uns trennen, darf es nur für ein paar Stunden sein, und wir müssen uns hier wieder treffen. Wir sind nicht ganz frei in dem, was wir unternehmen. Reite du in Richtung Carnarvon, und falls du Heledd findest, bring sie sicher hin. Doch falls nicht, sieh zu, daß du bis zum Abend wieder hier bist. Ich werde es genauso machen. Wenn ich diesen Weg hier links nehme und sie finde, dann bringe ich sie in Sicherheit, auch wenn das bedeutet, nach Bangor zurückzukehren. In dem Fall werde ich in Bangor auf dich warten, wenn du versäumst, mich hier bei Sonnenuntergang wieder zu treffen.«

Bei so wenig Zeit war diese unsichere Verabredung das Beste, was sie tun konnten, um ihrer Pflicht nachzukommen. Heledd hatte die Einsiedlerhütte an der Küste erst am Morgen verlassen, und sie würde vorsichtig sein und sich auf den Waldpfaden halten müssen, wo ihr Pferd nur langsam vorankam. Nein, weit konnte sie nicht sein. So weit, wie sie hier bereits vom Meer entfernt war, würde sie sich bestimmt an einen ausgetretenen Pfad halten und nicht tiefer im Wald nach einem mühsamen Weg suchen. Möglicherweise würde es ihnen gelingen, Heledd zu finden und noch bis zum Abend hierher zu geleiten oder aber irgendwo in Sicherheit zu bringen, so daß sie sich anschließend wieder treffen und dankbar auf den Heimweg nach England machen konnten.

Mark sah nach der Sonne, die den Höhepunkt ihrer Bahn bereits überschritten hatte. »Wir haben noch vier Stunden oder länger«, sagte er, wendete sein Pferd schnell nach Westen und ritt davon.

Etwa eine halbe Meile weit führte Cadfaels Weg über ebenes Gelände quer nach Osten. Waldstücke wechselten sich mit Lichtungen ab. Gelegentlich war durch die Bäume hinten das Meer zu erkennen. Dann führte der Weg weiter ins Landesinnere und stieg langsam an. Die Steigung war noch nicht sehr stark, denn das Festland bildete hier noch eine Fortsetzung der Ebene von Anglesey mit ihrer reichen Fruchtbarkeit. Erst in einiger Entfernung begann der Weg in die Berge zu klettern. Er ritt vorsichtig, lauschte und hielt hin und wieder inne, um genauer hinzuhören, doch außer den Vögeln, die in ihrem wirbelnden Geschäft ungestört von Menschen ganz mit dem Frühsommer beschäftigt waren, war kein Lebenszeichen auszumachen. Rinder und Schafe waren hinauf in die Berge getrieben worden, in geschützte Täler. Hier unten würden die Seeräuber nur auf ein paar Nachzügler treffen. Vielleicht würden sie auch gar nicht weiter entlang der Küste vorstoßen. Die Nachrichten mußten ihnen jetzt vorauseilen, wo immer sie landeten, und sie würden ihre einträglichste Beute schon gemacht haben. Wenn

Heledd diesen Weg genommen hatte, mochte sie vor irgendwelcher weiteren Gefahr sicher sein.

Er überquerte eine offene Wiese und ritt auf ein höhergelegenes Waldstück zu. Einzelne Büsche, auf die das Sonnenlicht helle Flecken zeichnete, verdichteten sich nach rechts zu dunklem Wald. In diesem Augenblick schoß, wie ein kleiner, silbergrüner Blitz, eine Ringelnatter über den Weg, fast unter den Hufen des Pferdes, um auf der anderen Seite im hohen Gras zu verschwinden. Sein Tier scheute für einen Augenblick und schnaubte hörbar beunruhigt. Irgendwo rechts von ihm, zwischen den Bäumen und nicht weit entfernt, erkannte ein anderes Pferd das Schnauben und gab ein aufgeregtes Wiehern zur Antwort. Cadfael hielt an, um genau hinzuhören, und hoffte auf eine Wiederholung, die ihm erlauben würde, die Richtung genauer abzuschätzen, aus der das Wiehern gekommen war, doch es wiederholte sich nicht. Wer immer sich dort jenseits des Pfades im Wald versteckt haben mochte, hatte es vielleicht geschafft, seinem Tier gut zuzureden und es schnell zu beruhigen. An diesem Abhang konnte das Wiehern eines Pferdes auch recht weit zu hören sein.

Cadfael stieg ab und führte sein Tier tiefer in den Wald hinein, wobei er in einem Bogen auf die Stelle zuging, an der sich, wie er vermutete, der andere versteckt hielt. Er hielt hin und wieder an, um zu lauschen. Als er bereits tief ins dichte Buschwerk vorgedrungen war, sah er vor sich plötzlich eine kleine Bewegung in den Zweigen. Jemand hatte sie schnell festgehalten, weil er Cadfael, wie vorsichtig der sich auch bewegte, bemerkt hatte. Da vorn versteckte sich jemand vor ihm.

»Heledd!« sagte Cadfael deutlich.

Die Stille schien noch stärker zu werden.

»Heledd? Ich bin hier, Bruder Cadfael. Ihr könnt beruhigt sein. Hier gibt es keine Dänen aus Dublin. Kommt heraus und zeigt Euch.«

Und da kam wirklich Heledd aus dem Gebüsch und ihm entgegen, wobei sie im Augenblick wohl ganz vergessen hatte, daß sie noch einen gezückten Dolch in der Hand hielt.

An ihrem zerknitterten Kleid hafteten noch Blätter und kleine Zweige von dem Gebüsch, auf einer Wange hatte sie einen grünen Fleck, wo sie auf Moos und Gras gelegen hatte, und die Mähne ihres Haars, das hier im Schatten tiefschwarz wie eine mitternächtliche Wolke erschien, hing ihr lose um die Schultern. Doch ihre Miene, eben wohl noch kampfbereit, wirkte jetzt klar, beherrscht und erleichtert, und ihre Augen sahen in der Dunkelheit des Waldes schwarzviolett und sehr groß aus. Cadfael hörte, wie sich hinter ihr zwischen den Bäumen ihr Pferd bewegte und mit den Hufen stampfte. Hier, in dieser ungewohnten Einsamkeit, war das Tier angespannt.

»Ihr seid es wirklich«, sagte sie und ließ die Hand, die das Messer hielt, mit einem tiefen Seufzer sinken. »Wie habt Ihr mich gefunden? Und wo ist Diakon Mark? Ich habe gedacht, Ihr seid schon längst auf dem Rückweg.«

»Wären wir auch«, stimmte Cadfael ihr zu, der sehr erleichtert war, sie in so guter Verfassung vorzufinden, »wenn Ihr Euch nicht mitten in der Nacht davongemacht hättet. Mark ist eine Meile oder mehr von hier auf dem Weg nach Carnarvon und sucht dort nach Euch. Wir haben uns an der Weggabelung getrennt. Wir haben raten müssen, welchen Weg Ihr eingeschlagen habt. Wir sind hergekommen, um in Nonnas Hütte nach Euch zu schauen. Der Priester hat uns gesagt, daß er Euch den Weg dorthin erklärt hat.«

»Dann habt Ihr auch das Schiff gesehen«, sagte Heledd und zuckte resigniert mit den Schultern über das Unvermeidliche. »Eigentlich wollte ich jetzt oben in den Hügeln unter den Hütten der Schäfer nach den Vettern meiner Mutter suchen. Ich hatte zuerst gehofft, sie hier im Unterland noch in ihrem Einzelhof anzutreffen. Aber mein Pferd hat angefangen zu lahmen. Ich habe gedacht, am besten gehe ich in Deckung und lasse das Pferd sich bis zum Abend ausruhen. Jetzt sind wir schon zu zweit«, sagte sie, und im Schatten blitzte ihr gelöstes, vertrauensvolles Lächeln auf. »Und zu dritt, wenn wir Euren kleinen Diakon finden. In welche Richtung sollen wir denn gehen? Wenn Ihr mit mir die Berge überquert, könnt Ihr sicher an den Dee zurückkehren. Ich werde nämlich nicht zu meinem Vater zurückgehen«, warnte sie ihn mit einem eindringlichen Blick ihrer dunklen Augen. »Er ist mich los, wie er es gewollt hat. Ich wünsche ihm nichts Schlechtes, aber ich bin schließlich nicht vor diesen ganzen Männern geflohen, bloß um jetzt umzukehren und entweder an einen Fremden verheiratet zu werden, den ich noch nie gesehen habe, oder in irgendeinem Kloster zu verschmachten. Ihr könnt ihm sagen oder ihm die Nachricht durch einen anderen überbringen lassen, daß ich bei den Verwandten meiner Mutter sicher bin, und er kann zufrieden sein.«

»Ihr werdet in der ersten sicheren Zuflucht verweilen, die wir finden können«, sagte Cadfael entschlossen, der dabei sogar etwas wie Entrüstung verspürte, die er kaum empfunden hätte, hätte er Heledd verzweifelt und verängstigt vorgefunden. »Nachher, nachdem dieser Ärger vorbei ist, mögt Ihr Euer Leben führen und damit tun, was Ihr wollt.« Ihm kam es so vor, schon als er das sagte, daß sie in der Lage sein würde, mit ihrem Leben etwas Besonderes und sogar Bewundernswertes zu tun, und wenn es der Welt zum Trotz sein mußte, würde sie das nicht abhalten. »Kann Euer Pferd laufen?«

»Ich kann es führen, und wir werden sehen.«

Cadfael dachte für einen Augenblick nach. Sie befanden sich hier auf halbem Weg zwischen Bangor und Carnarvon. Doch wenn sie jetzt umkehrten und dann dem kürzeren, mehr westlich gelegenen Weg nach Carnarvon folgten, den Mark ja genommen hatte, würden sie ihn schließlich auch treffen. Ob Mark nun schon bis Carnarvon gekommen war oder kehrtgemacht und sich abends wieder an der Weggabelung als dem vereinbarten Treffpunkt eingefunden hatte, sie würden ihn entlang dieser Route auf jeden Fall wiederfinden. Und in einer Stadt voll von Owains Kriegern würde es keine Gefahr geben. Die Wikinger, die man nur angeheuert hatte, um mit ihrer Anwesenheit zu drohen, würden nicht so verrückt sein, Owains geballte Streitmacht herauszufordern. Sie würden vielleicht ein wenig plündern und sich die Zeit auf angenehme Weise damit vertreiben, ein paar entlaufene

Rinder und verirrte Dörfler zu entführen, aber sie waren nicht solche Narren, Owain in seinem ganzen Zorn gegen sich aufzubringen.

»Bringt das Pferd hier heraus auf den Weg«, sagte Cadfael. »Ihr könnt meines reiten, und ich werde Eures führen.«

So funkelnd, wie Heledd ihn ansah, weckte ihr Blick zwar keine Zweifel, die Cadfael beunruhigt hätten, ließ aber auch nicht erkennen, ob sie ihm Folge leisten würde. Sie zögerte nur einen Augenblick, in dem die Ruhe des windstillen Nachmittags ihm erstaunlich tief vorkam, dann drehte sie sich um, teilte die Zweige und verschwand, wobei sie die Ruhe nachhaltig erschütterte, als sie sich unter Rascheln und Knacken in ihr abgeschirmtes Versteck vorarbeitete. Nach wenigen Augenblicken hörte er das Pferd leise wiehern und dann wieder die Geräusche im Gebüsch, als die junge Frau mit ihrem Pferd zu ihm zurückkehrte. Und dann, verblüffend spitz, wild und zornig, hörte er sie schreien.

Instinktiv setzte er zu einem Sprung an, um zu ihr zu gelangen. Aber er konnte nicht einmal einen Schritt machen. Es raschelte plötzlich im Gebüsch, dann griffen Hände nach seiner Kutte und Kapuze und nach seinen Armen, um ihn im Stehen festzuhalten, und Cadfael stemmte sich hilflos gegen diesen Griff, den er nicht brechen konnte, der aber merkwürdigerweise nicht dazu gedacht war, ihm Leid zuzufügen, sondern ihn einfach gefangen zu halten. Plötzlich tummelten sich auf der kleinen Lichtung große, blonde Männer in Lederkleidung mit bloßen Armen, und Cadfael gegenüber brach ein Mann aus dem Dickicht, der noch größer als die anderen war, ein junger Riese, der den kräftigen, mittelgroßen Cadfael um Kopf und Schultern überragte und vor Freude so laut lachte, daß der bis dahin stille Wald davon widerhallte. Fest in den Armen hielt er die wütende Heledd, die mit ihrer ganzen Kraft kämpfte und um sich schlug, ohne damit eine große Wirkung zu erzielen. Eine Hand hatte sie allerdings schon freibekommen, zog dem Mann ihre Fingernägel über die Wange und griff in sein langes, flachsgelbes Haar, um daran zu ziehen und zu zerren, bis er sich umdrehte, den Kopf weit genug hinunterbeugte, mit den Zähnen ihr Handgelenk packte und es festhielt. So groß und gleichmäßig seine Zähne in seinem lachenden Mund auch geglänzt hatten, ritzten sie Heledds Haut jetzt aber nicht einmal. Nicht aus Furcht oder Schmerz, sondern aus Verblüffung lag Heledd mit einem Mal still in seinen Armen und löste erstaunt den Griff ihrer Hände. Als er sie jedoch wieder losließ, um von neuem zu lachen, erholte sie sich in ihrer Wut und schlug vergeblich mit der Faust gegen seine breite Brust.

Nach ihm war ein grinsender junger Mann von etwa fünfzehn Jahren aus dem Wald gekommen, der Heledds Pferd mit sich führte. Als er Cadfaels Tier sah, das sich am Waldrand an seiner langen Leine unruhig hin und her bewegte, stieß er über dieses neue Beutestück ein Freudengeheul aus. Tatsächlich schienen diese marodierenden Männer eher in gutmütiger Wettkampf-Laune als bedrohlich zu sein. Es waren auch nicht so viele, wie es durch ihre animalische, stürmische Art und die schiere Größe erst den Anschein gehabt hatte. Zwei Männer mit Brustkörben wie Fässer und Schnurrbärten und geflochtenen Zöpfen aus strohgelbem Haar hatten Cadfael fest im Griff. Ein dritter hatte Heledds Pferd beim Zügel genommen und streichelte den Hals und die helle Mähne des Tieres. Irgendwo ganz in der Nähe hielten sich auf dem Reitweg noch andere von ihnen auf. Cadfael hörte ihre Bewegungen und wie sie sich beim Warten unterhielten. Es war ein Wunder, wie so große und schwere Männer sich so leise an ihre Beute hatten anschleichen können. Die Wikinger hatten auf dem Rückweg zu ihrem Schiff gehört, wie die Pferde untereinander Laut gegeben hatten und waren so zu ihrer unverhofften Beute geführt worden: ein Klosterbruder, eine junge Frau, die nach ihrem Reittier und ihrer Kleidung zu schließen eine hohe Stellung hatte, und zwei gute Pferde.

Während Heledd sich erfolglos gegen ihn wehrte, schätzte der junge Riese ganz sachlich seine Beute ein, und Cadfael fiel auf, daß er zwar auf eine lässige Weise rauh, aber nicht brutal zu seiner Gefangenen war. Anscheinend hatte Heledd das mitbekommen und ihren Widerstand aufgegeben, nicht nur, weil sie erkannt hatte, daß er vergeblich war, sondern weil sie stumm vor Überraschung darüber war, daß sie dafür nicht bestraft wurde.

»Saeson?« fragte der Riese und sah Cadfael neugierig an. *Saeson*, wörtlich »Sachse«, war das keltische Wort für einen Engländer. Der Wikinger wußte bereits gut genug, daß Heledd Waliserin war, sie hatte ihn in ihrer keltischen Sprache beschimpft, bis ihr die Luft ausging.

»Waliser!« sagte Cadfael. »Wie die Dame. Sie ist die Tochter eines der Stiftsherren zu Sankt Asaph und steht unter dem Schutz von Owain Gwynedd.«

»Der hält sich Wildkatzen?« sagte der junge Mann, lachte wieder und stellte sie mit leichtem Schwung auf die Füße, hielt sie dabei jedoch mit seiner großen Faust am Gürtel ihres Kleids fest und zog ihn zusammen, um ihr weniger Spielraum zu geben. »Und die hier will er wiederhaben, ohne daß ihr ein Haar gekrümmt worden ist? Diese Dame ist doch ganz offensichtlich ausgerissen. Was tut sie denn sonst hier mit einem Benediktinermönch als ihrem einzigen Leibwächter?« Er sprach ein Kauderwelsch aus Irisch, Dänisch und Walisisch, mit dem er sehr gut in der Lage war, sich hier in der Gegend verständlich zu machen.

Jahrhundertelang liefen die Verbindungen bereits hin und her zwischen Dublin und Wales. Sie waren längst nicht immer von Überfällen und Plünderungen beherrscht gewesen. Beide Seiten hatten auch ehrbaren Handel untereinander getrieben. Zwischen den kleinen Königreichen waren auch recht viele Ehen geschlossen worden. Dieser junge Mann mochte gut und gern auch ein wenig normannisches Französisch beherrschen. Sogar Latein, denn es war gut möglich, daß er Schulunterricht bei irischen Mönchen gehabt hatte. Ganz offensichtlich war er ein junger Mann von Bedeutung. Glücklicherweise hatte er auch eine sehr offene und fröhliche Art. Er zeigte wenig Neigung, aufs Spiel zu setzen, was sich noch als wertvoller Schatz herausstellen mochte. »Bringt den Mönch her«, sagte der junge Bursche und wurde im Handumdrehen wieder sachlich, »und haltet ihn fest. Owain hat Achtung vor dem schwarzen Habit, auch wenn ihm die keltische Ordensregel mehr liegt. Wenn es ans Verhandeln geht, bringt Heiligkeit einen guten Preis. Ich kümmere mich um das Mädchen.«

Mit einem Satz taten sie, was ihr gutgelaunter Anführer sagte. Alle waren mit ihrem Beutezug hochzufrieden. Als sie mit ihren Gefangenen auf den Reitweg hinauskamen, die beiden Pferde seitwärts mitgeführt, war gleich ersichtlich, warum sie in gehobener Stimmung waren. Dort warteten vier weitere Dänen auf sie. Alle waren sie zu Fuß und trugen schwer an zwei langen Stangen, an denen sie geschlachtetes Vieh und pralle Säcke festgezurrt hatten, Beute, die sie in den Tälern, auf Viehweiden und sogar im Wald selbst gemacht hatten, denn es war auch Wild darunter. Ein fünfter Mann hatte sich ein Joch aus Holz für die Schultern gebastelt, um zwei Weinschläuche zu balancieren. Das mußte eine von mindestens zwei Gruppen sein, die an Land gegangen waren, überlegte Cadfael, denn an dem Wikingerschiff waren entlang der Seite zwölf Ruderlöcher zu sehen gewesen, so daß mindestens vierundzwanzig Ruderer zu der Mannschaft gehören mußten. Er konnte nur raten, wie viele Wikinger insgesamt zu dem Boot gehörten, aber mindestens für einen Tag würde es ihnen an nichts fehlen.

Als er der Richtung folgte, in die er gestoßen wurde, dann nicht allein aus der vernünftigen Einsicht heraus, daß er kein Gegner für einen, geschweige denn beide der bärenstarken Krieger war, die ihn festhielten, sondern weil er, wenn er sich auch vielleicht hätte davonmachen können, Heledd nicht hätte mitnehmen können. Wo immer sie als nützliche Geiseln jetzt hingebracht wurden, mochte er immer noch in der Lage sein, ihr etwas Schutz und Gefährtenschaft zu bieten. Er befürchtete nicht länger, daß ihr ein großes Leid angetan werden sollte. Als er darauf hingewiesen hatte, wie wertvoll sie war, hatte er lediglich etwas bestätigt, das die Wikinger bereits wußten. Und hier ging es ja nicht um Krieg, es war nur ein Piratenstück, um den höchsten Gewinn für den geringstmöglichen Einsatz zu erzielen.

Die Wikinger luden die Beute, die sie angehäuft hatten, etwas um, so daß auch Heledds lahmendes Pferd einen Teil zu tragen bekam. Sie waren dabei bemerkenswert schnell und sauber in ihren Bewegungen, achteten auf eine gleichmäßige Verteilung des Gewichts auf dem Pferderücken und darauf, das wertvolle Tier nicht zu überladen. Untereinander fielen sie wieder in ihre skandinavische Muttersprache, obwohl alle diese kräftigen jungen Krieger wahrscheinlich im Königreich Dublin zur Welt gekommen waren wie schon zuvor ihre Väter, und sie die keltischen Sprachen, die um sie herum gesprochen wurden, einigermaßen verstehen und sich in Krieg und Frieden auch darin verständlich machen konnten. Die Dänen behielten die Sonne im Auge. Der Tag, den sie mit Plündern zugebracht hatten, ging zu Ende. Sie verloren jetzt keine Zeit mehr.

Cadfael hatte sich schon gefragt, wie der Anführer das eine gesunde Pferd einsetzen würde, und hatte eigentlich erwartet, daß er es sich vorbehalten würde, selbst darauf zu reiten. Statt dessen befahl der Mann dem Jungen, der am wenigsten wog, sich in den Sattel zu setzen, hob dann Heledd vor ihn auf das Pferd, band ihr die Hände mit ihrem eigenen Gürtel fest und bedeutete dem Jungen, sie mit seinen Armen festzuhalten, die trotz seiner fünfzehn Jahre schon so muskulös waren, daß Heledds Widerstand zwecklos gewesen wäre. Doch inzwischen hatte sie begriffen, daß Widerstand sowohl sinnlos als auch unwürdig war, und nahm es hin, gegen die breite Brust des Jungen gedrückt zu werden, ohne noch dagegen anzukämpfen. Nach der Miene zu urteilen, die sie dabei schnitt, wartete sie nur auf die erste sich bietende Gelegenheit zur Flucht und bewahrte sich ihre ganze Schläue und Kraft, bis der Moment sich anbot. Sie war verstummt, verschloß die Lippen und Zähne aus Wut oder Furcht und hielt eine angespannte, brütende Würde durch, doch was sich hinter ihrem ruhigen Gesichtsausdruck zusammenbraute, war nicht auszumachen.

»Bruder«, sagte der junge Mann und drehte sich schnell zu Cadfael um, der noch zwischen seinen Bewachern eingeklemmt war, »wenn dir an dem Mädchen etwas liegt, kannst du unbehelligt neben ihr gehen. Doch ich warne dich, Torsten wird dicht hinter dir sein, und er kann einen jungen

Baum mit einer Lanze noch auf fünfzig Schritte spalten, darum bleib am besten auf deinem Posten.« Er grinste bei dieser Warnung, war er sich doch schon sicher, daß Cadfael keine Absicht hatte, sich davonzumachen und das Mädchen in Gefangenschaft zurückzulassen. »Vorwärts jetzt und schnell«, sagte er frohgemut und gab das Tempo vor, und die gesamte Reisegesellschaft ordnete sich zu einer Reihe und folgte dem Pfad, Cadfael eingeschlossen, der dicht neben seinem Rotschimmel lief, mit einer Hand am Leder des Steigbügels. Falls er Heledd durch seine Gegenwart soweit wie möglich beruhigen konnte, war Cadfael für sie da; er bezweifelte allerdings, ob sie dafür sehr viel Bedarf hatte. Seit man sie aufs Pferd gehoben hatte, hatte sie nichts mehr getan als sich etwas bequemer zu setzen, und die ganze Spannung in ihrem Gesicht war einer nachdenklichen Ruhe gewichen. Jedesmal, wenn Cadfael aufblickte, um wieder nach ihr zu schauen, fand er, daß sie sich in ihrer unvorhergesehenen Lage noch entspannter eingerichtet hatte. Und jedesmal schaute sie neugierig nach dem blonden Anführer, der alle anderen um Haupteslänge überragte und aufrecht und stolz vor ihnen herging. Eine leichte Brise ließ seine langen Locken wehen.

Zwischen Weideland und Waldstücken kamen sie auf ihrem abschüssigen Weg schnell voran, bis ihnen zwischen den Stämmen der letzten Baumgruppe schon silbern das Meer entgegenglitzerte. Die Sonne stand tief im Westen und ließ die Wellen golden erscheinen, die ein leichter Wind über das Wasser trieb, als sie das Meeresufer erreichten, und die Männer, die als Wachen zurückgeblieben waren, stießen Willkommensschreie aus und brachten das Drachenboot so nahe wie möglich an den Strand, um sie aufzunehmen.

Bruder Mark, der von seinem Vorstoß nach Westen mit leeren Händen zurückgekehrt war, um das Treffen an der Weggabelung vor Sonnenuntergang einzuhalten, wurde auf eine Gruppe von Männern aufmerksam, die, obwohl sie sich schnell und leise bewegten, unüberhörbar ein Stück weiter vorn seinen Weg kreuzten, um dann abwärts in Richtung Strand zu gehen. Er blieb in Deckung, bis sie vorbei waren, und ritt ihnen dann vorsichtig in derselben Richtung nach, nur um sicher zu sein, daß sie auch wirklich außer Sicht- und Hörweite waren, bevor er zu dem vereinbarten Treffpunkt weiterging. Die Route, der Mark den Abhang hinunter durch den Wald folgte, verlief quer zu dem offenen Reiterweg und brachte ihn schnell erneut in die Nähe der Fremden, so daß er sich zurückziehen und von neuem anhalten mußte, während er sie zwischen den Zweigen der Bäume, die schon fast das volle Laub des Sommers trugen, kurz zu sehen bekam. Er sah einen hünenhaften jungen Mann vorübereilen, mit Haaren, die hell wie Weizen leuchteten, der dabei hochgewachsen war wie eine dreijährige Kiefer, nach ihm ein Packpferd, das an der Leine geführt wurde, und zwei Männer, die auf den Schultern eine lange Stange trugen, an der festgezurrt geschlachtetes Vieh im Rhythmus ihrer Schritte pendelte. Dann sah Mark unverkennbar Heledd, umklammert von einem Jungen, mit dem zusammen sie als Paar mannshoch über dem Boden ritt, was sich nur durch den Rhythmus erschließen ließ, denn die undurchdringlichen Zweige verdeckten das Tier ganz. Dahinter trottete ein Mann, von dem nichts als ein rotbrauner, graugesprenkelter Haarschopf zu erkennen war, freilich mit einer Tonsur. Ein sehr kleiner Hinweis auf den Mann, der sie trug, aber alles, was Mark wissen mußte, um Bruder Cadfael auszumachen.

Er hatte sie gefunden, aber diese ganz und gar unwillkommenen Fremden hatten beide eher aufgespürt als er, bevor sie sich noch eine sichere Zuflucht hatten suchen können. Es gab nichts, das Mark tun konnte, außer ihnen zu folgen, zumindest weit genug, um zu sehen, wo sie hingebracht und wie sie behandelt wurden. Dann würde er sich darum kümmern müssen, die Menschen zu benachrichtigen, denen ihr Verlust etwas bedeutete und die Pläne machen konnten, sie zurückzuholen.

Er stieg ab und band sein Pferd fest, um sich schnell und leise zwischen den Bäumen bewegen zu können. Die Schreie, die von dem Wikingerschiff herübergellten, ließen ihn allerdings alle Vorsicht vergessen, ins Freie treten und den Abhang hinuntereilen, um einen Fleck zu finden, von dem aus er das Meer und das Schiff sehen konnte, das der Steuermann dicht an das grasbewachsene Ufer brachte, an eine Stelle, von der aus es kinderleicht war, über die niedrige Reling mittschiffs auf die Ruderbänke zu springen. Mark sah zu, wie die wilden blonden Männer an Bord stürmten, das beladene Packpferd mit sich trieben und dann ihre Beute unter dem kurzen Vorderdeck und zwischen den Bänken im Schiffsbauch verstauten. Mit ihnen stieg zwangsweise auch Cadfael ein, und doch kam Mark es so vor, als ob er das recht unbeschwert täte. Das war wohl kaum zu vermeiden, doch ein anderer Mann hätte sich dabei eine Idee weniger geschickt und elegant verhalten.

Der Junge auf dem Pferd hatte Heledd fest im Griff behalten, bis der flachshaarige Hüne festgestellt hatte, daß alle seine Männer an Bord waren. Dann hob er sie vom Pferd, so leicht, als wäre sie ein Kind, und sprang mit ihr über die Reling zwischen die Ruderbänke, wo er sie wieder auf die Füße stellte. Jetzt richtete er sich auf, langte nach dem Zügel von Cadfaels Pferd und lockte das Tier mit leisen Worten an Bord, die merkwürdig zu Mark herüber klangen. Der Junge folgte, und sofort stieß der Steuermann das Boot kräftig vom Ufer ab, die Männer, die eben noch eifrig ihre Beute verstaut hatten, setzten sich in einer eingeübten Reihenfolge an die Ruder, und das kleine, schmale Drachenboot glitt aufs Meer hinaus. Bevor Mark noch einen klaren Gedanken fassen konnte, schoß das Schiff förmlich nach Südwesten davon, um wie eine Seeschlange in Richtung auf Carnarvon und Abermenai zu gleiten, wo jetzt zweifellos die übrigen Schiffe der Wikinger im Hafen oder vor den Dünen in der Meerenge vor Anker lagen. Es war nicht einmal nötig gewesen, das Schiff zu wenden, denn Bug und Heck waren gleichartig gestaltet. Das Boot war schnell genug, um aus jeder schwierigen Lage fliehen zu können; selbst wenn es vor der Stadt gesichtet worden wäre, hätte Owain doch kein Schiff gehabt, das schnell genug gewesen wäre, um das Dänenboot einzuholen. Die Geschwindigkeit, mit der es sich lautlos entfernte und zu einem kleinen, dunklen Fleck auf dem Wasser wurde, ließ Mark erstaunt und atemlos zurück. Er wendete sich ab, um zu seinem angeleinten Pferd zurückzugehen, und machte sich eilig und entschlossen wieder auf den Weg nach Westen, nach Carnarvon.

An Bord wurde er in den schmalen Spalt zwischen zwei Ruderbänke gestoßen und dort sich selbst überlassen. Cadfael lehnte sich einen Augenblick gegen die Planken des eng zulaufenden Hecks und dachte über die Lage nach, in der sie jetzt waren. Zwischen den Gefangenen und ihren Bewachern hatte sich bereits ein erträgliches Verhältnis eingespielt, ohne daß es sie viel Zeit oder Nerven gekostet hätte. Widerstand war nicht machbar. Fanden die Gefangenen sich erst einmal mit ihrem Schicksal ab, und dazu brauchte es nicht mehr als dieses Boot und zu jeder Seite mehr als eine Meile Wasser, dann konnten sich die Seeräuber um die dringendere Aufgabe kümmern, die Beute sicher in ihr Lager zu bringen. Nachdem sie einmal an Bord waren, hatte keiner mehr Hand an Cadfael gelegt. Niemand schenkte Heledd weiter Aufmerksamkeit. Sie hatte sich mit angezogenen Knien im Heck gegen einen Pfosten gehockt, wo der junge Anführer der Dänen sie abgesetzt hatte, abweisend die Arme um sich gelegt und ihren Rock um sich gezogen. Keiner hatte Sorge, daß sie über Bord springen und versuchen würde, nach Anglesey zu schwimmen; die Waliser waren nicht als bemerkenswerte Schwimmer bekannt. Niemand hatte Interesse, die beiden zu beleidigen oder ihnen etwas anzutun. Sie stellten einfach einen Wert dar, der unversehrt bleiben mußte, um sich später noch bezahlt zu machen.

Um sich genauer umzuschauen, ging Cadfael auf dem Mittelgang zwischen der verstauten Beute aus Fleisch und anderem Proviant durch das lange, schmale Schiff und besah sich neugierig die Einzelheiten der Bauweise. Nicht einer der Ruderer hielt im ständigen Heben und Durchziehen der Riemen inne oder blickte sich auch nur um, als Cadfael vorbeiging. Das Schiff war für die Geschwindigkeit gebaut, schlank wie ein Windhund, vielleicht achtzehn Schritte lang und nicht mehr als drei oder vier breit. Cadfael zählte auf jeder Seite zehn nach außen abgedichtete Bordplanken übereinander, mittschiffs war das Boot sechs Fuß tief, und der Mast ließ sich umlegen. Cadfael bemerkte auch die Eisennieten, die die Planken aus Eichenbohlen zusammenhielten. Das Boot war in stabiler Klinkerbauweise gefertigt, hatte kaum Tiefgang und war leicht genug, um Schwung und Schnelligkeit zu entwickeln. Bug und Heck waren identisch gestaltet, um ohne Wende manövrieren zu können, ideal, um nahe an den Strand zu gelangen und in den Dünen von Abermenai zu landen. Das Schiff hatte keinen Raum für eine größere Ladung; dafür wäre ein geräumiges, seetüchtiges Handelsschiff nötig gewesen, langsamer und stärker von einem Segel abhängig, mit wenigen Ruderern, die nur dazu da wären, um es bei Windstille außer Gefahr zu bringen. Hier war das Segel noch rechteckig wie bei allen Schiffen, die die nördlichen Gewässer befuhren. Die zweimastigen Schiffe mit Lateinersegel, im Mittelmeer seit langer Zeit allgemein verbreitet, waren diesen nordischen Seefahrern noch unbekannt.

Cadfael war zu sehr in seine Beobachtungen vertieft gewesen, um zu bemerken, daß er selbst ebenso kundig und neugierig von einem leuchtenden Paar blauer Augen beobachtet wurde, die ihn unter fragend hochgezogenen, buschigen blonden Augenbrauen anschauten. Dem jungen Anführer der Seeräuber war nichts entgangen, und offenbar wußte er diese Besichtigung seines Schiffs zu schätzen. Er wandte sich von dem Steuermann, neben dem er gestanden hatte, ab, um Cadfael auf dem Mittelgang zu treffen.

»Kennst du dich mit Schiffen aus?« wollte er wissen, interessiert und überrascht, solch ungewöhnliche Kenntnisse bei einem Benediktinermönch vorzufinden.

»Früher mal. Es ist lange her, daß ich zur See gefahren bin.«

»Du kennst die See?« setzte der junge Mann nach und strahlte vor vergnügter Neugier.

»Die See hier nicht. Aber das Mittelmeer und die englische Ostküste habe ich früher gut gekannt. Ich bin erst spät ins Kloster gegangen«, erklärte er und konnte sehen, wie sich die blauen Augen seines Gegenübers weiteten, wie sie einen glitzernden Ausdruck freudigen Erstaunens annahmen, eine funkelnde, vergnügte Anerkennung, die eine Art Wärme ausstrahlte.

»Bruder, du hast gerade selbst dein Lösegeld hochgetrieben«, bekannte der junge Wikinger freimütig. »Ich hätte Lust, dich hier zu behalten, um mehr zu erfahren. Seefahrende Mönche sind seltene Vögel. Mir ist noch keiner begegnet. Wie nennt man dich?«

»Ich heiße Cadfael, und ich bin geborener Waliser und Mönch in der Abtei Shrewsbury.«

»Wer so offen seinen Namen nennt, hat es verdient, daß ich ihm meinen sage. Ich bin Turcaill, Sohn von Turcaill, aus der Sippe von Otir, der dieses Unternehmen führt.«

»Weißt du auch, um was hier gestritten wird? Zwischen zwei Waliser Fürsten? Weshalb stellst du, wo die beiden ihre Klingen kreuzen, dich mit freier Brust zwischen sie?« fragte Cadfael ruhig und vernünftig.

»Es geht um Geld«, sagte Turcaill gutgelaunt. »Doch sogar ohne Lohn würde ich mitfahren, sobald Otir ausläuft. An Land ist es mit der Zeit langweilig. Ich bin kein Bauer, der Jahr um Jahr auf seinem Hof hockt und zufrieden ist, die Feldfrüchte wachsen zu sehen.«

Nein, das war er bestimmt nicht, und er hätte sich auch nie wie Cadfael für das Kloster und die Kutte entschieden, nachdem die Abenteuer der Jugend erst einmal hinter ihm lagen. Er war großartig gewachsen, seine Ausstrahlung hatte animalische Kraft, er war ein Mann für eine Frau und ein Vater für Söhne, der einmal neue Generationen von Abenteurern aufziehen würde, die so ruhelos sein würden wie das Meer selbst und bereit, sich in jedermanns Streit einzumischen, wenn sie so unter Einsatz des eigenen Lebens einen gerechten Lohn erkämpfen konnten.

Mit einem Mal war er fort, mit einem Schlag auf Cadfaels Schulter zum Abschied, und lief in regelmäßigen Schritten das vorwärts schießende Boot entlang, um sich neben Heledd auf das Achterdeck zu schwingen. Im Licht der Dämmerung konnte Cadfael ausmachen, wie Heledd abschätzig den Mund verzog, kühl die Augenbrauen hochzog, den Rocksaum zur Seite nahm, um jede Berührung mit ihrem Feind zu vermeiden, und den Kopf abwendete, um dem Mann nicht noch durch einen Blick Anerkennung zu verschaffen.

Turcaill lachte gar nicht unerfreut, setzte sich neben sie und nahm Brot aus einer Gürteltasche. Er teilte es in seinen großen, ebenmäßigen jungen Händen und bot ihr eine Hälfte an, und sie wehrte ab. Er war nicht beleidigt, lachte immer noch, nahm ihre Hand mit Gewalt, drückte ihr seine Gabe in die offene rechte Hand, nahm ihre linke Hand und drückte sie fest darauf. Sie konnte nichts dagegen tun und wollte ihre stumme Ablehnung nicht durch einen vergeblichen Kampf kompromittieren. Doch als er unvermutet aufstand und sie so sitzen ließ, ohne sich noch einmal nach ihr umzudrehen, und sie mit seiner Gabe tun konnte, was sie wollte, da warf sie das Brot weder in das dunkle Wasser des Meeres noch biß sie hinein, sondern sie blieb damit hocken, wie er sie verlassen hatte, hielt es zwischen den Händen und schickte seinem flachsblonden Schopf einen schmalen, berechnenden Blick hinterher, dessen Bedeutung Cadfael nicht aufging, den er aber zugleich ansprechend und beunruhigend fand.

Bei Einbruch der Nacht, als sie lautlos und schnell über das Meer glitten und nur ein sachtes, phosphoreszierendes Leuchten die eintauchenden Ruder vergoldete, fuhren sie an den Küstenlichtern von Owains Carnarvon vorbei und erreichten eine weite Bucht, die von der See durch zwei Landzungen abgegrenzt wurde. Die Dünen waren dicht mit Gebüsch und sogar mit einzelnen Bäumen bewachsen. Den Strand entlang hoben sich schattenhaft die Umrisse von Schiffen ab, einige mit aufrechtem, andere mit gefälltem Mast, schmal und niedrig wie Turcaills kleines Mannschaftsboot. Wo die Wikinger am Strand ihre Posten aufgestellt hatten, brannten die Fackeln ruhig in der stillen Luft, und weiter oben in den Dünen waren die Feuer eines regelrechten Lagers auszumachen.

Turcaills Ruderer lehnten sich zurück, um ein letztes Mal die Riemen durchzuziehen, und zogen dann die Ruder ins Schiff, während der Steuermann das Drachenboot mit gebremstem Schwung im Niedrigwasser vor dem Strand wendete. Die Wikinger sprangen über Bord, und während sie durch das flache Wasser wateten, achteten sie darauf, daß sie ihre Beute trocken ans feste Land trugen, wo ihre Kameraden sie in Empfang nahmen, die dort Wache gehalten hatten. Turvaill selbst brachte Heledd von Bord, und als er sie so einfach hochhob, leistete sie keinen Widerstand mehr, weil es in jedem Fall doch umsonst gewesen wäre und sie hauptsächlich damit beschäftigt war, bei dieser Sache einigermaßen ihre Würde zu wahren.

Cadfael hatte keine andere Wahl als zu folgen, auch wenn zwei der Ruderer ihn nicht mit sich von Bord gezogen hätten und mit ihm, seine Schultern fest im Griff, an Land gewatet wären. Welche Gelegenheiten sich auch immer bieten mochten, in keinem Fall konnte er seiner Gefangenschaft entfliehen, bis er nicht Heledd mit sich führen konnte. Nachdenklich stapfte er die Dünen hinauf und in den bewachten Umkreis des Lagers und ging, wohin er geführt wurde, in dem sicheren Wissen, daß sich der Kreis der Wachen fest hinter ihm geschlossen hatte.

Achtes Kapitel

Cadfael erwachte im perlgrauen Licht der allerersten Dämmerung, über sich den unermeßlich weiten freien Himmel, hoch oben noch gesprenkelt mit verblassenden Sternen, und sofort fiel ihm die Lage ein, in der er augenblicklich war. Alles, was geschehen war, hatte bestätigt, daß sie von den Dänen wenig zu befürchten hatten, zumindest solange Heledd und er ihren Tauschwert behielten. Im Hinblick auf eine Flucht hatten sie dagegen nichts zu erhoffen, da die Wikinger wirkungsvolle Maßnahmen ergriffen hatten. Sowohl der Strand als auch die Begrenzung des Lagers wurden gut bewacht. Innerhalb des Lagers selbst war es nicht nötig, eine junge Frau und einen alten Mönch ständig zu bewachen. Sie konnten nach eigenem Belieben umherwandern, denn sie konnten das Lager weder verlassen noch hier drinnen irgend etwas ausrichten. Cadfael konnte sich gut daran erinnern, wie er gegessen hatte, genauso reichlich wie die jungen Männer, die Wache standen und um ihn herum waren, und er war sich sicher, daß Heledd, wie bescheiden sie immer untergebracht sein mochte, auch zu essen bekommen hatte und, einmal sich selbst überlassen, unbeobachtet, gescheit genug sein würde anzunehmen, was bereitgestellt wurde. Sie war nicht so dumm, sich aus Trotz zu schwächen, wenn sie wußte, daß ihr noch eine Auseinandersetzung bevorstand.

Cadfael hatte sich recht gemütlich in eine windgeschützte, mit reichlich Gras gepolsterte Vertiefung zurückgezogen und seine eigene Kutte um sich gewickelt. Ihm fiel wieder ein, wie Turcaill sie ihm zugeworfen hatte, als seine wenigen persönlichen Dinge von dem Packpferd abgeladen wurden. Um ihn herum schnarchten sicher ein Dutzend junger dänischer Seeleute. Cadfael stand auf und streckte sich und schüttelte den Sand von seinem Habit. Keiner machte irgendeine Bewegung ihn abzufangen, als er ging, um sich umzuschauen. Das Lager um die brennenden Feuer war erfüllt von Leben, und die wenigen Pferde, darunter auch sein eigenes, erhielten Wasser zu trinken und wurden auf die grüneren, geschützten Flächen landeinwärts getrieben, wo es bessere Weiden gab. Dort suchte und fand Cadfaels Blick das vertraute Festland von Wales, und er ging unbehindert mitten durch das Lager, um eine erhöhte Stelle zu finden, von der er über den Umkreis von Otirs Lager hinausschauen konnte. Owain mußte aus dem Süden kommen, in einem längeren Fußmarsch um die weite Bucht herum, wenn er die Stellung der Wikinger von der Landseite aus angreifen wollte. Vom Meer aus wäre er im Nachteil, weil er nichts hatte, das er gegen die langen Drachenboote hätte einsetzen können. Und Carnarvon schien von diesem befestigten Lager sehr weit entfernt zu sein.

In der Mitte des Lagers waren für die Anführer dieses Unternehmens einige robuste Zelte aufgestellt worden. Cadfael ging dicht an ihnen vorbei und blieb stehen, um sich die Männer einzuprägen, die herauskamen. Zwei von ihnen trugen unverkennbare Autorität zur Schau, obwohl sie zueinander in einem merkwürdigen Mißklang zu stehen schienen, als ob sich ihre jeweilige Autorität hier dem Zweck nach widersprechen würde. Der eine der beiden war ein Mann von Mitte Fünfzig oder älter, mit einem enormen Brustkasten, kräftig wie ein Baumstamm, dem die Sonne, die Gischt und der Wind die Haut rotbraun verbrannt hatten, so daß sein breites Gesicht dunkler als die beiden Zöpfe erschien, die es einrahmten und genauso strohfarben waren wie der gewaltige Schnurrbart, der ihm bis unter die Kinnlinie hing. Die bloßen Unterarme waren mit Lederbändern und die Handgelenke mit dicken goldenen Armreifen geschmückt.

»Otir!« sagte Heledd leise in Cadfaels Ohr. Sie war unbemerkt hinter ihn getreten, ihre Schritte wurden von Dünensand verschluckt, der Tonfall war vorsichtig und angespannt. Gegen diesen Brocken war Turcaill bloß ein gutgelaunter junger Mann, der es ihr in seiner duldsamen Art nicht immer hatte recht machen können. Dieser herausragende Mann hingegen hatte hier das Sagen, und Turcaill war ihm gegenüber sicher nur von untergeordneter Bedeutung. Oder war es denkbar, daß selbst die Gewalt dieses Mannes ihre Grenzen hatte? Neben ihm gab es noch einen zweiten Mann, der hochmütig dreinschaute und anmaßend in seinen Gesten wirkte. So wie er aussah, war er nicht der Mann, der sich von anderen brav Befehle erteilen ließ.

»Und der andere?« fragte Cadfael, ohne den Kopf zu wenden.

»Das ist Cadwaladr. Es ist keine Lüge gewesen, er hat diese langhaarigen Barbaren nach Wales geholt, um von Fürst Owain seine Rechte zurückzuverlangen. Ich kenne ihn. Ich habe ihn schon früher gesehen. Den Dänen habe ich bei seinem Namen rufen hören.«

Cadfael fand, daß Cadwaladr ein ansehnliches Äußeres besaß, doch er hegte Zweifel daran, ob dieser gutaussehende Mann auch über einen entsprechenden Verstand verfügte. Dieser Mann war nicht so groß wie sein Bruder, doch groß genug, um eine muskulöse, kraftvolle Figur zu machen. Er bewegte sich mit Schwung und einer wunderschönen Leichtigkeit neben dem stämmigen und muskelbepackten Wikinger. Er besaß einen dunkleren Teint als Owain und trug auf seinem wohlgeformten Kopf dichtes, starkes, rotlockiges Haar. Seine Brauen stießen fast zusammen und waren von dunklerer Farbe als sein Haar. Seine Augen blickten dunkel und hochmütig. Er war glatt rasiert, hatte bei seinem Aufenthalt in Dublin aber in Kleidung und Schmuck einiges von der Art seiner Gastgeber angenommen, so daß er nicht gleich als der walisische Adlige zu erkennen war, der diese ganze Flotte zum Schaden seiner Heimat übers Meer geführt hatte. Er hatte den Ruf, voreilig und auch grob zu sein und sich gegen seine Feinde unversöhnlich zu verhalten, mit seinen Freunden dagegen ausgelassen und großzügig umzugehen. Sein Gesicht gab alles zu erkennen, was über ihn gesagt wurde. Es war auch nicht schwer, sich vorzustellen, daß Owain seinen schwierigen Bruder immer noch liebte, obwohl der sich soviel hatte zuschulden kommen lassen und wiederholte Versöhnungsversuche enttäuscht hatte.

»Ein Bild von einem Mann«, sagte Cadfael, der diesen gefährlichen Mann vorsichtig betrachtete.

»Wenn er sich nur auch so bildschön benehmen würde«, antwortete Heledd.

Die beiden Anführer hatten sich in Richtung Osten ans Meer zurückgezogen, und ihre Unterführer standen dort im Kreis um sie herum. Cadfael seinerseits machte kehrt und ging nach Süden, um sich einen Überblick über das Umland und den Weg zu verschaffen, den Owain nehmen mußte, wenn er die Eindringlinge am Strand einschließen wollte. Heledd kam ihm nach, aber nicht, wie er wohl wußte, weil sie etwa Trost oder auch nur Gesellschaft gesucht hätte, sondern weil sie die Umstände ihrer Gefangenschaft ebenso neugierig machten wie ihn und weil sie glaubte, gemeinsam würden sie diesen Umständen eher auf den Grund kommen als allein.

»Wie ist es Euch ergangen?« Cadfael sah sie forschend an, als sie neben ihm ging, und sah den beherrschten Ausdruck der Entschlossenheit auf ihrem Gesicht. »Seid Ihr ordentlich behandelt worden, wo es hier doch keine anderen Frauen gibt?«

Sie verzog nachsichtig den Mund und lächelte. »Ich brauche keine andere Frau. Ich kann mich ganz gut wehren, wenn es drauf ankommt. Bisher hat es dafür keinen Anlaß gegeben. Ich habe ein Zelt, in dem ich Zuflucht finde. Der Junge bringt mir das Essen. Wenn ich sonst etwas brauche, lassen sie mich herumlaufen und es mir selber holen. Sie schicken mich nur zurück, wenn ich zu nahe an das Ostufer gehe. Ich habe es versucht. Ich glaube, die wissen, daß ich schwimmen kann.«

»Ihr habt keinen Versuch gemacht, als wir nicht mehr als ein paar hundert Schritte vom Ufer entfernt gewesen sind«, sagte Cadfael, ohne sich damit für oder gegen ihr Verhalten auszusprechen.

»Nein«, stimmte sie ihm zu, lächelte schmal und düster und sagte dazu kein Wort mehr.

»Selbst wenn wir unsere Pferde stehlen könnten«, überlegte er nachdenklich, »kämen wir mit ihnen nicht aus dem bewachten Lager.«

»Meines lahmt außerdem«, stimmte sie wieder zu und lächelte verstohlen.

Er hatte bisher keine Gelegenheit gehabt, sie zu fragen, wie sie überhaupt zu dem Pferd gekommen war, wie sie den jungen Hengst aus dem fürstlichen Stall geführt hatte, als das Fest auf seinem Höhepunkt war, bevor noch ein Wort aus Bangor eingetroffen war, um Owain vor der Bedrohung aus Irland zu warnen. Er fragte sie jetzt. »Wie kam es eigentlich, daß Ihr Euch dieses Pferd verschafft habt, das Ihr jetzt sogar schon Eures nennt?«

»Ich habe es gefunden«, sagte Heledd einfach. »Gesattelt, gezäumt, im Wald angeleint, nicht weit von dem Torhaus. Ich hätte nie damit gerechnet und habe es für ein gutes Zeichen gehalten und bin dankbar gewesen, daß ich mich nicht zu Fuß auf den Weg durch die Nacht machen mußte. Aber ich hätte es getan. Ich habe gar nicht darüber nachgedacht, als ich hinausgegangen bin, um die Kanne aufzufüllen, doch draußen im Hof kam mir der Gedanke, wieso soll ich da wieder reingehen? In Llanelwy gab es nichts, das ich hätte behalten können, und in Bangor und Anglesey gibt es nichts, das ich haben will. Aber irgendwo auf der Welt muß es etwas für mich geben. Warum sollte ich nicht losgehen und es finden, wenn kein anderer es für mich holt? Und wie ich da so im Schatten an der Wand gestanden habe, haben mich die Wächter am Tor nicht beachtet, und ich bin hinter ihrem Rücken rausgeschlüpft. Ich habe nichts gehabt, ich habe nichts genommen, ich wäre einfach so weggegangen und hätte mich nicht beklagt. Ich habe es mir so ausgesucht. Aber zwischen den Bäumen habe ich eben das Pferd gefunden, gesattelt und gezäumt und bereit für mich, ein Gottesgeschenk, das ich schlecht ablehnen konnte. Wenn ich das Pferd jetzt aufgeben muß«, sagte sie sehr feierlich, »kann es sein, daß es mich dorthin gebracht hat, wo ich hingehöre.«

»Vielleicht ist dies ein Abschnitt Eurer Reise«, sagte Cadfael besorgt, »doch sicher nicht das Ende. Schließlich sind wir hier als Geiseln in einer sehr fragwürdigen Lage, und ich halte Euch für eine Frau, der ihre Freiheit sehr teuer ist. Wir müssen uns schließlich aus unserer Gefangenschaft befreien, oder wir müssen darauf warten, daß Owain es für uns tut.« Er drehte sich um, staunte über das, was sie ihm berichtet hatte, und dachte an das, was sich in Aber ereignet hatte. »Da stand also dieses Pferd, zum Reiten vorbereitet und nahe der Burgmauer versteckt. Wenn der Himmel dieses Pferd auch für Euch bestimmt haben mag, hat es doch jemand gegeben, der ganz andere Pläne als Ihr hatte, als er das Pferd gesattelt und in den Wald hinausgeführt hat. Jetzt kommt es mir so vor, als ob Bledri ap Rhys tatsächlich vorgehabt haben könnte, zu Cadwaladr zu fliehen mit der Nachricht über Owains Anmarsch und Truppenstärke. Das Mittel zur Flucht stand vor dem Tor für ihn bereit. Und doch ist er nackt in seiner Bettkammer gefunden worden, überhaupt nicht zum Reiten vorbereitet. Ihr habt uns ein Rätsel aufgegeben. Ist er ins Bett gegangen, um zu warten, bis alle in der Burganlage schliefen? Wollte er zu einer bestimmten Stunde aufbrechen und ist vorher überrascht worden? Und wie hat er vorgehabt, die Burg zu verlassen, wenn jedes Tor bewacht wurde?«

Heledd schaute ihn über die Schulter an, eindringlich, mit zusammengekniffenen Augenbrauen. Sie hatte ihn nur zum Teil verstanden. Aber gescheit und aufgeweckt wie sie war, wollte sie es darauf ankommen lassen, den Rest, der ihr noch unklar war, zu erraten. »Wollt Ihr mir erzählen, Bledri ap Rhys ist tot? Umgebracht, habt Ihr gesagt. In derselben Nacht? In der Nacht, in der ich weggeritten bin?«

»Das habt Ihr nicht gewußt? Das war, nachdem Ihr schon weg wart, genau wie die Nachricht aus Bangor. Seitdem hat es Euch keiner erzählt?«

»Ich habe gehört, daß die Wikinger kommen, das war ja am nächsten Morgen schon überall herum. Doch von einem Todesfall hat man mir nichts gesagt, kein Wort.«

Nein, das war ja auch keine Nachricht von entscheidender Bedeutung wie der Überfall aus Irland, das würde nicht von Dorf zu Dorf laufen und von Burg zu Burg, wie Owains Kuriere die Nachricht der Truppenaufstellung nach Carnarvon gebracht hatten. Heledd runzelte die Stirn, als sie so spät von diesem Todesfall erfuhr, der sie traurig machte, auch wenn sie den Mann nur kurz gekannt hatte. Auf seine Art war dieser Mann ihr dazu nützlich gewesen, ihren Vater zu ärgern, der ihre Zuneigung zurückgewiesen hatte.

»Das tut mir leid«, sagte sie. »Er ist voller Leben gewesen. Was für eine Verschwendung! Meint Ihr, er ist umgebracht worden, um zu verhindern, daß er entkommt? Weil er einen Mann Verstärkung für Cadwaladr bedeutet und ihn noch dazu über Owains Plan benachrichtigt hätte, ihm zur Begrüßung kräftig einzuheizen? Wer könnte denn nur herausgefunden haben, daß Bledri so etwas vorhatte, und wer hat ihn auf so traurige Weise davon abgehalten?«

»Das kann keiner sagen, und ich werde mich auch nicht auf ein Rätselraten einlassen, wo es zwecklos ist. Doch früher oder später wird der Fürst den finden, der es getan hat. Auf seine Weise war der Mann sein Gast, und er wird seinen Tod nicht ungerächt lassen.«

»Da sagt Ihr schon den nächsten Tod voraus«, sagte Heledd bitter. »Was macht das wieder gut?«

Und darauf gab es keine Antwort, die nicht wieder neue Fragen nach den verborgenen Winkeln von Gut und Böse ausgelöst hätte. Sie gingen ungehindert zu einer Anhöhe vor der südlichen Befestigung des Lagers, obschon viele der dänischen Krieger, durch deren Reihen sie kamen, kurz und neugierig nach ihnen schauten. Sie hielten auf dem kleinen Hügel an, der frei von spärlichen Bäumen war, und schauten über das Umland.

Als Landeplatz hatte Otir nicht den Sandstrand im Norden ausgewählt, wo sich entlang der Meerenge eine weite, unübersichtliche und bei Flut unsichere Dünenlandschaft erstreckte, die vor dem Auslaufen einen langen Weg durch Gestrüpp und lockeren Sand nötig machte, sondern er hatte die Schiffe weiter südlich ankern lassen, im Schutz der vom Festland vorspringenden, höher liegenden Halbinsel, wo sich das Lager der Wikinger besser verteidigen ließ und im Notfall einen schnelleren Rückweg ans Wasser bot. Dabei hatte es die Eindringlinge nicht abgeschreckt, daß sie hier viel direkter vor der starken Feste Carnarvon lagen, wo Owain seine Streitkräfte gesammelt hatte. Das Lager, das Otir hatte anlegen lassen, war zum Strand hin gut durch Wachposten geschützt und von Carnarvon durch eine weite Bucht getrennt. Die Verbindung zum Festland war so beschaffen, daß sie im Fall eines Angriffs eine vorzügliche Verteidigung ermöglichte. Cadfael fiel wieder ein, daß es mehrere kleine Flüsse gab, die in diese Bucht mündeten. Wenn die Bucht bei Ebbe trocken fiel, würden sie sich allerdings nur als kümmerliche Silberschleifen durch das Buchtenwatt ziehen, eine Einöde aus Sand und Schlick, in die sich kein Heer hineintrauen würde. Owain würde mit seinen Truppen einen weiten Bogen nach Süden schlagen müssen, um den Wikingern auf sicherem Gelände gegenüberzutreten. Bei einer Entfernung von etwa sechs bis sieben Meilen zwischen Owains Streitkräften und dem bereits gesicherten dänischen Lager fühlte Cadwaladr sich ohne Zweifel fast unverwundbar.

Allerdings waren die sechs oder sieben Meilen über Nacht wohl auf eine einzige Meile zusammengeschrumpft. Denn als Cadfael durch eine Reihe von Büschen heraustrat und einen klaren Blick weit über das Lager hinaus nach Süden gewann, wo rechts von ihm das Meer lag und im Morgenlicht glitzerte, links dagegen das Buchtenwatt mit seinem Schlamm und seinen Rinnsalen, konnte er in der Ferne das unverwechselbare Glänzen von Waffen und die Farben bunter Zelte ausmachen, in einer langen Linie, die über Nacht in der ausgedehnten Landschaft aus Dünen und Buschwerk errichtet worden war. Im Licht des frühen Tages wirkte das Hin und Her der Waliser so, als ob der Wind über ein Kornfeld streicht. Zielbewußt liefen sie auf und ab und waren in aller Ruhe damit beschäftigt, ihre Stellungen zu befestigen. Außer Reichweite von Lanze oder Bogen hatte Owain sein Heer im Schutz der Dunkelheit herangeführt, um die Spitze der Halbinsel abzuschnüren und die Wikinger hier einzuschließen. Es gab keine Zeit zu verlieren. Die beiden Parteien standen sich Stirn an Stirn wie zwei Widder gegenüber, die gegenseitig Maß nahmen. Eine der beiden Seiten mußte jetzt ohne Zögern die Herausforderung annehmen.

Es war Owain, der die Verhandlungen eröffnete, noch bevor der Morgen herum war, während die Häuptlinge der Dänen noch über das Erscheinen des walisischen Heeres so nah an ihren Befestigungen debattierten und rätselten, was Owain vorhaben könnte, jetzt, wo er da war. Es war unwahrscheinlich, daß sie sich um ihre eigene Sicherheit sorgten, denn sie konnten notfalls schnell ans Meer und zu ihren Schiffen, denen die Waliser nichts Gleichwertiges entgegenzusetzen hatten. Cadfael, der sich unbeobachtet aus dem Haufen bewaffneter Männer zurückgezogen hatte, die jetzt auf dem Hügel versammelt waren, wußte, daß sich die Wikinger auch darüber Gedanken machten, wieviel Mann Owain in Carnarvon zurückgelassen hatte, und ob es lohnen würde, zur Entlastung über die Bucht auf die Stadt vorzustoßen, wenn der Fürst die Dänen hier direkt anzugreifen versuchte. Sie waren noch nicht davon überzeugt, daß er so ein gefährliches Vorhaben wagen würde. Sie standen da, warteten ab und schauten auf die gegnerischen Linien in der Ferne. Sollte Owain doch zuerst sprechen. Wenn er bereits vorhatte, seinen Bruder wieder gnädig in die Arme zu schließen, wie er das schon mehrere Male zuvor getan hatte, warum sollten sie dann etwas tun, das einen so wünschenswerten Ausgang noch verhindern könnte?

Es war um die Mitte des Vormittags. Eine blasse Sonne stand hoch am Himmel, als aus einer Bodenwelle in der sandigen Ebene zwischen den beiden Heeren zwei Reiter in Sicht kamen. Die Männer tauchten manchmal in einer Senke unter, ritten dann wieder über die nächste Steigung, geradewegs auf die dänischen Linien zu. In der gesamten unübersichtlichen Dünenlandschaft fand sich kaum ein halbes Dutzend Behausungen, da es dort wenig brauchbares Weideland und kein gutes Ackerland gab, und diese Siedlungen waren zweifellos in der Nacht geräumt worden. Die beiden einsamen Reiter waren die einzigen Menschen in diesem Niemandsland zwischen den Heeren, und wie es schien, waren sie mit Eröffnungsverhandlungen beauftragt, um einen sinnlosen und kostspieligen Zusammenstoß zu verhindern. Otirs Gesichtsausdruck, mit dem er ihr Näherkommen erwartete, war aufmerksam, aber ruhig. Cadwaladrs Körperhaltung und Miene dagegen waren angespannt, aber siegesgewiß. Deutlich wurde das an der überheblichen Pose, in die er sich hier auf walisischem Boden geworfen hatte, den Kopf hochmütig erhoben und die Augen zusammengekniffen, um die Gesandten des Fürsten zu erkennen.

Der zweite Reiter hielt noch außer Reichweite von Lanze oder Pfeil an und wartete im Schutz einiger Bäume. Der andere ritt weiter bis in Rufweite und hielt sein Pferd dort an, um die Gruppe auf dem Hügel über ihm aufmerksam ins Auge zu fassen.

»Ihr Herren«, war sein Ruf deutlich zu vernehmen, »Owain Gwynedd schickt seinen Boten, um mit euch zu verhandeln. Ein Mann des Friedens, unbewaffnet und vom Fürsten beglaubigt. Wollt ihr ihn empfangen?«

»Laß ihn kommen«, sagte Otir. »Er soll ehrenwert empfangen werden.«

Der Herold zog sich in eine respektvolle Entfernung zurück. Der zweite Reiter spornte sein Pferd an und ritt ins Lager der Wikinger. Im Näherkommen wurde klar, daß es ein kleiner Mann war, schmal und jung, der mit mehr Entschlossenheit denn Eleganz ritt, als ob er sich eher mit Bauernpferden als mit den edlen Rössern von Fürsten und Botschaftern auskannte. Als er nahe genug herangekommen war, zog Cadfael, der von der Anhöhe in den Dünen so eindringlich wie alle anderen nach dem Reiter geschaut hatte, tief die Luft ein und ließ sie mit einem großen Seufzer wieder fahren. Der Reiter trug das derbe schwarze Habit der Benediktiner und die beherrschten und eindringlichen jungen Gesichtszüge von Bruder Mark. Fürwahr, dieser Junge war ein Mann des Friedens, ein Vermittler zwischen Bischöfen und jetzt auch zwischen Fürsten. Es gab überhaupt keinen Zweifel, daß er diesen Auftrag für sich selbst erbeten hatte, daß er Owain empfohlen hatte, ihn, Mark, einzusetzen, dem kaum verdächtige Motive unterstellt werden konnten, der weder nach Gewinn trachten noch Rache üben wollte, der nichts außer dem eigenen Leben und der eigenen Freiheit zu gewinnen oder zu verlieren hatte, ein Mann, der in dieser Welt keinem Fürsten nach dem Munde reden mußte, sei er nun Waliser, Däne oder Ire. Ein Mann, dessen Demut eine beruhigende Schranke zwischen den stolzen Exzessen anderer Männer darstellen konnte.

Bruder Mark erreichte den Rand des Lagers, und die Wachen machten ihm Platz, um ihn durchzulassen. Es war der junge Turcaill, doppelt so groß wie Marks bescheidene Gestalt, der gastfreundlich nach vorne ging, um Marks Zügel zu nehmen, als Mark absaß und begann, rasch die Anhöhe zu ersteigen, auf der Otir und Cadwaladr warteten, um ihn zu begrüßen.

In Otirs Zelt, wo sich die Unterführer und alle anderen Krieger, die wenigstens bis zum Eingang gelangt waren, um den Häuptling drängten, überbrachte Bruder Mark die Botschaft, die zum Teil von ihm selbst, zum Teil von Owain Gwynedd kam. Mark sprach laut, um auch die Zuhörer zu erreichen, die sich draußen vor dem Zelt drängten. Er spürte, daß es unter diesen Freibeutern Sitte war, jedem Mann das Recht zu gewähren, beim Rat der Anführer zugegen zu sein. Auch Cadfael hatte sich entschlossen, so nahe wie möglich dabeizusein, um zu hören, was vor sich ging, und niemand hatte gegen seine Anwesenheit etwas einzuwenden. Er war als Geisel hier. Auf seine Weise betraf ihn das Geschehen genauso, wie sie davon auf ihre Weise betroffen waren. Jeder Mann, der an diesem Unternehmen beteiligt war, übte sein freies Recht aus, hier seine Stellung zu wahren.

»Ihr Herren«, sagte Bruder Mark, der etwas Zeit brauchte, um die rechten Worte zu finden und ihnen den angemessenen Nachdruck zu verleihen, »ich habe darum gebeten, diese Botschaft zu überbringen, weil ich nicht auf irgendwelche Weise in diese Auseinandersetzung verwickelt bin, die euch nach Wales führt. Ich trage keine Waffen und habe nichts zu gewinnen, doch ihr und ich und jeder Mann hier haben viel, allzuviel zu verlieren, falls dieser Streit in unnötigem Blutvergießen endet. Ich habe zu viele Worte der Schuld auf jeder Seite gehört und werde hier keine verwenden. Ich werde nur sagen, daß ich Feindschaft und Haß unter Brüdern wie zwischen Völkern bedaure und meine, jeder Streit sollte ohne Blutvergießen beigelegt werden. Und für den Fürsten von

Gwynedd, Owain ap Griffith ap Cynan, sage ich, was er mir aufgetragen hat zu sagen. Dieser Streit betrifft nur zwei Männer, und alle anderen sollten sich von einer Sache fernhalten, die nicht die ihre ist. Owain Gwynedd bittet mich zu sagen, daß sein Bruder Cadwaladr, so er Grund hat, sich zu beklagen, kommen soll, um dies von Angesicht zu Angesicht zu besprechen. Er sichert ihm freies Geleit zu.«

»Und ich soll sein Wort dafür nehmen, ohne Sicherheit?« fragte Cadwaladr. Er blickte vorsichtig, doch so, wie seine Augen dabei aufblitzten, war er über diese Vorgehensweise nicht unerfreut.

»Ihr wißt sehr gut, daß Ihr das könnt«, sagte Mark nur.

Ja, er wußte es. Jeder Mann dort wußte es. Irland hatte bereits vor dieser Angelegenheit oft mit Owain Gwynedd zu tun gehabt und keineswegs immer im Streit. Er besaß Verwandte drüben, die ihn nicht weniger zu schätzen wußten als die Menschen in Wales. Cadwaladrs Gesicht hatte einen strahlenden Ausdruck von beherrschter Zufriedenheit angenommen, als ob er diesen ersten Wortwechsel mehr als bloß ermutigend fand. Owain hatte sich die Warnung zu Herzen genommen, die Stärke der Wikinger-Streitmacht gesehen und bereitete ein Einlenken vor.

»Von meinem Bruder ist bekannt, daß er sein Wort hält«, gab er würdig zu. »Er soll nicht glauben, daß ich mich fürchte, ihm selbst gegenüberzutreten. Natürlich komme ich.«

»Warte, warte!« Otir hatte sein außergewöhnliches Gewicht auf eine Bank niedergelassen, wo er jetzt saß und zuhörte. »Nicht so schnell! Diese Sache mag wohl zuerst zwischen zwei Männern aufgekommen sein, doch jetzt haben noch mehr von uns damit zu tun! Wir sind zu Bedingungen eingeladen worden, an denen ich festhalten will und an die ich auch dich, mein Freund, gebunden halte. Du magst es ja zufrieden sein, deinen Einsatz aufs Spiel zu setzen, ohne Sicherheit, auf das Wort eines Mannes hin, aber ich bin nicht dazu bereit. Wenn du jetzt in Owains Lager gehst und dich dort Owains Überzeugung oder Owains Zwang unterwirfst, dann fordere ich eine Geisel für deine sichere Rückkehr, kein hohles Versprechen.«

»Behaltet mich hier«, sagte Bruder Mark einfach. »Ich bleibe freiwillig zur Sicherheit, damit Cadwaladr ohne Hindernis gehen und wiederkehren kann.«

»Ist das dein Auftrag?« wollte Otir wissen, dem dieser Austausch zunächst verdächtig vorkam.

»Nein. Das ist mein Angebot. Ihr habt das Recht, wenn Ihr dabei an falsches Spiel denkt. Der Fürst hätte nichts dagegen.«

Otir sah sich die schmale Gestalt vor ihm mit vorsichtiger Zustimmung an, blieb aber skeptisch. »Bist du, Bruder, denn für den Fürsten gleichviel wert wie sein eigener Verwandter und Gegner? An seiner Stelle wäre ich wohl versucht, den einen Vogel zu ergreifen und es dem anderen Vogel zu überlassen, wie er von selbst freikommt.«

»Ich bin einerseits Owains Gast«, sagte Mark ruhig, »und andererseits auch sein Bote. Der Wert, den er auf mich legt, ist der Wert meiner schriftlichen Beglaubigung hier und Owains Ehre. Ich werde nie mehr so wertvoll sein wie gerade jetzt, während Ihr mich hier seht.«

Otir stieß ein großes Gelächter aus und klatschte in die Hände. »Eine bessere Antwort brauche ich nicht. Dann bleib mal, Bruder, und sei willkommen! Du hast hier schon einen Bruder. In meinem Lager kannst du dich frei bewegen, genau wie er, doch ich warne dich davor, dem Rand zu nahe zu kommen. Meine Wachen haben ihre Befehle. Was ich habe, das behalte ich, bis es auf gerechte Weise wieder ausgelöst wird. Wenn Prinz Cadwaladr wiederkehrt, bist du frei, zu Owain zurückzugehen und ihm solche Antwort zu geben, wie wir beide hier sie für angemessen halten.«

Das war, überlegte Cadfael, eine absichtliche Warnung an Cadwaladr ebenso wie an Mark. Zwischen Otir und Cadwaladr herrschte wenig Vertrauen. Wenn Otir eine Sicherheit verlangte, daß Cadwaladr unbehelligt zurückkehren würde, dann bestimmt nicht einfach aus Sorge um Cadwaladr, sondern um Otirs eigenen Gewinn sicherzustellen. Cadwaladr war für ihn der Einsatz in einem Spiel, auf den er sorgfältig achtgeben mußte, dem er aber nie und niemals vollständig vertrauen konnte. War dieser aufbrausende und schnellentschlossene Prinz erstmal verschwunden, wer konnte dann noch sagen, wie er die Vorteile nutzen würde, die sich ihm bieten mochten?

Cadwaladr stand auf und streckte seinen ansehnlichen Körper mit gewandter, vergnügter Selbstsicherheit. Andere mochten Vorbehalte haben, doch er deutete den Vorschlag seines Bruders als Ermutigung. Die Drohung gegen den Frieden von Gwynedd war klug erkannt worden, und Owain war zum Nachgeben bereit, vielleicht nur zollbreit, doch genug, um ein Chaos zu vermeiden. Und jetzt war alles, was er, Cadwaladr, zu tun hatte, zu dem Treffen zu gehen, sich in den Augen der Anwesenden anständig zu benehmen, was er mit Anmut zu tun wußte, und im Gespräch unter vier Augen kein Stück von seinen Forderungen abzuweichen, und er würde alles wiedergewinnen, jedes Stück Land, das man ihm genommen hatte und jeden früheren Gefolgsmann. Wenn Owain schon bei seinem ersten Vorstoß eine so sanfte und vernünftige Sprache sprach, konnte es kein anderes Ende geben.

»Ich gehe zu meinem Bruder«, sagte er und lächelte finster, »und was ich mitbringe, soll für dich genauso von Gewinn sein wie für mich.«

Bruder Mark saß mit Cadfael in einer Grube in den Dünen, von wo aus sie im klaren, fast schattenlosen Licht des Nachmittags auf das Meer schauten. Vor ihnen dehnte sich der Sand. Der scharfe und hartnäckige Seewind hatte ihn zu Wogen gehämmert, die golden bis an den Rand des Wassers rollten. In einer sicheren Wassertiefe vor der Küste lagen sieben von Otirs Schiffen vor Anker, vier Frachtschiffe, breit und kräftig, geräumig genug, um Gwynedd, sollte es dazu kommen, reichlich Beute zu entreißen, und drei seiner größten Langschiffe. Die kleineren und schnelleren Schiffe lagen alle in der Mündung der Bucht, wo das Ankern für den Notfall sicher und es leicht war, an Land zu kommen. Hinter den Schiffen dehnte sich nach Westen hin weit und silbern das Wasser, in dem sich der offene blaßblaue Himmel spiegelte und hier und da golden die Sandbänke durchschimmerten.

»Ich habe gewußt«, sagte Mark, »daß ich dich hier finden

würde. Ich wäre auch ohne diesen Anlaß hergekommen. Ich habe euch vorbeiziehen gesehen, dich und das Mädchen als Gefangene, als ich auf dem Rückweg zu unserem Treffpunkt gewesen bin. Das beste, das ich tun konnte, war, nach Carnarvon zu reiten und Owain davon zu berichten. Er hat genau über eure Lage nachgedacht. Doch was er sonst noch im Kopf hat mit diesem Treffen, um das er gebeten hat, weiß ich nicht. Es kommt mir so vor, als ob ihr von den Wikingern nicht so schlimm behandelt worden seid. Ich finde, ihr seid in guter Verfassung. Ehrlich gesagt habe ich mir um Heledd Sorgen gemacht.«

»Das ist nicht nötig gewesen«, sagte Cadfael. »Es war klar, daß wir unseren Wert für den Fürsten haben, und er hätte uns hier so oder so nicht einfach unserem Schicksal überlassen. Die treiben keinen Schindluder mit ihren Geiseln. Sie haben ein Lösegeld versprochen bekommen, sie haben fest vor, es so billig wie möglich zu verdienen, und sie werden nichts tun, um ganz Gwynedd zornig und in Waffen gegen sich aufzubringen, es sei denn, das ganze Unternehmen mißlingt ihnen. Heledd ist kein Leid zugefügt worden.«

»Und hat sie dir erzählt, was in sie gefahren ist, so vor uns aus Aber wegzulaufen und wie sie es angestellt hat, die fürstliche Pfalz zu verlassen? Und das Pferd, auf dem sie geritten ist – denn ich habe gesehen, daß die Wikinger es mitgeführt haben, und es hat das gute Zaum- und Sattelzeug aus dem Stall des Fürsten getragen –, wie ist sie an das Pferd gekommen?«

»Sie hat es gefunden«, sagte Cadfael bloß, »gesattelt und gezäumt und angebunden im Wald vor den Mauern, als sie hinter dem Rücken der Wachen aus dem Tor entwischt ist. Sie sagt, sie wäre auch zu Fuß geflohen, wenn das nötig gewesen wäre, aber das Pferd habe dagestanden und auf sie gewartet. Was hältst du davon? Ich bin sicher, daß sie die Wahrheit sagt.«

Mark dachte einige Minuten sehr ernsthaft über die Frage nach. »Bledri ap Rhys?« schlug er skeptisch vor. »Hat er tatsächlich vorgehabt zu fliehen und das Tier schon bereitgestellt, während die Tore bei Tag geöffnet waren? Und jemand anders hat die Abreise verhindert, nachdem er Verdacht geschöpft hatte, weil Bledri immer noch loyal zu Cadwaladr stand? Es hat aber kein Anzeichen gegeben, daß er überhaupt daran gedacht hat, die Burg zu verlassen. Mir ist es so vorgekommen, daß der Mann ganz zufrieden damit gewesen ist, Owains Gast zu sein und durch Owains Hand vor Schaden bewahrt zu werden.«

»Es gibt nur einen Mann, der die Wahrheit kennt«, sagte Cadfael, »und der hat guten Grund, den Mund zu halten. Doch trotz allem wird die Wahrheit herauskommen, der Fürst wird die Sache niemals auf sich beruhen lassen. Das habe ich Heledd so gesagt, und da hat sie mir nur geantwortet: ›Da sagt Ihr schon den nächsten Tod voraus. Was macht das wieder gut?‹«

»Sie hat recht«, stimmte Mark düster zu. »Sie begreift das besser als die meisten Fürsten oder Priester. Ich habe sie hier im Lager noch nicht gesehen. Darf sie sich hier drinnen genauso frei bewegen wie du?«

»Du kannst sie in diesem Augenblick sehen«, sagte Cadfael. »Wenn du bitte mal den Kopf wendest und dort rechts hinunterschaust, siehst du ein Stück Strand, das spitz ins Meer ragt.«

Bruder Mark drehte gehorsam den Kopf, um in die Richtung zu schauen, in die Cadfael deutete. Das vorspringende Stück Sandstrand zu ihrer Rechten war mit groben gelben Gräsern bewachsen, die zeigten, daß es bei einer gewöhnlichen Flut nicht ganz überschwemmt wurde. So, wie es ins Meer ragte, wirkte es wie eine schmale Hand, die sich Anglesey entgegenstreckte. Auf der höchsten Stelle reichte der Erdboden für ein paar niedrige Büsche. Dort ragte ein kleiner Fels wie ein steinerner Knöchel aus dem weichen Sand. Dort ging Heledd ruhig entlang, auf den Fels zu und watete einmal knöcheltief durch seichtes Wasser, um ihn ganz zu erreichen; und sie setzte sich auf den Fels, schaute auf das Meer hinaus zur Küste Irlands, die sie nicht kannte und von hier aus auch nicht sehen konnte. Auf diese Entfernung erschien sie sehr zerbrechlich, sehr verletzlich, eine kleine, schmale und einsame Gestalt. Wenn sie sich soweit wie möglich von den Männern entfernte, die sie gefangenhielten, mochte darin ein harmloses Aufbegehren gegen ihr Schicksal liegen, dem sie körperlich nicht entfliehen konnte. Allein am Meer, mit dem freien Himmel über sich und vor sich das offene Meer, suchte zumindest ihr Verstand eine Art Freiheit. Bruder Cadfael fand das Bild täuschend reizvoll. Heledd war sich schlau der Stärke wie auch der Schwäche ihrer Lage bewußt und wußte sehr gut, daß sie wenig zu fürchten hatte, selbst wenn sie zur Furchtsamkeit geneigt hätte, und das war ganz entschieden nicht der Fall. Sie wußte also, wie weit sie gehen konnte, um ihre Bewegungsfreiheit durchzusetzen. Der Küste der geschützten Bucht hätte sie sich gar nicht erst nähern können, ohne lange vorher abgefangen zu werden. Sie wußten, daß sie schwimmen konnte. Doch dieser äußere Strand bot ihr keine Fluchtmöglichkeit. Hier konnte sie durch das Niedrigwasser waten, und keiner würde einen Finger krümmen, um das zu verhindern. Es war kaum möglich, sich von hier auf den Weg nach Irland zu machen, auch wenn keine Wikinger-Schiffe vor der Küste vor Anker gelegen hätten. Sie saß ganz ruhig, die bloßen Arme um die Knie geschlungen und schaute nach Westen, doch hielt sie den Kopf so aufrecht, daß sie sogar auf diese Entfernung eindringlich zu lauschen schien. Seemöwen kreisten und schrien über ihr. Das Meer lag friedlich, sonnenbeschienen da, für den Augenblick träge wie eine Katze. Und Heledd wartete und horchte.

»Hat jemals ein Geschöpf so verloren ausgesehen?« fragte sich Bruder Mark halblaut. »Cadfael, ich muß mit ihr so bald wie möglich reden. In Carnarvon habe ich ihren Bräutigam gesehen. Er ist schnell von der Insel gekommen, um zu Owain zu stoßen. Sie sollte wissen, daß er sie nicht im Stich lassen wird. Dieser Ieuan ist ein anständiger, aufrechter Mann und wird ordentlich um seine Braut kämpfen. Sogar wenn Owain versucht wäre, das Mädchen hier seinem Schicksal zu überlassen – und das ist ausgeschlossen –, würde Ieuan das nie dulden. Wenn er ihr nur mit den paar Männern zu Hilfe kommen müßte, die zu seinem Gefolge gehören, bin ich mir sicher, daß er auch davor nicht zurückschrecken würde. Kirche und Fürst haben sie ihm angeboten, und er ist für sie entflammt.«

»Ich glaube«, sagte Cadfael, »daß sie ihr einen guten Mann gefunden haben, mit allen Vorzügen außer einem. Ein schlimmer Mangel! Sie hat ihn sich nicht ausgesucht.«

»Sie hätte es viel schlimmer treffen können. Wenn sie ihm erst begegnet, mag sie ganz glücklich über ihn sein. Und in dieser Welt«, überlegte Mark mit Bedauern, »müssen Frauen, wie Männer, aus dem das Beste machen, was sie kriegen können.«

»Wenn sie einmal dreißig Jahre oder älter ist«, sagte Cadfael, »mag sie sich damit begnügen. Mit achtzehn – das bezweifle ich!«

»Wenn er zu den Waffen greift, um sie freizukämpfen, kann sie das mit achtzehn doch beeindrucken«, bemerkte Mark, aber er klang dabei nicht völlig überzeugt.

Cadfael hatte den Kopf gedreht und schaute zurück auf die Spitze der Dünen, wo eine Gestalt zu erkennen war, ein Mann, der gerade auf dem Weg hinunter an den Strand war. So ausladend und großzügig, wie er ging, und an der Art, wie sich dabei seine breiten Schultern bewegten, wie zuversichtlich er sein in der Sonne hell aufscheinendes flachsblondes Haupt reckte, wäre einem sogar auf noch größere Entfernung sein Name in den Sinn gekommen.

»Darauf würde ich keine Wette eingehen«, sagte Cadfael vorsichtig. »Selbst wenn es so wäre, käme Ieuan ein wenig zu spät, denn es gibt schon einen anderen, der zu den Waffen gegriffen hat und um sie kämpft. Die Sache ist allerdings noch nicht entschieden.«

Bruder Mark konnte den jungen Turcaill erst sehen, als der schon an der Spitze der kleinen Landzunge angelangt war. Statt den ganzen Weg trocken zurückzulegen, watete er durch das seichte Wasser fröhlich auf Heledd zu. Sie wandte ihm immer noch den Rücken zu, aber sie hatte zweifellos die Ohren gespitzt.

»Wer ist das?« fragte Mark und seine Gestalt spannte sich bei diesem Anblick.

»Ein gewisser Turcaill aus Otirs Familie, und wenn du gesehen hast, wie wir zu dem Drachenboot gebracht wurden, mußt du seine lange Gestalt vorbeigehen sehen haben. Der ist kaum zu übersehen. Er ist ja einen Kopf größer gewesen als wir anderen.«

»Das ist der Mann, der sie gefangengenommen hat?« Mark schaute stirnrunzelnd auf Heledds winziges Eiland, wo sie immer noch so tat, als ob sie niemand bemerkt hatte, der gekommen war, ihre Einsamkeit zu stören.

»Du sagst es. Er ist bewaffnet gekommen und hat sie fortgetragen.«

»Was will er jetzt von ihr?« fragte sich Mark und ließ Heledd nicht aus den Augen.

»Er tut ihr nichts. Er ist hier der Autorität seines Anführers unterworfen, doch auch wenn es nicht so wäre, würde er ihr kein Leid zufügen.« Der junge Mann war neben Heledds Felsen getreten, wobei die Gischt unter seinen Füßen aufspritzte, und fiel mit großer Anmut zu ihren Füßen in den Sand. Sie schenkte ihm keine Beachtung, es sei denn, es konnte als Beachtung gelten, daß sie sich ein wenig von ihm wegdrehte. Was auch immer sie untereinander sagen mochten, ließ sich auf diese Entfernung nicht belauschen, und merkwürdigerweise war Cadfael sich plötzlich sicher, daß dies nicht das erste Mal war, daß Heledd dort gesessen hatte und auch nicht das erste Mal, daß Turcaill seine langen Beine neben ihr bequem in den Sand gestreckt hatte.

»Die beiden führen ihren ganz eigenen Kleinkrieg«, sagte er friedlich. »Sie haben beide Spaß daran. Er bringt sie gern soweit, daß sie Feuer spuckt und ihr bereitet es Vergnügen, ihn auszuschimpfen.«

Ein Kinderspiel, dachte er, eine lebhafte Auseinandersetzung, mit der sie beide auf angenehme Art die Zeit verbringen, um so angenehmer, weil es keiner von beiden ernst zu meinen scheint. Genauso wenig, wie wir es ernst zu nehmen brauchen. Später kam ihm der Gedanke, daß er gegen seine eigene Regel verstoßen hatte und sich einer Sache sicher glaubte, die noch nicht entschieden war.

Neuntes Kapitel

In dem verlassenen Bauernhof, in dem Owain sein Hauptquartier aufgeschlagen hatte, eine Meile von Otirs Lager entfernt, brachte Cadwaladr alle seine Vorwürfe vor, mit einiger Vorsicht, weil er nicht nur in Gegenwart seines Bruders sprach, sondern auch vor Hywel, gegen den er vielleicht die tiefsten und bittersten Gefühle hegte. Und ein halbes Dutzend von Owains Hauptleuten war auch da, Männer, die er nicht vor den Kopf stoßen wollte, die wohl noch Sympathie für ihn hegen mochten. Doch je länger seine Rede dauerte, desto weniger konnte er seine Empörung verhehlen, und gerade die Zurückhaltung und Geduld, mit der sie ihm zuhörten, verschlimmerte seinen schwelenden Groll. Am Ende brannte er vor Zorn über das Unrecht, das ihm widerfahren war, und war bereit, offen mit Krieg für den Fall zu drohen, daß er sein Land nicht zurückerhielt. Bisher hatten seine Worte gleichwohl diese Drohung immer anklingen lassen.

Owain saß ein paar Minuten stumm und betrachtete seinen Bruder mit einer Miene, deren Ausdruck Cadwaladr nicht deuten konnte. Schließlich rührte er sich ohne Eile und sagte ruhig: »Du scheinst dir falsche Vorstellungen darüber zu machen, wie dein Fall liegt, und du hast bequemerweise übersehen, daß hier ein Mensch zu Tode gekommen ist, dessen Familie nun entschädigt werden muß. Du hast diese Wikinger aus Dublin mitgebracht, um mich zu zwingen. Aber nicht einmal mein eigener Bruder kann mich so einfach zwingen. Nun laß mich dir die Wirklichkeit zeigen. Du scheinst deine Lage zu verkennen. Es geht jetzt nicht mehr darum, daß du mir sagst: Gib mir mein ganzes Land zurück, oder ich lasse diese Barbaren auf Gwynedd los. Jetzt hör mir mal gut zu: Du hast diese Streitmacht mitgebracht, und du wirst sie jetzt auch wieder loswerden, und danach bekommst du vielleicht – ich sage vielleicht! – zurück, was dir einmal gehört hat.«

Das war sicher nicht, was Cadwaladr sich erhofft hatte, doch war er sich bei den Verbündeten, die er hatte, seiner Sache so sicher, daß er sich den besten möglichen Reim darauf machte. Owain hatte mehr und besseres mit ihm vor, als er bereit war, jetzt zu sagen. Er hatte die Missetaten seines jüngeren Bruders schon oft zuvor nachgiebig beurteilt und würde das auch diesmal wieder tun. Auf seine Art gab Owain ihm doch zu verstehen, daß er mit ihm ein Bündnis schließen wollte, um den fremden Eindringlingen zu trotzen und sie gemeinsam mit Cadwaladr zu vertreiben. Anders konnte es gar nicht sein.

»Falls du dazu bereit bist und mich wieder aufnimmst und vereint mit mir ...«, setzte er an, sanft und höflich für seine hochmütige Art, doch Owain schnitt ihm gnadenlos das Wort ab.

»So eine Absicht habe ich nicht erklärt. Ich sage es dir noch einmal: Werde sie los und erst dann werde ich erwägen, dich wieder in deine Rechte in Ceredigion einzusetzen. Habe ich denn gesagt, daß ich dir überhaupt etwas versprochen habe? Es liegt doch an dir selbst und nicht nur an den Wikingern, ob du in Wales jemals wieder Land besitzen wirst. Ich verspreche dir nichts, keine Hilfe dabei, die Dänen wieder übers Meer zurückzuschicken, keine Bezahlung irgendwelcher Art, keinen Waffenstillstand, es sei denn, *ich* entscheide, mit ihnen Waffenstillstand zu schließen. Sie sind dein Problem, nicht meins. Ich mag meinen eigenen Streit mit ihnen haben, weil sie es wagten, in mein Reich einzudringen. Doch dafür ist jetzt nicht die Zeit. Dein Ärger mit ihnen, wenn du ihre Hilfe jetzt zurückweist, ist dein Problem.«

Cadwaladr war vor Zorn rot angelaufen, und seine Augen brannten in ungläubiger Wut. »Was verlangst du da von mir? Wie erwartest du, daß ich mit so einer Streitmacht umgehen soll? Ohne Hilfe? Was willst du denn, daß ich tue?«

»Nichts einfacher als das«, sagte Owain ungerührt. »Halte dich an die Abmachung, die du mit ihnen getroffen hast.

Zahl ihnen die Belohnung, die du ihnen versprochen hast oder stehe für die Folgen gerade.«

»Und das ist alles, was du mir zu sagen hast?«

»Das ist alles, was ich zu sagen habe. Du hast jetzt Zeit, dir zu überlegen, was noch zwischen uns zu besprechen ist, sobald du erst Vernunft gezeigt hast. Bleib hier bei uns über Nacht«, sagte Owain, »oder gehe zurück, wenn du es willst. Aber von mir wirst du nicht mehr erhalten, solange noch ein unerwünschter Wikinger auf walisischer Erde steht.«

Es war so offensichtlich, daß er damit entlassen war, und Owain hatte so unzweifelhaft als Fürst und nicht als sein Bruder gesprochen, daß sich Cadwaladr folgsam erhob und bestürzt und stumm aus Owains Gegenwart entfernte. Doch es lag nicht in seiner Natur, die Möglichkeit zu akzeptieren, daß alle seine Bemühungen zu nichts geführt hatten. Innerhalb des überschaubar und klug angelegten Lagers seines Bruders wurde er als Gast und als Verwandter behandelt und anerkannt, und war er als Gast auch sakrosankt und gebot Höflichkeit, ging man mit ihm als einem Verwandten doch herzlich und vertraut um. Solcher Brauch bestätigte nur seinen angeborenen Optimismus und stärkte sein überhebliches Selbstvertrauen. Was er von Owain zu hören bekommen hatte, mußte in Wirklichkeit ganz anders gemeint sein. Unter Owains Hauptleuten gab es eine Reihe, die sich eine gewisse Zuneigung für diesen widerspenstigen Prinzen bewahrt hatten, wie sehr die Zuneigung auch immer in der Vergangenheit auf die Probe gestellt worden war, und wie gerade heraus sie auch immer die Exzesse verdammt hatten, zu denen ihn sein hochfahrendes Temperament trieb. Wieviel größer, überlegte Cadwaladr, als er an Owains Tafel saß und die Nacht in Owains Zelt verbrachte, mußte die Liebe sein, die erst sein Bruder für ihn empfand. Wieder und wieder hatte er diese Liebe enttäuscht und sich dafür Strafen eingehandelt, hatte sogar Owains Gnade verspielt, doch stets nur für eine Weile. Immer hatte Owain am Ende nachgegeben und ihn erneut in brüderlicher Zuneigung aufgenommen. Das würde er auch wieder tun. Warum sollte es diesmal anders sein?

Als er sich am Morgen von seinem Lager erhob, war er überzeugt, seinen Bruder genauso wie früher lenken zu können. Ganz gleich, wie ungeheuerlich die Missetat auch sein mochte, die Blutsbande zwischen ihnen konnten nicht abgewaschen werden. Wegen dieser Blutsbande würde sich Owain besser verhalten, als er angekündigt hatte, sobald die Würfel erst gefallen waren. Er würde Cadwaladr beistehen, auch wenn es jetzt noch nicht so schien.

Alles, was Cadwaladr tun mußte, war, den Würfel zu werfen, der Owains Hand zwingen würde. Er hatte keinen Zweifel, wie die Sache ausgehen würde. War er erst einmal tief genug darin verstrickt, würde sein Bruder ihn nicht im Stich lassen. Wenn Cadwaladr nicht so ein Heißsporn gewesen wäre, hätte er diese Überlegungen wohl mit kühlerem Kopf angestellt. Doch er war sich seiner Sache schon vollkommen sicher.

Es gab einige in dem Lager, die seine Männer gewesen waren, ehe Hywel ihn aus Ceredigion vertrieben hatte. Er rechnete ihre Anzahl durch und hatte das Gefühl, eine Phalanx stehe hinter ihm. Er würde nicht ohne Fürsprecher sein. Aber er würde an dieser Wegscheide keinen von ihnen brauchen. Um die Mitte des Vormittags ließ er sein Pferd satteln und ritt aus Owains Lager, ohne sich formgerecht zu verabschieden, so als wolle er zu den Dänen zurückkehren, um mit ihnen zu verhandeln, ohne dabei das Gesicht oder sehr viel Vieh oder Gold zu verlieren. Viele sahen ihn mit einem Gefühl von zögernder Sympathie ziehen. Owain selbst dachte vermutlich genauso beim Anblick des einsamen Reiters, wie er durch das weite Gelände den Rückzug antrat und erst in einer Senke verschwand, um dann am gegenüberliegenden Hang wieder zu erscheinen, jetzt schon zu einer kleinen, namenlosen Figur geschrumpft, sich selbst überlassen in der windigen, sandigen Landschaft. Es war etwas Neues, daß Cadwaladr eine Anschuldigung akzeptierte, seine Bürde schulterte und klaglos aufbrach, um das Beste daraus zu machen. Wenn er sich auch weiterhin auf so unerwartete Weise anständig verhielt, war er es sogar jetzt noch wert, daß sein langmütiger Bruder ihn rettete.

Als Cadwaladr im Lager der Wikinger erschien, erregte das bei den Wachen, die Otir zur Landseite hin aufgestellt hatte, keine Überraschung. Ihm war die Freiheit zu gehen und wiederzukehren versprochen worden. Der Hauptmann der Wache, Torsten, der im Ruf stand, einen jungen Baum auf fünfzig Schritte spalten zu können, ließ Otir benachrichtigen, daß sein Verbündeter allein und unbehindert zurückkehrte, wie es ihm versprochen worden war. Niemand hatte mit einem anderen Ausgang gerechnet; sie warteten, um zu hören, was für ein Empfang ihm bereitet worden war und welche Verhandlungsbedingungen er vom Fürsten von Gwynedd zurückbrachte.

Seit dem Morgen hatte Cadfael schon von einer Anhöhe innerhalb des Lagers aus ein wachsames Auge auf die Landseite geworfen. Bei der Meldung, daß Cadwaladr in den Dünen gesehen worden war, kam neugierig Heledd dazu und mit ihr Bruder Mark.

»Wenn sein Kamm geschwollen ist«, sagte Cadfael klug, »falls er uns nahe genug kommt, daß wir das feststellen können, dann hat Owain ihm auf bestimmte Weise nachgegeben. Oder zumindest glaubt Cadwaladr, daß er Owain nur noch ein wenig zu überzeugen braucht, damit er ihm nachgibt. Wenn es eine Todsünde gibt, an der Cadwaladr nie leiden wird, ist es sicherlich die Mutlosigkeit.«

Cadwaladr ritt ohne Eile, bis er in einigem Abstand zum Lager auf einer spärlich mit Bäumen bewachsenen Anhöhe ankam. Cadwaladr konnte die Reichweite von Pfeil und Lanze so gut beurteilen wie die meisten anderen Männer und hielt dementsprechend an und blieb einige Minuten auf seinem Pferd sitzen, ohne ein Wort zu sagen. Diese Verzögerung ließ einen ersten Anflug leichter Überraschung durch die Reihen von Otirs Kriegern laufen.

»Was fehlt ihm?« fragte Mark an Cadfaels Seite. »Er hat seine Freiheit zu kommen und zu gehen. Owain hat doch nicht versucht, ihn festzuhalten, und die Dänen wollen ihn zurück. Was immer er mit sich bringt, mir kommt es doch so vor, als sei sein Kamm ausreichend geschwollen. Wenn er sich nicht zu schämen braucht, kann er genausogut ins Lager kommen und seine Nachricht abliefern.«

Statt dessen ließ der ferne Reiter über die Dünen nur einen lauten Ruf erschallen, der den Menschen auf der Palisade galt. »Holt Otir! Ich habe eine Botschaft für ihn aus Gwynedd.«

»Was kann das sein?« fragte Heledd verwirrt. »Selbstverständlich hat er Nachricht aus Gwynedd. Warum ist er denn sonst in die Verhandlungen gegangen? Warum brüllt er wie ein Stier, über hundert Schritt Entfernung?«

Otir erschien mit einem Dutzend seiner Hauptleute, darunter Turcaill, auf der Palisade und schickte einen Antwortschrei zurück: »Ich bin es, Otir. Komm herein mit deiner Nachricht und sei willkommen!« Wenn Otir jetzt nicht einigen Groll und Zweifel verspüren mochte, überlegte Cadfael, dann mußte er der einzige sein, der glaubte, dieses Unternehmen noch im Griff zu haben. Wenn er aber Befürchtungen hegte, dann verbarg er diese und entschied sich dafür, abzuwarten, wie die Botschaft lautete.

»Hier ist die Nachricht, die ich aus Gwynedd bringe«, rief Cadwaladr, und sein Ton war absichtsvoll hoch und klar, um von jedem Mann in den dänischen Reihen gehört zu werden. »Fahrt zurück nach Dublin, mit eurer ganzen Streitmacht und all euren Schiffen! Denn Owain und Cadwaladr haben Frieden geschlossen, Cadwaladr erhält sein Land zurück und hat für euch keine Verwendung mehr. Ihr seid entlassen und könnt gehen!«

In diesem Augenblick schon wendete er sein Pferd, spornte es an und ritt im Galopp durch die Dünen zurück ins walisische Lager. Ein wütender Aufschrei verfolgte ihn, und zwei oder drei Pfeile, auf Verdacht aufgespannt, fielen hinter ihm harmlos in den Sand. Weitere Verfolgung war unmöglich, er war schneller als jedes Pferd, das die Wikinger bereithielten, und schon war er in großer Eile auf dem Rückweg zu seinem Bruder, um dort zu melden, was er gewagt hatte, hier laut herauszuschreien. Sie sahen ihn verschwinden und wieder hervorkommen, eintauchen und aufsteigen mit den Wellen der Dünen, bis er ein bloßer Fleck war in weiter Entfernung.

»Ist das möglich?« staunte Bruder Mark, bestürzt und ungläubig. »Hat er einen solchen Plan so einfach ausführen können? Würde Owain das gutheißen?«

Der Aufschrei von Zorn und Unglauben, der durch die dänischen Freibeuter gefahren war, sank mit unheilvoller Plötzlichkeit zu einem beherrschten und viel bedrohlicheren Stimmengewirr herab, nachdem sie Cadwaladrs Schachzug begriffen und sich darauf eingestellt hatten. Otir versammelte seine Häuptlinge um sich und ging in festen Schritten die Dünen hinauf zu seinem Zelt, um zu beraten, was jetzt geschehen sollte. Er verschwendete seine Zeit nicht mit Drohungen oder Beschimpfungen. Nichts in seinem breiten, gebräunten Gesicht gab preis, was hinter der Stirn vor sich ging. Otir betrachtete die Dinge, wie sie waren, nicht wie er sie wünschen würde. Er war kein Mann, der gezögert hätte, sich der Wirklichkeit zu stellen.

»Eines ist sicher«, sagte Cadfael, der Otir nachsah, als er vorbeiging, eine massive Erscheinung, beherrscht, aber gefährlich, »da geht ein Mann, der seine Abmachungen einhält, ob sie für ihn gut oder schlecht ausgehen, und das auch von denen verlangt, mit denen er sie abgeschlossen hat. Ob Owain ihm zur Seite steht oder nicht, Cadwaladr sollte jetzt auf jeden seiner Schritte achtgeben, denn Otir wird ihn zahlen lassen, mit Hab und Gut oder in Blut.«

Keine solche Vorahnung beunruhigte Cadwaladr auf seinem Ritt zurück ins Lager seines Bruders. Als er an der äußeren Wache angerufen wurde, zog er die Zügel an, lange genug, um der Wache heiter zu versichern: »Laß mich vorbei, denn ich bin Waliser genau wie du, und das ist, wohin ich gehöre. Wir haben jetzt eine gemeinsame Sache. Ich werde mich vor dem Fürsten für das verantworten, was ich getan habe.«

Sie führten ihn vor den Fürsten und ließen ihn dabei nicht aus den Augen, unsicher, was hinter seiner Rückkehr steckte, und entschlossen, daß er sich vor Owain erklären sollte, bevor er mit irgend jemand sonst gesprochen hatte. Im Lager gab es genügend von seinen alten Gefolgsleuten, und er hatte sich unter ihnen eine Art von Hingabe erhalten, lange nachdem sich erwiesen hatte, daß er keine verdiente. Wenn er die Wikinger hergebracht hatte, um Gwynedd zu bedrohen, mochte er sich jetzt mit ihnen verschworen haben, um sein Ziel durch irgendeine neue und niederträchtigere Intrige zu erreichen. Cadwaladr trat mit einem leichten, abfälligen Lächeln unter sie, das ihrem Mißtrauen galt. Wie immer war er ganz von sich selbst und den Argumenten seines eigenen heißblütigen Verstands überzeugt.

Owain wendete sich von dem Abschnitt der Palisade, den seine Männer gerade verstärkten, ab und starrte mit gefurchter Stirn auf seinen so unerwartet zurückgekehrten Bruder. Sein Stirnrunzeln bewies zunächst nur Überraschung und Staunen, sogar Sorge, etwas Unvorhergesehenes könne Cadwaladr aufgehalten haben.

»Du schon wieder? Was ist das denn für eine neue Sache?«

»Ich bin zu mir gekommen«, sagte Cadwaladr fest, »und bin zurückgekehrt, wo ich hingehöre. Ich bin Waliser genau wie du und ebenso adlig.«

»Höchste Zeit, daß du dich daran erinnerst«, sagte Owain knapp. »Und was hast du vor, wo du jetzt hier bist?«

»Dieses Land soll wieder frei sein von Iren und Dänen. Wie ich erfahren habe, ist das auch dein Wunsch. Ich bin dein Bruder. Wir müssen und wir werden unsere Kräfte bündeln. Wir haben die gleichen Interessen, die gleichen Wünsche, die gleichen Ziele ...«

Owains Miene hatte sich verdüstert, ein Sturm schien sich auf seiner gerunzelten Stirn zusammenzubrauen, noch geräuschlos, aber bedrohlich. »Sprich einfach«, sagte er, »ich bin nicht in der Stimmung, mich im Kreis zu drehen. Was hast du getan?«

»Ich habe meine Weigerung Otir und all seinen Dänen ins Gesicht gesagt!« Cadwaladr war stolz auf das, was er getan hatte. Er war sicher, daß Owain ihm zustimmen und es mit ihm gemeinsam durchsetzen würde. »Ich habe ihnen gesagt, sie sollen auf ihre Schiffe gehen, Segel setzen und nach Dublin zurückkehren, denn du und ich sind entschlossen, sie gemeinsam von unserem Boden zu vertreiben. Es ist besser für sie, wenn sie es hinnehmen, daß sie entlassen sind, und sich einen blutigen Kampf sparen. Es ist mein Fehler gewesen, sie überhaupt hierher zu holen. Ja, wenn du es willst, bekenne ich meine Schuld daran. Zwischen dir und mir sollte keine Zwietracht herrschen. Also habe ich diese Söldner entlassen. Ihre gekauften Dienste brauche ich nicht mehr. Wir werden sie bis auf den letzten Mann wieder loswerden. Wenn wir zusammenstehen, wagen sie es nicht, sich uns zu widersetzen ...«

Er war in einem immer schneller werdenden Sturzbach von Worten soweit gekommen, als ob er verzweifelt eher sich selbst als Owain zu überzeugen versuchte. Fast unmerklich waren in ihm Zweifel aufgekommen, Zweifel an der kalten Ruhe im Gesichtsausdruck seines Bruders, an dem grimmigen Zug um seine verschlossenen Lippen und dem nicht nachlassenden Stirnrunzeln. Nun stockte der Fluß der Gesprächigkeit und ließ nach, und obwohl Cadwaladr tief Luft holte und den Faden wieder aufnahm, konnte er seine vorherige Überzeugungskraft nicht wieder erreichen. »Ich habe noch eine Gefolgschaft, ich werde meinen Teil beitragen. Wir können nicht nachgeben. Sie haben keinen sicheren Halt, sie werden in ihren eigenen Verteidigungsstellungen gefangen sein und auf das Meer hinaus getrieben, von dem sie hergekommen sind.«

Jetzt versagte ihm die Stimme. Die Stille, die nun eintrat, war für Owains Männer besonders vielsagend. Sie hatten die Arbeit an den Verteidigungsanlagen unterbrochen, um als freie Männer ihres Stammes ohne falsche Zurückhaltung zuzuhören. Jeder geborene Waliser war es gewohnt, klar seine Meinung zu sagen, auch vor seinem Landesherrn.

»Was kann es sein«, fragte Owain laut den Himmel über sich und den Erdboden unter sich, »das diesen Mann immer noch glauben macht, meine Worte würden nicht das meinen, was sie doch in den Ohren gesunder Männer zu bedeuten scheinen? Habe ich nicht gesagt, daß du von mir nichts mehr zu erwarten hast? Kein Geldstück und keinen meiner Männer, der seinen Hals riskiert! Diese Teufelei hast du selbst ausgeheckt, mein Bruder, und du selbst wirst sie auch bereinigen. Ich habe es dir so gesagt, so habe ich es auch gemeint und meine es noch.«

»Und ich bin weit gegangen, um es zu tun!« sagte Cadwaladr wutentbrannt, das Gesicht zornesrot. »Wenn du deinen Teil so freimütig leistest, werden wir mit ihnen fertig. Wer wird denn in Gefahr gebracht? Die wollen es doch nicht auf eine Schlacht ankommen lassen. Die werden sich zurückziehen, solange noch Zeit ist.«

»Glaubst du wirklich, daß ich mit so einem Betrug etwas zu tun haben will? Du hast mit diesen Freibeutern eine Vereinbarung getroffen und jetzt bläst du sie in den Wind wie Distelwolle, und ich soll dich dafür auch noch loben? Wenn dein Wort und deine Treue so wenig wiegen, laß mich mein schwarzes Mißvergnügen als Gegengewicht in die Waage legen. Wenn es nur darum ginge«, sagte Owain in einem Ausbruch jäher Wut, »würde ich keinen Finger heben, um dich von deiner Narretei zu retten. Doch es kommt noch schlimmer. Wer ist denn wohl in Gefahr? Hast du denn vergessen oder dich niemals dazu herabgelassen zu verstehen, daß deine Dänen zwei Männer im Habit der Benediktiner festhalten, einen davon als freiwillige Geisel für deine gute Gesinnung, die, wie jetzt alle sehen können, keinen Pfifferling wert ist und erst recht nicht die Freiheit und das Leben eines guten Mannes. Außerdem haben sie auch noch eine junge Frau in ihrer Gewalt, die aus meiner Burg kommt, wo sie mir zur Obhut übergeben worden war, wenn sie auch selbst entschieden hatte, sich daraus zu entfernen und ganz allein ihren Weg zu gehen. Ich stehe für alle drei in der Verantwortung. Und alle drei hast du einem Schicksal überlassen, das dein Otir für seine Geiseln bestimmen mag, jetzt wo du ihn gereizt, betrogen und in Gefahr gebracht hast um den Preis deiner eigenen Ehre. Das ist es, was du angerichtet hast! Ich werde jetzt versuchen, meinen Teil beizutragen, um die Sache beizulegen, und du wirst mit den Verbündeten, die du betrogen und belogen hast, so gut verhandeln, wie du kannst.«

Ohne auch nur einen Augenblick auf Antwort zu warten, selbst für den Fall, daß es seinem Bruder nicht die Sprache verschlagen hätte, lief Owain zu einem seiner Männer in der Nähe und rief: »Schick aus und sattle mir mein Pferd! Sofort und mit Eile!«

Ein gewaltiger Ruck ging durch Cadwaladr, als er wieder zu sich kam. Er lief Owain nach, um ihn beim Arm zu fassen. »Was hast du vor? Bist du verrückt? Jetzt gibt es keine Wahl mehr. Du steckst so tief drin wie ich. Du kannst mich doch nicht fallen lassen!«

Owain riß sich aus dem unwillkommenen Halt los und stieß seinen Bruder in kurzem, bitteren Abscheu auf Armeslänge von sich weg. »Laß mich los! Du kannst hierbleiben oder verschwinden, aber bleib mir aus den Augen, bis ich deinen Anblick und deine Berührung wieder ertragen kann. Du hast nicht für mich gesprochen. Wenn du die Angelegenheit so dargestellt hast, hast du gelogen. Falls dem jungen Diakon auch nur ein Haar gekrümmt worden ist, bist du mir dafür verantwortlich. Wenn die Frau eine Beleidigung oder Leid erfahren hat, zahlst du den Preis dafür. Geh, versteck dich, denke über deine eigene schlimme Lage nach, denn du bist kein Bruder und kein Verbündeter von mir; du mußt deine eigenen Narreteien zu ihrem verdienten Ende bringen.«

Es war nicht mehr als zwei Stunden nach Mittag, als ein weiterer einsamer Reiter vom Lager aus in den Dünen gesichtet wurde, der schnell und geradewegs auf die Palisade der Wikinger zukam. Ein Mann allein, der mit einem festen Vorhaben kam und keinen vorsichtigen Halt außer Reichweite der Waffen machte, sondern mit Schwung auf die Männer zuhielt, die hier Wache standen, seine Ankunft mit schmalen Blicken verfolgten und seine Haltung, seine Ausrüstung und seine Absichten abzuschätzen versuchten. Er trug kein Kettenhemd und keine sichtbaren Waffen.

»Der bedeutet keine Gefahr«, sagte Torsten. »So wie er aussieht, wird er uns sagen, was er will. Geh, sag Otir, es kommt noch ein Besucher.«

Es war Turcaill, der die Nachricht überbrachte und den Ankömmling beschrieb: »Ein Mann von Rang, seinem Pferd und dem Zaumzeug nach. Sein Haar ist heller als meins. Er könnte einer von uns sein. Groß genug dafür ist er. Ich schätze, er ist so groß wie ich, vielleicht größer. Er dürfte schon hier sein. Sollen wir ihn hereinführen?«

Otir dachte nicht mehr als einen Augenblick nach. »Ja, er soll herkommen. Wer so spornstreichs zu mir kommt, um von Mann zu Mann zu mir zu reden, ist es wert, angehört zu werden.«

Als Turcaill zu dem Wachposten zurückeilte, kam er rechtzeitig, um zu sehen, wie der unbewaffnete Reiter am Tor sein Pferd zügelte, abstieg und für sich selbst sprach. »Geh, sag Otir und seinen Hauptleuten, daß Owain ap Griffith ap Cynan, Fürst von Gwynedd, Einlaß erbittet, um mit ihnen zu sprechen.«

Nach der Herausforderung durch Cadwaladr hatte es in Otirs innerem Kreis von Anführern eine sehr ernste, sehr beherrschte und entschiedene Beratung gegeben. Dies waren keine Männer, die sich ein derartiges Verhalten hätten bieten lassen, um dann etwa zahm den Rückzug anzutreten. Doch was sie auch besprochen und als Möglichkeit, zurückzuschlagen, erwogen hatten, hing plötzlich in der Luft, als Turcaill mit strahlendem Grinsen in ihre Ratsversammlung trat, um ihnen eine erstaunliche Botschaft auszurichten:

»Ihr Herren, hier auf der Schwelle steht Owain Gwynedd in seiner eigenen königlichen Person und bittet mit euch zu sprechen.«

Otir besaß ein Gespür für ungewohnte Wendungen. Er wußte seine Verblüffung über diesen Ankömmling zu verbergen, erhob sich und ging zur geöffneten Zelttür, um den Gast eigenhändig an seine Tafel zu führen, um die Otirs Hauptleute versammelt waren:

»Mein Lord und Fürst, was immer Ihr uns mitzuteilen habt, Ihr selbst seid willkommen. Eure Abstammung und Euer Ruf sind uns bekannt, Eure Vorfahren auf der Seite Eurer Großmutter sind eng mit unseren verwandt. Wenn wir auch Gegner sind und bisher auf verschiedenen Seiten gekämpft haben und das vielleicht auch wieder tun müssen, soll das kein Hindernis sein, uns in gerechten und offenen Verhandlungen zu treffen.«

»Ich erwarte nichts weniger«, sagte Owain. »Ich habe auch keinen Grund, Euch zu lieben, schließlich steht Ihr mir auf meinem Boden gegenüber und zu keinem guten Zweck. Ich bin nicht gekommen, um mit Euch Höflichkeiten auszutauschen und auch nicht, um mich über Euch zu beklagen, sondern um richtigzustellen, was zwischen uns falsch verstanden worden sein mag.«

»Gibt es so ein Mißverständnis?« fragte Otir trocken und gutgelaunt. »Ich habe gedacht, unsere Lage wäre klar genug, denn hier bin ich und hier steht Ihr und sagt frei heraus, daß ich kein Recht habe, hier zu sein.«

»Das ist eine Frage«, sagte Owain, »die wir nicht in diesem Augenblick zu lösen vermögen. Was bei Euch ein Mißverständnis hervorgerufen haben kann, ist der Besuch, den mein Bruder Euch heute morgen abgestattet hat.«

»Ach das!« sagte Otir und lächelte. »Dann ist er also wieder in Eurem Lager?«

»Er ist wieder da. Er ist bei uns, und ich bin hier, um Euch zu sagen – ich könnte sogar sagen, Euch zu warnen –, daß er nicht für mich gesprochen hat. Ich habe von seiner Absicht nichts gewußt. Ich hatte angenommen, er sei so zu Euch zurückgekehrt, wie er bei Euch weggeritten war, als Euer Verbündeter, mir immer noch feindlich gesonnen, immer noch ein Mann von Ehre und an sein Wort gebunden. Es ist nicht mit meinem Willen oder meiner Erlaubnis geschehen, daß er sich von dem heiligen Wert seines Wortes verabschiedet hat. Ich habe mit ihm keinen Frieden geschlossen und werde mit ihm auch keinen Frieden gegen Euch schließen. Das Land, das ich ihm genommen habe, hat er nicht zurückerhalten und das aus gutem Grund. Er muß sich, so gut er kann, an die Abmachung halten, die er mit Euch getroffen hat.«

Die Wikinger blickten Owain fest ins Auge, um sich dann rings der Tafel untereinander anzuschauen. Sie warteten ab, bis ihnen aufging, was er von ihnen wollte.

»Mir ist der Zweck Eures Besuchs noch nicht ganz klar«, sagte Otir höflich, »wieviel Vergnügen mir die Gesellschaft von Owain Gwynedd auch gibt.«

»Das ist ganz einfach«, sagte Owain. »Ich bin hier, um die drei Geiseln zu holen, die Ihr in Eurem Lager festhaltet. Eine davon ist der junge Diakon Mark, der freiwillig hiergeblieben war, um für die Rückkehr meines Bruders einzustehen. Dieser wird nicht zurückkehren und hat den Jungen dagelassen, um sich dafür zu verantworten. Die anderen beiden, Heledd, Tochter eines Geistlichen des Domkapitels zu Sankt Asaph, und der Benediktinermönch Bruder Cadfael von der Abtei Shrewsbury, sind von diesem jungen Krieger, der mich zu Euch gebracht hat, eingefangen worden, als er weiter oben entlang der Meerenge Proviant geraubt hat. Ich bin gekommen, um selbst dafür zu sorgen, daß keiner der Geiseln ein Leid geschieht, nachdem Cadwaladr sich nicht mehr an seine Abmachung hält. Die Geiseln gehen ihn nichts an. Alle drei stehen unter meinem Schutz. Ich bin hergekommen, um ein gerechtes Lösegeld für sie zu bieten, ungeachtet dessen, was zwischen unseren Leuten noch geschehen mag. Ich werde meine eigenen Verantwortlichkeiten in Ehren ableisten. Cadwaladrs Verpflichtungen gehen mich nichts an. Holt Euch von ihm, was er Euch schuldet, aber holt es Euch nicht von diesen drei Unschuldigen.«

Otir sagte nicht frei heraus: »Das will ich so!« Doch er lächelte ein gespanntes und genießerisches Lächeln, das ebenso deutlich für ihn sprach. »Was Ihr sagt, klingt gut«, sagte er, »und wir beide können uns ohne Zweifel auf ein gerechtes Lösegeld einigen. Doch Ihr müßt entschuldigen, wenn ich meine Schätze im Augenblick noch zurückhalte. Wenn ich erst alles überdacht habe, dann sollt Ihr wissen, ob und zu welchem Preis ich bereit bin, Euch Eure Gäste wieder zu verkaufen.«

»Dann gebt mir wenigstens«, sagte Owain, »Euer Wort, daß ihnen kein Leid geschieht, bis ich sie holen komme – ob durch Erwerb oder durch Fang.«

»Ich verderbe nicht, was ich einmal verkaufen möchte«, stimmte Otir zu. »Wenn ich mir hole, was mir zusteht, dann hole ich es mir von meinem Schuldner. Das kann ich Euch versprechen.«

»Und ich nehme Euer Wort dafür«, sagte Owain. »Schickt

einen Boten zu mir, wann immer Ihr eine Entscheidung getroffen habt.«

»Und zwischen uns beiden ist nichts mehr zu sagen?«

»Bisher nicht«, sagte Owain. »All Eure Wahlmöglichkeiten habt Ihr zurückgehalten. Also halte ich meine zurück.«

Cadfael verließ die Stelle, an der er bewegungslos und still gestanden hatte, im Windschatten hinter dem Zelt, und ging hinaus durch die stummen Reihen der Wikinger, als sie zur Seite traten, um dem Fürsten von Gwynedd freien Abzug zu seinem wartenden Pferd zu geben. Owain stieg auf und ritt davon, jetzt ohne Eile und sich seines Feindes sicherer, als er sich jemals seines Bruders seit dessen Kindheit gewesen war. Als sein blonder, in der Sonne barhäuptiger Schopf zweimal zwischen den Dünen verschwunden und wieder aufgetaucht war und zu einem kleinen blaßgoldenen Fleck in der Ferne geworden war, kehrte Cadfael um und ging in die Dünen, um Heledd und Mark zu suchen. Sie würden zusammen sein. Mark hatte es etwas zaghaft auf sich genommen, auf die Privatsphäre der jungen Frau ein wachsames Auge zu haben. Wenn sie ihn nicht wollte, mochte sie ihn abschütteln. Falls sie ihn jemals brauchte, würde er in Rufweite sein. Cadfael hatte es seltsam anrührend gefunden, wie Heledd diese scheue, aber entschlossene Aufwartung ertragen hatte, denn sie behandelte Mark, wie es eine ältere Schwester tun mochte, indem sie Rücksicht auf seine Würde nahm und vorsichtig darauf achtete, niemals die gefährlichen Waffen gegen ihn einzusetzen, die sie für den Umgang mit anderen Männern bereithielt und die sie manchmal zu ihrem eigenen Vergnügen anwendete oder auch, um ihrem Vater eins auszuwischen. Denn fraglos war diese Heledd, in ihrem am Ärmel eingerissenen Kleid, das zerknittert war, und ihrem nicht mehr zu Zöpfen geflochtenen Haar, das lose über die Schultern hing, als dunkle Mähne, in der die Sonne blaue Glanzlichter setzte, mit bloßen Füßen, auf denen sie durch den warmen Sand und das kühle Wasser am Strand lief, viel mehr als je zuvor eine reine Schönheit, die das Leben vieler junger Wikinger völlig hätte durcheinander bringen können, hätte sie dazu Lust gehabt.

Sie bewegte sich im Lager möglichst unauffällig und versuchte, ihre strahlende Laune etwas zu verbergen. Sie vermied den Kontakt mit den Wikingern, abgesehen von dem Jungen, der dazu eingeteilt worden war, sie zu versorgen, und außer Turcaill, an dessen Neckereien sie sich gewöhnt hatte und dessen Spitzen sie sich vergnügt gefallen ließ, um sie ihm gleich wieder zu vergelten.

Heledd war in diesen Tagen der Gefangenschaft so aufgeblüht, daß ein sommerlicher Glanz auf ihrem Gesicht lag, der mehr war als nur der Widerschein der Sonne. Es schien so, daß jetzt, da sie eine Gefangene war, wie leicht die Gefangenschaft innerhalb des Lagers auch sein mochte, und sie ihre eigene Hilflosigkeit akzeptiert hatte, jetzt da sie über keine Möglichkeit mehr verfügte, zu handeln oder zu entscheiden, es schien, als ob sie damit auch ihre ganze Unruhe abgelegt hätte und zufrieden wäre, in den Tag hinein zu leben und nicht in die Zukunft zu schauen. Zufriedener, als sie es gewesen war, dachte Cadfael, seit Bischof Gilbert nach Llanelwy gekommen war und begonnen hatte, seine Kleriker zu reformieren, während ihre Mutter auf dem Totenbett gelegen hatte. Sie mochte sogar das Gefühl äußerster Bitterkeit empfunden haben, als sie sich fragen mußte, ob ihr Vater den Tod nicht herbeigesehnt hatte, der ihm seine Lebensstellung sichern würde. Jetzt gab es keine Sorgen mehr, die ihren Schatten auf sie geworfen hätten. Sie konnte nichts an ihrer Lage ändern. Die Ruhe war eine Erfahrung und ein Erlebnis, das sie zu genießen lernte.

Cadfael fand Heledd und Mark auf einer Anhöhe in den Dünen, wo sie zwischen ein paar spärlichen Bäumen standen. Sie hatten Owains Ankunft verfolgt und waren hier herauf gestiegen, um zuzuschauen, wie er wieder fortritt. Heledd starrte noch mit großen Augen und stumm nach dem letzten Anblick des blonden Schopfes des Fürsten, der sich jetzt in der Entfernung verlor. Mark hielt immer einen gewissen Abstand ein, um sie nicht zu berühren. Sie mochte ihn schwesterlich behandeln, doch Cadfael fragte sich gelegentlich, ob Mark selbst sich in Gefahr fühlte und deshalb zwischen ihnen ständig Raum ließ. Wer konnte sicherstellen, daß seine eigenen Gefühle ewig brüderlich bleiben würden? Schon die Sorge, die er für sie empfand, so in der Schwebe zwischen einer unsicheren Vergangenheit und einer noch fragwürdigeren Zukunft, war nicht ungefährlich.

»Owain will nichts davon wissen«, stellte Cadfael fest. »Cadwaladr hat gelogen, und Owain hat die Sache wieder klargestellt. Sein Bruder muß sich selbst darum kümmern, wie er seinen Hals rettet.«

»Woher weißt du das?« fragte Mark sanft.

»Ich habe dafür gesorgt, daß ich in der Nähe war. Denkst du, ein guter Waliser würde seine Interessen vernachlässigen, wo es um die Pläne seiner Anführer geht?«

»Ich habe gedacht, ein guter Waliser gibt niemals zu, daß jemand im Rang über ihm steht«, sagte Mark und lächelte. »Du hast dein Ohr an das Leder des Zeltes gehalten?«

»Auch zu deinem Vorteil. Owain hat Otir angeboten, uns alle drei loszukaufen. Und Otir, wenn er auch nicht sofort darauf eingegangen ist, hat doch versprochen, daß wir völlig ungeschoren bleiben und uns hier weiter frei bewegen dürfen, bis er eine Entscheidung gefällt hat. Wir haben nichts Schlimmeres zu fürchten.«

»Ich habe mich überhaupt nicht gefürchtet«, sagte Heledd und schaute nachdenklich nach Süden. »Was geschieht dann, wenn Owain seinen Bruder seinem Schicksal überlassen hat?«

»Also, wir lehnen uns zurück und warten hier, wo wir sind, bis entweder Otir entscheidet, das Lösegeld für uns anzunehmen, oder Cadwaladr irgendeine verrückte Summe in Bargeld und Vieh zusammenkratzt, die er den Wikingern versprochen hat.«

»Und falls Otir nicht abwarten kann und sich entscheidet, seinen Lohn Gwynedd mit Gewalt zu entreißen?« fragte Mark.

»Das wird er nicht tun, es sei denn, ein Dummkopf beginnt mit dem Töten und zwingt ihn dazu. ›Was mir zusteht‹, hat er gesagt, ›hole ich mir von dem, der es mir schuldet.‹ Das meint er auch so, nicht aus bloßem Eigeninteresse, sondern aus einem sehr tiefen Groll gegen Cadwaladr, der ihn betrogen hat. Er wird nicht gegen Owain und seine ganze Streitmacht in den Kampf ziehen, wenn er das irgendwie verhindern kann und dabei noch seinen Lohn erhält. Und er kann so gut rechnen«, sagte Cadfael, »wie jeder andere, und nach allem, was ich sehen kann, besser als die meisten. Nicht nur Owain und sein Bruder treffen hier die Entscheidungen. Es kann gut sein, daß Otir noch ein oder zwei Asse im Ärmel hat.«

»Ich will kein Töten«, sagte Heledd so kategorisch, als sei sie befugt, allen Männern, die gegenwärtig Waffen trugen, Befehle zu geben. »Nicht für uns und nicht für sie. Ich würde lieber hier Gefangene bleiben als irgendeinen Mann zu Tode gebracht zu haben. Und doch«, fuhr sie voll Trauer fort, »weiß ich, so verwirrt, wie die Lage jetzt ist, kann es nicht weitergehen, es muß irgendwie enden.«

Wenn kein unvorhergesehenes Unglück geschah, würde es eine Lösung geben, überlegte Cadfael. Entweder nahm Otir von Owain das Lösegeld für seine Gefangenen entgegen oder er wurde, wie auch immer er das für angemessen hielt, mit Cadwaladr einig. Das würde Otir am wichtigsten sein, und er würde es zuerst in Angriff nehmen. Er hatte seinem vormaligen Verbündeten gegenüber jetzt keine Verpflichtung mehr. Dieser Vertrag war ein für allemal gebrochen worden. Cadwaladr mochte in die Verbannung gehen, hatte er erst seine Schulden bezahlt, oder vor seinem Bruder auf die Knie gehen und ihn anflehen, ihm sein Land zurückzugeben. Otir schuldete ihm nichts. Und da er alle seine Männer zu bezahlen hatte, würde er den zusätzlichen Gewinn von Owains Lösegeld nicht verschmähen. Heledd würde freigelassen, zurück in Owains Obhut. Und in Owains Aufgebot stand jetzt ein Mann, der darauf wartete, sie bei ihrer Rückkehr zu beanspruchen. Ein guter Mann, wie Mark sagte, ansehnlich und mit einem guten Ruf, ein Mann mit respektablem Landbesitz, der bei dem Fürsten wohlgelitten war. Sie hätte es viel schlechter treffen können.

»Es gibt keinen Grund auf der Welt«, sagte Mark, »warum Ihr so ein Leben nicht einmal schätzen solltet. Dieser

Ieuan, den Ihr nie gesehen habt, steht schon bereit, Euch zu empfangen und zu lieben, und er ist es wert, daß Ihr ihn annehmt.«

»Das glaube ich Euch«, sagte sie, beinahe unterwürfig für ihre Verhältnisse. Doch ihr Blick war fest in die weite Ferne, auf das Meer gerichtet, wo das Licht von Luft und Wasser zu einem schimmernden Nebel verschmolz, unauflöslich und mysteriös strahlend, der alles verbarg, was jenseits davon lag. Und Cadfael fragte sich plötzlich, ob er sich die Überzeugungskraft in Bruder Marks Stimme und die fraulich-anmutige Resignation von Heledd nur einbildete.

ZEHNTES KAPITEL

Turcaill ging von der Versammlung in Otirs Zelt an die geschützte Bucht hinunter, wo in Strandnähe sein leichtes, flach gebautes Drachenboot ankerte und sich im ruhigen Wasser spiegelte. Dieser Ankerplatz an der Einmündung zur Meerenge war von der Bucht im Süden durch eine lange, mit Gestrüpp bewachsene Landzunge getrennt, hinter der die Sandlandschaft lag, durch die sich die beiden Flüsse und ihre Zuläufe windungsreich ins Meer ergossen. Turcaill blieb stehen, um die ganze Weite von Land und Meer zu überblicken, die Bucht, die sich mehr als zwei Meilen lang nach Süden zog, mit ihren blaßgoldenen Sandbänken und silbrig-gewundenen Wasserläufen, dahinter die grüne Küste des Landes Arfon mit den fernen, sanft gerundeten Bergen. Die Flut war im Steigen begriffen, doch würde es noch zwei Stunden oder länger dauern, bevor sie ihren höchsten Stand erreichte und alles außer einem engen Gürtel von Salzmarsch bedeckte, der die Küste der Bucht säumte. Um Mitternacht würde das Wasser wieder abfließen, doch immer noch hoch genug sein, um das kleine Schiff mit seinem geringen Tiefgang nahe an den Strand zu bringen. Jenseits der Salzmarsch würde sich, falls Turcaill Glück hatte, Gestrüpp finden, das ein paar geübten Männern die nötige Deckung bieten konnte, um sich landeinwärts zu bewegen. Sie würden auch nicht weit zu gehen haben. Owains Lager lag an der schmalsten Stelle der Halbinsel, die hier etwa eine Meile breit sein mochte, aber Owain hatte wahrscheinlich Wachen an jeder der beiden Küsten aufgestellt. Entlang der Bucht würden die Wachen vielleicht weniger zahlreich und weniger wachsam sein, da ein Angriff aus dieser Richtung unwahrscheinlich war. Otirs größere Schiffe würden nicht versuchen, sich durch die Sandbänke zu fädeln. Die Waliser würden ihre Wachsamkeit auf das Meer im Westen konzentrieren.

Turcaill pfiff vor sich hin, ganz leise und zufrieden, als er die zunehmende Dämmerung am Himmel musterte. Zwei Stunden noch, bis sie starten konnten. Mit den Abendwolken hatte sich der Himmel leicht bezogen, aber dieser graue Schleier bedeutete keinen Regen, sondern nur eine vielversprechende Tarnung gegen eine zu helle Nacht. Von seinem Ankerplatz würde er einen Umweg um die Landzunge an der Flußmündung herum machen müssen, um dann freie Fahrt zu haben, aber das würde der Reise nur etwa eine Viertelstunde hinzufügen. Gut vor Mitternacht, entschied er zuversichtlich, können wir an Bord gehen.

Er pfiff immer noch fröhlich vor sich hin, als er sich umdrehte, um mitten ins Lager zurückzukehren und sein Vorhaben im einzelnen vorzubereiten. Da sah er sich mit einemmal Heledd gegenüber, die in weiten, schwungvollen Schritten die Dünen herunterkam, während ihr dunkles Haar in der Brise, die mit dem Abend und der zunehmenden Wolkendecke aufgekommen war, um ihre Schultern wehte. Jedes Treffen zwischen ihnen war auf bestimmte Art eine Konfrontation, die auf beiden Seiten das Herz schneller schlagen ließ, merkwürdig angenehm.

»Was machst du denn hier?« fragte er und hörte auf zu pfeifen. »Hast du gedacht, du kannst über das Watt entkommen?« Wie immer zog er sie auf.

»Ich bin dir nachgegangen«, sagte sie einfach. »Geradewegs von Otirs Zelt und hinter dir her, den ganzen Weg, und habe gesehen, wie du den Himmel und die Flut und dein Schiff da mit dem Schlangenhaupt angeschaut hast. Ich bin neugierig.«

»Das ist das erste Mal, daß du dich für mich oder etwas, das ich tue, interessierst«, sagte er fröhlich. »Wieso auf einmal?«

»Weil ich plötzlich sehe, wie du mit gesenktem Kopf nach etwas auf der Jagd bist, und ich muß mich fragen, was du wohl diesmal anstellen wirst.«

»Nichts«, antwortete Turcaill. »Was sollte ich denn anstellen?« Als sie langsam zurückgingen, schaute er sie mit etwas schärferer Aufmerksamkeit an, als er sie sonst ihren gewohnten Kabbeleien widmete, denn ihm kam es so vor, als sei es ihr mit ihrem Ausforschen halb ernst, als sei sie sogar irgendwie nervös. Hier, als Gefangene zwischen zwei bewaffneten Lagern, hatte eine einzelne Frau sicher eine besondere Witterung dafür, welcher Schachzug Gefahr verhieß, tödliche Gefahr, die sie um die eigenen Leute fürchten ließ.

»Ich bin nicht dumm«, sagte Heledd ungeduldig. »Ich weiß so gut wie du, daß Otir Cadwaladr für seinen Verrat nicht ungestraft davonkommen läßt und sich seine Bezahlung nicht entgehen lassen wird. So einer ist er nicht! Den ganzen Tag haben er und seine Häuptlinge die Köpfe zusammengesteckt und ihren nächsten Zug überlegt, und jetzt kommst plötzlich du und platzt beinahe vor Vergnügen, dem fürchterlichen Vergnügen, das ihr verrückten Männer daran habt, euch kopfüber in einen Kampf zu stürzen, und da willst du mir erzählen, du hast nichts vor? Du willst nichts anstellen?«

»Du brauchst dir nicht den Kopf zu zerbrechen«, versicherte er ihr. »Otir hat keinen Streit mit Owain oder einem von Owains Leuten, Cadwaladr ist auf sich gestellt und muß selbst für seine Schulden aufkommen, warum sollten wir die Sache schlimmer machen wollen? Ist der versprochene Preis erst einmal bezahlt, stechen wir in See, und ihr seid uns los.«

»Lieber heute als morgen«, sagte Heledd scharf. »Aber wieso sollte ich dir und deinen Kameraden zutrauen, die Dinge so gut in Ordnung zu bringen? Es braucht nur zufällig jemand verwundet oder getötet zu werden, dann wird Krieg ausbrechen, und es wird ein großes Schlachten geben.«

»Und da du so sicher bist, ich sei damit beschäftigt, etwas auszuhecken ...«

»Du bist der Urheber des Ganzen«, sagte sie heftig.

»Kannst du dann nicht *mir* zutrauen, die Sache zu einem guten Ende zu bringen?« Wieder lachte er sie an, doch mit ein wenig vorsichtiger Zurückhaltung.

»Dir am allerwenigsten«, sagte sie bissig und bestimmt. »Ich weiß, was du für ein Vergnügen an der Gefahr hast. Es gibt nichts, das so närrisch wäre, daß du es nicht wagen würdest und wenn du uns dabei alle in einen blutigen Kampf hineinrissest!«

»Und du als gute Waliserin«, sagte Turcaill trocken und lächelte, »fürchtest um dein Gwynedd und die Männer von Owains Streitmacht, die kaum eine Meile von uns lagern.«

»Ich habe einen Bräutigam unter ihnen«, erinnerte sie ihn geschickt. Ihre Zähne klickten, als ihr Mund wieder zuschnappte.

»Allerdings. Ich werde deinen Bräutigam nicht vergessen«, versprach Turcaill und grinste. »Bei jedem Schritt, den ich tue, werde ich an deinen Ieuan ab Ifor denken, und diese Hand wird keinen Hieb ausführen, der ihn in Gefahr bringen könnte. Schon der Gedanke, dich mit einem guten, soliden *Uchelwr*, einem einflußreichen Landbesitzer aus Anglesey verheiratet zu sehen, wird mich davor bewahren, überhaupt etwas Unüberlegtes zu tun. Bist du damit zufriedengestellt?«

Sie hatte sich umgedreht, um ihn eindringlich und unverwandt anzuschauen, aus großen, ernsten, dunkelvioletten Augen. »Dann hast du dich tatsächlich entschlossen, dich für Otir auf diesen Wahnsinn einzulassen! Das hast du so gut wie zugegeben.« Und als er keinen Versuch machte, das noch zu leugnen oder ihr zu widersprechen: »Dann tu wenigstens, was du mir versprochen hast. Paß gut auf dich auf! Komm zurück, ohne daß jemand verletzt wird. Ich wünsche mir, daß nicht einmal dir etwas zustößt.« Als sie darauf den strahlenden Ausdruck in seinen blauen Augen bemerkte, warf sie den Kopf zur Seite, doch ein wenig zu schnell für die abfällige Würde, die sie dabei anstrebte: »Von meinen Landsleuten ganz zu schweigen.«

»Und zuerst von allen deinen Landsleuten Ieuan ab Ifor«, stimmte Turcaill feierlich zu; doch sie hatte ihm schon den Rücken zugedreht und ging mit hocherhobenem Haupt und heftigen Schritten auf die geschützte Kuhle zu, wo ihr eigenes kleines Zelt stand.

Cadfael erhob sich von seinem Schlafplatz, den er im Lee der niedrigen Salzbüsche gewählt hatte. Ohne guten Grund wach und ruhelos, verließ er Mark, der bereits schlief, und ließ seinen Mantel neben dem Freund liegen, denn die Nacht war warm. Es war Mark gewesen, der darauf bestanden hatte, daß Cadfael und er immer in Rufweite von Heledds Zelt lagerten, doch nicht zu nah, um ihre Vorliebe für die Unabhängigkeit nicht zu stören. Cadfael hatte mittlerweile kaum noch Zweifel daran, daß sie innerhalb des Wikingerlagers sicher war. Otir hatte seine Befehle gegeben, und keiner unter seinen Männern nahm das auf die leichte Schulter, selbst wenn sie nicht eine gewinnträchtigere Beute im Auge gehabt hätten als diese junge Waliserin, wie reizvoll sie auch sein mochte. Abenteurer, hatte Cadfael in seinem eigenen früheren Abenteurerleben gelernt, waren ausgesprochen praktische Leute und kannten den Wert von Gold und Besitz. Frauen standen viel niedriger in der Skala wünschenswerter Beute.

Er schaute in die Richtung, wo ihr niedriges Zelt lag, und dort war alles dunkel und still. Sie schlief wohl. Wieso er selbst nicht schlafen konnte, war nicht zu begreifen. Über den Himmel zog sich eine leichte Wolkendecke, durch die nur hier und da schwach ein Stern schien. Es war windstill, und heute nacht würde der Mond nicht scheinen. Die Wolken mochten bis zum Morgen gut und gerne zunehmen und sogar Regen bringen. Um diese Mitternachtsstunde war die Stille tief, sogar bedrückend, die Dünen lagen tief im Schatten, und vom Meer, wo die Flut jetzt ihren Höhepunkt erreicht hatte, kam ein sanft strahlendes Licht. Cadfael wandte sich nach Osten, wo die Wachen nicht so dicht standen und es weniger wahrscheinlich war, daß er sie auf sich aufmerksam machte, wenn er mitten in der Nacht umherlief. Es brannten keine Fackeln und keine Feuer in der Dunkelheit außer denen in der Mitte des Lagers, die so angelegt waren, daß sie langsam bis zum Morgen brennen würden. Otirs Wachen verließen sich darauf, daß sie im Dunkeln gut sehen konnten. Genau wie Bruder Cadfael. Schatten wuchsen langsam aus der Formlosigkeit, sogar die Kurven und Abhänge der Dünen waren schwach wahrnehmbar. Es war merkwürdig, wie ein Mann so einsam sein konnte inmitten Hunderter von Menschen, so, als ließe sich Einsamkeit durch Willenskraft herbeiführen. Merkwürdig war auch, daß jemand wie er, der allem Anschein nach ein Gefangener war, sich freier als die Wikinger fühlen konnte, die durch ihre schiere Anzahl festgehalten wurden und an ihre Disziplin gekettet waren.

Er hatte die Kuppe der Hügelreihe über dem Ankerplatz erreicht, wo die leichteren und schnelleren dänischen Schiffe dicht zwischen dem offenen Meer und der Meerenge lagen. Er konnte zitternde Lichter erkennen, die, während er hinschaute, mal deutlicher erkennbar und dann wieder verschwunden waren. Wo die Wellen ans Ufer schlugen, lagen die schlanken Langschiffe, nur eben wahrnehmbar als dunkle Umrisse, sanft geschaukelt von der Flut. Sie schienen zu zittern, rührten sich aber nicht von der Stelle. Ausgenommen eines, das schmalste und kleinste. Er sah, wie es sich im Kriechtempo von seinem Ankerplatz entfernte, so langsam, daß er einen Augenblick dachte, er bilde sich die Vorwärtsbewegung nur ein. Dann fielen ihm das Eintauchen der Ruder auf und winzige Reflexe auf dem Wasser, die fast verschwunden waren, bevor er sie genau ausmachen konnte. Kein Geräusch drang aus der Entfernung zu ihm, obgleich es in der Nacht ruhig und still war. Das letzte und womöglich schnellste der Drachenboote schlängelte sich heraus in die Mündung des Menai, um Fahrt aufzunehmen in Richtung Osten, auf die Meerenge zu.

Zogen sie wieder auf Beute aus? Wenn das ihre Absicht war, dann taten sie gut daran, nachts in die Meerenge zu fahren, irgendwo ein gutes Stück oberhalb Carnarvons zu warten, um so beim Morgengrauen den Vorstoß an Land zu beginnen. Die Stadt wurde sicher durch Truppen verteidigt, doch das Umland dahinter war weiterhin ungeschützt gegen Überfälle, sogar wenn die meisten der Bewohner ihr Vieh weggetrieben und all ihr tragbares Hab und Gut in die Berge gebracht hatten. Und was gab es schon unter dem Hab und Gut eines guten Walisers, das nicht tragbar war? Mit Leichtigkeit konnten sie ihre Höfe verlassen, falls das notwendig wurde, und sie wieder einrichten, sobald die Gefahr vorüber war. Das hatten sie seit Jahrhunderten so gemacht und waren geübt darin. Doch die Felder und Siedlungen in der Nähe waren bereits einmal geplündert worden und würden auf Dauer sicher nicht genügend Lebensmittel für ein kleines Heer abwerfen. Cadfael hätte eher erwartet, daß die Dänen es vorziehen würden, ungeachtet der Truppen, die Owain aufgeboten hatte, die Küste im Süden entlang des offenen Meeres durchzukämmen. Statt dessen ging dieses kleine Boot still auf die Jagd in Richtung Meerenge. In dieser Richtung konnte ihr Ziel nur der lange Flußlauf des Menai sein. Es sei denn, sie hatten vor, die überwucherte Landzunge zu umrunden und mit der Flut nach Süden in die Bucht einzulaufen! Dem Anschein nach war das unwahrscheinlich, obwohl dort so ein kleines Boot noch für ein paar Stunden genug Wasser unter dem Kiel finden konnte, ehe die Ebbe wieder ihren niedrigsten Punkt erreicht haben würde. Ein größeres Schiff, überlegte Cadfael nachdenklich, würde da niemals hineinfahren. War das der Grund, aus dem dieses Boot ausgewählt und allein losgeschickt worden war? Aber zu welchem Zweck, mitten in der Nacht?

»Dann sind sie also weg«, sagte hinter ihm Heledd, sehr leise und ernst.

Sie war geräuschlos hinter ihn getreten, barfuß in dem Sand, der vom Sonnenschein des Tages noch warm war. Sie sah wie er auf den Strand hinunter, und ihr Blick folgte der schwach leuchtenden Spur, die das Langschiff durch das Wasser zog, als es sich schnell nach Osten entfernte. Cadfael drehte sich nach ihr um, die gefaßt und ruhig stand, und die schwarze Mähne kam ihm wie eine Wolke vor.

»›Dann sind sie also weg‹! Habt Ihr vorher von der Sache Wind bekommen? Ihr seid nicht gerade überrascht!«

»Nein«, sagte sie, »überrascht bin ich nicht. Nicht, daß ich etwa Bescheid wüßte, was sie vorhaben, aber den ganzen Tag hat sich etwas zusammengebraut, seit Cadwaladr sie dermaßen herausgefordert hat. Was sie sich für ihn ausgedacht haben, weiß ich nicht, und was das gut und gern für uns andere bedeuten kann, will ich nicht einmal raten, doch sicher nichts Gutes.«

»Das ist Turcaills Schiff«, sagte Cadfael. Es war schon so

tief in der Dunkelheit verschwunden, daß sie ihm nur noch in Gedanken folgen konnten. Und doch würde es das Ende der überwucherten Landzunge noch nicht erreicht haben.

»So wird es sein«, sagte sie. »Wenn die dort etwas anstellen wollen, muß er dabei sein. Es gibt überhaupt nichts, das Otir von ihm verlangen könnte, wie verrückt es auch sein mag, in das er sich nicht kopfüber hineinstürzen würde, fröhlich und ohne einen Gedanken an die Folgen.«

»Und Ihr habt an die möglichen Folgen gedacht«, zog Cadfael vernünftig den Schluß, »und sie gefallen Euch nicht.«

»Nein«, sagte sie heftig, »sie gefallen mir nicht! Es könnte zu einem blutigen Kampf kommen, wenn er durch einen bösen Zufall einen von Owains Männern tötet. Mehr braucht es nicht, um so einen Brand zu entzünden.«

»Weshalb glaubt Ihr denn, daß er irgendwo in die Nähe von Owains Männern kommt, um so ein Wagnis einzugehen?«

»Wie soll ich wissen, was dieser Verrückte vorhat?« fragte sie ungeduldig. »Ich mache mir nur Sorgen, was er uns anderen damit einbrockt.«

»Ich würde ihn nicht so einfach als Verrückten abtun«, sagte Cadfael sanft. »Ich halte ihn für einen Mann, der mit dem Verstand so geschickt umzugehen weiß wie mit den Händen. Was immer er auch vorhat, wartet mit Eurem Urteil, bis er zurück ist, denn ich bin sicher, daß er Erfolg haben wird.« Er achtete darauf, nicht hinzuzufügen: »Also hört auf, Euch um ihn Sorgen zu machen!« Sie würde bestreiten, daß sie überhaupt an ihn dachte, wenn auch nicht mehr mit derselben Heftigkeit, mit der sie es früher getan haben würde. Am besten war es wohl, sie damit allein zu lassen. So sehr sie auch hoffen mochte, andere zu täuschen, Heledd war nicht die Frau, die sich selber etwas vormachte.

Und dort im Süden, in Owains Lager, hielt sich der Mann auf, den sie noch nie gesehen hatte, Ieuan ab Ifor, kaum älter als dreißig Jahre, was so alt noch nicht war, angesehen bei seinem Fürsten, Besitzer reicher Ländereien und ein gutaussehender Mann, der jede wertvolle Eigenschaft zu besitzen schien bis auf die eine, ohne die er für sie keine Bedeutung haben konnte. Sie hatte sich diesen Mann nicht ausgesucht.

»Morgen sehen wir weiter«, beendete Heledd nicht sehr höflich, aber praktisch die Unterredung. »Am besten legen wir uns schlafen, damit wir dafür bereit sind.«

Sie hatten die Spitze der Landzunge umrundet und waren ein gutes Stück weit nördlich in die Meerenge gefahren, bevor sie nach Süden abdrehten. Nachdem sie weit in die Bucht eingedrungen waren, glitten sie am Strand entlang, um die ersten vorgeschobenen Wachen von Owains Lager auszumachen. Turcaill hieß Leif, den Jungen, auf dem winzigen Vorderdeck zu knien und aus zusammengekniffenen Augen aufmerksam die Küste zu mustern. Er war fünfzehn Jahre alt und sprach das Walisisch von Gwynedd, denn seine Mutter stammte von dieser nordwestlichen Küste. Sie war im Alter von zwölf Jahren bei einem Wikinger-Überfall entführt und später mit einem Dänen im Königreich Dublin verheiratet worden. Doch ihre Muttersprache hatte sie nie vergessen und sie stets mit ihrem Sohn gesprochen, seit der Zeit, wo er überhaupt sprechen gelernt hatte. Leif war die Tage zuvor in den Keltendörfern und Siedlungen der Fischer unterwegs gewesen. Der Junge, der wie alle anderen im Sommer halbnackt herumlief, war für einen Kelten gehalten worden. Er wußte, wie er mit den Leuten reden mußte, und hatte nützliche Auskünfte geerntet.

»Cadwaladr ist stets mit denen in Verbindung geblieben, die weiter zu ihm halten«, hatte Leif fröhlich berichtet, »und es gibt unter den Kriegern seines Bruders ein paar, die mit ihm gehen würden, wenn er auf eigene Faust etwas unternehmen wollte. Und ich habe sie sagen hören, daß er aus Owains Lager eine Nachricht nach Süden an seine eigenen Leute in Ceredigion geschickt hat. Doch keiner weiß, ob Cadwaladr seine Leute damit aufgefordert hat, zu kommen und ihm bewaffnet beizustehen, oder ob sie sein Geld und Vieh einsammeln sollen, wenn er gezwungen ist, zu zahlen, was er uns schuldet. Aber wenn ein Bote kommt und nach ihm fragt, wird er keinen Nachteil darin sehen, eher hofft er auf Gewinn.«

Es gab noch mehr zu berichten, nachdem Leif sich so aufmerksam umgehört hatte. »Owain will ihn nicht in seiner Nähe haben. Cadwaladr hat sich jetzt mit einigen seiner alten Gefolgsleute umgeben und im Süden des Lagers einen Stützpunkt geschaffen, in der Ecke, die der Bucht am nächsten liegt. Wenn aus seinen alten Ländereien Nachrichten für ihn kommen, kann er da den Boten hereinlassen, ohne daß Owain davon erfahren muß. Denn er spielt eine Karte gegen die andere aus, wie es für ihn gerade zum Vorteil ist«, sagte Leif gescheit.

Keiner hätte das bestritten. Jeder, der Cadwaladr kannte, wußte, daß es die Wahrheit war. Die Wikinger waren sich nur langsam darüber klargeworden, doch jetzt wußten sie es. Und Leif konnte der Bote sein, so gut wie jeder andere. In Wales gilt ein Junge mit vierzehn als Mann und wird auch so behandelt.

Das Schiff näherte sich vorsichtig der Küste. Auf der rechten Seite zogen schemenhaft Dünen, Gestrüpp und verstreute Büsche im Dunkeln vorbei. Das walisische Lager war weder zu sehen noch genau zu hören und ließ sich doch durch indirekte Anzeichen menschlicher Anwesenheit wahrnehmen, durch den Rauch der Feuer, den Harzgeruch von frisch gespaltenem Holz entlang der Palisade und die vermischten murmelnden Geräusche nächtlicher Aktivitäten. Der Steuermann brachte das Schiff noch näher ans Ufer, wobei er vorsichtig auf das überflutete Marschgras achten mußte, das sich unter der friedlichen Oberfläche des Niedrigwassers hinzog. Als sie am größten Teil des Lagers vorbeigefahren waren, gelangten sie im Süden an der Stelle an, von der es hieß, daß Cadwaladr hier seinen Stützpunkt innerhalb des Lagers errichtet und seine alten Gefolgsleute um sich gesammelt hatte, die eher ihm als seinem Bruder die Treue hielten. Hier konnten ganz unterschiedliche Boten Verbindung zu ihm aufnehmen, und es war nicht gesagt, daß ihn hier nur gute Nachrichten darüber erreichen mußten, daß man sich seiner üppigen Großzügigkeit gern erinnerte und er selbst noch als Herr und Prinz geachtet wurde, dem alte Treue gebührte. Hier war es möglich, ihn nicht nur an seine Privilegien, sondern auch daran zu erinnern, wofür er Verantwortung übernommen und welche Schulden er noch nicht bezahlt hatte.

Die Küstenlinie schien vor ihnen zurückzuweichen, nach Westen abzukippen und dann wieder mit ihnen aufzuschließen, als sie vorüberglitten. In der warmen Luft schienen die Geräusche, die keinen richtigen Lärm, sondern nur ganz einfach die Gegenwart anderer Menschen vermittelten, die nicht zu sehen, nicht genau zu hören, aber wachsam und möglicherweise feindselig waren, in die leere Stille der Nacht zurückzufallen.

»Wir sind da«, flüsterte Turcaill dem Steuermann leise ins Ohr. »Bring uns an Land.«

Die Ruder tauchten sanft ein. Das leichte, kleine Schiff glitt sanft über die Grasbüschel im Wasser und berührte federleicht den Strand. Leif schwenkte die Beine über die Seite und ließ sich in das Niedrigwasser gleiten. Er spürte festen Sand unter seinen bloßen Füßen, und das Wasser reichte ihm kaum halb bis ans Knie. Er schaute die Küste entlang zurück und konnte über dem verdunkelten Lager noch ein schwaches Glühen ausmachen, einen allerletzten Rest Tageslicht.

»Wir sind nahe. Warte, bis ich Nachricht bringe.«

Er ging fort und bahnte sich einen Weg durch das Strandgras und die hoch aufgeschossenen Büsche zu einer Anhöhe in den Dünen, hinter der das Land bald in einfaches Weideland und schließlich in Ackerboden überging. Seine schmale Gestalt verschwand in der sanften, dichten Dunkelheit. Nach einer Viertelstunde war Leif schon wieder da, still wie ein Nebelstreifen, obwohl sie noch nicht mit ihm gerechnet und die ganze Zeit über geduldig die Ohren nach fremden Geräuschen gespitzt hatten.

Leif watete durch das überflutete Gras und spürte an den Beinen, wie kühl das seichte Wasser war, und als er den Rand des Schiffes erreicht hatte, hielt er sich fest und flüsterte in einem aufgeregten Zischen: »Ich habe ihn gefunden! Ganz in der Nähe! Einer von seinen eigenen Leuten steht

Wache. Es ist ganz einfach, von dieser Seite aus heimlich zu ihm zu kommen. Hier erwarten sie keinen Angriff von der Landseite, Cadwaladr kann kommen und gehen, wie er möchte, und genauso können das auch die, die lieber ihm als Owain Gefolgschaft leisten wollen.«

»Du bist noch nicht drin gewesen?« fragte Turcaill. »An der Wache vorbei?«

»Nicht nötig! Jemand anders hat nur einen Augenblick vor mir den Weg zu Cadwaladr gefunden. Er ist von Süden her gekommen. Ich habe mich im Gebüsch versteckt, nahe genug, um zu hören, wie die Wache ihn angerufen hat. Wer immer er ist, er brauchte nur den Mund zu öffnen und ist im Lager willkommen gewesen. Und ich habe gesehen, wo er hingebracht worden ist. Er steckt jetzt mit Cadwaladr zusammen in dessen Zelt. Nur Cadwaladr und sein Besucher sind dort, er hat sogar die Wache auf ihren Posten zurückgeschickt. Zwischen uns und den beiden steht nur der eine Wachposten.«

»Bist du sicher, daß Cadwaladr da ist?« fragte Torsten leise. »Du hast ihn ja nicht zu Gesicht bekommen.«

»Ich habe seine Stimme gehört. Ich habe den Mann schließlich bedient, seit wir Dublin verlassen haben«, sagte der Junge bestimmt. »Glaubst du, ich kenne mittlerweile nicht den Klang seiner Stimme?«

»Und du hast gehört, was gesagt worden ist? Dieser andere – hat er ihn beim Namen genannt?«

»Kein Name! Er hat bloß laut und deutlich ›Du!‹ gesagt, aber ihn nicht mit Namen angesprochen. Aber er war überrascht und froh über den Besucher. Nimm nur beide gefangen, und dann soll er dir selber seinen Namen sagen.«

»Wir sind wegen einem Mann gekommen«, sagte Turcaill, »und mit einem Mann gehen wir auch wieder. Keine Toten! Owain hat mit dieser Fehde nichts zu tun, aber er wird sehr schnell etwas damit zu tun haben, wenn wir einen seiner Männer umbringen.«

»Aber für seinen Bruder macht er keinen Finger krumm?« wunderte sich Leif, halblaut.

»Warum soll er Angst um seinen Bruder haben? Denkt

daran, wir krümmen Cadwaladr kein Haar! Wenn er das vereinbarte Lösegeld zahlt, bekommt er die Erlaubnis zu gehen, so unversehrt, wie er es gewesen ist, als er uns angeheuert hat. Das weiß Owain besser als jeder andere. Das versteht sich von selbst. Dann los also, und bei abnehmender Flut sind wir hier schon wieder weg.«

Sie hatten ihren Plan im voraus abgesprochen, und wenn dabei von Cadwaladrs unerwartetem Gast aus dem Süden auch noch keine Rede gewesen war, konnten sie ihn dabei doch auf ganz einfache Weise berücksichtigen. Zwei einzelne Männer in einem Zelt, das günstig am Rand des Lagers gelegen war, boten ein einfaches Ziel, wenn die Wache erst einmal ausgeschaltet war. Der Fremde, den Cadwaladr ins Vertrauen gezogen hatte und mit dem er gemeinsame Pläne aushecken mochte, mußte es in Kauf nehmen, wenn er grob angefaßt wurde, doch dauerhaften Schaden würde er kaum zu befürchten haben.

»Ich kümmere mich um die Wache«, sagte Torsten, der als erster an Land watete, wo Leif ihn schon erwartete. Noch fünf von Turcaills Ruderern folgten ihrem Anführer in die Salzmarsch und über den Sandstrand. Die Nacht nahm sie still und gleichgültig auf, und Leif führte sie auf seinem eigenen Weg von einer spärlichen Deckung zur nächsten auf den Rand des Lagers zu. Er suchte in einer auseinandergezogenen Reihe niedriger Bäume Zuflucht und spähte durch die Zweige nach vorn. Vor sich konnte er die Verteidigungslinie ausmachen, hauptsächlich daran, daß sie fest und starr wirkte, während alles andere im Dunkeln krumm und gewunden erschien. Doch Kopf und Schultern von Cadwaladrs Gefolgsmann zeichneten sich klar vor einer Lücke in der Palisade ab, die das Tor darstellte, vor dem er auf- und abging und Wache schob. Ein großer Mann, bewaffnet, aber lässig in seinen Bewegungen, der nicht mit einer Überraschung rechnete. Torsten beobachtete ihn für einige Minuten, schätzte ab, wie weit er jeweils in die eine oder andere Richtung ging, und lief dann seitwärts soweit wie möglich in östlicher Richtung zwischen den Bäumen entlang, um an den Punkt zu gelangen, wo das Gebüsch bis auf wenige Schritte an die Palisade heranreichte und ein Mann sich nähern konnte, ohne gehört oder gesehen zu werden.

Der Wächter pfiff leise vor sich hin, als er in dem weichen Sand wendete. In diesem Augenblick nahm Torsten ihn hart um Körper und Arme, preßte ihm die rechte Handfläche fest auf den Mund und schnitt das Pfeifen abrupt ab. Der Wachmann langte fuchtelnd nach oben und versuchte, den Arm zu greifen, der ihn würgte, konnte aber nicht hoch genug reichen, und der Widerstand, mit dem er bösartig nach hinten trat, kostete ihn das Gleichgewicht und schadete Torsten nicht, weil der ihn so von den Füßen warf und auf ihn in den Sand stürzte und ihm das Gesicht nach unten hielt. Schon in diesem Augenblick war Turcaill bei ihnen. Sobald Torsten und er dem Mann erlaubt hatten, wieder aufzustehen, steckte ihm Turcaill ein Stück Wolltuch in den Mund, und der Mann mußte husten, weil Sand und Gras daran klebten. Sie wickelten ihm seinen eigenen Mantel um Kopf und Schultern und fesselten ihm Hände und Füße. Dann verstauten sie ihn sicher genug, wenn auch nicht zu bequem, zwischen den Büschen und wendeten ihre Aufmerksamkeit dem Rand des Lagers zu. Dort hatte es keinen Laut gegeben, und niemand innerhalb der Palisade rührte sich. Irgendwo bei den Zelten des Fürsten gab es sicher Männer, die wachsam und bereit waren, doch hier, in dieser abgelegenen Ecke des Lagers, die Cadwaladr absichtlich für seine eigenen Zwecke gewählt hatte, gab es niemand, der ihm hätte beistehen können.

Nur Turvaill und Torsten und zwei andere folgten Leif, als er leise durch das unbewachte Tor hineinging und entlang der Palisade an die Stelle kam, von der er noch wußte, daß er hier gehört hatte, wie Cadwaladr mit gehobener Stimme gesprochen hatte, unverwechselbar und respektgebietend, zugleich erstaunt und vergnügt, als er seinen nächtlichen Besucher erkannte. Hier in der Stille verlief die Außenlinie des Lagers. Die Eindringlinge bewegten sich als Schatten unter Schatten. Leif deutete nach vorn und sagte kein Wort. Das war auch nicht notwendig. Sogar in einem Militärlager wurde auf Cadwaladrs Adelsstand Rücksicht genommen und für seine Bequemlichkeit gesorgt. Sein Zelt war geräumig, geschützt gegen Wind und Wetter und ohne Zweifel innen gut ausgestattet. An den Rändern der Zelttür, die den Eingang verschloß, waren feine Lichtstreifen zu erkennen, und in der ruhigen Nacht ließen sich zwei Stimmen vernehmen, die sich in vertraulichem Murmeln unterhielten, aber zu leise, um einzelne Worte auszumachen. Der Bote aus dem Süden war noch bei seinem Prinzen, sie hatten die Köpfe zusammengesteckt, berieten über Neuigkeiten und heckten Pläne aus.

Turcaill legte seine Hand auf die Zelttür und wartete ab, bis Torsten, den gezückten Dolch in der Hand, das Zelt umkreist hatte, um hinten eine Naht zu finden, mit der die Lederstücke verbunden waren. Beides, das dünne Leder und die eingefettete Schnur, mit der es zusammengehalten wurde, ließen sich mit einer genügend scharfen Klinge auftrennen. Das Licht im Zelt brannte so regelmäßig und so nah über dem Boden, daß es von einem einfachen Docht in einer kleinen Ölschale herrühren mußte, die vielleicht auf einem Schemel oder einem Gestell stand. Von innen würde niemand, der sich draußen bewegte, auszumachen sein, aber Torsten konnte von seinem Platz aus die beiden Männer im Zelt in groben Umrissen erkennen. Sie saßen tatsächlich nahe beisammen, erregt, beschäftigt, und rechneten mit keiner Unterbrechung.

Turcaill schlug die Zelttür zur Seite und stürzte so schnell hinein, und zwei weitere Männer waren ihm so dicht auf den Fersen, daß Cadwaladr nur noch genügend Zeit blieb, überrascht aufzuspringen und den Mund zu öffnen, um seiner Wut Ausdruck zu geben. In diesem Augenblick saß ihm schon ein gezückter Dolch an der Kehle, und sein hochfahrender Zorn, so rüde abgewürgt, schlug in eisige Beherrschung und gehorsame, bebende Stille um. Er war ein tollkühner Mensch, der allerdings eine ausgesprochen schnelle Auffassungsgabe hatte, und seine Tollkühnheit reichte nicht so weit, daß er mit bloßen Händen gegen einen Dolch angekämpft hätte. Es war der Mann, der neben Cadwaladr gesessen hatte, der bei dem Angriff aufgesprungen und Turcaill an die Kehle gefahren war. Doch hinter ihm hatte Torsten mit dem Messer die Lederschnüre durchtrennt, die die Zeltbahnen zusammenhielten, und eine große Hand griff den Fremden am Schopf und zog ihn nach hinten. Bevor er sich wieder aufrichten konnte, war er schon in eine Decke eingewickelt worden. Turcaills Männer hielten ihn fest.

Cadwaladr war sich der Klinge wohl bewußt, die gerade seine Kehle kitzelte, und stand da, ohne sich zu rühren. Seine schönen schwarzen Augen glitzerten vor Wut, und er biß angestrengt die Zähne zusammen, doch er machte keine Bewegung, als der Gefährte, den er mit Vergnügen willkommen geheißen hatte, trotz Gegenwehr bis zur Hilflosigkeit gefesselt und fast zärtlich auf dem Bettlager seines Herrn abgelegt wurde.

»Keinen Mucks«, sagte Turcaill, »und dir passiert auch nichts. Falls du schreist, rutscht mir schnell die Hand aus. Es gibt da noch ein kleines Geschäft, das Otir gern mit dir besprechen will.«

»Das wirst du bereuen!« stieß Cadwaladr zwischen den Zähnen hervor.

»Kann schon sein«, gab Turcaill zu, »aber jetzt noch nicht. Ich würde dir ja die Wahl lassen, zu Fuß zu gehen oder getragen zu werden, aber dir ist nicht zu trauen.« Dann sagte er zu den beiden Ruderknechten: »Packt ihn ein!«, zog seine Hand zurück und steckte den Dolch wieder in die Scheide. Cadwaladr war nicht schnell genug, um die eine Sekunde zu nutzen, in der er hätte laut schreien und damit ein Dutzend Männer zu Hilfe holen können. Sobald Turcaill das Messer zurückgenommen hatte, hatte Cadwaladr schon den Mund geöffnet, aber er bekam sofort ein Stück Wollstoff über den Kopf gezogen und in den offenen Mund gestopft. Er gab nur einen würgenden Klagelaut von sich, der sofort verstummte. Mit Händen und Füßen schlug er um sich, bis er fest in das rauhe Tuch gewickelt und gefesselt worden war.

Vor dem Zelt stand Leif Wache, hielt die Ohren gespitzt und ließ seine Blicke durch das dunkle Lager schweifen, ob sich irgendwo etwas rührte, das ihr Unternehmen bedrohen mochte, doch alles war ruhig. Da Cadwaladr ausdrücklich befohlen hatte, allein und ungestört mit seinem Besucher zu sprechen, hatte er Turcaill schon auf sehr gründliche Weise die Arbeit abgenommen. Niemand rührte sich. Als sie wieder zu der kleinen Ansammlung von Bäumen zurückkehrten, wo sie die gefesselte Wache versteckt hatten, stießen aus dem Dunkel die übrigen Mitglieder der Gruppe zu ihnen und lachten leise, als sie sahen, wen Torsten und Turcaill da verpackt und festgezurrt an Seilen zwischen sich trugen.

»Und der Wächter?« fragten sie mit einem Flüstern.

»Der ist ganz lebendig und flucht undeutlich vor sich hin. Und wir sehen besser zu, daß wir an Bord sind, bevor die ihn hier vermissen und nach ihm suchen kommen.«

»Und der andere?« wagte Leif leise zu fragen, als sie sich auf dem Rückweg von Deckung zu Deckung in Richtung Strand bewegten. »Was habt ihr mit ihm gemacht?«

»Den habe ich liegen lassen«, sagte Turcaill.

»Ihr habt gesagt, keine Toten!«

»Es hat auch keine gegeben. Du kannst beruhigt sein, wir haben ihm kein Haar gekrümmt. Owain hat jetzt nicht mehr Anlaß, gegen uns zu kämpfen, als von dem Augenblick an, als wir den ersten Fuß auf seinen Boden setzten.«

»Und wir wissen immer noch nicht«, staunte Leif, als er neben ihm durch den Sand stapfte, der naß war, wo das Wasser bereits zurückgewichen war, »wer der andere gewesen ist und was er hier gemacht hat. Ihr werdet euch bestimmt noch wünschen, ihr hättet ihn mitgenommen, solange ihr noch die Chance dazu gehabt habt.«

»Wir sind wegen einem gekommen, und einen nehmen wir auch mit. Das ist alles, was wir gewollt und gebraucht haben«, sagte Turcaill.

Die Wikinger, die an Bord zurückgeblieben waren, griffen zu und halfen ihren Kameraden, Cadwaladr in die Vertiefung zwischen den Ruderbänken zu hieven. Der Steuermann stemmte sich schwer gegen sein Steuerruder, die Ruderknechte auf der Landseite stießen das Schiff vom Strand ab und stakten es recht leicht, fast sanft zurück entlang der Furche, die es in den Sand gepflügt hatte, bis es freikam und zügig dem Sog der einsetzenden Ebbe folgte.

Noch vor dem Morgengrauen lieferten sie stolz ihre Beute bei Otir ab, der aus dem Schlaf geweckt worden war, sie aber mit glänzenden Augen und zufrieden empfing. Als Cadwaladr aus der Hülle, die ihn gelähmt hatte, befreit wurde, blieb er böse, mit zerzaustem Haar und rotem Gesicht stehen, doch er zügelte seinen bitteren Zorn und sagte keinen Ton.

»Gab es irgendwelche Schwierigkeiten?« fragte Otir und beäugte seinen Gefangenen mit kaum verhohlener Befriedigung. Sie hatten ihn unblutig und ohne jede Schramme aus dem Kreis seiner Anhänger herausgeholt, ohne seinem respekteinflößenden Bruder auf die Zehen zu treten oder irgendeiner anderen Seele Schaden zuzufügen. Das Unternehmen war sehr sauber durchgeführt worden. Es sollte schließlich auch Gewinn abwerfen.

»Überhaupt nicht«, sagte Turcaill. »Der Mann hat seinen eigenen Sturz vorbereitet, so, wie der sich an den Rand des Lagers zurückgezogen und auch noch einen einzelnen Mann als Wache aufgestellt hatte. Aber er hatte ja auch guten Grund dazu. Ich kann mir vorstellen, daß er das tat, weil er auf Nachrichten von seinen alten Ländereien gehofft hat. Denn ich habe Zweifel, ob Owain für ihn noch viel Mitgefühl hegt oder ob er das überhaupt noch erwartet.«

Bisher hatte Cadwaladr die Zähne zusammengebissen, doch in diesem Moment öffnete er den Mund, allerdings mühsam, als ob er selbst nicht so recht an das glaubte, was er zu sagen im Begriff war. »Ihr unterschätzt die Stärke der walisischen Blutsbande. Bruder wird zu Bruder stehen. Du hast Owain mit seiner ganzen Streitmacht gegen dich aufgebracht, und das wirst du noch zu spüren bekommen.«

»Waren es auch Blutsbande, die sprachen, als du nach Dublin gekommen bist und Männer angeheuert hast, um ihm mit Krieg zu drohen?« fragte Otir und lachte kurz und hart.

»Du wirst schon sehen«, sagte Cadwaladr hitzig, »was Owain um meinetwillen wagen wird.«

»Das werden wir, genau wie du. Ich habe allerdings meine Zweifel, ob dir das sehr nützen wird. Er hat sowohl dich wie mich rechtzeitig darüber aufgeklärt, daß dein Streit nicht sein Streit ist und du deine Schulden selbst bezahlen mußt. Und das wirst du auch«, sagte Otir mit grimmiger Befriedigung, »bevor du wieder einen Fuß aus diesem Lager setzt. Ich habe dich, und ich werde dich behalten, bis du mir zahlst, was du mir versprochen hast. Was uns zusteht, wirst du uns geben, jedes Stück Geld oder Vieh oder gleichwertige Güter. Wenn du das getan hast, kannst du zurück auf deine Ländereien gehen oder bettelarm in die Welt ziehen, ganz wie es Owain gefällt. Und ich warne dich, suche niemals wieder in Dublin um Hilfe nach, wir wissen jetzt, wieviel dein Wort wert ist. Und da das so ist«, sagte er, wobei er seinen massiven Unterkiefer nachdenklich mit kräftiger Hand knetete, »werden wir dich erst einmal ruhigstellen, wo wir dich schon hier haben.« Er drehte sich zu Turcaill um, der dabeistand und das Gespräch mit dem distanzierten Interesse eines Menschen verfolgt hatte, dessen eigene Aufgabe bereits erledigt war. »Gib ihn Torsten zur Bewachung, aber sieh zu, daß er festgebunden wird. Wir alle wissen nur zu gut, sein Wort und sein Eid binden ihn nicht, und dementsprechend müssen wir verfahren. Legt ihn in Ketten und achtet darauf, daß er nichts anstellt und scharf bewacht wird.«

»Das wagst du nicht!« Cadwaladr spuckte, schnaubte und zuckte, als wollte er sich auf die stürzen, die hier über ihn Gericht hielten, doch es war schmachvoll, wie leicht seine Bewacher ihn mit groben Händen packten und festhielten, so daß er sich zwischen den grinsenden Männern nur winden konnte, bis ihm der Schweiß ausbrach. Angesichts dieser lässigen und geradezu gleichmütigen Behandlung wirkte sein Tobsuchtsanfall eher wie der Wutausbruch eines zornigen Kindes und verebbte in der kühlen Einsicht, daß er hilflos war und sich mit dieser Wendung seines Schicksals bescheiden mußte, denn er konnte nichts daran ändern.

»Zahl uns, was du uns schuldig bist, dann kannst du gehen«, sagte Otir finster. Und zu Torsten: »Bringt ihn weg!«

Elftes Kapitel

Als zwei Männer aus Cuhelyns Einheit den ganzen Südrand des Heerlagers abgegangen waren, fanden sie am frühen Morgen das abgelegenste Tor unbewacht und berichteten das ihrem Hauptmann. Nur Cuhelyn war so gründlich, die Verteidigungsanlagen überhaupt schon so früh überprüfen zu lassen. Für ihn stellte Cadwaladrs Anwesenheit in Owains Lager, die er hinnehmen mußte, wenn er sie auch nicht begrüßte, eine tiefe Beleidigung dar, nicht nur um des ermordeten Anarawd, sondern auch um Owains willen, der sehr lebendig war. Und die Art, wie Cadwaladr sich innerhalb des Lagers aufführte, hatte die Verachtung, die Cuhelyn für ihn hegte, nicht gemildert. So, wie Cadwaladr sich in eine abgelegene Ecke des Lagers zurückgezogen hatte, mochten andere darin eine gewisse Rücksichtnahme auf Owain sehen, den schon der Anblick seines Bruders reizen mußte. Doch Cuhelyn kannte sein überhebliches Wesen besser, das blind für die Bedürfnisse und Gefühle anderer Menschen war. Cadwaladr war nicht zu trauen, er ging stets rücksichtslos und unberechenbar vor. So hatte Cuhelyn damit begonnen, ohne sonst jemand davon zu unterrichten, die Bewegungen Cadwaladrs und der Männer, mit denen er sich umgab, genau im Auge zu behalten.

Da der Mann, der an dem Tor Wache gestanden hatte, nicht aufzufinden war, machte sich Cuhelyn eilends selbst auf den Weg, bevor unter seinen eigenen Leuten Unruhe aufkam. Der Vermißte wurde bald unverletzt aufgefunden, er lag in einem Gebüsch unweit der Palisade und war in eine Wolldecke gefesselt. Es war ihm schon gelungen, die Schnur zu lockern, mit der seine Hände gefesselt waren, doch nicht genug, um sich zu befreien. Den Stoff, der ihm in den Mund gestopft worden war, hatte er teilweise entfernt. Die undeutlichen Grunzer, die alles waren, das er äußern konnte, waren genug, um ihn ausfindig zu machen, sobald der Suchtrupp die Bäume erreicht hatte. Von seinen Fesseln befreit, kam er steif wieder auf die Beine und berichtete mit geschwollenen Lippen, was ihm in der Nacht zugestoßen war.

»Dänen – mindestens fünf – sie sind von der Bucht hochgekommen. Ein Junge ist dabei gewesen, hätte Waliser sein können, der hat ihnen den Weg gezeigt ...«

»Dänen!« wiederholte Cuhelyn verwundert über das, was ihm plötzlich klar wurde. Er hatte eine Art Teufelei von Cadwaladr erwartet, aber war es möglich, daß es sich hier statt dessen um einen bösen Scherz gegen Cadwaladr handelte? Der Gedanke bereitete ihm ein bitteres Vergnügen, aber er glaubte noch nicht ganz daran. Es mochte sein, daß hier noch jemand anderes die Hand im Spiel hatte, Däne oder Waliser, der es bereute, so streng gewesen zu sein und jetzt heimlich mit dem Gegner paktierte, um sich Owain zu widersetzen.

Er lief schnell zu Cadwaladrs Zelt und ging ohne Umstände hinein. Aufkommender Wind blies ihm ins Gesicht und fuhr knatternd in die aufgetrennten Zeltbahnen hinter dem Bettlager. Die eingewickelte Gestalt auf dem Bett bäumte sich auf und gab unterdrückte Klagelaute von sich. Dieses zweite gefesselte Opfer stellte alle Gedanken auf den Kopf, die er sich über das erste gemacht hatte. Warum sollte eine Gruppe von Wikingern heimlich hierher zu Cadwaladr kommen, ihn fesseln und knebeln und ihn dann hierlassen, damit er unvermeidlich aufgefunden und befreit wurde, sobald es Tag wurde? Egal, ob sie gekommen waren, um sich erneut mit ihm zu verschwören oder um ihn für das, was er ihnen schuldete, als Geisel zu nehmen – in beiden Fällen ergab dies keinen Sinn. So dachte Cuhelyn verwirrt nach, während er mit grimmiger Geduld mit seiner einen Hand die Knoten und Stricke löste, mit denen Arme und Beine gefesselt waren, und den sich windenden Körper aus der zerknitterten Decke wickelte. Eine Hand, die der Strick gefesselt hatte, erhob sich tastend, sobald sie freikam, und zog das Tuch von einem zerzausten Schopf dunklen Haares und einem Gesicht, das Cuhelyn gut kannte.

Cuhelyn schaute nicht in Cadwaladrs anmaßende Miene,

sondern in das Gesicht eines jüngeren Mannes, schmaler, ausgeprägter und empfindsamer, der sein Spiegelbild und sein Zwillingsbruder hätte sein können. Es war Gwion, die letzte Geisel aus Ceredigion.

Als sie gemeinsam, aber hintereinander zu Owains Hauptquartier gingen, da ging Cuhelyn nicht als letzter, weil er Gwions Hirte gewesen wäre, sondern weil es ihm so beliebte, und Gwion ging steifbeinig voran, um jedem, der ihnen zusah, klarzumachen, daß er sich nicht antreiben ließ, sondern aus eigenem Entschluß hinging, wo er hingehen wollte. Die Luft zwischen ihnen vibrierte von der Animosität, die es zwischen ihnen bis zu diesem Augenblick nie gegeben hatte und in ihrer Intensität und Schmerz nicht lange geben konnte. Owain sah das daran, wie steif sie vor ihn hintraten und mit was für ausdruckslosen Gesichtern sie nebeneinander vor ihm standen, um sein Urteil abzuwarten.

Der eine der beiden strengen und leidenschaftlichen jungen Männer war eine Idee größer und schlanker, der andere etwas kräftiger und auf eine Weise dunkelhaariger, die ihn vitaler wirken ließ, aber wie sie so Schulter an Schulter vor ihm standen und vor Spannung zitterten, hätten sie nahezu Zwillinge sein können. Der Unterschied zwischen beiden, der einem sofort ins Auge stach, lag in der Hand, die der eine eingebüßt hatte, und das durch einen schlimmen Verrat durch genau den Herrn, dem der andere so verehrungsvoll diente. Doch das war es nicht, was sie in so feindseligem Zorn gegeneinander aufgebracht hatte, der für beide so ungewohnt war und so schmerzlich.

Owain schaute von der einen düsteren Miene zur anderen und fragte beide sachlich: »Was bedeutet das?«

»Das heißt«, sagte Cuhelyn und nahm die zusammengebissenen Zähne auseinander, »daß das Wort dieses Mannes nicht mehr wert ist als das seines Herrn. Ich habe ihn geknebelt und mit Stricken gefesselt in Cadwaladrs Zelt gefunden. Das Warum und Wie soll er dir erklären, denn mehr weiß ich nicht. Aber Cadwaladr ist verschwunden, und dieser Mann hier links von mir und der Bursche, der dort am Tor

Wache gehalten hat, sagen, in der Nacht seien Wikinger aus der Bucht hochgekommen und hätten die Wache überwältigt, um sich den Weg ins Lager zu bahnen. Wenn das alles eine Bedeutung hat, muß er sie liefern, nicht ich. Doch ich weiß genau wie du, mein Herr, besser als sonst jemand, daß er seinen Eid gegeben hat, nicht von Aber zu entfliehen, und er hat seinen Eid gebrochen und seine Ehre beschmutzt.«

»Wohl kaum zu seinem eigenen Vorteil«, sagte Owain, verkniff sich ein Lächeln und sah Gwion an, dem das schwarze, zerzauste Haar vom Kopf stand. Sein Gesicht war von der groben Wolldecke zerkratzt, und die Lippen waren durch den Knebel verschrammt und geschwollen. Dann sagte er zu dem stummen jungen Mann, der so voller Grimm und trotziger Abwehr dreinschaute: »Und was sagst du dazu, Gwion? Hast du deinen Eid gebrochen?«

Die wunden Lippen öffneten sich und zitterten einen Augenblick vor Anspannung. So leise, daß er kaum zu hören war, sagte Gwion ohne Reue: »Ja.«

Cuhelyn trat jetzt ein wenig zur Seite und wendete den Blick ab. Gwion sah Owain aus seinen schwarzen Augen eindringlich an und zog tief die Luft ein, nachdem er freimütig das Schlimmste zugegeben hatte, das ein Mann tun konnte.

»Und warum hast du das getan, Gwion? Ich kenne dich jetzt schon eine Weile. Erkläre mir dein Rätsel. Ich habe dir in Aber vertrauensvoll eine Aufgabe übertragen, was den Tod von Bledri ap Rhys angeht. Ich habe doch wahrhaftig dein Ehrenwort gehabt! Das wissen wir alle. Jetzt erklär du mir, wie es gekommen ist, daß du dich selbst so betrogen und deinen eigenen Treueschwur gebrochen hast.«

»Fragt nicht weiter!« sagte Gwion zitternd. »Ich habe es getan! Laßt mich dafür bezahlen.«

»Erklär es mir trotzdem!« forderte Owain mit einer Ruhe, die Respekt einflößte. »Ich erfahre es ohnehin!«

»Ihr glaubt, ich werde Entschuldigungen zu meiner eigenen Verteidigung vorbringen«, entgegnete Gwion. Seine Stimme hatte eine feste und sichere Ruhe gewonnen, die ihn vollkommen in sich gekehrt erscheinen ließ, gleichgültig gegenüber allem, was ihm zustoßen mochte. Er fing an, nach

Worten zu suchen, als ob er selbst bisher noch nie die Schwierigkeiten seines eigenen Handelns erforscht hatte und neugierig auf das war, was er finden mochte. »Nein, was ich getan habe, habe ich getan, ich entschuldige es nicht, denn es ist eine Schande. Doch ich mußte einsehen, daß ich, was ich auch tat, mit Schande zu rechnen und keine andere Wahl hatte, als die geringere in Kauf zu nehmen. Nein, wartet. So darf ich nicht reden. Laßt mich berichten, was sich zugetragen hat. Ihr habt mir aufgetragen, Bledris Leichnam an seine Frau zu überführen und ihr die Nachricht zu übermitteln, wie er gestorben ist. Ich habe gehofft, ich könnte ihr auf die rechte Weise gegenübertreten und ihn ihr selbst übergeben. Ich habe fest vorgehabt, danach in meine Gefangenschaft zurückzukehren, denn bei Euch, mein Lord, bin ich in guten Händen gewesen. So bin ich zu ihr nach Ceredigion gegangen, und dort haben wir Bledri begraben. Und dort haben wir davon gesprochen, was Euer Bruder Cadwaladr getan hat, nämlich eine Wikingerflotte anzuwerben, um seine Rechte durchzusetzen, und ich habe eingesehen, daß es sowohl für Euch wie für ihn und für ganz Gwynedd und Wales das beste wäre, daß ihr zwei euch verbündet und gemeinsam die Dänen mit leeren Händen nach Dublin zurückschickt. Das ist nicht mein Gedanke gewesen«, sagte er langsam. »Er stammt von den weisen alten Männern, die Kriege überlebt haben und zur Vernunft gekommen sind. Ich war und bin immer Cadwaladrs Mann gewesen, anders kann es nicht sein. Als die weisen Männer mir erklärt haben, daß um seinetwillen zwischen euch beiden Brüdern Frieden geschlossen werden muß, da habe ich es so gesehen wie sie. Und ich habe mit seinen früheren Hauptleuten gemeinsame Sache gemacht, soweit ich sie noch erreichen konnte, und eine Truppe aufgestellt, die loyal zu Cadwaladr steht und die doch genausosehr wie ich die Versöhnung zwischen euch wünscht. Und ich habe meinen Eid gebrochen«, sagte Gwion mit brutaler Heftigkeit. »Ich sage Euch offen, ich hätte für ihn gekämpft, ob unsere schönen Pläne nun aufgegangen oder fehlgeschlagen wären. Gegen die Dänen hätte ich mit Freude gekämpft. Was für ein Recht haben sie auf einen solchen Handel! Gegen Euch, mein Lord, nur schweren Herzens, aber wenn es dazu gekommen wäre, hätte ich gegen Euch gekämpft. Cadwaladr ist mein Herr, und einem anderen diene ich nicht. Deshalb bin ich auch nicht nach Aber zurückgegangen. Ich habe eine Hundertschaft guter Krieger herangeführt, die so denken, wie ich es tue, und ich habe vorgehabt, sie Cadwaladr zu übergeben, damit er sie verwendet, wie immer er es für richtig hält.«

»Und du hast ihn in meinem Lager gefunden«, sagte Owain und lächelte. »Und dein halber Plan schien bereits für dich erledigt zu sein und unser Frieden geschlossen.«

»Das habe ich gedacht und gehofft.«

»Und hast du es so vorgefunden? Du hast ja mit ihm gesprochen, nicht wahr, Gwion? Ehe die Wikinger von der Bucht heraufgekommen sind und ihn gefangengenommen und dich zurückgelassen haben? Seid ihr einer Meinung gewesen?«

Ein kurzes Zucken lief durch Gwions dunkles Gesicht. »Die sind gekommen und haben ihn mit sich genommen. Mehr weiß ich nicht. Jetzt habe ich Euch Rede und Antwort gestanden und bin in Eurer Hand. Er ist mein Herr, und wenn Ihr auch wollt, daß ich unter Euch kämpfe, muß ich ihm doch weiter dienen. Ihr habt aber das Recht, mir das zu verbieten. Ich habe befürchtet, ihm würde Schaden zugefügt, und mein Herz konnte das nicht ertragen. Trotz allem, so wie ich ihm Treue gelobt habe, so habe ich jetzt sogar für ihn meine Ehre aufgegeben, und ich weiß nur zu gut, wie schlecht es mir nach diesem Verlust ergehen kann. Darum tut, was Ihr für richtig haltet.«

»Willst du mir erzählen«, sagte Owain und sah ihn genau an, »er habe keine Zeit gehabt, dir mitzuteilen, wie die Dinge zwischen uns stehen? Du sprichst davon, ob ich will, daß du unter mir kämpfst. Das möchte ich wohl, und du wärst nicht der Schlechteste, den ich je unter meinem Banner hatte, falls ich vorgehabt hätte zu kämpfen – aber ich habe nichts dergleichen vor, weil ich mein Ziel auch ohne einen Kampf erreichen kann. Was läßt dich denn denken, daß ich im Begriff bin, zum Kampf zu blasen?«

»Die Dänen haben Euren Bruder geholt!« stieß Gwion hervor, geriet ins Stottern und war mit einemmal ratlos. »Ihr habt doch vor, ihn zu retten?«

»Ich habe nichts dergleichen vor«, sagte Owain schroff. »Ich werde keinen Finger rühren, um ihn aus ihren Händen zu befreien.«

»Was, wenn sie ihn als Geisel genommen haben, weil er mit Euch Frieden geschlossen hat?«

»Sie haben ihn als Geisel genommen«, entgegnete Owain, »wegen der zweitausend Silbermark, die er ihnen versprochen hat, wenn sie nach Wales kommen und so lange auf mich einschlagen, bis ich Cadwaladr das Land zurückgebe, das er verspielt hat.«

»Was immer sie ihm vorwerfen, er ist doch Euer Bruder, er ist in Feindeshand und in Lebensgefahr! Ihr könnt ihn doch nicht im Stich lassen!«

»Die werden ihm nicht das geringste Leid antun«, sagte Owain, »wenn er zahlt, was er ihnen schuldet. Was er auch tun wird. Sie werden ihn so zärtlich halten wie ihre eigenen Säuglinge, und ihn ohne eine Schramme freilassen, wenn sie sein Vieh und seine Waren geladen haben, zu dem Wert, den er ihnen versprochen hat. Sie wollen offenen Krieg genausowenig wie ich, vorausgesetzt, sie erhalten, was ihnen zusteht. Und sie wissen, daß, falls sie meinen Bruder verletzen oder töten, sie es mit mir zu tun bekommen. Wir verstehen uns, die Dänen und ich. Soll ich denn meine Männer ins Feld schicken, um ihn aus dem Morast zu ziehen, den er sich selbst bereitet hat? Nein! Nicht einen Mann, nicht eine Klinge, nicht einen Bogen!«

»Das kann ich nicht glauben!« sagte Gwion und starrte ihn mit aufgerissenen Augen an.

»Erzähl ihm, Cuhelyn, wie diese Auseinandersetzung steht«, sagte Owain und lehnte sich mit einem Seufzer über soviel unangemessene wie unschuldige Loyalität zurück.

»Mein Lord Owain hat seinem Bruder vorurteilslose Verhandlungen angeboten«, sagte Cuhelyn einfach, »und ihm gesagt, daß er erst seine Wikinger loswerden muß, bevor davon die Rede sein kann, ihm sein Land zurückzugeben. Und daß es nur einen Weg gibt, sie nach Hause zu schicken, und der ist, ihnen zu zahlen, was er ihnen versprochen hat. Der Streit ist seiner, und er muß ihn lösen. Doch Cadwaladr hat geglaubt, er wüßte es besser und wenn er meinen Herrn erst unter Druck setzte, würde der sich mit ihm verbünden, um die Dänen gemeinsam zu vertreiben. Und so würde er nichts bezahlen müssen! Also hat er Otir getrotzt und ihn zurück nach Dublin schicken wollen. Er hat ihm erzählt, er habe Frieden mit Owain geschlossen und sie würden die Wikinger gemeinsam ins Meer treiben, wenn sie die Anker nicht von selbst lichteten. Womit«, sagte Cuhelyn, biß die Zähne zusammen und richtete den Blick stolz und fest auf Owain, der schließlich der Bruder dieses bösartigen Menschen war und so offene Worte scheuen mochte, »er gelogen hat. So einen Friedensschluß und so ein Bündnis hat es nie gegeben. Er hat gelogen, und er hat einen feierlichen Vertrag gebrochen und wollte dafür auch noch Zustimmung und Lob! Schlimmer noch, durch diesen Betrug hat er die drei Geiseln in Gefahr gebracht, zwei Mönche und eine Frau, die von den Dänen festgehalten werden. Mein Herr hält seine Hand über sie und bietet ein gerechtes Lösegeld. Doch für Cadwaladr macht er keinen Finger krumm. Und jetzt weißt du«, sagte er heftig, »warum die Dänen ihn sich nachts geholt haben, und warum sie dir, der ihnen nichts getan hat, kein Haar gekrümmt haben. Sie haben kein Blut vergossen und keinen Mann aus dem Gefolge meines Herrn verletzt. Von Cadwaladr wollen sie das, was er ihnen schuldig ist. Denn ein walisischer Fürstensohn sollte sogar Wikingern gegenüber sein Wort halten.«

Er sagte das in einem festen und bestimmten Ton, und dabei war er doch außer sich vor Zorn, so daß Gwion bis zum Ende stumm blieb.

»Alles, was Cuhelyn dir gesagt hat, ist wahr«, sagte Owain.

Gwion öffnete seine wunden Lippen und sagte hohl: »Ich glaube es. Trotz alledem ist Cadwaladr immer noch Euer Bruder und mein Herr. Ich weiß, daß er impulsiv und jähzornig sein kann. Er handelte, ohne nachzudenken. Aber ich kann doch nicht meiner Treue abschwören, wenn Ihr Eure Blutsbande verleugnet.«

»Das«, sagte Owain mit fürstlicher Geduld, »habe ich nicht getan. Er soll den Männern gegenüber sein Wort halten, die er hergeholt hat, um sein Land zurückzugewinnen, und er soll mein Land von den ungebetenen Eindringlingen befreien. Er bleibt mein Bruder, wie er es zuvor gewesen ist. Doch ich wünsche mir, daß er sich von seiner Böswilligkeit und seiner betrügerischen Art befreit, und ich werde den Dingen, die er getan hat und die ihn entehren, nicht noch mein Siegel aufdrücken.«

»So eine Forderung kann ich nicht stellen«, sagte Gwion mit einem trockenen und schmerzlichen Lächeln, »und meine Gefolgstreue kann ich auch nicht auf diese Weise einschränken. Ich bin auf ihn eingeschworen und sogar in dieser Sache sein Gefolgsmann. Ich gehe mit ihm, wo immer er hingeht, sogar in die Hölle.«

»Du bist in meiner Gewalt«, sagte Owain, »und ich denke, weder du noch er gehören in die Hölle.«

»Aber jetzt wollt Ihr ihm nicht helfen! Ach, Herr«, bat ihn Gwion erregt, »bedenkt, was man von Euch sagen wird, wenn Ihr Euren Bruder in den Händen seiner Feinde laßt.«

»Noch vor kaum einer Woche«, sagte Owain mit mühsamer Beherrschung, »sind diese Wikinger seine Freunde und Kriegskameraden gewesen. Hätte er sich nicht in mir geirrt und sie um ihren Lohn betrogen, wären sie es immer noch. Seinen Verrat an ihnen kann ich verzeihen, aber nicht, wie grob und närrisch er mich mißverstanden hat. Ich werde nicht gern für einen Mann gehalten, der freundlich auf Eidbrecher und Männer schaut, die erst freimütig ein Geschäft und dann beschämt einen Rückzieher machen.«

»Ihr verdammt mich nicht weniger als ihn«, sagte Gwion.

»Dich kann ich wenigstens verstehen. Du bist zum Verräter geworden, weil du unbeirrbar treu bist. Damit hast du dir keinen Gefallen getan«, sagte Owain müde, »doch deine Freunde werden sich deshalb nicht von dir abwenden.«

»Dann bin ich in Eurer Gewalt. Was werdet Ihr mit mir tun?«

»Nichts«, sagte der Fürst. »Du kannst hierbleiben oder gehen, wie du willst. Wir geben dir Nahrung und Unterkunft, wie wir es in Aber getan haben, falls du bleiben und abwarten willst, welches Schicksal auf Cadwaladr wartet. Falls nicht, dann geh, wann und wohin du willst. Du gehörst zu ihm, nicht zu mir, und niemand wird dich behindern.«

»Und Ihr fordert nicht mehr, daß ich mich Euch unterwerfen soll?«

»Darauf lege ich keinen Wert mehr«, sagte Owain und machte im Aufstehen eine Handbewegung, mit der er beide Männer entließ. Sie gingen zusammen hinaus, wie sie eingetreten waren, doch als sie draußen vor dem Bauernhof angelangt waren, der Owain als Hauptquartier diente, war Cuhelyn schon im Begriff, sich schroff abzuwenden und davonzugehen, als Gwion ihn am Arm zurückhielt.

»Er straft mich mit soviel Nachsicht! Er hätte mein Leben fordern oder mich doch in die Ketten legen können, die mir gebühren. Wendest auch du die Augen von mir ab? Wenn es anders gewesen wäre, wenn Owain selbst oder Hywel in Feindeshand geraten wären, hättest du deine Treue zu ihnen nicht über deine Ehre gesetzt und wärst zu ihnen gegangen, um sie, falls nötig, zu beschwören?«

So plötzlich, wie er sich abgewendet hatte, kam Cuhelyn jetzt auf ihn zu. Seine Miene war angespannt. »Nein. Ich habe stets nur solchen Herren die Treue geschworen, die selbst vollkommen von Ehre waren und dasselbe auch von denen forderten, die ihnen dienten. Hätte ich getan, was du getan hast, und Hywel zuliebe meinen Eid gebrochen, hätte er mich niedergeschlagen und ausgestoßen. Cadwaladr aber, und daran habe ich keinen Zweifel, hat dich erfreut willkommen geheißen.«

»Das ist mir so schwergefallen«, sagte Gwion feierlich vor Verzweiflung. »Schwerer als zu sterben.«

Doch Cuhelyn hatte sich bereits mit Bedacht losgemacht und ging durch das Lager davon, das gerade im ersten Tageslicht zum Leben erwachte.

Unter Owains Männern fühlte Gwion sich als Fremder und Ausgestoßener, obwohl sie seine Gegenwart in ihrer Mitte ohne Murren duldeten und sich nicht die Mühe machten, ihn zu meiden oder auszuschließen. Hier hatte er keinen Platz. Seine Hände und seine Fertigkeiten standen nicht im Dienst des Fürsten, und sein eigener Herr blieb für ihn unerreichbar. Für sich und stumm ging er durch die Reihen der Waliser, und auf einem kleinen Hügel im Norden des Lagers stand er lange, um auf die Dünen zu schauen, wo man Cadwaladr gefangen hielt, eine Geisel im Gegenwert von zweitausend Silberstücken in Vieh, Bargeld und Waren, die Heuer für eine ganze wikingische Flotte.

Er blickte in die Ferne, wo die Äcker in die ersten Sanddünen übergingen und die verstreuten Bäume von Unterholz und Gestrüpp abgelöst wurden. Irgendwo dort in der Ferne lag der mit Gewalt zurückgeholte Cadwaladr vielleicht in Ketten und wartete auf Hilfe, die ihm sein Bruder kühl vorenthielt. Ganz gleich, was Cadwaladr vorgeworfen wurde, nichts konnte in Gwions Augen rechtfertigen, daß Owain seinen Bruder im Stich gelassen hatte, nicht das Versprechen, das er gebrochen hatte, und nicht einmal der Mord an Anarawd, falls sein Herr damit überhaupt zu tun gehabt hatte. Seinen eigenen Treuebruch sah Gwion als unverzeihlich an und verstand die, die sein Verhalten verdammten, doch für ihn gab es nichts, was Cadwaladr getan hatte oder noch tun konnte, das ihn als seinen ergebenen Vasallen davon abgebracht hätte, seinen Herrn zu verehren und ihm zu folgen. Einmal geschworene Treue galt für das ganze Leben.

Und er konnte nichts tun! Sicher, er hatte die Erlaubnis, fortzugehen, wenn er das wollte. Einhundert gute Krieger warteten auf ihn wenige Meilen von hier. Doch was war eine Kompanie gegen die Zahl von Kriegern, über die die Dänen verfügen mußten, und gegen die Verteidigungsanlagen, die sie errichtet hatten? Ein schlecht vorbereiteter Versuch, ihr Lager zu stürmen und Cadwaladr zu befreien, kostete ihn vielleicht das Leben. Schlimmer noch fand Gwion die Aussicht, daß die Dänen, die auf See unangreifbar waren, durch einen Angriff veranlaßt werden könnten, die Anker zu lichten, in See zu stechen und ihren Gefangenen mit nach Irland zu nehmen, wo ihm niemand mehr helfen konnte.

Mochte er noch so lange in die Ferne schauen, es kam ihm

keine Erleuchtung und nicht ein Schimmer einer Idee, wie sein Herr befreit werden könnte. Cadwaladr, der bereits soviel verloren hatte, sollte nun gezwungen werden, was er noch an Schätzen und an Vieh besaß, abzuliefern, um seine Freiheit zu erkaufen. Gwion war bekümmert darüber, daß Cadwaladr nicht einmal sicher sein konnte, für diese Summe sein verlorenes Land zurückzuerhalten. Sogar wenn Owain recht behielt und die Dänen nicht vorhatten, ihm etwas zuleide zu tun, vorausgesetzt die Schuld wurde bezahlt, würde die Demütigung von Gefangenschaft und Unterwerfung in diesem stolzen Gemüt wie ein Geschwür nagen. Gwion mißgönnte Otir und seinen Männern jedes Silberstück ihres Lohns. Man hätte einwenden können, Cadwaladr hätte eben niemals die Wikinger gegen seinen Bruder zu Hilfe rufen sollen, doch auf seine impulsive Weise hatte er sich schon immer voreilig und unklug verhalten. Männer, die zu ihm standen, hatten das wie die waghalsigen und mutwilligen Launen eines tapferen und tollkühnen Kindes ertragen und versucht, aus dem daraus entstehenden Durcheinander das Beste zu machen. Es war weder freundlich noch gerecht, ihm die Nachsicht, die ihm zuvor nie versagt worden war, jetzt zu entziehen, wo er sie am meisten brauchte. Gwion ging weiter über die Anhöhe und blickte angestrengt nach Norden. Auf der Kuppe des Hügels standen ein paar niedrige und verkrüppelte Bäume, die der Wind landeinwärts gebogen hatte. Dort stand wie angewurzelt ein Mann, ruhig und fest wie ein Baum, und starrte wie Gwion in die Richtung, wo die dänische Streitmacht verborgen war. Der Mann war etwa Mitte Dreißig. Er wirkte eckig und muskulös, sein braunes Haar zeigte die ersten feinen Spuren von Grau, und seine Augen schauten unter dicken schwarzen Brauen dunkel auf die Dünen, die sich bis zum Horizont ausdehnten. Er war unbewaffnet. Brust und Arme hatte er freigemacht und seinen mächtigen Körper dem Morgenlicht ausgesetzt. Noch so ruhig und gesammelt, wie er in die Ferne schaute, flößte er Gwion Achtung ein. Obwohl er Gwions Schritte in dem trockenen Gras zwischen den Bäumen gehört haben mußte, drehte er weder den Kopf noch löste er sich auch nur einen

Augenblick aus seinen Beobachtungen, bis Gwion neben ihm stand. Sogar jetzt rührte er sich nur langsam und drehte sich scheinbar teilnahmslos um.

»Ich weiß«, sagte er schließlich, als wäre er sich schon lange der Gegenwart des anderen bewußt gewesen, »hinüberschauen bringt uns nicht weiter.«

Das war genau das, was Gwion auch dachte, und dabei so passend ausgedrückt, daß ihm einen Moment die Luft wegblieb. Vorsichtig fragte er: »Du auch? Was gibt es da drüben bei den Dänen, das dir soviel bedeutet?«

»Meine Frau«, sagte der andere mit kurzem, trockenem Nachdruck. Mehr war nicht nötig, auszudrücken, wie schlimm man ihn beraubt hatte.

»Deine Frau!« wiederholte Gwion verständnislos. »Durch welchen seltsamen Zufall ...« Hatte Cuhelyn nicht etwas von drei Geiseln gesagt, die durch Cadwaladrs Fahnenflucht und Provokation in Gefahr geraten waren, zwei Mönche und eine junge Frau, die die Wikinger gefangengenommen hatten? Zwei Mönche und eine Frau waren auch von Aber aus in Owains Gefolge mitgezogen. Erst waren sie Cadwaladrs Söldnern zum Opfer gefallen, um jetzt auch noch als Pfand für Cadwaladrs Betrug an ihnen festgehalten zu werden. Was, wenn den Dänen der Sinn nach Rache stand? Ach, die Liste von Cadwaladrs Untaten wurde immer länger, und es fiel Gwion immer leichter, Owains Sturheit zu verstehen. Aber Cadwaladr hatte eben gar nicht nachgedacht, denn er überlegte vorher nie, sondern handelte erst und bereute später. Nun sollte er Gelegenheit haben, für alle seine Taten zu büßen, seit er den ersten fatalen Fehler begangen hatte, ins Königreich Dublin zu fliehen und dort um Hilfe nachzusuchen.

Ja, diese Frau – Gwion erinnerte sich an sie. Eine Schönheit mit schwarzen Augenbrauen, groß, schlank und wortkarg, die mit ernster Miene an der Tafel des Fürsten Wein und Met ausgeschenkt und gelegentlich ein bitteres und trauriges Lächeln für den Geistlichen gehabt hatte, von dem es hieß, er sei ihr Vater. Es schien, als wollte sie ihn daran erinnern, auf wie dünnem Eis er sich bewegte und wie leicht sie ihn einbrechen lassen konnte, wenn sie es so wünschte.

Am Fürstenhof war diese Geschichte schon vom Stallknecht der Magd und vom Waffenknecht dem Pagen zugeflüstert worden, so daß sie rasch auch ihm, der letzten Geisel aus Ceredigion, zu Ohren gekommen war. Die Sache hatte ihn gleichgültig gelassen, da Gwynedd nicht sein Zuhause, Owain nicht sein Herr und Gilbert von Sankt Asaph auch nicht sein Bischof war. Sollte es dieselbe Frau sein? Sie war unterwegs gewesen, fiel es ihm wieder ein, um einen Mann aus Anglesey zu heiraten, der in Owains Diensten stand.

»Du bist Ieuan ab Ifor«, sagte er, »der die Tochter des Priesters heiraten soll.«

»Der bin ich«, sagte Ieuan und sah ihn an. »Und wer bist du, der meinen Namen kennt und weiß, was ich hier tue? Ich habe dich bisher unter den Gefolgsleuten des Fürsten nicht gesehen.«

»Aus gutem Grund. Ich bin nicht sein Gefolgsmann. Ich bin Gwion, die letzte der Geiseln, die er aus Ceredigion mitgebracht hat. Ich war immer Cadwaladrs Mann und bin es noch heute«, antwortete Gwion entschieden und sah, wie in den schwarzen Augen, die ihn musterten, langsam ein Feuer aufglühte. »Was auch geschieht, ich gehöre zu Cadwaladr. Doch ich hoffe, daß es gut ausgeht.«

»Es ist seine Schuld«, sagte Ieuan zornig, »daß Meirions Tochter bei diesen Seeräubern gefangen ist. Du kennst doch den kleinen Fruchtbecher, in dem Eicheln sitzen? Soviel, wie da hineingeht, soviel Gutes hat er jemals getan, und das wenige kannst du noch vor die Säue werfen. Erst holt er diese barbarischen Piraten nach Gwynedd, dann hält er sich nicht an das, was er mit ihnen ausgemacht hat, setzt sich einfach ab und läßt unschuldige Geiseln zurück, an denen Otir seinen ganzen Zorn auslassen kann. Der Mann ist für seine eigenen Leute genau so ein Verhängnis wie für Anarawd, den er umgebracht hat.«

»Ich rate dir, geh nicht zu weit«, sagte Gwion eher müde und traurig als verletzt, »denn ich mag es nicht, wenn schlecht von ihm gesprochen wird.«

»Beruhige dich! Weiß Gott, ich kann keinem Mann vorwerfen, daß er zu seinem Fürsten steht, aber Gott möge dir einen besseren Fürsten schicken. Mag sein, daß du ihm alles vergibst, egal, wie er dich beschämt. Doch du kannst von mir nicht erwarten, daß ich ihm vergebe, wie er meine Braut dem Schicksal überlassen hat, das die Dänen ihr bereiten mögen.«

»Der Fürst hat erklärt, sie stehe unter seinem Schutz«, sagte Gwion, »so habe ich es erst vor einer Stunde vernommen. Er hat für sie und die beiden Mönche aus England ein gerechtes Lösegeld angeboten und damit die Warnung verbunden, daß er Wert auf ihre Sicherheit legt.«

»Der Fürst ist hier«, sagte Ieuan grimmig, »und sie ist dort, und den Dänen fehlt der eine Mann, den sie gerne bei sich wüßten. Vielleicht vergreifen sie sich jetzt an anderen Gefangenen.«

»Nein«, sagte Gwion, »du irrst dich. Dein Zorn auf ihn mag sich beruhigen. Vergangene Nacht haben sie ein Schiff in die Bucht geschickt und Männer an Land gebracht, um sich den Weg hier in das Lager zu bahnen, in sein Zelt. Sie haben Cadwaladr als Gefangenen mitgenommen, damit er selbst sein Lösegeld bezahlt oder die Folgen am eigenen Leibe spürt. Ein weiteres Opfer ist gar nicht nötig. Den, den sie brauchen, haben sie fest im Griff.«

Ieuan kniff seine buschigen Augenbrauen erst ungläubig zusammen, doch als Gwion ihn unverwandt anblickte und die düstere Spannung sich löste, zog Ieuan sie verwirrt und staunend hoch.

»Du täuschst dich, das kann nicht sein ...«

»Das ist die Wahrheit.«

»Woher weißt du das? Wer hat dir das berichtet?«

»Das brauche ich mir nicht erzählen zu lassen«, sagte Gwion. »Ich bin bei ihm gewesen, als sie gekommen sind. Ich habe alles gesehen. Mitten in der Nacht sind vier von Otirs Dänen bei ihm eingebrochen, haben ihn mitgenommen und mich gefesselt und geknebelt zurückgelassen, genau wie den Mann, der am Tor Wache gestanden hatte. Hier habe ich noch die Verletzungen der Seile, mit denen sie mich gefesselt haben. Schau!«

Wo er versucht hatte, sich zu befreien, hatten die Stricke sich tief in die Handgelenke eingeschnitten. Die Verletzungen sprachen für sich selbst. Ieuan starrte sie lange an und versuchte zu verstehen. Schließlich sagte er: »Deshalb hast du also zu mir gesagt ›Du auch‹? Jetzt brauche ich nicht mehr zu fragen, um welchen der Gefangenen der Wikinger du dir Sorgen machst. Aber entschuldige, wenn ich dir offen sage, deine Sorgen kümmern mich nicht. Was ihm auch geschieht, er hat selbst Schuld daran. Aber was hat denn meine Braut getan, daß er sie so in Gefahr bringt? Kommt sie durch seine Gefangennahme frei, bin ich recht froh darüber.«

Dagegen war nichts zu sagen, und Gwion schwieg.

»Wenn ich nur ein Dutzend Männer hätte, die mir folgen«, sagte Ieuan weiter, eher zu sich selbst als zu irgend jemand sonst, »würde ich sie selbst befreien und die Wikinger bekämpfen, so viele Dublin uns auch schicken mag. Sie gehört mir, und ich bekomme sie auch.«

»Dabei hast du sie noch nicht einmal gesehen«, sagte Gwion, erschüttert von der Leidenschaft, die aus diesem so beherrschten und ruhigen Mann plötzlich hervorbrach.

»Aber ich habe sie doch gesehen! Ich bin unentdeckt bis auf Steinwurfweite an ihre Palisade herangekommen, und kann das jederzeit wieder schaffen. Ich habe sie da drinnen entdeckt, auf einer Düne, wie sie nach Süden geblickt und nach der Hilfe Ausschau gehalten hat, die ihr niemand schickt. Sie ist noch edler, als man mir erzählt hat. Sie ist leicht und klar wie Stahl, und doch muß sie um ihr Leben fürchten, wenn ich sie nicht befreien kann.«

»Ich will meinen Herrn genauso sehr befreien«, sagte Gwion ruhig und absichtsvoll, denn dieser kühne und leidenschaftliche Liebhaber hatte in ihm eine Hoffnung geweckt. »Wenn Cadwaladr dir auch nichts bedeutet, und deine Heledd mir kaum mehr, können wir doch beide unseren Vorteil davon haben, wenn wir nur unsere Köpfe und unsere Kräfte zusammentun. Zwei sind besser als einer allein.«

»Aber immer noch bloß zwei«, sagte Ieuan. Aber seine Aufmerksamkeit war geweckt.

»Zwei sind bloß ein Anfang. Aus zwei können schon in wenigen Tagen mehr werden. Selbst wenn die Dänen den Willen meines Herrn brechen und er das Lösegeld zahlt, wird es Tage dauern, sein Vieh herzutreiben und zu verladen und zusammenzutragen, was ihm noch an Silberstücken bleibt.« Er trat noch näher an Ieuan heran und sprach ganz leise, damit nur er ihn hörte, falls irgend jemand vorbeigehen sollte. »Ich bin nicht allein gekommen. Aus Ceredigion habe ich einhundert Männer zusammengezogen und hierher geführt, die nach wie vor zu Cadwaladr halten. Oh, nicht für das, was wir gerade planen! Ich bin mir sicher gewesen, daß die Brüder Frieden schließen und zusammenhalten würden, um die Dänen gemeinsam zu vertreiben, und ich habe eine gute Truppe aufgestellt, die eigentlich Seite an Seite mit meinem Herrn und Owains Leuten kämpfen sollte. Ich habe schließlich nicht gewollt, daß er nur durch die Gnade seines Bruders wieder frei leben kann. Er sollte dabei wenigstens eine Hundertschaft seiner eigenen Männer anführen. Ich bin ihnen vorausgeeilt, um die Nachricht zu überbringen, nur um zu erfahren, daß Owain seinen Bruder im Stich gelassen hat. Und jetzt haben ihn sich die Dänen geholt.«

Ieuans Gesicht hatte wieder einen ruhigen Ausdruck angenommen, doch hinter der breiten Stirn und dem in die Ferne gerichteten Blick rechnete er sich mit scharfem Verstand aus, welche unvorhergesehenen Möglichkeiten sich jetzt boten. »Wie weit ist deine Hundertschaft entfernt?«

»Einen Tagesmarsch. Eine Meile südlich habe ich mein Pferd und einen Knecht zurückgelassen, der mitgeritten ist, und bin allein gekommen, um Cadwaladr zu treffen. Jetzt, da Owain es mir freistellt, zu bleiben oder fortzugehen, kann ich in einer Stunde wieder dort sein, wo ich meinen Mann zurückgelassen habe, und ihn schicken, um die Hundertschaft zu holen, so schnell, wie Männer nur marschieren können.«

»Es gibt hier einige Männer«, sagte Ieuan, »die würden gern so ein Wagnis eingehen. Einige werde ich noch überzeugen, einige brauchen nicht erst überzeugt zu werden.« Er rieb seine großen, kräftigen Hände behutsam gegeneinander und schloß die Finger hart um eine unsichtbare Waffe. »Du, Gwion, und ich werden weiter darüber sprechen. Solltest du dich nicht auf den Weg machen, bevor der Tag herum ist?«

Zwölftes Kapitel

Die Mittagszeit lag bereits lange zurück, als Torsten seinen in Ketten gelegten, erniedrigten und an seinem Ärger schier erstickenden Gefangenen erneut vor Otir führte. Cadwaladr hielt seine Lippen finster zusammengepreßt, und die Wut in seinen Augen loderte um so höher, als man ihn unter derart eiserner Kontrolle hielt. Trotz all seiner empörten Einwände wußte er so gut wie jeder andere, daß Owain sich nun von der Haltung, die er einmal eingenommen hatte, nicht wieder würde abbringen lassen. Die Zeit für leere Hoffnungen war vorüber, statt dessen hatte ihn die Wirklichkeit eingeholt und hielt ihn in Schach. Es hatte keinen Sinn, sich länger zu widersetzen, früher oder später würde er sich unweigerlich unterwerfen müssen.

»Er hat eine Nachricht für Euch«, sagte Torsten grinsend. »Es gelüstet ihn nicht nach einem Leben in Ketten.«

»Laß ihn für sich selber sprechen«, sagte Otir.

»Ich werde dir deine zweitausend Silberstücke zahlen«, sagte Cadwaladr. Seine Stimme klang dünn zwischen den zusammengebissenen Zähnen hervor, aber er hielt sich sorgsam im Zaum. »Du läßt mir keine Wahl, da mein Bruder sich unbrüderlich gegen mich verhält.« Dann versuchte er, noch die letzten Inseln in dem ihn überflutenden Meer von Unglück auszunutzen, und fügte hinzu: »Du wirst mir einige Tage in Freiheit gewähren müssen, um eine solche Menge an Waren und Gerät zusammenzubringen, denn das Ganze in Silber wird nicht angehen.«

Die Antwort war ein kehliges Gelächter von Torsten und heftiges Kopfschütteln auf seiten von Otir. »O nein, mein Freund! Ich bin kein solcher Narr, daß ich dir noch einmal trauen würde. Du wirst dich weder auch nur um einen Schritt von hier fortrühren noch deine Fesseln abwerfen, bevor nicht meine Schiffe beladen und bereit sind, in See zu stechen.«

»Und wie soll ich dann deiner Meinung nach das Lösegeld beibringen?« fragte Cadwaladr mit einem wütenden Schnauben. »Erwartest du von meinen Verwaltern, daß sie dir mein Vieh überlassen, und mein Geld dazu, nur weil du es befiehlst?«

»Ich werde einen Mittelsmann einsetzen, dem ich vertrauen kann«, sagte Otir, der sich vom aufwallenden Zorn und Spott eines Mannes, der sich so gänzlich in seiner Gewalt befand, nicht im mindesten aus der Ruhe bringen ließ. »Vorausgesetzt, er ist bereit, in dieser Angelegenheit für dich zu handeln. Daß er sie befürwortet, wissen wir bereits, du besser als jeder von uns. Bevor ich dich also freilasse, selbst innerhalb meines eigenen Wachbereichs, wirst du folgendes tun: Du wirst mir dein kleines Siegel überlassen – ich weiß, du führst es mit dir, du würdest ohne es keinen Schritt tun – und mir eine Nachricht übergeben, deren Wortlaut deinem Bruder zeigen wird, daß sie nur von dir kommen kann. Ich werde mit einem Mann verhandeln, dem ich trauen kann als Freund oder als Feind, wie auch immer die Dinge zwischen uns stehen mögen. Wenn Owain Gwynedd dich auch nicht aus der Gefangenschaft freikaufen will, so wird er doch die Nachricht, daß du wie ein Ehrenmann deine Schulden zu zahlen gedenkst, nicht genug begrüßen können und dir seine Hilfe bei der füglichen Wiedergutmachung nicht verwehren. Owain Gwynedd wird die Rechnung prüfen, die du und ich miteinander zu begleichen haben.«

»Das wird er nicht tun!« brauste Cadwaladr gereizt auf. »Warum sollte er glauben, daß ich dir mein Siegel aus freiem Willen gegeben habe, wenn du mich ebensogut meiner Kleider beraubt und es mir gestohlen haben könntest? Einerlei, welche Botschaft ich ihm senden mag, wie kann er ihr trauen, wie kann er sicher sein, daß ich sie ihm freiwillig sende, daß sie nicht mit einem Messer an meiner Kehle von mir erzwungen wurde, unter Androhung des Todes?«

»Er kennt mich mittlerweile gut genug«, erwiderte Otir trocken, »um zu wissen, daß ich nicht so dumm bin, das zu zerstören, was mir noch nützlich sein kann und wird. Doch wenn du daran zweifelst, gut denn, so werden wir ihm jemanden schicken, dem er Vertrauen schenken wird, und dieser Mann wird alle nötigen Anweisungen von dir selbst entgegennehmen und Owain gegenüber bezeugen, daß er sie auf diese Weise empfangen hat und daß er dich unversehrt sah und bei vollem Verstand. Owain wird die Wahrheit an ihrem Überbringer erkennen. Ich bezweifle, daß dein Anblick ihm Freude bereiten könnte, noch nicht. Doch wird er sich insofern als dein Bruder erweisen, als er den Preis für dich in aller Eile zusammenbringen wird, sobald er erfährt, daß du beschlossen hast, deine Schulden zu begleichen. Er möchte mich ziehen sehen, und ich werde gehen, sowie ich erhalten habe, wofür ich gekommen bin. Dann mag er dich zurückhaben und willkommen heißen.«

»Du hast keinen solchen Mann in deinem Sold«, sagte Cadwaladr abschätzig. »Warum sollte er einem von deinen Leuten trauen?«

»Oh, aber ich habe einen! Keinen von meinen Männern und auch nicht von Owains oder deinen, dieser hier dient einem ganz anderen Herrn. Ich habe einen Mann, der sich freiwillig als Faustpfand für deine sichere Rückkehr zur Verfügung stellte, als du von hier fortgingst, um mit deinem Bruder zu verhandeln. Ja, und den du seinem Schicksal und meiner Weitsicht überließest, als du mir deinen Hohn ins Gesicht schleudertest und um dein Leben liefst zu einem Bruder, der dich dafür verachtete.« Mit grimmiger Genugtuung, ihn derart getroffen zu haben, beobachtete Otir, wie das dunkle Gesicht des Prinzen purpurrot anlief.

»Geisel war er an deiner Statt und guten Willens, und nun bist du in der Tat, wenn auch in jeder Hinsicht böswillig zurückgekehrt, und ich habe keinen Anlaß mehr, ihn länger hier festzuhalten. Und dieser Mann wird als dein Gesandter zu Owain gehen und ihn in deinem Namen bitten, alles Geld und andere Wertsachen, die dir noch geblieben sind, zusammenzuraffen und dein Lösegeld hierherzubringen.« Er wandte sich an den wartenden Torsten, der ihrer Unterredung sichtlich erfreut gefolgt war. »Mach dich auf die Suche nach dem jungen Diakon aus Lichfield, dem Bischofsknaben, Mark, und bitte ihn, zu mir zu kommen.«

Als ihn die Nachricht erreichte, sammelte Mark mit Bruder Cadfael gerade zwischen den verkrüppelten Bäumen am Hügelkamm herumliegende trockene Äste für ihr Feuer. Mit seiner in der Falte eines seiner weiten Ärmel geborgenen Last richtete er sich auf und starrte den Überbringer in milder Überraschung, aber ohne jede Spur von Furcht an. In diesen wenigen Tagen der sogenannten Gefangenschaft hatte er sich nie als Gefangener oder etwa von Gefahr und Leid bedroht gefühlt, aber er hatte auch nie angenommen, daß er über den Verhandlungswert hinaus, den sein schmächtiger Körper darstellen mochte, für seine Bewacher von besonderem Interesse war oder sonst irgendeine Bedeutung besaß.

Wie ein neugieriges Kind erkundigte er sich mit weit aufgerissenen Augen: »Was kann dein Anführer wohl von mir wollen?«

»Nichts Böses«, sagte Cadfael. »Soweit ich sehen kann, haben diese irischen Dänen nach all der Zeit mehr vom irischen Wesen in sich als vom dänischen. Otir kommt mir so christlich vor wie die meisten Vertreter dieses Glaubens in England und Wales und um vieles christlicher als einige unter ihnen.«

»Er hat einen Auftrag für dich«, sagte Torsten gutmütig grinsend, »der uns allen zum Guten gereichen wird. Komm und höre selbst.«

Mark schichtete sein gesammeltes Brennmaterial neben der Feuerstelle auf, die sie sich in ihrer geschützten Sandmulde aus Steinen errichtet hatten, und folgte Torsten neugierig zu Otirs offenem Zelt. Beim Anblick von Cadwaladr, der steif, aufrecht und gespannt wie die Sehne eines Bogens in seinen Ketten dastand, hielt Mark inne und zog erstaunt die Luft ein. Er hatte nicht die geringste Ahnung gehabt, daß der ungestüme Flüchtige sich wieder innerhalb des Lagers befand, und so war er verwirrt, ihn in Ketten gelegt und wehrlos vor sich zu sehen. Er blickte von dem Gefangenen zu dem hinüber, der ihn in seiner Gewalt hatte, und sah Otir sichtlich hochzufrieden lächeln. Das Glück machte sich einen Spaß daraus, die Dinge auf den Kopf zu stellen.

»Ihr habt mich rufen lassen«, sagte Mark schlicht. »Hier bin ich.«

Nachsichtig und mit einer Belustigung, die erstaunlich milde wirkte, betrachtete Otir diesen schmächtigen Jüngling, der hier für eine Kirche sprach, die Waliser und Iren und die Wikinger von Dublin alle gleichermaßen anerkannten. Eines Tages, wenn einige Jahre mehr ins Land gegangen sein würden, würde er diesen Knaben womöglich mit »Vater« anreden müssen! Bruder mochte er ihn schon jetzt nennen.

»Wie du siehst«, sagte Otir, »ist der, für den du dich als Faustpfand eingesetzt hast, daß er fortgehen und ungesäumt wiederkommen würde, zu uns zurückgekehrt. Durch seine Wiederkehr bist du nun frei, uns zu verlassen. Wenn du in seinem Auftrag seinem Bruder Owain Gwynedd eine Botschaft überbringen wolltest, würdest du ihm und uns allen einen guten Dienst erweisen.«

»Ihr müßt mir sagen, worum es sich handelt«, erwiderte Mark. »Aber ich habe mich hier nicht meiner Freiheit beraubt gefühlt. Ich kann mich über nichts beklagen.«

»Lord Cadwaladr wird es dir selber sagen«, sagte Otir, und sein zufriedenes Lächeln wurde noch breiter. »Er hat sich bereit erklärt, die zweitausend Silberstücke zu zahlen, die er uns versprochen hat, wenn wir mit ihm nach Abermenai ziehen. Er wünscht seinem Bruder eine Nachricht zu senden, wie dies bewerkstelligt werden kann. Er wird es dir sagen.«

Mark betrachtete ein wenig ungläubig Cadwaladrs regungsloses Gesicht und die finster glühenden Augen. »Ist das wahr?«

»Das ist es.« Die Stimme klang vielleicht etwas rauh, aber sonst kräftig und klar. Da es keinen anderen Ausweg gab, nahm Cadwaladr das Unausweichliche, wenn schon nicht bereitwillig, so doch wenigstens mit dem letzten Rest von Würde hin, den er noch aufbringen konnte. »Man verlangt von mir, für meine Freiheit zu zahlen. Gut denn, so wünsche ich zu zahlen.«

»Ist dies wirklich Euer eigener Wunsch?« erkundigte sich Mark zweifelnd.

»Das ist er. Über das hinaus, was du hier siehst, werde ich nicht bedroht. Aber ich bin kein freier Mann, bis nicht das Lösegeld gezahlt ist und die Schiffe seefertig beladen sein werden, und deshalb kann ich nicht selber hingehen und darüber wachen, daß mein Vieh zusammengetrieben und hergebracht wird, und auch das Geld nicht aufbringen, um die Summe auszugleichen. Ich wünsche, daß mein Bruder all dies für mich übernimmt, und das so schnell wie möglich. Durch dich werde ich ihm Vollmacht dazu senden und mein Siegel zum Zeichen des Beweises.«

»Wenn es das ist, was Ihr wünscht«, sagte Mark, »dann werde ich Eure Botschaft überbringen.«

»Es ist mein Wunsch. Wenn du ihm sagst, daß du es von meinen eigenen Lippen gehört hast, wird er dir glauben.« Diese seine Lippen waren in diesem Moment von der mühsamen Anstrengung, seine Verbitterung und Wut zurückzuhalten, zu dünnen Strichen auseinandergezogen, aber er war fest entschlossen. Rache nehmen konnte er später, dann mochte eine andere Zahlung als Vergeltung dienen, im Moment aber brauchte er seine Freiheit. Er nahm sein persönliches Siegel aus einer Tasche in seinem Ärmel und hielt es nicht Otir entgegen, der die Szene mit strahlendem Grinsen beobachtete, sondern Mark. »Bring dies meinem Bruder, sage ihm, daß du es aus meiner eigenen Hand empfangen hast, und bitte ihn, sich mit dem, was ich benötige, zu beeilen.«

»Das will ich getreulich tun«, sagte Mark.

»Dann bitte ihn, in meinem Namen nach Llanbadarn zu Rhodri Fychan zu senden, der mein Statthalter war und es auch wieder sein wird, sollte ich je zurückerhalten, was mein ist. Er wird zu finden wissen, was von meinem Schatz noch übrig ist und es auf meinen durch mein Siegel bezeugten Befehl hin aushändigen. Reicht die Summe nicht, muß der Rest in Vieh ausgeglichen werden. Rhodri kennt den Ort, wo mein Bestand in sicherer Obhut gehalten wird. Es gibt noch immer mehr als genug Herden, die für mich gehütet werden. Zweitausend Silbermark ist die Summe. Sag meinem Bruder, er möge sich beeilen.«

»Das werde ich«, sagte Mark schlicht und zog sich seinerseits in aller Eile zurück. Statt abzuwarten, daß er aus Otirs Gegenwart entlassen würde, verabschiedete er sich nach Art eines Botschafters. Eine knappe Verbeugung, ein kurzer Abschiedsgruß, dann war er auch schon unterwegs, und aus irgendeinem Grund hinterließ das Verschwinden seiner schmalen Gestalt eine seltsame Leere in dem Zelt und dessen direkter Umgebung.

Er ging zu Fuß; die Entfernung betrug kaum eine Meile. Binnen einer halben Stunde würde er Owain Gwynedd die Nachricht überbringen und damit die Geschehnisse in Gang setzen, die Cadwaladr seine Freiheit, wenn nicht gar seine Ländereien zurückgeben und Gwynedd der lastenden Drohung eines Krieges und der bedrückenden Gegenwart einer feindlichen Armee entledigen würden.

Bevor er sich aufmachte, hielt er nur noch einmal inne, um Cadfael zu berichten, in welchem Auftrag man ihn ausgesandt hatte.

Sehr nachdenklich kam Cadfael auf die steinerne Feuerstelle zu, wo Heledd in der schlafenden Glut herumstocherte, um ihr abendliches Mahl zu bereiten. Er hatte den Kopf voll der Dinge, die er eben erfahren hatte, und doch entging ihm nicht, wie gut sie sich in das Vagabundenleben in einem Soldatenlager einfügte. Die Sonne hatte ihr keinen Abbruch getan. Ihre Haut hatte die Farbe von Goldbronze angenommen, überzogen von einem oliv getönten, milden Schimmer, der unendlich gut zu den dunklen Haaren und Augen und dem satten Rot ihres Mundes paßte. Nie in ihrem Leben war sie so frei gewesen wie jetzt in der Gefangenschaft, und der Abglanz davon umgab sie wie ein goldenes Gewand – da machte es gar nichts, daß ihr Ärmel zerrissen und der Saum ihres Kleides verdreckt und ausgefranst war.

»Es gibt Neuigkeiten, die uns allen zum Wohl gereichen könnten«, sagte Cadfael, während er wohlgefällig ihren geschickten Bewegungen mit den Augen folgte. »Nicht allein, daß Turcaill sicher von seinem mitternächtlichen Beutezug zurückgekehrt ist, anscheinend hat er auch Cadwaladr wieder mit sich gebracht.«

»Ich weiß«, sagte Heledd und ließ ihre emsigen Hände einen Augenblick lang ruhen, um ins Feuer zu starren und zu lächeln. »Ich sah sie vor Morgengrauen eintreffen.«

»Und Ihr habt kein Wort davon gesagt?«

Aber nein, das würde sie nicht, noch nicht und nicht zu irgend jemandem. Damit würde sie mehr preisgeben, als sie bisher zu offenbaren bereit war. Wie konnte sie zugeben, daß sie noch vor der Sonne aufgestanden war, um nach der sicheren Rückkehr des kleinen Schiffes Ausschau zu halten? »Ich habe Euch heute noch kaum gesehen. Was immer sie auch vorgehabt haben mochten, es ist nichts Böses daraus entstanden, und nur das zählte. Aber was kommt denn nun? Wieso soll es so gut für uns alle sein?«

»Nun, der Mann ist zur Besinnung gekommen und hat eingewilligt, diesen Wikingern zu zahlen, was er ihnen versprochen hat. Eben ist Mark ausgesandt worden, um Owain im Namen seines Bruders und zur Sicherheit mit dem Siegel seines Bruders ausgestattet damit zu beauftragen, sein Lösegeld zusammenzubringen und zu zahlen. Otir wird es nehmen und fortgehen und Gwynedd in Frieden hinter sich lassen.«

Nun hatte sie sich sogar umgedreht, um seinen Worten die gebührende Aufmerksamkeit zu zollen. Ihre Augenbrauen waren hochgezogen, die Hände wie erstarrt. »Er hat aufgegeben? Schon? Er wird zahlen?«

»Ich weiß es von Mark, und der ist bereits als Bote in Owains Lager unterwegs. Nichts sicherer als das.«

»Und sie werden fortgehen!« murmelte sie kaum hörbar zwischen ihren reglosen Lippen. Sie zog die Beine an, schlang ihre Arme um die Knie und blieb vor sich hinstarrend so sitzen. Sie lächelte nicht und runzelte auch nicht die Stirn, sie wog nur kühl und entschieden diese veränderten Aussichten auf Heil oder Unheil gegeneinander ab. »Was glaubt Ihr Cadfael, wie lange braucht es wohl, um Vieh über die unwegsamen Straßen von Ceredigion hier herauf zu treiben?«

»Mindestens drei Tage«, sagte Cadfael und sah ihr dabei zu, wie sie diese Information tief in ihrem methodisch denkenden Hirn verstaute, um sie in ihre Berechnungen einzubeziehen.

»Dann also höchstens drei Tage«, sagte sie, »denn Owain wird sich sputen, sie loszuwerden.«

»Und dann seid Ihr froh, wieder frei zu sein«, sagte Cadfael in einem zaghaften Vorstoß in Regionen, wo die Wahrheit mindestens zwei Gesichter hatte und er nicht sicher sein konnte, welches davon ihm zugewandt war und welches von ihm fort blickte.

»Ja«, sagte sie. »Ich werde froh sein!« Und damit schaute sie an ihm vorbei auf die graublaue, wogende Oberfläche der See und lächelte.

Gwion hatte den Wachtposten, an dem sein Herr entführt worden war, ungehindert erreicht und wollte gerade über die Schwelle treten, als die Wache ihm mit vorgehaltener Lanze entgegentrat und ihn drohend anherrschte: »Seid Ihr nicht Gwion, Cadwaladrs Gefolgsmann?«

Eher erstaunt als geängstigt gab Gwion sich zu erkennen. Sicher wurde dieses Tor nach dem Übergriff der letzten Nacht strenger bewacht und der Wachmann kannte Owains Urteil nicht und hatte auch nicht die Absicht, sich einen Tadel zuzuziehen, indem er irgend jemanden ungefragt hereinkommen oder hinausgehen ließ. »Der bin ich. Der Fürst stellte es mir frei, nach eigenem Gutdünken zu kommen und zu gehen. Frag Cuhelyn. Er wird es dir bestätigen.«

»Da habe ich andere Neuigkeiten für Euch«, erwiderte die Wache, ohne sich zu rühren, »denn der Fürst hat erst vor kurzem nach Euch aussenden lassen und befohlen, Euch zu ihm zu bringen, solltet Ihr Euch noch auf unserem Gebiet befinden.«

»Ich kenne ihn nicht als einen Mann, der solcherart seine Meinung äußert«, protestierte Gwion mißtrauisch. »Er gab mir deutlich zu verstehen, daß ich ihm gleichgültig sei und er sich nicht im mindesten darum schere, ob ich nun fortging oder blieb. Oder ob ich tot oder am Leben war, um es genau zu sagen.«

»Und doch sieht es so aus, als hätte er noch Verwendung für Euch. Ein Leid wird er nicht für Euch im Sinn haben, wenn er nie damit gedroht hat. Geht und seht selbst. Er will Euch sprechen. Mehr weiß ich nicht.«

Da war nichts zu machen. Den Kopf voller wirrer und ungemütlicher Vermutungen, drehte Gwion sich um und wandte sich der Unterkunft zu. Owain konnte noch nicht von etwas Wind bekommen haben, das bisher allerhöchstens eine unbestimmte Absicht gewesen war, kaum soviel wie ein Plan, wenn er auch lange Zeit mit Ieuan ab Ifor über Einzelheiten wie Zahlen und Ausrüstung und all das geredet hatte, was Ieuan über die Anlage des dänischen Lagers wußte. Zuviel Zeit, wie es jetzt schien. Er hätte unverzüglich fortgehen sollen, bevor noch jemand auf den Gedanken kam, ihn festzuhalten. Inzwischen hätte er seinen Knappen bereits gen Süden geschickt, um die versprochene Streitmacht heraufzuführen, und er selber wäre bereits ins Lager zurückgekehrt, noch bevor man ihn überhaupt vermißt hätte. Das Planen hätte warten können. Jetzt war es zu spät, er saß in der Falle. Und doch war nicht alles verloren. Vielleicht war Owain auch ahnungslos. Niemand außer Gwion selber und Ieuan wußte etwas, und Ieuan hatte bisher noch kein Wort mit den Getreuen gewechselt, die gern bereit sein würden, ihr Glück zu versuchen. Diese Aushebung sollte erst noch kommen. Was Owain von ihm wollte, konnte also mit ihrem halbausgegorenen Vorhaben nichts zu tun haben.

Als er die Bauerndiele mit den tiefhängenden Balken betrat und sich steif und wachsam vor dem Fürsten auf der anderen Seite des grob zusammengezimmerten Tisches verbeugte, war er noch immer fieberhaft damit beschäftigt, verschiedene Möglichkeiten abzuwägen und wieder zu verwerfen.

Auch Hywel war zugegen, gleich an der Seite seines Vaters, und ein wenig abseits standen zwei weitere vertrauenswürdige Hauptleute des Fürsten. Sie waren Zeugen in einer Angelegenheit, die Gwion nach wie vor rätselhaft war, denn die einzige weitere Person im Raum war der mickrige kleine Diakon aus Lichfield in seiner schäbigen schwarzen Kutte. Sein struppiger Kranz aus strohfarbenem Haar wuchs ihm in alle Himmelsrichtungen, seine grauen Augen blickten wie immer offen, unverwandt und gelassen. Sie richteten sich auf Gwion, der den Kopf abwandte, als fürchtete er, sie könnten zu tief in seinen Gedanken lesen, wenn er sich ihnen stellte. Er fand selbst einen freundlichen Blick aus solchen Augen beängstigend. Aber was konnte dieser kleine

Kleriker mit irgendeiner Sache zwischen Owain und Cadwaladr und den dänischen Eindringlingen zu schaffen haben? Aber dann wiederum, wenn die Angelegenheit, die hier zur Verhandlung stand, etwas ganz anderes war, was konnte sie dann mit ihm zu tun haben, und wozu hatte man ihn deshalb rufen lassen?

»Es trifft sich gut, daß du uns nicht verlassen hast, Gwion«, sagte Owain, »denn nun gibt es doch etwas, was du für mich und damit gleichzeitig für deinen Herrn tun kannst.«

»Das würde ich sicherlich tun, und mit Freuden«, entgegnete Gwion, wenn auch bisher noch ohne rechten Glauben.

»Diakon Mark hier«, sagte der Fürst, »ist soeben von Otir dem Wikinger gekommen, der meinen Bruder und deinen Herrn gefangenhält. Er hat die Nachricht von Cadwaladr überbracht, daß er sich bereit erklärt hat, die von ihm versprochene Summe zu zahlen und sich damit seiner Schulden zu entledigen und die Freiheit zu erkaufen.«

»Das kann ich nicht glauben!« sagte Gwion, den der Schock bis in die Lippen hatte erbleichen lassen. »Ich werde es nicht glauben, wenn ich es ihn nicht selber frei und öffentlich sagen höre.«

»Dann bist du mit mir eines Mutes«, meinte Owain trokken, »denn auch ich hatte nicht erwartet, daß er so schnell Vernunft annehmen würde. Du hast das gute Recht, meine Meinung in dieser Angelegenheit zu erfahren. Ich wünschte mir, mein Bruder stünde zu seinem Wort und zahlte, was er versprochen hat, und doch würde ich aus keines anderen Mund die Anweisung entgegennehmen, die ihn zum Bettler machen wird. Otir ist ein gerechter Verhandlungspartner. Aus meines Bruders eigenem Munde kannst du seinen Willen nicht vernehmen, denn er wird nicht frei sein, bevor nicht seine Schuld beglichen ist. Aber du magst Bruder Mark hören, der sein Stellvertreter ist und der bezeugen wird, daß er entschlossen und in vollem Ernst gesprochen hat und dabei körperlich unversehrt und bei Verstand war.«

»Das bezeuge ich«, sagte Mark. »Er ist erst diesen einen Tag lang Gefangener. Er ist in Ketten geschmiedet, aber ansonsten hat niemand Hand an ihn gelegt noch hat man ihm mit Mißhandlungen oder mit dem Tode gedroht. Das sagt er, und ich glaube ihm, denn es ist weder mir noch den anderen Gefangenen der Wikinger je Gewalt angedroht worden. Er sagte mir, was geschehen soll. Und mit eigener Hand übergab er mir sein Siegel als Vollmacht, und ich habe es dem Fürsten ausgehändigt, wie es Cadwaladrs Befehl entsprach.«

»Und der Inhalt seiner Botschaft? Wenn Ihr sie gütigst wiederholen wolltet«, bat ihn der Fürst höflich. »Ich möchte nicht, daß Gwion fürchten müßte, ich hätte Euch in irgendeiner Weise beeinflußt oder Euch die Worte im Munde umgedreht.«

»Cadwaladr ersucht Lord Owain, seinen Bruder«, hob Mark an und richtete dabei seine erschreckend klaren Augen fest auf Gwions Gesicht, »in aller Eile nach Llanbadarn zu Rhodri Fychan zu schicken, der sein Statthalter war und weiß, wo der Rest seines Schatzes verwahrt wird, und ihm zu sagen, daß sein Herr von ihm verlangt, Geld und Vieh im Wert von zweitausend Stück Silber nach Abermenai zu senden. Dort sollen sie der dänischen Streitmacht unter Otir ausgehändigt werden, wie es ihm anläßlich der Vereinbarung in Dublin zugesagt wurde. Und zu diesem Zweck hat Cadwaladr sein Siegel als Bürgen geschickt.«

Während der ausgedehnten Stille, die dem mit klarer und sanfter Stimme vorgetragenen Bericht folgte, stand Gwion reglos und stumm da und kämpfte mit dem wütenden Wunsch, alles zu verleugnen, und mit der Verzweiflung und dem Zorn in seinem Innern. Es war unmöglich, daß ein derart stolzer und unversöhnlicher Geist wie Cadwaladr sich unterworfen haben sollte, und das so schnell! Und doch hängen selbst die arrogantesten und hitzköpfigsten Männer an ihrem Leben und an ihrer Freiheit und sind bereit, sie mit Erniedrigung und Schande zu erkaufen, wenn eine Bedrohung sie ereilt und die bloße Vorstellung davon greifbar Gestalt annimmt. Aber erst ein gewagtes Spiel mit den Wikingern zu treiben und sie zu übervorteilen, um dann zu Kreuze zu kriechen und in würdeloser Hast ihren Preis zusammenzuscharren – das war verächtlich. Hätte er nur ein paar Tage gewartet, so hätte es einen anderen Ausgang genommen. Seine eigenen Leute waren so nahe und hätten ihn nicht lange in Ketten liegen lassen, selbst wenn sein Bruder und alle anderen sich von ihm abgewendet hatten. Gott, gewähre mir nur noch zwei Tage, betete Gwion hinter seinem düsteren, verschlossenen Gesicht, so will ich ihn mit Gewalt herausholen, und er soll seine Verwalter zurückrufen und sich wiederholen, was ihm gehört, soll wieder Cadwaladr sein, aufrecht, wie er es immer war.

»Diesen Auftrag«, sagte Owain, dessen Stimme aus weiter Ferne oder aus dem tiefsten Innern zu ihm drang, »gedenke ich in aller Eile auszuführen, ganz wie er es verlangt, um ihn selbst ebenso wie seinen guten Namen nur um so schneller zurückzugewinnen. Mein Sohn Hywel reitet unverzüglich nach Süden. Aber da du hier bist, Gwion, und dein Herz nichts anderes verlangt, als ihm zu dienen, wirst du in Hywels Gefolge reiten, und deine Gegenwart wird Rhodri Fychan als zusätzlicher Beweis dienen, daß hier tatsächlich Cadwaladrs Stimme spricht und alle, die ihm dienen, zum Gehorsam verpflichtet sind. Wirst du gehen?«

»Das werde ich.«

Was konnte er anderes sagen, war es doch bereits beschlossene Sache? Auch nur eine Art, ihn aus dem Weg zu schaffen, aber unter Berufung auf seine unverbrüchliche Treue. Im Namen dieser Treue mußte er nun dabei mittun, seinen Herrn eines großen Teils der ihm noch verbliebenen Güter zu entledigen, wo er doch nur wenige Zeit zuvor frohen Herzens und im Begriff gewesen war, eine Armee zur Befreiung Cadwaladrs zusammenzubringen, ganz ohne diesen Verlust und diese Schmach. Aber die Notwendigkeit ließ Gwion den harten Brocken schlucken, und so wiederholte er: »Das werde ich.« Vielleicht würde sich noch eine Möglichkeit ergeben, Kontakt mit seinem wartenden Aufgebot aufzunehmen, bevor noch die dänischen Schiffe beladen waren und mit ihrer Beute den Anker lichten konnten, um im Triumph gen Dublin zu segeln.

Noch zur selben Stunde machten sich Hywel, Owain und Gwion mit einer Eskorte von zehn schwerbewaffneten Reitern auf den Weg, denen Befugnis erteilt worden war, unterwegs Ersatz für ihre vorzüglichen Pferde zu requirieren. Was immer Owain seinem Bruder gegenüber auch empfinden mochte, so beabsichtigte er doch keineswegs, ihn lange ein Gefangener – oder ein säumiger Schuldner – bleiben zu lassen. Es ließ sich nicht entscheiden, was mehr ins Gewicht fiel.

Die von Cadfael vorhergesagten drei Tage verliefen anderswo in hektischer Aktivität, aber in den beiden einander gegenüberstehenden Lagern schleppten sie sich mühsam dahin und zogen sich in die Länge wie ein angehaltener Atemzug. Selbst die Wachen auf den Palisaden wurden ein wenig nachlässig, weil sie nun, da die Angelegenheit bald ihre Lösung finden würde, ohne daß es zum Kampf kommen mußte, nicht mit einem Angriff rechneten. Nur Ieuan ab Ifor erregte sich unverändert über die Wartezeit und blieb sich stets bewußt, daß derartige Absprachen bei einem Fehlschlag in sich zusammenbrechen, Gefangene Gefangene, Schulden unbezahlt bleiben und Hochzeiten in unerträgliche Ferne hinausgezögert werden konnten. Und während die Stunden verstrichen, sprach er heimlich mit diesem und jenem unter seinen jüngeren und unerschütterlicheren Freunden und betete ihnen vor, wie er sich zweimal unbehelligt bei Nacht und Ebbe über den Sand zu den Dänen geschlichen hatte, um ihre Verteidigungsanlagen auszuspionieren, und daß es da eine Stelle gebe, an der man im Schutz von Bäumen und Gestrüpp von See her nahe herankommen konnte. Cadwaladr mochte sich unterworfen haben, diese jungen walisischen Hitzköpfe hatten es nicht. Es nagte an ihnen, daß diese Eindringlinge aus Irland nicht nur ungeschoren nach Hause segeln sollten, sondern noch dazu mit einer äußerst stattlichen Beute, die sie als Gewinn aus ihrem Raubzug vorweisen konnten. Aber war es denn nicht längst zu spät, nun, da man wußte, daß Hywel mit dem Auftrag nach Süden geritten war, die Summe, die Otir verlangt und Cadwaladr zugestanden hatte, herzubringen und zu übergeben?

Ganz und gar nicht, widersprach Ieuan. Denn mit ihnen war Gwion gezogen, und er hatte irgendwo zwischen hier und Ceredigion hundert Mann aufgebracht, die für Cadwaladr kämpfen würden. Von denen hatte niemand zugestimmt, daß man seinen Herrn um zweitausend Silberstücke beraubte oder ihn zwang, vor den Dänen zu Kreuze zu kriechen. Sie würden sich nicht damit abfinden, auch nicht, wenn Cadwaladr weit genug gesunken war, so etwas hinzunehmen. Ieuan hatte mit Gwion gesprochen, bevor der mit Hywels Schar losgezogen war. Wenn das Glück ihm hold sein sollte, würde er sich auf dem Weg nach Süden von seinen Begleitern absetzen und zu seinen wartenden Kriegern stoßen. Und wenn er in südlicher Richtung allzu eifersüchtig bewacht werden sollte, würde auf dem Rückweg nach Norden selbst Hywel ob seiner Rolle bei der Unterhandlung mit Rhodri Fychan in Llanbadarn mit ihm zufrieden sein, und niemand würde mehr groß darauf achten, was er tat. Irgendwann entlang der rauhen Straßen konnte er ausbrechen und vorausreiten. Mit dieser zahlenmäßigen Unterstützung brauchten sie nicht mehr als eine dunkle Nacht, und während sich die Flut ins Meer zurückgezogen hatte, würden Cadwaladr und Heledd aus der Geiselhaft befreit werden, und Otir konnte um sein Leben segeln und mit leeren Händen nach Dublin zurückkehren.

In Owains Gefolge fehlte es nicht an ungestümen jungen Männern, denen der Sinn eher danach stand, jeden Zwist bis zum blutigen Ende auszukämpfen, als sich mit Geschick und ohne Verlust an Leben aus einer Sackgasse zu winden. Einige darunter sagten offen, Owain tue Unrecht, seinem Bruder allein die Abzahlung seiner Schulden zu überlassen. Ja doch, Schwüre mußten eingehalten werden, aber Bluts- und Familienbande konnten einen Schwur schon mal vergessen machen. Also hörten sie zu und fanden nach und nach großen Gefallen an der Vorstellung, durch die dänischen Befestigungen zu brechen und Otir und seine Mannen mit der Schwertspitze vor sich her zu ihren Schiffen und hinaus auf See zu treiben. Sie waren es leid, Tag um Tag untätig herumzusitzen. Was war ruhmvoll daran, sich seinen Weg aus der Gefahr mit Geld und Kompromissen zu erschachern?

Das Bild von Heledd, wie die schwarze Keltin sich auf einem Dünenkamm gegen den Himmel absetzte, hatte sich in Ieuans Gedächtnis gebrannt. Zweimal hatte er sie so gesehen und den weitausschreitenden, geschmeidigen Gang und ihren stolz erhobenen Kopf bewundert. Ihr Liebreiz war voller Feuer, selbst in der Bewegungslosigkeit. Und er konnte nicht glauben, er konnte sich selber einfach nicht glauben machen, daß eine solche Frau allein in einem Lager voller Männer bis zum Ende durchhalten konnte, ohne heftig begehrt und schließlich geschändet zu werden. Es war gegen die Natur eines jeden Sterblichen. Wie groß Otirs Autorität auch sein mochte, irgend jemand würde sich ihr widersetzen. Seine unerträgliche Angst bestand nun darin, daß die Wikinger, wenn sie ihr Diebesgut, das ihnen so artig überlassen worden war, erst geladen und den Anker zur Heimreise gelichtet hatten, Heledd mit sich fortnehmen würden, damit sie irgendeinem Dänen aus Dublin für den Rest ihres Lebens als Sklavin diente, so wie sie es in der Vergangenheit schon mit so mancher Waliserin gemacht hatten.

Für Cadwaladr, dem er nichts als Unbill verdankte, hätte er sich nicht derart ins Zeug gelegt. Aber rein aus Feindschaft den Eindringlingen gegenüber und um Heledds Rettung willen hätte er den Überfall wenn nötig auch nur mit einer Handvoll gleichgesinnter Helden gewagt. Aber wenn Gwion mit seiner Hundertschaft rechtzeitig eintraf, um so besser. So wartete Ieuan denn den ersten und den zweiten Tag mit schwer erkämpfter Geduld und hielt Ausschau gen Süden nach irgendeinem Zeichen.

In Otirs Lager vergingen die Tage des Wartens langsam doch voller Zuversicht, vielleicht sogar zu zuversichtlich, denn die strenge Wacht, die man bisher eingehalten hatte, wurde ohne Zweifel ein wenig gelockert. Die vollgetakelten Frachtschiffe, deren Laderäume nur noch auf ihr Frachtgut warteten, wurden an die Küste herangeholt, damit man sie zu gegebener Zeit problemlos an den Strand ziehen konnte und nur die kleinen, schnellen Drachenboote blieben innerhalb des geschützten Hafens. Otir hatte keinerlei Anlaß, an Owains gutem Willen zu zweifeln, und hatte seinerseits

Cadwaladr als Zeichen seiner guten Absichten von seinen Ketten befreit, obwohl Torsten dem Gefangenen weiterhin mit unverminderter Wachsamkeit auf den Fersen blieb, bereit, auf jeden hastigen Schritt sofort zu reagieren. Cadwaladr trauten sie nicht, dafür kannten sie ihn zu gut.

Cadfael sah die Stunden verstreichen und legte sich auf nichts fest. So viele Dinge konnten noch schiefgehen, obwohl es keinen bestimmten Grund zu geben schien, warum sie das tun sollten. Nur war es eben so, daß es, wenn zwei bewaffnete Truppen so eng aneinander herangeführt wurden, nur eines Funkens bedurfte, um die zu anderer Zeit schlummernde Feindschaft zwischen ihnen zum Ausbruch zu bringen. Langeweile konnte selbst der Ruhe einen unheilschwangeren Beigeschmack verleihen, und er vermißte Marks heitere Gesellschaft. Was in der Zwischenzeit seine Aufmerksamkeit am meisten beschäftigte, war Heledds Verhalten. Sie ging den schlichten täglichen Verrichtungen, die sie sich für das Leben hier angewöhnt hatte, ohne erkennbare Hast oder Ungeduld nach, so als wäre alles vorherbestimmt und sie hätte sich längst damit abgefunden, ganz so, als könne sie nichts mehr an irgend etwas ändern und als könnte nichts davon ihr etwa noch Freude oder Kummer bringen. Vielleicht war sie stiller als sonst, aber nichts deutete auf eine innere Anspannung oder Sorge hin, sie wirkte eher so, als wäre jedes Wort über längst entschiedene Dinge verschwendet. Man hätte daraus schließen können, daß sie sich einfach nur mit einem unabänderlichen Schicksal abgefunden hatte, aber der sommerliche Schimmer, der ihre Anmut in Schönheit verwandelt hatte, war unverändert, und ihre tiefdunklen Augen glänzten wie eh und je, als sie ihren Blick über den schmalen Streifen rauhen Strandes und die im Wechsel von Ebbe und Flut auf und ab schwankenden Schiffe vor der Küste schweifen ließ. Cadfael folgte ihr nicht allzu beharrlich und beobachtete sie auch nur von Ferne. Wenn sie Geheimnisse hatte, wußte er nichts davon. Wenn sie sich ihm anvertrauen wollte, würde sie es tun. Wenn sie etwas von ihm brauchte, würde sie danach fragen. Und er zweifelte nicht daran, daß sie hier sicher war. All diese rastlosen jungen Männer hatten nun nichts anderes mehr im Sinn, als ihre Schiffe zu beladen und das Gewonnene mit sich heim nach Dublin zu nehmen, weit weg von einem Unterfangen, das bei einem derart unzuverlässigen Partner in die Katastrophe hätte führen können.

Und so ging in den Lagern zu beiden Seiten der zweite Tag seinem Ende entgegen.

Als Rhodri Fychan auf seinen eigenen Ländereien in Ceredigion Cadwaladrs Siegel in Händen hielt und mit Hywel ab Owains Auftrag und dem widerwilligen und stockenden Zeugnis Gwions, der es so sichtlich kaum über sich brachte, zuzugeben, daß sein Herr kapituliert hatte, konfrontiert wurde, gab es für ihn keinen Grund, die ihm übermittelten Befehle noch weiter in Frage zu stellen. Mit einem Achselzucken nahm er das Unausweichliche hin und übergab Hywel den größten Teil der zweitausend Mark in Münzen. Eine schwere Last für eine ganze Zahl von Packpferden, die ihrerseits einen Teil des Lösegeldes ausmachen sollten. Und den Rest, so sagte er resigniert, konnte man in Form von Cadwaladrs stämmigem, schwarzbraunem Vieh auf dem Weideland nahe der Grenze zu Ceredigion, nicht weit vom Übergang nach Gwynedd aufbringen, wohin es getrieben worden war, nachdem ebendieser Hywel hier Owains Bruder vor mehr als einem Jahr aus seiner Burg vertrieben und sie niedergebrannt hatte. Seit der Vertreibung hatten es seine Hirten dort für ihn grasen lassen.

Auf Gwions eigenen Vorschlag hin wurde er beauftragt, seinen Begleitern nach Norden vorauszureiten und die Viehherde, da sie nur langsam vorankommen würde, unverzüglich in Richtung Abermenai auf den Weg zu bringen. Die Reiter würden sie, wenn das Silber erst aufgeladen war, leicht einholen, und so würde auf dem Rückweg keine Zeit verschwendet. Einer von Rhodris Stallknechten ritt, ganz froh über diesen Ausflug, mit Gwion, um zu bezeugen, daß er durch dessen Statthalter Cadwaladrs höchsteigene Vollmacht besaß, etwa dreihundert Stück Vieh von seinen Herden auszusondern und nordwärts zu treiben.

Besser hätte Gwion es sich nicht erträumen können. Auf dem Weg nach Süden hatte sich ihm keine Gelegenheit geboten, sich davonzumachen oder auch nur Vorbereitungen zu einer Flucht zu treffen. Und nun, da er wieder gen Norden blickte, fiel es ihm einfach in den Schoß. Wenn er erst mit den zügig voranstrebenden Herden und ihren Treibern im Rücken die Grenze nach Gwynedd überschritten haben würde, konnte es nichts Einfacheres geben, als sich abzusetzen und unter dem Vorwand vorauszureiten, er wolle Otir rechtzeitig die Nachricht überbringen, seine Schiffe für sie bereitzuhalten. Die Herde würde allein nach Abermenai folgen, so schnell sie eben konnte.

Er machte sich sehr früh am Morgen des zweiten Tages auf den Weg, und noch am selben Abend erreichte er das Lager, wo er seine hundert Gleichgesinnten zurückgelassen hatte, die von dem Land um sie herum lebten und deshalb bei ihren Nachbarn auch nicht beliebter waren als jede andere marodierende Armee. Sie waren selbst ganz froh, weiterziehen zu können.

Es war wohl das beste, mit dem Aufbruch bis zum Morgen zu warten. Sie lagen abseits der Straßen an einer geschützten Stelle im offenen Waldgelände. Nur noch eine Nacht an diesem Ort, dann würden sie sich mit dem ersten Sonnenstrahl auf den Weg machen. Von nun an konnten sie nur noch in rascher Marschgeschwindigkeit vorankommen, und selbst wenn sie alles aus sich herausholen, können Fußsoldaten es doch nicht mit Reitersleuten aufnehmen. Cadwaladrs Viehtreiber mußten ihrer ziehenden Herde über Nacht eine Ruhepause gönnen, es bestand keine Gefahr, von ihnen überholt zu werden. In dem befriedigenden Gefühl, alles getan zu haben, was einem Mann zu Gebote steht, schlief Gwion einige Stunden.

Auf dem Hauptweg eine halbe Meile von ihrem Lager entfernt zogen in der Nacht Hywel und seine berittene Eskorte an ihnen vorbei.

Dreizehntes Kapitel

Früh am Abend des dritten Tages wanderte Bruder Cadfael am oberen Rand der Dünen entlang und sah auf die unten am Strand im Niedrigwasser liegenden Schiffe und die Schlange von Männern hinunter, die, nur halb bekleidet, um besser zwischen Land und Booten hin- und herwaten zu können, Fässer voller Silberstücke an Bord schafften und unter Vorder- und Achterdeck verstauten. In diesen kleinen, schweren Behältnissen befanden sich zweitausend Silbermark. Nein, etwas weniger, denn wie man hörte, würden die Packpferde und eine gewisse Anzahl an Vieh als ein Teil von Otirs Belohnung mit ihnen gehen. Hywel war nämlich noch vor Mittag zurückgekehrt, und die Treiber waren anscheinend nicht weit hinter ihm.

Morgen würde alles vorüber sein. Die Wikinger würden den Anker lichten und gen Heimat segeln, Owains Truppen würden sie bis an die Grenze walisischen Bodens begleiten, nach Carnarvon zurückkehren und sich von dort aus heim zu ihren Familien zerstreuen. Heledd würde zu ihrem Bräutigam gehen, und Cadfael und Mark würden sich wieder ihren Pflichten zuwenden, die sie in England hinter sich gelassen und beinahe vergessen hatten. Und Cadwaladr? Cadfael war sich mittlerweile sicher, daß Cadwaladr bis zu einem gewissen Grad seine Macht und einige seiner alten Ländereien zurückerhalten würde, wenn diese Angelegenheit erst einmal aus der Welt geschafft war. Owain konnte sich nicht auf ewig dem eigenen Blut widersetzen. Außerdem hoffte und glaubte er nach jedem Ärger und jeder Enttäuschung, die sein Bruder ihm bereitete, daß sich fortan alles ändern würde, daß er seine Lektion gelernt hatte und seine Dummheit oder sein Verbrechen bereute. So war es auch, aber nur für kurze Zeit. Cadwaladr würde sich nie ändern.

Unten auf dem stahlgrauen Kiesstrand stand Hywel ab

Owain und beobachtete das Verladen des Schatzes, den er von Llanbadarn mit sich gebracht hatte. Sie brauchten sich nicht zu beeilen, denn es war ohnehin fraglich, ob man die Tiere vor dem nächsten Tag würde verladen können, selbst wenn sie noch vor der Dunkelheit hier eintrafen. Auf dem neutralen Boden dort unten gingen Waliser und Dänen ganz freundschaftlich miteinander um, alle gleichermaßen zufrieden, daß man ohne Blutvergießen und ungezahlte Schulden voneinander scheiden würde. Aus Händel war beinahe so etwas wie Handel geworden. Den ungestümsten unter Owains Stammesmitgliedern würde das nicht schmecken. Stand zu hoffen, daß er sie alle fest im Griff hatte, sonst mochte es doch noch zum Kampf kommen. Der Gedanke, daß walisisches Silber nach Dublin floß, wollte ihnen nicht gefallen, selbst wenn es um versprochenes Silber ging, eine Ehrenschuld. Und doch gingen die kleinen Fässer unablässig von Mann zu Mann, deren gebräunte Rücken sich streckten und bogen, während ihre muskulösen Arme die Kette zwischen Strand und Festung weiterknüpften. Das seichte Wasser schwappte in blassesten Blau- und Grüntönen um ihre nackten Beine im goldenen Sand, und der fast weiß anmutende, blaue Himmel über ihnen war mit noch weißeren, wie Federn so durchscheinenden Wolken übertupft. Es war ein strahlender Tag in einem auch sonst durchweg schönen Sommer.

Von der Wehrumzäunung aus sah auch Cadwaladr, seinen unbeteiligten Schatten Torsten noch immer direkt auf den Fersen, wie sein Lösegeld verladen wurde. Cadfael hatte die beiden von einer Stelle ein wenig weiter rechts unbemerkt beobachtet: Torsten wirkte still zufrieden, Cadwaladr düster und zerknirscht, aber in sein Schicksal ergeben. Dort unten, an Bord des nächstgelegenen Schiffes, wuchtete Turcaill die Fässer in den Laderaum unter dem Achterdeck, und Otir stand, die Szene wohlwollend betrachtend, mit Hywel zusammen.

Über dem Hügelkamm erschien Heledd, bahnte sich durch das Gestrüpp und das Seegras einen Weg zu Cadfael und blieb neben ihm stehen. Während sie auf das rege Treiben, das sich dort zwischen Strand und Schiff entfaltete, hinuntersah, wirkte sie ganz ruhig und beinahe gleichgültig.

»Noch muß auch das Vieh an Bord geschafft werden«, sagte sie. »Das wird eine beschwerliche Reise für sie werden. Man sagte mir, die Überfahrt könne fürchterlich sein.«

»Bei diesem schönen Wetter«, meinte Cadfael in gleichem Tonfall, »werden sie eine angenehme Reise haben.« Es war unnötig zu fragen, von welchem unter ihnen sie diese Information bekommen hatte.

»Morgen abend werden sie fort sein«, sagte sie. »Gut für uns alle.« Ihre Stimme klang dabei heiter, ja sogar inbrünstig, während ihre Augen den Bewegungen des letzten der Träger folgten, wie er an Land watete und um seine Füße herum das Wasser hell aufblitzte. Turcaill stand eine Zeitlang auf dem Achterdeck, um die Ergebnisse ihrer Mühen zu betrachten, bevor er sich seitwärts über Bord schwang und pflügend durch das Flachwasser herankam, wobei das blaue Wasser vor ihm weiß aufschäumte. Er sah auf, entdeckte die so fröhlich von ihrem erhabenen Standort herunterblickende Heledd und warf seinen stolzen, flachsblonden Kopf weit in den Nacken, um mit seinen blendendweißen Zähnen zu ihr heraufzulächeln und ihr zuzuwinken.

Unter den bewaffneten Männern, die hinter Hywel stehend die sichere Übergabe des Geldes überwachten, hatte Cadfael einen ausgemacht, der seinerseits den Hügel heraufschaute. Sein Kopf blieb unverwandt weit zurückgelehnt, und seine Augen schienen, soweit Cadfael sehen konnte, starr auf Heledd gerichtet zu sein. Sicher, eine einzelne Frau inmitten eines Lagers voller dänischer Eindringlinge würde wohl die Blicke und das Interesse eines jeden Mannes auf sich ziehen, aber irgend etwas an dieser angespannten, unverwandt reglosen Haltung ließ ihn aufmerken. Er zupfte Heledd am Ärmel.

»Dort unten zwischen den Männern, die das Silber gebracht haben, findet sich einer – seht Ihr ihn? zu Hywels Linken –, der Euch auf sehr eigentümliche Weise anstarrt. Kennt Ihr ihn? Er jedenfalls kennt Euch, wie es aussieht.«

Sie drehte den Kopf in die von ihm bezeichnete Richtung, blickte einen Augenblick lang forschend in das unverdrossen zu ihr heraufschauende Gesicht und schüttelte gleichgültig den Kopf.

»Ich habe ihn nie zuvor gesehen. Woher sollte er mich kennen?« Und damit wandte sie sich wieder der Betrachtung Turcaills zu, der, während er den Strand überquerte, bei Hywel ab Owain und seinen Begleitern Halt machte, um Höflichkeiten auszutauschen, bevor er seine eigenen Leute in ordnungsgemäßer Aufstellung wieder über die Dünenhänge der Befestigung entgegenführte. Er bedachte Ieuan ab Ifor im Vorübergehen mit keinem Blick, und Ieuan wechselte, als Turcaills lichter Kopf ihm den Blick versperrte, nur ein wenig die Position, um weiter zu der über ihm auf den Dünen stehenden Heledd hinaufsehen zu können.

Während der trotz allem unvermeidlichen Nachtwachen hatte Ieuan ab Ifor dafür gesorgt, daß er dem Posten am Westtor zu Owains Lager vorstand, und einen seiner eigenen Leute eingesetzt. Gegen die zwölfte Stunde in der dritten Nacht hatte Gwion seine Streitmacht im Gewaltmarsch bis auf Sichtweite an Owains Befestigungen herangebracht und sie dort zu dem von der Ebbe freigelegten schmalen Streifen Kiesstrand ausschwärmen lassen, um unbemerkt vorbeizukommen. Er selber schlich sich leise zu dem Wachtposten hinüber, und Ieuan löste sich aus seinem Schatten, um ihm entgegenzugehen.

»Wir haben es geschafft«, sagte Gwion flüsternd. »Sie sind unten am Strand.«

»Du kommst spät«, wisperte Ieuan. »Hywel ist dir zuvorgekommen. Das Silber ist bereits verladen, und die Dänen warten nur noch auf das Vieh.«

»Wie ist das möglich?« fragte Gwion erschrocken. »Ich bin von Llanbadarn aus vorausgeritten und habe nur haltgemacht, um ein paar Stunden zu schlafen. Heute morgen sind wir noch vor Sonnenaufgang aufgebrochen.«

»Und in den wenigen Nachtstunden hat Hywel euch überholt und ist an euch vorbeigezogen, denn er war hier, als der Vormittag noch nicht halb vorüber war. Und wenn der morgige Tag erst angebrochen ist, wird auch die Herde eintreffen und verladen werden. Nun bleibt Cadwaladr nur noch, sein erbärmliches Leben als Otirs Gefangener zu tauschen gegen das als Owains Almosenempfänger.« Um Cadwaladr grämte er sich nicht übermäßig, ihm ging es nur um seine Rettung, wenn er gleichzeitig auch Heledd befreien konnte.

»Es ist noch nicht zu spät«, sagte Gwion aufbrausend wie ein frisch angefachtes Feuer. »Bring deine paar Leute und beeile dich! Es herrscht Ebbe, und das Meer zieht sich weiter zurück. Wir haben immer noch Zeit genug!«

Sie hatten jede Nacht nur auf das Signal gewartet, und nun kamen sie, einzeln, begierig und lautlos, um nur keine Aufmerksamkeit auf sich zu ziehen, herbei, ohne irgendwelche Fragen zu stellen. Sie glitten die sanften Hänge der Dünen hinunter und über den schmalen Kiesstreifen hinweg bis zu dem feuchten, festen Sand dahinter, der das Geräusch ihrer Schritte vollständig schluckte. Der Fußmarsch zwischen den Lagern betrug kaum eine Meile, aber sie hatten noch eine Stunde, bevor die Ebbe ihren Tiefstand erreicht haben würde, und viel Zeit, wieder zurückzukehren. Vom Wasser her leuchtete ihnen ein sanft flackerndes Licht, das für ihre Zwecke völlig ausreichend war, weil jeder weiß aufblitzende Wellenkamm den vor ihnen liegenden Strand sich deutlich abzeichnen ließ. Ieuan ging voran, und sie folgten ihm leise und verstohlen in einer langen Schlange unter Owains Schutzwällen entlang und danach weiter hinaus ins Niemandsland. Vor ihnen hoben sich die nach dem Beladen vor der Küste vor Anker liegenden Frachtschiffe als dunkel schwankende Silhouetten von den matt leuchtenden Wellen und dem vergleichsweise stumpfen Himmel ab. Bei ihrem Anblick hielt Gwion abrupt inne.

»Das Silber ist bereits dort verstaut? Wir könnten es uns zurückholen«, sagte er im Flüsterton. »Sie werden über Nacht nur das notwendigste an Mannschaft an Bord haben.«

»Morgen!« sagte Ieuan befehlend. »Es ist ein weiter Weg zu schwimmen, sie liegen im tiefen Wasser. Sie könnten uns einzeln aus dem Wasser holen, noch bevor wir überhaupt ganz herankämen. Morgen werden sie sie wieder hereinbringen, um die Tiere aufzuladen. Es finden sich genug unter Owains Leuten, die diesen Piraten nicht einmal einen Penny gönnen; wenn wir erst zum Angriff übergehen, werden sie uns nachfolgen. Dem Fürsten wird nichts anderes übrigbleiben, als zu kämpfen. Heute nacht nehmen wir uns meine Frau und deinen Herrn zurück. Morgen das Silber!«

In den frühen Morgenstunden des nächsten Tages wurde Cadfael durch das plötzliche laute Getöse von brüllenden Stimmen und blökenden Kampfhörnern aus dem Schlaf gerissen und schreckte, noch in halb benommenem Zustand zwischen Traum und Wirklichkeit, aus seiner Sandmulde hoch. Mit überraschender Genauigkeit durchzuckte ihn die Erinnerung an längst vergangene Schlachten, so daß er blind nach einem Schwert griff, bevor er noch ganz auf den Beinen war und die sternklare Nacht über ihm und den geriffelten Sand unter seinen Füßen richtig wahrnahm. Er tastete um sich, um Mark wachzurütteln, bis ihm einfiel, daß dieser nicht mehr bei ihm war, sondern mit Owains Gefolge außer Reichweite dieser plötzlichen Bedrohung, was immer sie auch bedeuten mochte. Irgendwo zu seiner Rechten, dort, wo sich das offene Meer westlich bis nach Irland hin erstreckte, verlieh das leise Klirren von Stahl dem Geschrei kämpfender Männer eine zusätzliche, unheilschwere Note. Wirre Szenen von Kampf und Aufruhr verwandelten die von keinem Lufthauch bewegte Stille zwischen Strand und Meer in einen wilden Tumult, als hätte sich ein mächtiger Sturmwind erhoben, um Menschen hinwegzufegen, ohne auch nur die Grashalme zum Zittern zu bringen, über die sie liefen. Die Erde lag reglos, kalt und unbeteiligt da, der Himmel hing still und ruhig darüber, und vom Meer waren Mutwillen und Gewalt heraufgezogen, um dem zweifelhaften Frieden von Menschenhand ein Ende zu bereiten.

Cadfael stürzte in die Richtung, aus der der Lärm in unregelmäßigen Schüben an sein Ohr drang. Andere, die aus ihren Betten auf der dem Landesinneren zugewandten Seite des Lagers hochgefahren waren, rannten, noch im Laufen ihre Eisen ziehend, neben ihm her, und so strebten sie gemeinsam den seewärtigen Befestigungen entgegen, wo das Kampfgetöse sich inzwischen auf sie zubewegt hatte, so als wären die Wehrzäune durchbrochen worden. Mitten aus dem heftigsten Lärm erhob sich die dröhnende Stimme von Otir, der seinen Männern Befehle zurief. Und ich gehöre gar nicht zu seinen Leuten, dachte Cadfael erstaunt und lief trotzdem immer weiter Hals über Kopf diesem Ruf entgegen, warum sollte ich mich ins Unglück stürzen? Er hätte sich abseits in sicherer Entfernung halten können und abwarten, wer diesen ganz offensichtlich gezielten Überfall angezettelt hatte und wie sich das Kriegsglück für Dänen und Waliser entwickelte, bevor er über die Bedeutung für sein eigenes Wohlergehen befand. Aber statt dessen war er, so schnell ihn seine Füße trugen, auf dem Weg ins Zentrum des Kampfes und verfluchte denjenigen, wer immer es auch war, der zu durchkreuzen beschlossen hatte, was einen annehmbaren Ausgang für ein gefährliches Unterfangen hätte bedeuten können.

Nicht Owain! Da war er sich sicher. Owain hatte eine gerechte und vernünftige Lösung herbeigeführt, er hätte einen Schritt, der darauf abzielte, das Gewonnene wieder zu zerstören, weder selbst unternommen noch geduldet. Irgendwelche vom Haß auf die Wikinger zerfressenen oder nach kriegerischem Ruhm gierenden jugendlichen Hitzköpfe! Vielleicht behielt sich Owain eine Auseinandersetzung mit der feindlichen Flotte, die in sein Land eingedrungen war, erst noch vor, vielleicht würde er sogar alle Anstalten machen, sie hinauszuwerfen, wenn alle anderen zwischen ihnen noch offenen Angelegenheiten geregelt waren, niemals jedoch hätte er seine eigenen geduldigen Bemühungen, eine Klärung herbeizuführen, so einfach weggeworfen. Owains Kampf, wenn es denn je dazu gekommen wäre, wie es jetzt den Anschein nahm, wäre ein direkter Kampf gewesen, anständig und nach allen Regeln der Kunst und ohne unnötiges Morden.

Schon vernahm er das Stöhnen und Ächzen des wogenden Gefechtes ganz in seiner Nähe, sah die hier und dort von den Köpfen und Schultern kämpfender Männer unterbrochene Linie des Wehrzaunes und ein großes Loch dort, wo sich die Angreifer unbemerkt zwischen zwei Wachposten hindurch ihren Weg durch die Befestigungen erzwungen hatten. Weit waren sie nicht gekommen, und Otir hatte bereits einen mächtigen Ring aus Stahl um sie zusammengezogen, aber an den Rändern ließ sich bei der Dunkelheit und allgemeinen Verwirrung Freund nicht von Feind unterscheiden, und so mochten wohl einige von denen, die als erste durch den Spalt gedrungen waren, innerhalb des Lagers frei herumlaufen.

Gemeinsam mit der Vorhut der Dänen wandte er alle Kraft auf, um die Eindringlinge zurück durch den Wehrzaun und zum Meer hinunterzudrängen, als von hinten jemand leichtfüßig und flink auf ihn zugelaufen kam und sich ihm eine Hand auf den Arm legte. Da stand Heledd, das blasse, erschrockene Oval ihres von ihren weit aufgerissenen, funkelnden Augen erhellten Gesichts leuchtete in der Dunkelheit.

»Was ist passiert? Wer sind sie? Sie sind verrückt, verrückt ... Was hat sie nur dazu gebracht?«

Cadfael hielt abrupt inne und zog sie fort von dem Gedränge und dem unkontrolliert herumschwirrenden Stahl. »Närrin, macht Euch fort von hier! Seid Ihr des Teufels? Bringt Euch in Sicherheit, bis dies alles vorbei ist. Wollt Ihr Euch töten lassen?«

Sie klammerte sich an ihn und blieb doch standhaft, mehr erregt als geängstigt, wo sie war. »Aber warum? Warum sollte irgendeiner von Owains Männern ein solches Unheil tun, wo doch alles so einen guten Verlauf nahm?«

Der Haufen so eng miteinander ringender Männer, daß kein Spielraum für ihre Waffen blieb, taumelte voran und brach auseinander, als einige unter ihnen das Gleichgewicht verloren, stolperten und zu Boden fielen. Mehr als einer wurde niedergetrampelt und stöhnte unter den Tritten der anderen keuchend auf. Heledd wurde Cadfaels Händen entrissen und ließ einen kurzen, wütenden Schrei hören, der mit seinem schrillen Ton das Getöse so schneidend durchdrang, daß sich selbst in dem regen Kampfgetümmel mehrere Köpfe erstaunt nach ihr umdrehten. Sie war so abrupt zur Seite geschleudert worden, daß sie gefallen wäre, wenn nicht ein Arm sie um die Taille genommen und aus der Gefahrenzone gezogen hätte, als die Kämpfenden sich auf sie zu bewegten. Cadfael wurde vorübergehend in die entgegengesetzte Richtung geschoben, und dann zog sich auf einen

Zuruf Otirs hin der Kreis der Dänen enger zusammen und drängte die Angreifer durch die Gewalt ihres Vorstoßes wieder zurück gegen die klaffende Wunde im Wehrzaun, durch die sie nun hindurchgezwängt wurden, wie es gerade kam. Ein Dutzend Lanzen wurde ihnen hinterhergeschickt, dann fingen die Angreifer an zu laufen und verschwanden die Dünenhänge hinunter, dem Strand entgegen.

Eine Handvoll aufgestachelter und kampflustiger junger Dänen wäre ihnen über die Dünen gefolgt, wenn Otir sie nicht scharf zur Ordnung gerufen hätte. Es gab bereits Verwundete, wenn nicht gar Tote, warum noch mehr riskieren? Widerwillig kamen sie zurück, aber sie fügten sich. Vielleicht würde sich zu einem späteren Zeitpunkt die Möglichkeit ergeben, Rache zu nehmen für diesen unleugbaren Verrat an einer Übereinkunft, die, wenn auch nicht beschworen und besiegelt, doch beinahe zu einer Waffenruhe geführt hätte. Vorerst aber behob man besser die entstandenen Schäden und fand zu der alten Wachsamkeit zurück, die so sehr nachgelassen hatte, als für sie keine Notwendigkeit mehr zu bestehen schien.

In der relativen Stille machten sie sich daran, die Gefallenen aufzulesen, leichtere Wunden zu versorgen und den Durchbruch im Wehr zu reparieren. Das alles geschah in düsterem Schweigen, das nur durch wenige unerläßliche Worte durchbrochen wurde. Unter dem umgestürzten Zaun lagen drei Männer, die ersten unter den Verteidigern, die von der gewaltigen Übermacht überwältigt worden waren, bevor ihnen jemand zu Hilfe eilen konnte. Ein Vierter wurde von einer Lanze befreit, die für sein Herz bestimmt gewesen war, aber nur die Schulter durchdrungen hatte. Er würde überleben, den linken Arm aber würde er wohl für den Rest seines Lebens nicht mehr benutzen können. Viele hatten oberflächliche Schrammen und Kratzer, und die Männer, die niedergetrampelt worden waren, hatten innere Verletzungen davongetragen und spuckten Blut. Cadfael schob alle anderen Überlegungen beiseite und machte sich mit den übrigen im nächstgelegenen Unterstand an die Arbeit, bei Kerzenlicht und mit allem an Leintüchern und Heilmitteln, was sie auftreiben konnten. Sie hatten schon viele Wunden gesehen, und wenn ihre Methoden auch rauh und wenig kunstvoll waren, kannten sie sich doch gut mit der Behandlung aus. Der junge Leif trug herbei, was gebraucht wurde, er war noch ganz beeindruckt und erregt von diesem nächtlichen Ausbruch der Gewalt. Als alles Menschenmögliche getan war, ließ Cadfael sich mit einem Seufzer niedersinken und wandte sich zu seinem nächsten Nachbarn um. Sein Blick traf die eisblauen Augen und das ungewohnt finstere Gesicht von Turcaill. Blut drang aus einem Kratzer auf der Wange des jungen Mannes, an seinen Händen klebte das Blut seiner Freunde.

»Warum?« sagte Turcaill. »Was gab es dabei zu gewinnen? Es war so gut wie vorbei. Jetzt haben auch sie ihre Toten oder Verletzten, ich habe gesehen, wie Männer getragen oder mitgeschleift wurden, als sie aufgaben und davonliefen. Was hat ihnen dieses Eindringen hier nur so lohnenswert erscheinen lassen?«

»Ich glaube«, sagte Cadfael und strich sich resigniert mit einer Hand über die müden Augen, »sie wollten Cadwaladr. Er hat noch immer seine Gefolgschaft, die ebenso unbesonnen ist wie der Mann selber. Möglicherweise wollten sie ihn selbst Owain zum Trotz eurem Gewahrsam entreißen. Was sonst könnte deiner Meinung nach so wertvoll für sie sein, daß sie dafür ihr Leben aufs Spiel setzen würden?«

»Nun, er hat das Silber schon gezahlt«, sagte Turcaill praktisch. »Hätten sie sich nicht darauf stürzen wollen?«

»Sehr gut möglich«, gab Cadfael zu. »Wenn sie sich an der einen Sache versucht haben, würden sie für die andere vielleicht ebensoweit gehen.«

»Wenn wir morgen die Schiffe wieder anlanden«, sagte Turcaill mit in Gedanken weit geöffneten, glänzenden Augen, »werde ich Otir sagen: Sollen sie den Mann nur bekommen, niemand weint ihm eine Träne nach, aber das Lösegeld steht uns rechtmäßig zu, und so werden wir es auch behalten.«

»Wenn es ihnen ernst damit ist«, meinte Cadfael, »müssen sie immer noch um beides kämpfen. Denn ich nehme an, daß Cadwaladr sich immer noch sicher in Torstens Obhut befindet?«

»Und wieder in Ketten. Diesen Raubzug hat er mit einem Messer an der Kehle durchlebt. Ja, sie sind mit leeren Händen wieder fort«, sagte Turcaill voller Zufriedenheit. Dann stand er auf und ging zu seinem Anführer, der bei den drei Toten stand. Und Cadfael machte sich auf die Suche nach Heledd. Aber er konnte sie nicht finden.

»Wir werden sie mit uns heimnehmen und begraben«, sagte Otir, finster über den Leichen seiner Männer brütend, zu Turcaill. »Du sagst, daß jene, die bei Nacht kamen, nicht von Owain gesandt worden sind. Das ist möglich, aber wie können wir dessen sicher sein? Wahrlich, ich hatte ihn für einen Mann gehalten, der zu seinem Wort steht. Aber wir werden alles tun, um zu behalten, was uns rechtmäßig zusteht, gegen Owain oder jeden anderen. Wenn du recht hast und sie kamen von Cadwaladr, dann bleibt ihnen nur eine Chance, um beides zu gewinnen, den Mann und sein Lösegeld. Und wir werden vor ihnen da sein, mit den Schiffen und der See im Rücken und mit reisefertig aufgerichteten Masten. Sie sind nicht mit dem Meer vertraut wie wir. Wir werden in Waffen zwischen ihnen und der Küste stehen, und dann werden wir schon sehen, ob sie auch bei Tage wagen, was sie in der Nacht versucht haben.«

Deutlich und in knappen Worten erteilte er seine Befehle. Am Morgen würden sie aus dem Lager abziehen, dann würden sich die dänischen Linien in Schlachtordnung am Strand formieren und die Schiffe herangeholt werden, um das Vieh zu verladen. Wenn sie kamen, sagte Otir, war Owain guten Willens, und die Angreifer handelten nicht in seinem Auftrag. Kamen sie nicht, waren alle Verträge hinfällig, und er und seine Streitmacht würden in See stechen und an irgendeiner unbewachten Stelle der Küste wieder ins Land einfallen, um sich den noch ausstehenden Teil des Lösegeldes selber zu nehmen – und ein wenig darüber hinaus zum Ausgleich für die drei verlorenen Menschenleben.

»Sie werden kommen«, sagte Turcaill. »Allein die Torheit

dieser Tat zeigt, daß sie nicht Owains Werk war. Und er ließ dir das Silber durch seinen eigenen Sohn übergeben. Ebenso wird er es mit dem Vieh halten. Und was ist mit dem Mönch und dem Mädchen? Es wurde ein angemessener Preis für sie geboten, aber du hast dich nicht darauf eingelassen. Bruder Cadfael hat sich heute nacht die Freiheit verdient, es ist zu spät, jetzt noch um seinen Wert zu feilschen.«

»Wir werden ihm und dem Mädchen Vorräte dalassen, dann mögen sie hier in Sicherheit bleiben, bis wir fort sind. Owain mag sie so unversehrt zurückbekommen, wie sie waren, als sie zu uns kamen.«

»Das werde ich ihnen sagen«, entgegnete Turcaill und lächelte. Zur gleichen Zeit befand sich Cadfael auf dem Weg zu ihnen, quer durch das aufgelöste Camp, durch die schon bald nicht mehr bestehenden Linien hindurch. Er hatte es nicht eilig, denn an dem, was er ihnen zu berichten hatte, ließ sich nichts mehr ändern, sie standen vor vollendeten Tatsachen. Er blickte von den drei unter ihren Umhängen ausgestreckten Toten zu Otirs verdrießlichem Gesicht hinüber und von dort direkt auf Turcaill.

»Wir waren zu voreilig. Sie sind nicht mit leeren Händen gegangen. Sie haben Heledd mitgenommen.«

Turcaill, der sich normalerweise beständig und unaufhaltsam wie Quecksilber in Bewegung befand, verfiel urplötzlich in vollkommene Starrheit. In seinem Gesicht veränderte sich nichts, nur seine beängstigenden Augen zogen sich ein wenig zusammen, als versuchte er etwas in weiter Ferne zu sehen, fern von diesem Moment und diesem Ort. Nur ein letzter Hauch seines ihm so eigentümlichen Lächelns schwebte noch auf seinen Lippen.

»Wie konnte sie einem solchen Gefecht überhaupt nahe kommen?« sagte er. »Nun denn, es ist einerlei, sie würde etwas Verbotenem oder Gefährlichen immer eher entgegen als davor davonlaufen. Seid Ihr sicher, Bruder?«

»Ganz sicher. Ich habe überall nach ihr gesucht. Leif sah, wie jemand sie aus dem Gedränge zog, aber er kann nicht sagen, wer. Jedenfalls ist sie fort. Ich hatte sie an meiner Seite, bis wir auseinandergerissen wurden, kurz bevor ihr sie durch die Befestigungen zurückgedrängt habt. Wer immer es war, der sie um die Taille gefaßt hielt, hat sie mit sich genommen.«

»Sie sind ihretwegen gekommen!« sagte Turcaill voller Überzeugung.

»Wenigstens einer ist ihretwegen gekommen«, sagte Cadfael, »denn ich denke, dies wird der Mann sein, dem Owain sie versprochen hatte. Als ihr gestern das Silber verludet, stand da einer bei Hywel, der die Augen nicht von ihr lassen konnte. Aber ich kannte den Mann nicht und dachte nicht weiter darüber nach.«

»So ist sie wenigstens nicht in Gefahr und schon jetzt frei«, sagte Otir, und damit war die Sache für ihn erledigt. »Das gilt auch für Euch, Bruder, wenn es Euch beliebt, aber ich an Eurer Stelle würde mich fernhalten, bis wir fort sind. Niemand von uns weiß, was für morgen geplant sein mag. Es gibt keinen Grund, warum Ihr Euch mitten zwischen Wikinger und Waliser in Waffen stellen solltet.«

Seine Worte, deren Bedeutung Cadfael erst später aufging, blieben vorerst ungehört, denn Cadfael beobachtete Turcaill so genau, daß er keinen Gedanken für seine eigenen zukünftigen Schritte übrig hatte, wie immer sie auch aussehen mochten. Der junge Mann hatte sich unauffällig aus seiner vorübergehenden Starrheit gelöst. Er atmete gleichmäßig wie eh und je, und das von den Lippen verschwundene Lächeln blitzte wie ein Funke in seinen hellen, strahlenden Augen. Von diesem Gesicht ließ sich nichts anderes ablesen als die offenherzige, anerkennende Belustigung, mit der er Heledd immer begegnete, und die verschwand umgehend, als sein Blick wieder auf die nächtlichen Verluste fiel.

»Es ist gut, daß sie nicht miterleben wird, was heute geschieht«, sagte er schlicht. »Niemand kann wissen, wie es ausgeht.«

Und das war alles. Wie alle anderen machte er sich daran, sich zum Kampf zu rüsten. In der Dunkelheit brachen sie alle ihre Zelte und Unterstände ab und führten die leichteren Langboote aus dem Hafen an der Mündung der Bucht aufs offene Meer hinaus zu den größeren Schiffen, deren Besatzungen und Ladung sie als wachsamer und beweglicher Schutz dienen sollten. Die See war ihr Element, und sie focht, ebenso wie die frische Brise, die vor Morgengrauen die Stille durchzitterte, auf ihrer Seite. Mit voll aufgetakelten und geblähten Segeln konnten selbst die langsameren Schiffe schnell in See stechen und sich vor einem Angriff in Sicherheit bringen. Aber nicht ohne das Vieh! Otir würde nicht weichen, bevor er nicht auch den letzten ihm zustehenden Penny erhalten hatte.

Für Cadfael gab es da nichts zu tun, außer zwischen verlassenen Feuerstellen und den Überresten der Belagerung über die Dünen zu streifen und der dänischen Streitmacht zuzusehen, wie sie zusammenpackte, Aufstellung nahm und durch das spärliche Gras den an ihren Ankern zerrenden Schiffen zustrebte.

Und sie werden fortgehen! hatte Heledd ernst, aber weder erfreut noch bekümmert gesagt. Sie waren schon jetzt so gut wie fort – und glücklich, vor der Heimreise zu stehen. Wenn also tatsächlich Ieuan ab Ifor diesen nächtlichen Überfall herbeigeführt hatte, gab es am Ende vielleicht doch niemanden mehr, der sich für Cadwaladr ins Zeug legte, für ihn und seine Ehre nicht und auch nicht für seinen Besitz. Dann würde es weder zu Land noch zu Wasser eine weitere Konfrontation geben, nur einen ordnungsgemäßen Abzug, der beim Abschied vielleicht sogar von einem kühlen Austausch von Höflichkeiten zwischen Walisern und Dänen begleitet sein würde. Ieuan war um der ihm versprochenen Ehefrau willen gekommen und hatte nun, was er wollte. Es gab keinen Grund für ihn, sich noch einmal zu rühren. Aber wie hatte er so viele dazu überreden können, ihm zu folgen? Männer, für die es dabei nichts zu gewinnen gab und die auch nichts gewonnen hatten. Einige von ihnen hatten vielleicht ihr Leben verloren, um ihm zu einer Heirat zu verhelfen.

Das wendige kleine Drachenboot stahl sich lautlos aufs Meer hinaus und nahm nicht weit von der Küste seine Position ein. Cadfael stieg ein Stück weiter hinunter, dem schmalen Kiesstreifen entgegen, und blickte über den jetzt halb trockenen, halb unter den heranschwappenden Wellen glitzernden

Strand. Er war leer, bis ihn die lange Reihe von Wikingern erreichte und in südlicher Richtung über ihn hinzumarschieren begann, eine tiefschwarze Linie vor einem dunklen Horizont, der sich allmählich zu dem für die Zeit vor Morgengrauen typischen Taubengrau aufhellte. Die Angreifer hatten sich auf der Suche nach ein wenig Deckung eilig in die verlassenen Felder und das spärliche Waldgelände zwischen den Lagern zurückgezogen. Die Küste entlangzulaufen wäre bei steigender Flut an manchen Stellen zu gefährlich, aber Cadfael war ganz sicher, daß sie auf diesem Weg gekommen waren. Wollten sie ihr eigenes Lager nun wieder trockenen Fußes erreichen, kamen sie mit ihren Verwundeten und ihrer Beute über Land besser und schneller voran.

Cadfael zog sich vor dem auffrischenden Wind hinter eine Reihe von salzverkrusteten Büschen zurück, schaufelte sich eine bequeme Vertiefung in den Sand und ließ sich nieder, um zu warten.

Im sanften Licht des Morgens ließ Gwion gleich nach Sonnenaufgang seine hundert Mann und die wenigen bei ihm Gebliebenen aus Ieuans Aufgebot in einer von der Küste her nicht einsehbaren Mulde zwischen den Dünen Aufstellung nehmen, während oben auf dem Kamm eine Wache Ausschau hielt. Von See her stieg in einem durchscheinenden Wirbel von blassem Blau Nebel zu ihnen herauf. Die Küste lag noch im Schatten, während die Wasseroberfläche weiter westlich stellenweise bereits vom weißen Schimmer der im Windhauch aufgetriebenen Gischt hell aufleuchtete. Am Ufer lagen die Dänen in offener Formation und warteten ungerührt und geduldig auf das Eintreffen der Treiber mit Cadwaladrs Vieh. Hinter ihnen hatte man die Frachtschiffe mühelos ins Flachwasser verbracht. Und dort, mitten unter den Dänen war auch Cadwaladr selber, nicht länger in Fesseln, aber immer noch ein Gefangener, wehrlos zwischen seinen bewaffneten Feinden. Gwion war höchstpersönlich auf den Hügel gestiegen, um zu ihm herunterzusehen, und der Anblick allein hatte ihm die Eingeweide durchschnitten wie die Klinge eines Messers.

Er hatte in allem kläglich versagt. Nichts war damit gewonnen. Dort unten stand sein Herr, schmachvoll den Dänen und dem Spott seines Bruders ausgeliefert, es war nicht einmal sicher, ob er nach all diesen bitteren Geschehnissen auch nur einen Fuß Landes aus der Hand dieses Bruders zurückerhalten würde. Gwion kaute schwer an seiner eigenen Niederlage, der Geschmack der Enttäuschung stieß ihm bitter auf. Er hätte Ieuan ab Ifor nicht trauen dürfen. Der Mann war nur an seinem Weib interessiert gewesen, und als er diesen Kampfeslohn erst in den Armen hielt, hatte er, anders als Gwion, nicht mehr bleiben wollen, um einen zweiten Versuch zu wagen. Nein, er hatte sich mit ihr davongemacht, wobei er ihre Schreie unter seiner Hand erstickte, bis er ihr außer Reichweite der Wikinger hinter ihrer zerstörten Befestigung ins Ohr flüstern konnte, sie möge keine Angst haben, weil er es nur gut mit ihr meine, denn er sei ihr Mann, ihr Ehemann, der unter Einsatz des eigenen Lebens gekommen sei, um sie aus der Gefahr zu befreien, und mit ihm sei sie nun sicher und das würde sie nun auf immer sein ... Gwion hatte ihn gehört, wie er so ganz mit seinem eigenen Gewinn beschäftigt war und sich nicht im geringsten mehr um die Verluste anderer scherte. Das Mädchen also war in Freiheit, und Cadwaladr mußte sich krank vor Erniedrigung und Wut von Wachen vorführen lassen, um für Geld dem Bruder überantwortet zu werden, der ihn im Stich gelassen hatte und ihn mißachtete.

Es war unerträglich. Noch blieb genug Zeit, um ihn den feindlichen Truppen zu entreißen, bevor Owain eintreffen würde, um sich am Anblick des Gefangenen zu weiden. Selbst ohne Ieuan, der sich mit seiner aufgelösten und verschreckten Frau und dem Dutzend seiner Leute davongemacht hatte, die es vorzogen, sich ins Lager zurückzuschleichen und ihre Wunden zu lecken, blieben ihm noch genügend kräftige Kämpfer, um die Sache zu bewerkstelligen. Noch allerdings mußten sie warten, warten, bis die Herde mit ihrer Eskorte eintraf, denn wenn der Angriff einmal im Gange war, würden sicher auch andere seine Rechtmäßigkeit erkennen und ihnen nachfolgen. Nicht einmal Hywel, vorausgesetzt, der Fürst schickte ihn auch diesmal wieder als seinen Vertreter, würde es gelingen, seine Krieger zurückzuhalten, wenn sie erst einmal dänisches Blut hatten fließen sehen. Erst Cadwaladr, und dann natürlich die Boote. War der Fehdehandschuh geworfen, würden die Waliser sich nicht mehr aufhalten lassen und sich ihr Silber zurücknehmen und Otir mit seinen Piraten aufs Meer hinaustreiben.

Es war eine lange Wartezeit, und den Wartenden schien sie sogar noch länger, aber Otir rührte sich kein einziges Mal von seinem Posten vor seinen Linien. Sie hatten ihre Wachsamkeit einmal schleifen lassen, das würde ihnen nicht wieder passieren. Die Gelegenheit war verpaßt worden, eine zweite Überraschung würde es nicht geben. Sie würden weder Hywel noch Owain selbst noch einmal vollauf vertrauen.

Gwions Wachtposten auf dem Hügel machte regelmäßig seine immer gleiche Meldung: keine Veränderung, nichts rührte sich, noch kein Zeichen von Staub, den die Herde auf dem sandigen Pfad aufwirbelte. Sonnenaufgang lag schon mehr als eine Stunde zurück, als er endlich ausrief: »Sie kommen!« Und dann klang auch schon das träge und unregelmäßige Muhen der Tiere zu ihnen herüber. Dem Klang nach waren sie wohlgenährt und getränkt und verfolgten ihren Weg nach einer nächtlichen Ruhepause von mindestens ein paar Stunden.

»Ich sehe sie. Gut eine halbe Kompanie! Jetzt tauchen sie neben und vor den Treibern aus dem Staub auf. Hywel hat seine Truppen mitgebracht. Nun haben sie die Dänen entdeckt ...« Dieser Anblick hätte Owains Truppe wohl innehalten lassen können. Sie hatten schließlich nicht damit gerechnet, die vollständige Streitmacht der Eindringlinge in Schlachtaufstellung vorzufinden, nur um ein paar hundert Stück Vieh zu verladen. Aber sie rückten im Schrittempo der Tiere unverdrossen weiter vor. Und nun war der erste der Reiter deutlich zu erkennen: hochaufgerichtet in seinem Sattel, barhäuptig, flachsblondes Haar. »Das ist nicht Hywel, das ist Owain Gwynedd selber!«

Cadfael hatte von seinem Hügel oberhalb des verlassenen Lagers die Sonne auf diesen blonden Kopf scheinen sehen und erkannte selbst auf diese Entfernung, daß der Fürst von

Gwynedd persönlich gekommen war, um die Dänen sein Land verlassen zu sehen. Langsam bewegte er sich näher heran und sah auf das bevorstehende Zusammentreffen unten am Strand hinunter.

In der Mulde zwischen den Dünen stellte Gwion seine Linien auf und ließ sie ein wenig vorrücken. Noch waren sie aber hinter den geschwungenen Sandwällen verborgen, die vom Wind geformt worden waren und von den widerspenstigen Gräsern und Büschen teilweise überwuchert und an ihrem Platz gehalten wurden.

»Wie weit noch?« Er würde es wagen, auch Owain zum Trotz. Und die Stammesmitglieder, die dort Owain auf den Fersen folgten, würden nicht alle bedingungslos ihrem Fürsten gehorchen. Sie würden den Angriff sehen und nahe genug heran sein, daß das Feuer auf sie überspringen konnte, und dann würden sie sich ihnen hinzugesellen und der Attacke zum Sieg verhelfen.

»Noch nicht in Rufweite. Ein wenig noch!«

Otir stand auf seinen kräftigen, sorgfältig geschienten Beinen wie ein Felsen in der auslaufenden Brandung und beobachtete das Herannahen des stämmigen schwarzbraunen Viehs und seiner bewaffneten Eskorte. Sie war nur in leichter Bewaffnung, wie Männer, die ihren alltäglichen Geschäften nachgehen. Von dieser Seite brauchte man keinen Verrat zu fürchten. Es war auch kaum wahrscheinlich, daß Owain bei dem ungeschickten Überfall der letzten Nacht irgendeine Rolle gespielt oder auch nur Kenntnis davon gehabt hatte. Unter seiner Ägide wäre die Durchführung sicher sehr viel besser ausgefallen.

»Jetzt!« rief die Wache schneidend von oben. »Jetzt, wo sie alle auf Owain sehen. Ihr könnt sie über die Flanke nehmen.«

»Vorwärts!« schrie Gwion und schoß mit einem entschlossenen und befreiten, ja beinahe frohlockenden Gebrüll aus dem Schutz der Dünen hervor. Seine Kameraden stürzten Hals über Kopf hinter ihm her mit gezogenen Schwertern und kurzen, hoch in die Luft erhobenen Lanzen, die in einem Glitzern von Stahl aufleuchteten, als sie aus dem Schatten ins Sonnenlicht vordrangen. Nun waren sie für alle sichtbar und strömten den letzten sandigen Abhang zum Schotterstrand hinunter, direkt auf das dänische Aufgebot zu. Otir wirbelte herum und brüllte einen Warnruf, der sämtliche Köpfe in Richtung auf die Angreifer schnellen ließ. Schilde wurden hochgerissen, um die ersten Wurfspieße abzuwehren, und das zischende Geräusch, als alle wie ein Mann ihre Schwerter zogen, stieg wie ein tiefer Atemzug in die Luft. Dann prallte die erste Welle von Gwions Streitmacht auf die dänischen Linien und drängte sie mit ihrem bloßen Gewicht rückwärts gegen die Reihen ihrer eigenen Kameraden, so daß die Kämpfenden taumelnd in die knietiefe Brandung getrieben wurden.

Cadfael auf seinem erhöhten Standpunkt sah die Wucht des Aufpralls und die bebende Erschütterung, als beide Seiten mit einem heftigen Stoß aufeinanderprallten und hörte den plötzlichen Lärm schreiender Stimmen und das Brüllen der verschreckten Tiere. Die Aufstellung der Dänen ließ jedem ihrer Männer genügend Platz, um den rechten Arm frei zu bewegen und jederzeit seinen Stahl zu ziehen. Einer oder zwei von ihnen wurden beim ersten kraftvollen Aufeinandertreffen umgerissen und nahmen ihre Angreifer in einem Strudel schäumender Gischt mit sich zu Boden, aber die meisten stemmten sich ihnen entgegen und hielten stand. Gwion hatte sich direkt auf Otir gestürzt. Nun gab es keinen anderen Weg zu Cadwaladr mehr als den über Otirs Leiche. Aber der Däne war doppelt so schwer wie Gwion und dreimal so erfahren im Umgang mit Waffen. Das zustoßende Schwert prallte unsanft auf ein erhobenes und sich windendes Schild und wurde dem Angreifer beinahe aus der Hand gerissen. Dann sah Cadfael nur noch eine hinter einem Schleier von Gischt verborgene, kämpfende und wogende Masse aus Dänen und Walisern. Er machte sich schleunigst auf den Weg zum Strand hinunter, mit welchem Ziel vor Augen hätte er selber nicht so genau sagen können.

Aus den Reihen der Stammesmitglieder, die hinter Owain voranmarschierten, ertönten hallende Rufe, und einige von ihnen verließen ihre Stellungen und begannen, die Hände schon aufs Heft gelegt, auf das Gemenge im flachen Wasser zuzulaufen. Ihre Absicht war nur allzu offensichtlich. Cadfael war keineswegs überrascht. Dort unten kämpften weithin sichtbar Waliser gegen einen fremden Eindringling. Da konnte walisisches Blut nicht zurückstehen, was zählten da schon Recht oder Unrecht? Sie brüllten ihren Landsleuten aufmunternde Schreie entgegen und stürzten sich in das brodelnde Wasser. Die schwankende Masse ineinander verschlungener Körper wogte und war so dicht verkeilt, daß keinem von ihnen genügend Raum blieb, um den Gegner ernsthaft zu verletzen. Bevor sich die Reihen nicht wieder lichteten, würde es keine Toten geben.

Da erhob sich eine dröhnende Stimme über den wütend lärmenden Stimmen und dem Klirren von Stahl, als Owain Gwynedd seinem Pferd die Sporen gab und ins Uferwasser hineinritt, um mit der flachen Klinge seines noch in der Scheide steckenden Schwertes auf seine eigenen, voreiligen Leute einzuschlagen.

»Zurück! Weg da! Geht wieder an eure Positionen und steckt die Waffen weg!«

Seine Stimme, die er sonst nur selten erhob, konnte, wenn er erst gereizt genug war, die zitternde Luft durchschneiden wie Donnern, das dem Blitzstrahl hart auf den Fersen ist. Eher noch als die hämmernden Schläge brachte diese Stimme die Pflichtvergessenen dazu, zurückzuweichen und sich zu fügen, und so machten sie ihm den Weg frei und platschten in zögerlicher Hast an Land. Selbst Cadwaladrs frühere Lehnsmänner waren verunsichert und ließen von ihrem Handgemenge ab. Die beiden Seiten brachen auseinander, und in diesem Augenblick fanden Schwertstreiche, die in der lastenden Enge miteinander ringender Körper wohl abgefangen worden wären, Platz genug, den anderen zu verwunden, bevor sie noch zurückgezogen oder pariert werden konnten.

Es war vorüber. Mit gesenkten Schwertern, Äxten und Speeren kamen sie ans Ufer zurück, voller Ehrfurcht vor Owains eisigem Blick und dem zornigen Tänzeln und den durch die Brandung stampfenden Hufen seines Pferdes, das auf diese Weise eine Ruhezone zwischen den Kampfgegnern festlegte. Die Dänen blieben in Aufstellung. Einige von ihnen bluteten, aber es war keiner gefallen. Zwei der Angreifer krochen mühsam aus dem Wasser, um dann reglos im Sand liegenzubleiben. Dann herrschte Stille.

Owain parierte sein Pferd, das sich unter der Berührung seiner Hand beruhigt hatte, aber immer noch zitterte, und sah einen Moment lang zu Otir herunter, dem fremden Anführer direkt in die Augen. Otir hielt seinem Blick stand. So starrten sie sich gegenseitig an. Zwischen ihnen brauchte es keine Erklärungen oder Beteuerungen. Owain hatte mit seinen eigenen Augen gesehen.

»Dies«, sagte er nach einer Weile, »ist nicht von mir ausgeheckt worden. Aber jetzt wünsche ich zu erfahren, und ich will es aus seinem eigenen Munde hören, wer sich meinem Befehl widersetzt und Zweifel an meinem guten Willen gesät hat. Tritt hervor und zeige dich!«

Es stand außer Frage, daß er es längst wußte, denn auch er hatte die Männer aus ihrem Versteck zum Angriff stürmen sehen. In gewisser Weise war es großherzig, einen Mann für seine Tat einstehen zu lassen und sich freiwillig und keck zu stellen, was immer auch daraus folgen mochte. Gwion ließ den noch erhobenen Arm sinken und watete, das Schwert noch in der Hand, zwischen seinen Kameraden hindurch nach vorn. Er bewegte sich sehr langsam, aber nicht, weil er zögerte, denn sein Kopf war stolz erhoben und seine Augen blickten Owain unverwandt an. Wankend kam er ans Ufer. Als er den Kiesstreifen erreichte, schoß plötzlich ein schmaler Strom von Blut zwischen seinen aufeinandergepreßten Lippen hervor und ergoß sich über seine Brust, ein kleiner roter Fleck erschien auf dem unterfütterten Leinen seines Waffenrocks und weitete sich zu einem großen, feuchten Stern. Einen Augenblick lang stand er aufrecht vor Owain und öffnete die Lippen, um zu sprechen, aber aus seinem Mund kam nur ein Schwall von dunklem, tiefrotem Blut. Direkt vor den Füßen von Owains Pferd fiel er vornüber aufs Gesicht, und das erschreckte Tier scheute vor ihm zurück und blies ein heftiges und wimmerndes Schnauben über seinen Körper hin.

Vierzehntes Kapitel

Kümmert euch um ihn!« sagte Owain mit einem ungerührten Blick auf den vor ihm Liegenden. Gwions Hände zuckten und krochen schwach über die glattgescheuerten Kieselsteine, deren Form und Struktur sie nur noch andeutungsweise wahrnahmen. »Er lebt noch. Bringt ihn fort und verarztet ihn. Ich wünsche keine Toten, nicht mehr als die, die niemand mehr retten kann.«

Sie beeilten sich, seinem Befehl zu folgen. Drei Männer aus der ersten Reihe, unter ihnen Cuhelyn, kamen herangelaufen, um Gwion vorsichtig auf den Rücken zu wenden und seinen Mund und die Nase vom aufgewirbelten Sand zu befreien. Aus Lanzen und Schilden fertigten sie eine Trage und wickelten ihn in Umhänge, um ihn zur Seite zu tragen. Und Bruder Cadfael wandte sich unbemerkt vom Ufer ab und folgte der Trage in die schützenden Dünen. Was er an Leintuch und Salben bei sich trug, war wenig genug, aber, bis sie ihren Verwundeten in ein Bett und einer weniger improvisierten Pflege übergeben konnten, besser als gar nichts.

Owain sah auf die sich langsam schwarz färbende Blutlache im Kies zu seinen Füßen herunter und dann wieder hoch in Otirs entschlossenes Gesicht.

»Er ist ein Gefolgsmann von Cadwaladr, der treu zu seinem Eid steht. Dennoch hat er Unrecht getan. Wenn er dich Männer gekostet hat, hast du es ihm zurückgezahlt.« Zwei von denen, die Gwion gefolgt waren, lagen, von den heranrollenden Wellen sanft hin- und hergeschaukelt, in der auslaufenden Brandung. Ein dritter kniete und wurde von anderen in seiner Nähe wieder auf die Füße gestellt. Blut troff aus einer klaffenden Wunde an Schulter und Arm, aber er befand sich nicht in Lebensgefahr. Otir machte sich auch nicht die Mühe, Tribut für die drei Opfer zu fordern, die er bereits an Bord gebracht hatte, um sie in der Heimat zu beerdigen. Wozu sollte man seinen Atem an eine Klage diesem Fürsten gegenüber verschwenden, den man nicht für eine Wahnsinnstat zur Rechenschaft ziehen durfte, an der er völlig unschuldig war?

»Ich nehme dich bei deinem Wort«, sagte er, »so, wie es zwischen uns ausgemacht war. Nicht mehr und nicht weniger. Du hast dies ebensowenig zu verantworten, wie ich es mir ausgesucht habe. Sie wählten diesen Weg, und was dabei herauskam, ist eine Sache zwischen ihnen und mir.«

»So sei es!« sagte Owain. »Und nun streiche die Waffen und verlade dein Vieh, und dann gehe freier, als du gekommen bist, denn du kamst ohne mein Wissen und meine Erlaubnis. Und hiermit sage ich dir ins Gesicht, daß ich dich ins Meer zurückscheuchen werde, wenn du je wieder ungebeten mein Land betrittst. Für diesmal nimm deinen Lohn und ziehe in Frieden.«

»Dann übergebe ich hiermit deinen Bruder Cadwaladr«, erwiderte Otir ebenso kühl. »Ich überlasse ihn sich selber, nicht deinen Händen, denn das war kein Teil unseres Handels. Er mag nach eigenem Gutdünken gehen oder bleiben und sehen, wie er mit dir einig wird, mein Fürst.« Damit wandte er sich zu den Männern um, die noch immer den Galle sprühenden Cadwaladr zwischen sich hielten. Man hatte ihn zu einem Nichts degradiert, wie ein nutzloses Stück Vieh. Andere Männer hatten die Sache zwischen sich ausgehandelt, obwohl sich doch alles nur um ihn allein gedreht hatte. Während andere als er über seine Person, seinen Besitz und seine Ehre verfügten und ihm damit unmißverständlich ihre Abscheu bewiesen, hatte er geschwiegen. Jetzt fehlten ihm die Worte, aber er mußte die Verbitterung und Wut, die in seiner Kehle aufstiegen und ihm die Zunge verbrannten, mühsam zurückhalten, als seine Gefangenenwärter ihn losließen, zurücktraten und ihm zum Abschied den Weg freimachten. Steif marschierte er das Ufer hinauf, auf die Stelle zu, wo sein Bruder ihn erwartete.

»Belade deine Schiffe!« sagte Owain. »Ihr habt diesen einen Tag Zeit, um mein Land zu verlassen.«

Damit wendete er sein Pferd, drehte ihnen den Rücken zu und trabte in gemessenem Tempo seinem eigenen Lager entgegen. Hinter ihm schlossen sich die Reihen seiner Männer zu geregelter Marschordnung, und die angeschlagenen und verschmutzten Überlebenden von Gwions Armee nahmen ihre Toten auf und trotteten hinterdrein. An dem zertrampelten und von Blut besudelten Strand blieben nur die Treiber mit ihrem Vieh zurück und Cadwaladr, der einsam und abseits von allen anderen unter einer schwarzen, abstoßenden Wolke von Mißgunst und Erniedrigung hinter seinem Bruder herstapfte.

Als sie Gwion in sein weiches Lager aus Gras gebettet hatten, öffnete er die Augen und sagte mit dünner, aber klar verständlicher Stimme: »Ich muß Owain Gwynedd noch etwas sagen. Ich muß zu ihm gehen.«

Cadfael kniete neben ihm und versuchte mit allem Leinen, das er bei der Hand hatte, das Blut zu stillen, welches unter den dicken Lagen Stoff unaufhaltsam aus einer tiefen Wunde direkt unter dem Herzen des jungen Mannes quoll. Cuhelyn, der mit Gwions Kopf im Schoß bei ihm kniete, hatte ihm den Blutschaum von seinem geöffneten Mund und den Schweiß von der Stirn gewischt, die vom Herannahen des Todes schon ganz kalt und fahl war. Er sah zu Cadfael auf und sagte kaum vernehmbar: »Wir müssen ihn zurück ins Lager tragen. Es steht ernst um ihn. Es muß sein.«

»In dieser Welt geht er nirgendwo mehr hin«, sagte Cadfael ruhig. »Wenn wir ihn aufnehmen, wird er uns unter den Händen wegsterben.«

Über Gwions Lippen zuckte so etwas wie der blasse Schimmer eines kurzen Lächelns, und doch war es ein Lächeln. Im selben gedämpften Ton, in dem auch sie gesprochen hatten, sagte er: »Dann muß Owain zu mir kommen. Ihm steht mehr Zeit zu Gebote als mir. Er wird kommen. Diese Sache wird er wissen wollen, und niemand sonst kann sie ihm sagen.«

Aus Angst, daß sie ihm lästig sein könnten, wo doch nun alle Last nur allzu schnell von ihm genommen werden sollte, strich Cuhelyn Gwion mit ruhiger und sanfter Hand den wirren Schopf feuchter schwarzer Haare aus der Stirn. Alle Feindschaft war verflogen. Es gab für sie keinen Platz mehr. Und auf ihre verquere Art waren sie Freunde gewesen. Sie erkannten einander im verstümmelten Abbild des jeweils anderen.

»Ich werde ihm nachreiten. Gedulde dich. Er wird kommen.«

»Reite schnell!« sagte Gwion und schloß die Lippen über einem verzerrten Lächeln.

Schon auf den Beinen und die Hand bereits nach dem Zügel seines Pferdes ausgestreckt, zögerte Cuhelyn noch einmal. »Nicht Cadwaladr? Soll er vielleicht kommen?«

»Nein«, sagte Gwion und wandte in einer Aufwallung von Schmerz den Kopf ab.

Otirs letzter Verteidigungsschlag, der niemals zum Töten gedacht gewesen war, war genau in dem Moment vorgeschnellt, als Owain sein Mißfallen herausdonnerte und die Reihen auseinandertrieb, und Gwion hatte sein gezücktes Schwert und alle Wachsamkeit fahren lassen und dem Stahl die Seite dargeboten. Nun kam jede Hilfe zu spät, es war geschehen und ließ sich nicht mehr ungeschehen machen.

Cuhelyn war seinem Wort getreu bereits eilig auf dem Weg und ließ den Sand um die Hufe seines Pferdes spritzen, bis er die Dünen hinter sich gelassen und das grasbewachsene Oberland erreicht hatte. Wer sonst hätte sich wohl in ähnlich leidenschaftlicher Eile Gwions Auftrag gewidmet als Cuhelyn, der für kurze Zeit die Fähigkeit verloren hatte, das eigene Gesicht im Antlitz seines Gegenübers zu erkennen. Auch das war nun vorüber.

Gwion lag mit geschlossenen Augen da und unterdrückte jeden Schmerz. Cadfael glaubte nicht, daß er noch sehr darunter zu leiden hatte, denn er war derartigen Gefühlen schon beinahe entrückt. Gemeinsam warteten sie. Gwion lag sehr still, weil Regungslosigkeit die Blutung zu verlangsamen und das Leben in ihm zu bewahren schien, und für kurze Zeit brauchte er dieses Leben noch. An seiner Seite hatte Cadfael Cuhelyns Helm mit Wasser gefüllt, womit er die

Schweißperlen fortspülte, die sich auf der wie von kaltem Reif überzogenen Stirn und den Lippen seines Patienten bildeten.

Kein Kampfeslärm drang mehr von der Küste herüber, man hörte nur noch Rufen, das Geräusch von Männern, die sich, endlich ungehindert, emsig zu schaffen machten, und das Muhen und vereinzelte Brüllen des Viehs, als es durch das Wasser die Rampen hinauf und in die Schiffe getrieben wurde. Ihnen stand in den tiefen Laderäumen mitschiffs eine rauhe und ungemütliche Überfahrt bevor, aber nach wenigen Stunden würden sie wieder auf grünen Weiden stehen, wo sie ungestört grasen und süßes Wasser trinken konnten.

»Wird er kommen?« fragte Gwion, plötzlich ängstlich geworden.

»Er wird kommen.«

Und er kam wirklich. Einen Augenblick später hörten sie das Trappeln von Hufen, und Owain Gwynedd ritt, Cuhelyn hinter sich, von der Küste heran. Sie saßen schweigend ab, und Owain trat näher, um auf diesen siechen jungen Körper hinunterzusehen, allerdings nicht zu nah, denn er fürchtete, daß selbst stumpf gewordene Ohren noch scharf genug sein könnten zu verstehen, was nicht für sie bestimmt war.

»Wird er überleben?«

Cadfael schüttelte den Kopf als einzige Antwort.

Owain ließ sich in den Sand fallen und beugte sich ganz dicht heran. »Gwion ... hier bin ich. Spar dir die lange Rede, es ist nicht nötig, viele Worte zu machen.«

Gwion schlug seine von der aufsteigenden Sonne ein wenig geblendeten Augen weit auf und erkannte ihn. Cadfael benetzte die Lippen, die sich verzerrt öffneten und mühsam seine Worte zu artikulieren versuchten. »Doch, es ist nötig. Es gibt etwas, was ich Euch sagen muß.«

»Um des Friedens zwischen uns beiden willen, sage ich dir noch einmal, bedarf es keiner Worte. Aber wenn du mußt, sprich, ich höre dir zu.«

»Bledri ap Rhys ...«, begann Gwion und hielt inne, um Atem zu holen. »Ihr möchtet wissen, wer ihn getötet hat. Macht es keinem anderen zum Vorwurf. Ich tötete ihn.«

Er wartete geduldig und ergeben mehr noch auf einen Ausruf des Unglaubens als der Entrüstung. Aber es folgte weder das eine noch das andere, sondern nur ein nachdenkliches Schweigen, das sich lange hinzuziehen schien, und dann ließ sich wieder Owains Stimme vernehmen, ruhig und gefaßt wie eh und je: »Warum? Er war einer von deinen eigenen Getreuen, ein Mann meines Bruders.«

»Er ist es einmal gewesen«, sagte Gwion und wurde von einem Lachen geschüttelt, das seinen Mund verzerrte und einen dünnen Faden Blut über seine Wange hinablaufen ließ. Cadfael lehnte sich vor und wischte ihn weg. »Ich war froh, als er nach Aber kam. Ich wußte, was mein Herr vorhatte. Ich sehnte mich danach, zu ihm zu stoßen und ihm alles zu erzählen, was ich über Eure Streitkräfte und Bewegungen wußte. Und ich hätte ihm auch alles verraten. Es war recht und billig. Ich hatte Euch gesagt, daß ich uneingeschränkt und für alle Zeiten der Mann Eures Bruders war. Ihr kanntet meine Haltung. Aber ich konnte nicht gehen, ich hatte mein Wort gegeben, daß ich bleiben würde.«

»Und das hast du gehalten«, sagte Owain. »Damals noch!«

»Aber Bledri hatte kein solches Versprechen gemacht. Er konnte tun, was mir nicht möglich war. Also erzählte ich ihm alles, was ich in Aber erfahren hatte, wie viele Männer Ihr aufbringen konntet, wie schnell Ihr in Carnarvon sein würdet, alles, was mein Herr Cadwaladr für seine Verteidigung wissen mußte. Dann holte ich noch vor Dunkelheit, solange die Tore offenstanden, ein Pferd aus dem Stall und band es für ihn zwischen den Bäumen fest. Ich Narr zweifelte nie daran, daß Bledri seinem Schwur treu sein würde. Und er hörte sich alles an, ohne je ein Wort dazu zu sagen, und ließ mich in dem Glauben, daß er mit mir einen Sinnes sei!«

»Wie wolltest du ihn denn aus der Feste bringen, wenn die Tore erst einmal geschlossen waren?« fragte Owain so milde, als erkundigte er sich nach irgendeiner alltäglichen Verrichtung.

»Es gibt Mittel und Wege ... Ich war lange Zeit in Aber.

Nicht alle sind immer gleich vorsichtig mit ihren Schlüsseln. Bledri nahm alles an Eurem Hof in sich auf, er konnte so gut rechnen wie ich und Möglichkeiten ebenso genau abschätzen, und sein Verhalten war dazu angetan, alle Zweifel an seinen Absichten zu zerstreuen. Jedenfalls an dem, was ich für seine Absichten hielt!« sagte Gwion bitter. Einen Moment lang versagte ihm die Stimme, dann schöpfte er neue Kraft und setzte verbissen wieder an: »Als ich zu ihm ging, um ihm zu sagen, daß es Zeit sei, und um ihn sicher auf den Weg zu bringen, lag er nackt in seinem Bett. Schamlos sagte er mir, er werde nirgendwo hingehen, so ein Narr sei er nicht, er hätte schließlich selbst gesehen, wie mächtig Ihr seid und über wie viele Männer Ihr gebietet. Er würde in Aber verweilen und abwarten, woher der Wind wehte, und wenn er aus Owain Gwynedds Richtung käme, dann wäre er Owains Mann. Ich erinnerte ihn an seinen Lehnseid, aber er lachte mich nur aus. Da schlug ich ihn nieder«, sagte Gwion zwischen seinen gebleckten Zähnen hervor. »Und weil er es nicht tun wollte, wußte ich, daß ich meinen Euch gegebenen Eid brechen und an Bledris Stelle gehen mußte, wenn ich Cadwaladr die Treue halten wollte. So stach ich ihm ins Herz, bevor er noch wieder zu Sinnen kam.«

Sein verkrampfter Körper entspannte sich, er schnappte nach Luft und ließ einen tiefen Seufzer entweichen. Nun hatte er schon fast alles getan, was er der Wahrheit schuldete. Der Rest war nur eine leichte Bürde.

»Ich ging das Pferd holen, es war fort. Dann traf der Bote ein, und ich konnte nichts mehr tun. Alles war umsonst gewesen. Ich hatte für nichts und wieder nichts gemordet! Was mir als Sühne für Bledri ap Rhys, den ich getötet habe, zu tun auferlegt war, habe ich getan. Ihr wißt bereits, was daraus geworden ist. Aber es ist gerecht!« sagte er mehr zu sich selbst als irgendeinem anderen, aber sie hörten es doch: »Er starb ohne die letzte Absolution, so wie ich es jetzt auch muß.«

»Das muß nicht geschehen«, sagte Owain mit verhaltenem Mitgefühl. »Verweile noch ein wenig in dieser Welt, so wird mein Priester kommen, denn ich habe nach ihm geschickt.«

»Er kommt zu spät«, sagte Gwion und schloß die Augen. Und doch war er noch am Leben, als Owains Kaplan in eilfertiger Hast herbeigelaufen kam, um einem Sterbenden die letzte Beichte abzunehmen und seiner versagenden Zunge bei seinem letzten Akt der Buße den Weg zu ebnen. Cadfael, der ihn bis zum Ende umsorgte, hatte seine Zweifel, ob der reumütige Sünder die Worte der Absolution noch hörte, denn es folgte keine Reaktion, als sie erteilt worden war, kein Zittern in dem blutleeren Gesicht oder den gewölbten Lidern, die die schwarzen, durchdringenden Augen bedeckten. Gwion hatte zum letztenmal zu dieser Welt gesprochen, und vor dem, was ihm in der Welt begegnen mochte, die er nun betreten würde, fürchtete er sich wenig. Er hatte lange genug gelebt, um sich der Absolution zu versichern, die er am meisten benötigte, der Nachsicht und Vergebung Owains, die zwar nicht eigentlich ausgesprochen, aber doch freimütig erteilt worden war.

»Morgen«, sagte Bruder Mark, »müssen wir uns auf den Heimweg machen. Wir haben uns lange genug aufgehalten.«

Sie standen nebeneinander am Rand der Felder von Owains Lager und blickten aufs offene Meer hinaus. An dieser Stelle bildeten die Dünen nur einen schmalen goldenen Streifen über dem Abhang zum Ufer hinunter, und im gedämpften Sonnenlicht des Nachmittages erstreckte sich die See in verhangenen Blautönen, die sich weit draußen zu einem intensiven Grün verdichteten. Die langgezogene, versunkene Halbinsel der Sandbänke schien blaß durch das Wasser herauf. Die sich dunkel vor diesem leuchtenden Untergrund abzeichnenden dänischen Frachtschiffe in den Kanälen dazwischen, die mit ihren vom Wind geblähten Segeln den heimatlichen Küsten Dublins entgegenstrebten, schrumpften ganz allmählich zu Spielzeugschiffen. Und weiter draußen glitten die leichten und noch kleineren Langschiffe begierig gen Heimat.

Die Gefahr war ausgestanden, Gwynedd befreit, die Schulden bezahlt, zwei Brüder, wenn auch noch nicht versöhnt, so doch wieder zusammengeführt. Die Angelegenheit hätte auch sehr viel zerstörerischer und blutiger ausgehen können. Immerhin, es hatte Tote gegeben.

Am darauffolgenden Tag würden auch die improvisierten Befestigungen des Lagers hinter ihnen abgebrochen werden, der Bauer würde mit seinen Herden auf seinen Hof zurückkehren und sich unbeirrt wieder seinem Land und dem Vieh widmen, genau wie es seine Vorfahren ein ums andere Mal getan hatten.

Der Fürst würde sein Aufgebot zurück nach Carnarvon führen und dort all jene aus seinem Dienst entlassen, deren Land sich hier in Arfon und Anglesey befand, bevor er selber nach Aber weiterzog. Es hieß, er werde Cadwaladr erlauben, mit ihm zu kommen, und wer die beiden besser kannte, fügte noch hinzu, daß Cadwaladr schon bald zumindest einen Teil seiner Ländereien zurückerhalten würde. Denn Owain liebte seinen jüngeren Bruder trotz allem und konnte ihn nicht viel länger in Ungnaden halten.

»Und Otir hat seinen Lohn«, sagte Mark, Gewinn und Verlust gegeneinander abwiegend.

»Er war ihm versprochen.«

»Ich mißgönne ihn ihm nicht. Es hätte weit teurer werden können.«

Das hätte es allerdings, wenn auch zweitausend Silberstücke das Leben der drei jungen Männer nicht zurückkaufen konnten, die dort zu ihrem Begräbnis nach Dublin überführt wurden; auch das der beiden von Gwions Leuten nicht, die man tot aus der Brandung gefischt hatte, nicht das des eiskalt berechnenden, treulosen Bledri ap Rhys und schließlich auch nicht das Leben von Gwion selber mit seiner halsstarrigen, zerstörerischen Bündnistreue. Die eine Haltung hatte sich als so tödlich erwiesen wie die andere. Am Ende konnten auch all jene, die in diesem Jahr ihr Leben gelassen hatten, Anarawd nicht wieder lebendig machen, der letztes Jahr im Süden gestorben war – auf Cadwaladrs Befehl hin, wenn nicht gar von seiner Hand.

»Owain hat einen Boten zum Kanoniker Meirion in Aber geschickt«, sagte Mark, »um ihn von der Sorge um seine Tochter zu erlösen. So wird er wissen, daß sie sich in Sicherheit bei ihrem Bräutigam befindet. Der Fürst sandte die Nachricht aus, gleich nachdem Ieuan sie mit ins Lager gebracht hatte.«

Er spricht mit bewußt neutraler Stimme, dachte Cadfael, als stünde er, jedes Urteils sich enthaltend, abseits und betrachte die beiden Seiten eines vielschichtigen Problems gleichermaßen distanziert, eines Problems noch dazu, das er nicht lösen mußte.

»Und wie hat sie sich in den wenigen Stunden hier verhalten?« fragte Cadfael. Mark mochte sich zwingen, sich aus all diesen Angelegenheiten herauszuhalten, aber er konnte nicht verhindern, daß er sah, was vor sich ging.

»Sie ist im ganzen folgsam und still. Ieuan findet Gefallen an ihr. Auch dem Fürsten gefällt sie, denn sie ist, wie eine Braut sein sollte: unterwürfig und gehorsam. Ieuan sagt, sie war zu Tode geängstigt, als er sie einfach aus dem dänischen Lager fortholte. Jetzt fürchtet sie sich nicht mehr.«

»Ich frage mich«, sagte Cadfael, »ob Unterwürfigkeit und Gehorsam die richtigen Eigenschaften für Heledd sind. Hast du sie je so gesehen, seit sie mit uns von Sankt Asaph kam?«

»Seitdem ist viel passiert«, erwiderte Mark gedankenvoll lächelnd. »Sie mag genug vom Abenteuer haben und die Aussicht auf eine ruhige und vernünftige Ehe mit einem anständigen Mann durchaus begrüßen. Du hast sie gesehen. Gab sie dir irgendeinen Grund, zu zweifeln, daß sie zufrieden ist?«

Und wirklich konnte Cadfael nicht behaupten, daß er in ihrem Verhalten auch nur eine Spur von Unzufriedenheit entdeckt hätte. Tatsächlich ging sie ihren selbsterkorenen Arbeiten lächelnd nach, bediente Ieuan heiter und geschickt und verbreitete um sich noch immer eine Art Leuchten, wie es keinesfalls von einer unglücklichen Frau ausgehen konnte. Was immer sie mit tiefer und ungetrübter Befriedigung in ihrer Seele bewegte, es beunruhigte sie ganz sicher nicht und machte sie auch nicht traurig. Heledd sah dem Weg, der sich vor ihr eröffnete, mit unverkennbarer Freude entgegen.

»Hast du mit ihr gesprochen?« fragte Mark.

»Dazu gab es noch keine Gelegenheit.«

»Dann kannst du es jetzt versuchen, wenn du willst.«

Cadfael wandte sich um und sah Heledd leichtfüßig über den Hügelkamm auf sie zukommen. Sie schritt zielstrebig aus und hatte das Gesicht gen Norden gewandt. Sie blieb auch nur kurz bei ihnen stehen, wie ein flatternder Vogel, den man in seinem Flug unterbrochen hat.

»Bruder Cadfael, es freut mich, Euch unversehrt zu sehen. Zuletzt sah ich Euch, als wir bei dem Durchbruch in der Befestigung auseinandergerissen wurden.« Sie ließ den Blick über das Meer schweifen, wo die Schiffe mittlerweile zu schwarzen Flecken auf dem funkelnden Wasser geschrumpft waren. Mit den Augen verfolgte sie die ganze lange Linie. Es schien beinahe, als wollte sie sie abzählen. »So sind sie also ungehindert mit ihrem Silber und ihrem Vieh abgezogen. Wart Ihr dabei?«

»Das war ich«, sagte Cadfael.

»Sie haben mir nie etwas zuleide getan«, sagte sie und schaute mit einem leichten, erinnernden Lächeln der fortsegelnden Flotte hinterher. »Ich hätte ihnen gern zum Abschied gewunken, aber Ieuan meinte, es sei nicht sicher für mich.«

»Um so besser«, sagte Cadfael ernst, »denn es war keine ganz friedliche Abreise. Und wohin geht Ihr jetzt?«

Sie drehte sich um und sah ihnen mit großen, unschuldigen, nachtblauen Augen offen ins Gesicht. »Ich ließ etwas im Lager der Dänen zurück, das mir gehört«, sagte sie. »Nun will ich es wiederfinden.«

»Und Ieuan läßt Euch gehen?«

»Er gab mir die Erlaubnis«, sagte sie. »Jetzt, wo sie alle fort sind.«

Ja, sie waren fort, und so konnte er seine hart erkämpfte Braut in das verwaiste Lager zurückkehren lassen, wo sie eine Zeitlang gefangen gewesen, sich aber nie ihrer Freiheit beraubt gefühlt hatte. Sie schauten ihr zu, wie sie entschlossen ihren Weg wieder aufnahm. Es war nur etwa eine Meile zu gehen.

»Du hast ihr nicht angeboten, sie zu begleiten«, sagte Mark mit ernstem Gesicht.

»Ich wäre doch nicht so grob. Aber laß sie nur erst einen Vorsprung gewinnen«, sagte Cadfael versonnen, »dann könnten wir beide ihr wohl hinterhergehen.«

»Glaubst du, unsere Gesellschaft wird ihr auf dem Rückweg willkommener sein?« fragte Mark.

»Ich glaube nicht«, gestand Cadfael, »daß sie überhaupt zurückkommen wird.«

Mark nickte zustimmend und keineswegs überrascht mit dem Kopf. »Das hatte ich mir auch schon gedacht«, sagte er.

Es war Ebbe, aber das Meer hatte sich noch nicht so weit zurückgezogen, daß es die lange, schmale Sandzunge freigegeben hätte, die sich wie eine begierige Hand an ihrem Gelenk nach der Küste Angleseys ausstreckte. Bisher lag sie nur wie blasses Gold im flachen Wasser, dessen Oberfläche hier und da von einem hartnäckigen Grasbüschel oder einer Bodenwelle durchbrochen wurde. Cadfael und Mark standen oben am Rande des Abhangs und schauten herunter. Es war nicht das erste Mal, und das Schauspiel war das gleiche. Das immer gleiche, das sich jeden Tag wiederholt hatte, auch ohne Zeugen. Sie traten sogar ein wenig zurück, damit sie sich weniger deutlich gegen den Himmel abhoben, für den Fall, daß sie zu ihnen heraufschaute. Aber sie sah nicht hoch. Sie sah in das im Abendlicht blaßgrüne Wasser hinunter, das ihr beinahe bis zu den Knien reichte, als sie über den goldenen Pfad dem meerumschlungenen Felsenthron entgegenging. Ihre noch immer vom Reisen und dem Leben im Freien zerlumpten und verschmutzten Röcke hatte sie mit den Händen hochgerafft und beugte sich vor, um zu beobachten, wie das um ihre Beine zitternde Wasser ihre geschmeidigen Umrisse zu körperlosen Zacken verzerrte, als würde sie nicht durchs Wasser waten, sondern dahintreiben. Sie hatte alle Nadeln aus dem Haar gezogen. Es hing ihr in einem schwarzen, wogenden Schwall über die Schultern und verdeckte ihr ovales Gesicht, das sie nach unten geneigt hielt, um zu sehen, wohin sie trat. Sie bewegte sich wie eine Tänzerin, langsam und mit träger Grazie, denn sie war zu früh gekommen zu ihrem Stelldichein mit wem auch immer, und sie wußte es. Aber sie war sich ihrer Sache sicher. Deshalb war auch diese Zeit ein Geschenk. Das Warten würde die Vorfreude nur vergrößern.

Hier und da hielt sie inne und stand ganz still, bis das Wasser um ihre Füße sich vollkommen beruhigt hatte, und dann beugte sie sich vor, um das bebende Abbild ihres leidenschaftlichen Gesichts in den sich ins Meer zurückziehenden Wellen aufleuchten zu sehen. Die Strömung war nur schwach, kaum ein Wind regte sich. Aber Otirs Segler hatten zu dieser Stunde den halben Weg nach Dublin bereits hinter sich.

Sie ließ sich auf dem Felsenthron nieder, wrang das Wasser aus den Säumen ihres Gewandes und sah auf die See hinaus. Sie wartete, geduldig, sorglos. Ein anderes Mal hatte sie an dieser Stelle unendlich einsam und verloren ausgesehen, aber selbst das war eine Täuschung gewesen. Jetzt sah sie aus wie jemand, der sich allem um sich herum heiter verbunden fühlt, eine alte Vertraute des Himmels und der See. Die Sonne im Westen näherte sich dem Ende ihres Bogens und tauchte Gesicht und Körper des Mädchens in eine goldene Hülle.

Wendig und dunkel glitt plötzlich das kleine Boot von Norden heran, es schoß aus der Deckung der aufsteigenden Küstenlinie jenseits der sandigen Fahrrinne durch die Meerenge hervor. Irgendwo landaufwärts hatte es vor Anglesey gelegen und auf den Untergang der Sonne gewartet. Es hatte keine Übereinkunft gegeben, dachte Cadfael, keinerlei mündliche Verabredung. Sie hatten keine Zeit gehabt, auch nur ein einziges Wort zu wechseln, als sie entführt worden war. Ihrer beider innere Sicherheit allein hatte sie darauf vertrauen lassen, daß das Schiff kommen würde und daß sie da sein würde, um auf ihn zu warten. Einer war des anderen mit allen Fasern seines Seins sicher gewesen. Heledd war noch kaum wieder zu Atem gekommen und hatte die Tatsache, unschuldig entführt worden zu sein, hingenommen, da hatte sie sich auch schon mit dem Geschehenen abgefunden, denn sie zweifelte nicht, daß alles ein gutes Ende nehmen mußte und würde. Warum sonst hätte sie die Wartezeit so heiter hinter sich gebracht und jedes Mißtrauen zerstreut, ja, wer weiß mit wieviel Überwindung, vielleicht sogar Ieuan ab Ifor ein kurzes Vergnügen gegönnt, das er später mit lebenslangem Verlust würde bezahlen müssen. Am Ende wußte die Tochter des Kanonikers Meirion genau, was sie wollte, und ging rücksichtslos darauf zu, wo schon keiner der Mannsleute um sie herum oder unter ihren Herren irgendwelche Anstalten machte, ihr zu dem zu verhelfen, wonach ihr der Sinn stand.

Schmal, beweglich und ungeheuer flink glitt Turcaills Drachenschiff mit gleichmäßig geführten Rudern auf die Küste zu, hütete sich aber wohl, auf Grund zu laufen. Dann schleiften die Ruder im Wasser, das Boot lag einen Moment lang still wie ein abflugbereiter Vogel, und Turcaill schwang sich über die Seite und kam hüfttief im Wasser watend auf die kleine Felseninsel zu. Und als Cadfael und Mark den Blick wieder auf Heledd richteten, hatte sie sich erhoben und war ins Meer gestiegen. Der Sog der ausgehenden Strömung zog sie mit sich. Ihre Röcke trieben neben ihr her. Naß glitzernd kam Turcaill aus den tieferen Gewässern. Sie trafen sich auf halbem Wege, und sie marschierte ihm direkt in die Arme und wurde im gleichen Moment hoch an sein Herz gerissen. Es folgte kein großes Schauspiel, nur der ferne Klang ihres einmütigen Lachens drang durch die Luft zu den beiden Beobachtern herüber. Mehr war nicht nötig. Keines der beiden Meereswesen da unten hatte je an diesem glücklichen Ausgang gezweifelt.

Turcaill hatte ihnen nun den Rücken zugekehrt und strebte, mit Heledd in seinen Armen, mächtigen Schrittes wieder zu seinem Schiff zurück. Leicht hob er das Mädchen über die niedrige Reeling des Drachenbootes und schwang sich selber hinterher. Sie drehte sich, kaum daß sie wieder auf eigenen Füßen stand, zu ihm um und umarmte ihn. Sie hörten ihr hohes, wildes und süßes Lachen. Über die Entfernung klang es dünner als der Ruf eines Vogels und doch durchdringend und klar wie Glockengeläut.

Die lange Reihe von Rudern hob sich in die Luft, verharrte und senkte sich in einer gleichzeitigen Bewegung ins Wasser. Das schlanke Schiff neigte sich zur Seite und glitt, Gischt aufschäumend, im Bogen über die sandigen Untiefen, die sich schon hier und da als goldene Teppiche unter dem Blau abzeichneten, für dieses schnelle Gefährt aber noch immer tief genug waren, ins freie Wasser. Es entfernte sich mit dem Heck voran und wurde klein und immer kleiner, wie ein Blatt, das von einer heftigen Strömung davongetragen wird, weit weg nach Irland, dem Dublin der Wikingerkönige und der rastlosen Seefahrer entgegen. Es war eine passende Gefährtin, die Turcaill da mit sich fortführte. Die zahlreichen Nachfahren dieser beiden würden über Generationen hinaus diese unruhige See zu bändigen wissen.

Kanonikus Meirion brauchte sich keine Sorgen zu machen, daß seine Tochter je wieder in Erscheinung treten und seine Stellung beim Bischof, seinen Ruf oder sein Fortkommen gefährden würde. Vielleicht liebte er sie, und wahrscheinlich wünschte er ihr nur das Beste, ganz bestimmt aber hatte er sich inständig danach gesehnt, daß sie sich ihres Glückes fern von ihm erfreute, aus den Augen, wenn nicht sogar aus dem Sinn. Sein Wunsch war in Erfüllung gegangen. Er brauchte auch nicht ängstlich darüber zu brüten, ob sie auch glücklich würde, dachte Cadfael, als er diesen strahlenden Abgang beobachtete. Sie hatte bekommen, was sie wollte: einen Mann, den sie sich selbst erwählt hatte. Sie würde treu zu dieser Entscheidung stehen, mochte ihr Vater sie nun für weise oder unklug halten. Sie dachte in anderen Maßstäben und würde ihren Entschluß höchstwahrscheinlich nie bereuen.

Der kleine schwarze Fleck auf seinem eiligen Weg in die Heimat war bereits kaum mehr als ein dunkler Punkt im glitzernden Meer.

»Sie sind fort«, sagte Bruder Mark und wandte sich lächelnd ab. »Nun können auch wir gehen.«

Sie hatten sich länger aufgehalten als geplant. Höchstens zehn Tage, hatte Mark gesagt, und dann würde Bruder Cadfael heil und unversehrt zu seinem Kräutergarten und seiner eigentlichen Arbeit unter den Kranken zurückgekehrt sein.

Aber vielleicht würden Abt Radulfus und Bischof de Clinton die müßigen Tage angesichts ihres Ergebnisses ebenso hoch einschätzen. Bischof de Clinton selbst mochte sogar zufrieden sein, seinen fähigen und tatkräftigen Kanonikus zu behalten und Meirions unbequeme Tochter jenseits des Meeres und seine skandalöse Ehe damit bald vergessen zu wissen. Auch alle anderen schienen hochzufrieden mit diesem versöhnlichen Ausgang einer Sache, die sich zweifellos zu einer blutigen Angelegenheit hätte entwickeln können. Jetzt galt es zum vernünftigen Gleichmaß des Alltags zurückzukehren und allen Groll und die zurückliegenden Feindseligkeiten allmählich vom Schleier der Vergangenheit bedecken zu lassen. Ja, Cadwaladr wurde auf Bewährung wieder in Amt und Würden gesetzt, Owain konnte ihn nicht völlig fallenlassen. Aber er hatte seine Stellung nicht vollständig wiedererlangt, noch nicht. Gwion, der Verlierer, von welcher Seite man es auch betrachtete, erhielt ein schickliches Begräbnis ohne viele anerkennende Worte über seine Treue von dem Dienstherrn, der ihn so bitter enttäuscht hatte. Cuhelyn würde hier in Gwynedd bleiben und eines Tages sicher froh sein, daß er nicht mit eigenen Händen hatte morden müssen, um Anarawd gerächt zu sehen, wenigstens nicht Bledri ap Rhys. Wenn auch die Fürsten, die ihre weniger ehrenhaften Taten anderen Händen auferlegen können, üblicherweise jedem weltlichen Gericht entkommen, dem Jüngsten Gericht müssen auch sie sich stellen.

Ieuan ab Ifor für seinen Teil würde sich damit abfinden müssen, daß das Bild eines unterwürfigen Weibes trügerisch gewesen war, die Rolle hätte Heledd niemals einnehmen können. Er hatte sie wenig gesehen oder mit ihr gesprochen, ihr Verlust konnte ihm wohl kaum das Herz brechen, sein Ehrgefühl allerdings mochte ein wenig angeschlagen sein. Aber er brauchte nur um sich zu schauen, zu Hause in Anglesey gab es viele liebenswerte Frauen, die ihn trösten konnten.

Und sie ... sie hatte, was sie wollte, und war dort, wo sie hatte sein wollen, statt an einem Ort, an den andere sie gerne abgeschoben hätten. Owain hatte gelacht, als er davon hörte, obwohl er in Ieuans Gegenwart ein taktvoll bedenkliches Gesicht machte. Und dann war da noch dieser eine in Aber, der in der Sache um Heledd das letzte Wort zu sprechen hatte.

Dieses letzte Wort ließ sich vernehmen, nachdem Meirion die Geschichte von der Wahl seiner Tochter angehört und verdaut hatte. Er seufzte einmal tief auf, aus Erleichterung, daß sie wenigstens in Sicherheit war – oder vielleicht doch nur über seine eigene Erlösung?

»So, so!« sagte Meirion und knetete und wand seine langen Finger. »Es liegt also ein Meer dazwischen.« Ach, es war wirklich für sie beide eine Erleichterung. Aber dann fuhr er fort: »Ich werde sie nie wiedersehen!« Und in diesen Worten lag ebensoviel Kummer wie Zufriedenheit. Cadfael konnte sich über diesen Kanonikus Meirion nie ein einhelliges Urteil bilden!

Am frühen Abend des zweiten Tages kamen sie an die Grenze zwischen Wales und England und ließen sich noch einmal vom Weg abbringen, um die Nacht bei Hugh in Maesbury zu verbringen. Sie sagten sich, daß es nun auch schon egal sei, ob man sie für das eine oder das andere Vergehen tadelte. Die Pferde würden dankbar sein für die Ruhepause, und Hugh würde sich freuen, alles über die Geschehnisse in Gwynedd und darüber, wie der normannische Bischof mit seinen walisischen Schäfchen zurechtkam, aus erster Hand zu erfahren. Außerdem lockte die Aussicht, ein paar friedliche Stunden mit Aline und Giles in einer Häuslichkeit zu verbringen, die ihnen um so ergötzlicher vorkommen mußte, als sie selber ihr ebenso wie der Welt außerhalb ihres Ordens entsagt hatten.

Cadfael machte irgendeine unbesonnene Bemerkung dieser Art, während er zufrieden mit Giles auf den Knien vor Hughs Herdstelle saß, und Hugh lachte ihm darauf laut ins Gesicht.

»Du und der Welt entsagt? Dabei bist du doch gerade erst von deiner Herumtreiberei durch den äußersten Westen von Wales zurück. Es wäre ein Wunder, wenn es ihnen gelänge, dich für mehr als ein oder zwei Monate im Schoß der Kirche zu halten, selbst nach diesem Ausflug. Ich habe dich auch schon nach nur einer Woche strengen Klosterlebens unruhig gesehen. Manches Mal habe ich mich gefragt, ob du dich nicht doch noch irgendwann aufmachen und in Jerusalem enden wirst.«

»O nein, nur das nicht!« sagte Cadfael mit fröhlicher Bestimmtheit. »Es ist schon wahr, hin und wieder zieht es mich auf die Straße.« Er tat einen tiefen Blick nach innen, wo längst Vergangenes weiterlebte und ihm noch immer, jedes auf seine Weise, Wärme und Zufriedenheit verschaffte. Aber es waren Erinnerungen, die sich nicht wiederholen würden, er sehnte sich nicht mehr danach. »Aber am Ende«, fuhr er hochzufrieden fort, »ist die Straße nach Hause so gut wie jede andere.«

John Grisham

Die Firma
Roman, 560 Seiten, gebunden

Die Akte
Roman, 480 Seiten, gebunden

Der Klient
Roman, 480 Seiten, gebunden

Die Jury
Roman, 480 Seiten, gebunden

Die Kammer
Roman, 608 Seiten, gebunden

Der Regenmacher
Roman, 576 Seiten, gebunden

Außerdem erschienen:
Das Montglane-Spiel
01/8793

Katherine Neville

Gleich ihr erstes Buch, »Das Montglane-Spiel«, wurde ein Weltbestseller. Katherine Nevilles Romane sind »kühn, orginell und aufregend…«
PUBLISHERS WEEKLY

01/8840

Heyne-Taschenbücher

Anne Perry

Ihre spannenden Kriminalromane lassen das viktorianische Zeitalter wieder lebendig werden. Ein Muß für jeden Liebhaber der englischen Krimi-Tradition!

Frühstück nach Mitternacht
01/8618

Die Frau in Kirschrot
01/8734

Die dunkelgraue Pelerine
01/8864

Die roten Stiefeletten
01/9081

Ein Mann aus bestem Hause
01/9378

Der weiße Seidenschal
01/9574

Schwarze Spitzen
01/9758

Belgrave Square
01/9864

01/9864

Heyne-Taschenbücher

Susan Kay

Die bisher ungeschriebene Lebensgeschichte des
»Phantoms der Oper«. »Ein gründlich recherchierter und
packend geschriebener Roman, der einen magischen
Schleier aus Realität und Phantasie webt.«
NORDDEUTSCHER RUNDFUNK

01/8724

Wilhelm Heyne Verlag
München

Mary Higgins Clark

»Mary Higgins Clark gehört zum kleinen Kreis der großen Namen in der Spannungsliteratur.«
The New York Times

Schrei in der Nacht
01/6826

Das Haus am Potomac
01/7602

Wintersturm
01/7649

Die Gnadenfrist
01/7734

Schlangen im Paradies
01/7969

Doppelschatten
Vier Erzählungen
01/8053

Das Anastasia-Syndrom
01/8141

Wo waren Sie, Dr. Highley?
01/8391

Schlaf, wohl, mein süßes Kind
01/8434

**Mary Higgins Clark (Hrsg.)
Tödliche Fesseln**
Vierzehn mörderische Geschichten
01/8622

Träum süß, kleine Schwester
Fünf Erzählungen
01/8738

**Schrei in der Nacht /
Schlangen im Paradies**
Zwei Psychothriller in einem Band
01/8827

Schwesterlein, komm tanz mit mir
01/8869

Daß du ewig denkst an mich
01/9096

**Wintersturm /
Das Anastasiasyndrom**
Zwei Psychotrhiller in einem Band
01/9578

Das fremde Gesicht
01/9679

Als Hardcover:
Ein Gesicht so schön und kalt
43/32

Heyne-Taschenbücher

Ellis Peters

Spannende und unterhaltsame Mittelalter-Krimis mit Bruder Cadfael, dem Detektiv in der Mönchskutte.

Im Namen der Heiligen
01/6475

Ein Leichnam zuviel
01/6523

Die Jungfrau im Eis
01/6629

Das Mönchskraut
01/6702

Der Aufstand auf dem Jahrmarkt
01/6820

Der Hochzeitsmord
01/6908

Zuflucht im Kloster
01/7617

Lösegeld für einen Toten
01/7823

Ein ganz besonderer Fall
01/8004

Mörderische Weihnacht
01/8103

Der geheimnisvolle Eremit
01/8230

Pilger des Hasses
01/8382

Bruder Cadfael und das fremde Mädchen
01/8669

Bruder Cadfael und der Ketzerlehrling
01/8803

Bruder Cadfael und das Geheimnis der schönen Toten
01/9442

Cadfael und der Leichnam
01/9972

Bruder Cadfael und das Mönchskraut
01/9973

Bruder Cadfael und der Hochzeitsmord
01/9975

Bruder Cadfael und die Zuflucht im Kloster
01/9977

Bruder Cadfael und die schwarze Keltin
01/9988

Heyne-Taschenbücher